DE KEN

Fa

Eerste druk september 2017
Tweede druk september 2019

Nicolien Mizee

De kennismaking

Faxen aan Ger

Uitgeverij Van Oorschot
Amsterdam

Haarlem, 4 augustus 1994

Beste Ger,

Buiten scheurt het onweer de nacht aan stukken en ik loop ongedurig heen en weer, doe de gordijnen dicht en weer open en besluit toch maar aan die brief aan jou te beginnen.

Je lijkt soms zozeer een verzameling afgeronde theorieen, dat ik me weleens afvraag of je menselijk bent. Ik kreeg even hoop toen ik je twee speculaasjes zag eten, maar nam aan dat je research aan het doen was voor een nieuw scenario.

Je evident aanwezige hartstocht richt zich geheel en al op het werk, en daar voor mij gedrevenheid tot het werk de enige niet-beschamende menselijke eigenschap is, ben ik je als een soort ijsheilige gaan beschouwen, hoewel ervaring me geleerd zou moeten hebben dat alles wat ik ooit aanzag voor iets van een hogere orde, uiteindelijk neerkwam op 'een menselijke fout'.

Ik kan helemaal niet nadenken over dat rotscenario, ik verban het altijd uit mijn geest zodra ik het de deur uit heb gestuurd, hoewel ik wel begrijp dat dat niet goed is. Kun jij niet gewoon zeggen wat ik bedoel? Dit kost me een slapeloze nacht. En hoe ben jij zo geworden? Heeft het jou slapeloze nachten gekost? En ben je er nu uit? En hoe denk je dan en waar baseer je je oordeel op? En ben je daarom zo energiek? En waarom schrijf je eigenlijk de hele tijd?

Ik wil alleen maar uitleggen dat ik ook wel wat te zeggen heb, al begrijp ik nergens wat van, maar wat ik te zeggen zou hebben, Joost mag het weten. Het is alleen maar dat ik niet veronachtzaamd wil worden. God mag weten waar die ideefixe vandaan komt, maar het is zoals het is.

Als iemand me zou vragen waarom dat *Model* verfilmd zou moeten worden, zou ik niets anders weten te zeggen dan dat ik hoopte dat er ergens een meisje van twaalf, dat die avond toevallig voor de televisie verzeild geraakt was, zou denken: 'O, zit het zo! Ik ben helemaal niet gek!' Niet omdat ik reclame wil maken voor het modelstaan, maar omdat ik probeer uit te leggen dat je best nog een beetje gelukkig kunt worden als je besluit onder ogen te zien dat het je menselijke plicht is de spoken die je in je kindertijd naar binnen gehaald hebt uit te bannen, en verder op God te vertrouwen.

Mijn model streeft naar verlossing uit haar eenzaamheid. Ze doet niets anders dan voortschrijden over de oprijlaan naar God, zonder ooit een stap verder te komen, want natuurlijk is geen enkel menselijk wezen in staat haar te bevrijden. Omdat de andere aspecten van het leven haar niet interesseren, zoekt ze een aardse vervanger voor Onze Lieve Heer in de keuringsarts, die, op een wat lager niveau, de mensen die voor hem staan oordeelt en vonnist. Als hij op de gebruikelijke wijze menselijk wordt, haakt zij af.

Ik kan niet zeggen dat ik haar handelwijze innemend vind; persoonlijk geef ik de voorkeur aan mensen als bijvoorbeeld Don Giovanni of J.D. LaRue uit *Hill Street Blues* die als gekken achter de wijven aanzitten tot de dood erop volgt, waardoor hun banale passie uiteindelijk een soort heroïek verkrijgt, maar goed, ze maakt zichzelf tenminste niets wijs.

God bestaat alleen maar bij de gratie van overgave. Ze wil zich openstellen voor de genade, en hoewel een tochtig lokaaltje in Beverwijk nog niet de Elysese velden is, slaagt ze er toch in om die twee uur niet veel meer te zijn dan een lichaam in de tijd en zich dicht bij het voorportaal van het onzegbare te voelen.

Beste Ger, het wordt al zowat licht. Ik ga dit morgenochtend nog even doorlezen en dan maar gewoon posten, want veel meer kan ik er niet over zeggen. Ja, ik kan nog uren doorgaan en tientallen toepasselijke citaten aanhalen, maar misschien bedoel je dit soort dingen helemaal niet, en hoe moet het dan als ik voor je sta, van aangezicht tot aangezicht?

Waar nog bij komt dat ik morgenochtend vroeg met mijn schildersbedrijf De Zwarte Kwast (tijdelijk uitsluitend bestaand uit mijzelf) aan een nieuwe klus begin, want ik spaar voor een nieuwe fiets.

Los hiervan (hoewel ik er zelden in slaag de dingen los van elkaar te zien) het volgende verzoek:

Zoals je misschien niet weet, moeten wij ons (als vierdejaars studenten) een begeleider zoeken. De bedoeling is dat je daar regelmatig mee afspreekt, ik denk ongeveer eens in de maand.

Je statements doen er vaak weken over om via mijn hersens in mijn bloedsomloop terecht te komen – maar toch geloof ik dat er sprake is van enige vooruitgang. Ik hoop dat jij dat ook vindt, en tijd en zin hebt mij te begeleiden. Marieke (de directrice) zal je bellen. Verder zul je, neem ik aan, weinig met de school te maken hebben. (Ik meen dat dit een aanbeveling is.)

Haarlem, 17 augustus 1994

Beste Ger,

Ik geloof dat ik er even klaar mee ben.

De laatste dagen heb ik nergens meer over nagedacht maar het verhaal keer op keer doorgelezen en er, als een pianostemmer, de valse tonen uitgehaald.

Ik bezag het ineens een stuk luchtiger allemaal en hou maar op er nu nog aan te veranderen, voor het alsnog comedy wordt.

Tussen ons gezegd en gezwegen: volgens mij gaat het over een model met wie het, in de loop van ongeveer een jaar, langzaam beter gaat. Panta rhei. Elk mens van goede wil vindt uiteindelijk een staat van genade.

Ik zit nog een beetje met de titel, en dacht bv aan 'Niet om aan te raken'. Mijn voorliefde voor bijbelse teksten bracht me in eerste instantie op 'Raak me niet aan' (Noli me tangere) maar ik vond het een tikje hysterisch klinken. (Vannacht wist ik ineens waarom – het deed me denken aan *Maak me niet kapot*, een boek voor de oudere jeugd, over een jongen die voor homoseksueel wordt aangezien (hij is het nog geeneens echt) (het was in de zeventiger jaren, en bovendien in Amerika)).

Nu ja, als je wat beters weet, houd ik me aanbevolen, want naarmate ik langer over de dingen nadenk, schijnen ze steeds maar dubbelzinniger en vreemder te worden, tot ik het uiteindelijk zelf niet meer kan verstaan.

Ik denk dat ik je ga bellen als ik thuis ben, om te kijken of het via de juiste brievenbus in de juiste handen gevallen is.

29 augustus 1994

Beste Ger,

Deze kaart als dank voor de laatste les, die we tot de verfijndere martelingen kunnen rekenen.

Ik begrijp wat je bedoelt en ik weet dat je gelijk hebt en ik vind het knap dat je me toch de moed niet laat verliezen, hoewel ik soms de neiging moet bedwingen mijn hoofd tegen de muur te slaan.

Alles voor de goede zaak.

Ik hoop dat je me belt als ik te lang niets van me laat horen.

Zelf heb ik nogal moeite met bellen, want ik stel me altijd voor dat die ander net begint aan een romantisch intermezzo en/of gehoord heeft dat z'n vader is overleden. De fantasie is niet altijd een zegen.

Haarlem, 20 september 1994

Beste Ger,

Na de laatste les kwam ik in eerste instantie niet veel verder dan 'unruhig wandern weil die Blätter treiben', want ik begreep wel dat ik, om aan jouw (en mijn) eisen te voldoen minder bevooroordeeld jegens mijn model moest zijn, maar ik wist niet waar ik moest beginnen. Uiteindelijk ben ik naar Yolanda gegaan, het orakel dat ik raadpleeg in zware tijden. Ik deed haar minutieus verslag van het wordingsproces van mijn scenario, van jouw vraag om mijn 'allergrootste waarheid in een brief te formuleren', en zelfs, min of meer terloops, hoe jij je de vorige keer uit het raam gebogen had om een mij onzichtbaar iemand toe te spreken.

'Ik vind mensen altijd pas echt aardig op het moment dat ze zich tot iemand anders richten,' zei ik.

'Dat lijkt me het begin van je allergrootste waarheid,' grinnikte Yolanda. Aan het slot van de bijeenkomst zei ze: 'Nicolien, jij moet gehoord worden en niet gezien. Jij moet boeken schrijven. En die moet iemand anders dan verfilmen. Maar jij moet geen scenario schrijven.'

'Maar moet ik er dan nu meteen mee ophouden?' vroeg ik geschrokken.

'Nee, dit maak je af.'

Ik kwam nogal duizelig thuis, heb eerst drie dagen lang iets anders gedaan, en daarna de computer maar weer aangezet.

Mijn model is een stuk spraakzamer dan in eerdere versies en ik moet zeggen: ik ben haar bepaald gaan waarderen. Het zijn vooral de stukken met de arts en de vriend die veranderd zijn, omdat zij zich daarin het meest uitspreekt. Het een zal wel met het ander samenhangen, want zoals jij zegt: een stuk kan nooit uitstijgen boven het niveau van zijn karakterisering.

Het is langer geworden, maar dat komt ook doordat ik wat korter papier gebruikt heb, dus laat je niet misleiden, o Ger.

De poseerstukken kun je wel overslaan, want die zijn toch hetzelfde gebleven, op een enkel zinnetje na. Toen ik de namen aan het veranderen was, heb ik mijn model ook meteen maar anders genoemd, want ik vind Lucinda eigenlijk een stomme naam. Indertijd was ik nogal onder de indruk van iemand die zo heette, maar toen ze kort daarop trouwde met een alcoholische, tien jaar oudere aannemer bekoelde mijn enthousiasme. Ik deed nog een poging om haar terug te veroveren te Schoorl, maar zoals ik je al vertelde liep de zoon des huizes me voortdurend voor de voeten, en bleek ze zwanger, hetgeen ze me vertelde toen ze in al haar glorie in het ligbad lag uitgestrekt. Op dat moment kwam die jongen de trap weer op. Ik heb me weleens afgevraagd of ik ooit serieus drama zou kunnen schrijven, omdat mijn eigen leven niet boven het theater van de lach schijnt uit te stijgen, maar Yolanda beweert dat dat met elkaar samenhangt en ik de wetten van het leven veronachtzaam omdat ik die al in het schrijven toepas.

Dit terzijde; ik heb eens nagedacht over een scenario voor die reeks single plays waar jij het over had: *De Galerij*. Ik dacht aan het sterfbed van mijn tante Tannie die als een gemummificeerd doodshoofdaapje maandenlang lag te sterven, en met een nauw hoorbaar zilveren stemmetje iedereen op stang wist te jagen: haar vier zusters die ze uit diverse continenten had laten overkomen, en het vrouwenzangkoor dat ooit bedacht had elke dag een half uurtje voor Tannie te komen zingen, maar dat, toen het sterven maar duurde en duurde, aanmerkelijk begon uit te dunnen.

Het gaat me vooral om Arthur, haar zoon, een buitengewoon merkwaardige jongen. Man eigenlijk, want hij is inmiddels 34.

Tannie raakte in 1958 ongehuwd zwanger, vertrok kort na de geboorte van haar zoon Arthur naar Zuid-Afrika, kwam 12 jaar later terug en trok met Arthur bij ons in. Ik was toen 8. Ze hebben jaren bij ons gewoond en leefden als kat en hond. Tannie verhuisde. Later hoorde ik dat ze een verhouding met mijn vader had. Arthur bleef nog enige jaren bij ons wonen.

Mijn zus en ik waren allebei verliefd op Arthur en hadden om beurten een verhouding met hem. Uiteindelijk trouwde Tannie met een kapitaalkrachtige man en trok in een groot huis aan het Spaarne, waar Arthur zich bij hen voegde, in de grootste kamer die ik ooit gezien heb. Toen kreeg Tannie kanker en is ze jaren aan het sterven geweest.

Het idee is het volgende: Tannie, die al in geen weken gegeten heeft, en nu ook niet meer drinkt, heeft naar verwachting nog één dag te leven. Arthur, met wie ze altijd een moeilijke relatie heeft gehad, verzorgt haar al maandenlang, daarbij alles en iedereen veronachtzamend. Hij sleept met flessen linksdraaiende yoghurt, en slaapt naast haar bed. Realiteitsbesef was al nooit zijn sterkste kant, maar zo langzamerhand begint hij dat helemaal te verliezen.

Hij verzorgt zijn moeder samen met haar vier zusters die hij burgerlijk vindt omdat ze plooirokken dragen en psalmen en canons zingen. Nu willen de zusters, die net als Tannie allemaal verpleegster zijn (geweest) en de daarbij behorende nuchtere spreekwijze hebben omtrent dood en verrotting, dat Tannie Arthur de naam van zijn vader vertelt. Arthur wil dat niet, want het staat hem tegen dat zijn arme, doodzieke moeder nog tot iets gedwongen zou moeten worden. Bovendien meent hij dat het hem niet interesseert. De tantes praten op hem in: jongen, nu kan het nog. Vanaf morgen nooit meer. En het is voor je moeder ook veel beter. Dan kan ze rustig heengaan.

Goed, dat is het idee. Arthur is dus de hoofdpersoon. Ik heb drie keer geprobeerd dit beter te vertellen, maar dat schijnt niet te lukken. Ik weet de premisse nog niet, dus ook niet hoe het afloopt, al heb ik er wel een idee over. Het papier is op. Ik ben weg van zaterdag tot en met woensdag.

Haarlem, zondag 16 oktober 1994

Beste Ger,

Teneinde je op de hoogte te houden van elke ademtocht van mijn *Model*, stuur ik je een kort overzicht van de huidige stand van zaken.

Ik heb, zonder mijn aantekeningen van de laatste les te raadplegen, het geheel nog eens doorgewerkt en enige wijzigingen aangebracht. Ik begon plotseling jouw voortdurend hameren op zichtbaarheid en duidelijkheid te begrijpen, maar dat leek me zozeer het gevolg van een andere attitude dat ik besloten heb het verhaal nu maar zo te laten als het was, en 'zichtbaarder' te schrijven in een volgend scenario.

Daarna heb ik de aantekeningen nog eens doorgelezen en gemerkt dat ik het allemaal precies volgens aanwijzing had uitgevoerd, op een paar dingen na, waar ik het niet mee eens bleek te zijn. Dus dat klopte allemaal prachtig.

Ik kreeg de driedaagse koorts toen ik me realiseerde dat ik met het opsturen van mijn scenario mijn armoedige doch riante positie aan de zijlijn van het leven opgeef. Dat heeft niets te maken met een eventuele reactie, maar is een gevolg van het kenbaar maken van mijn wens iets meer te bereiken dan model staan, huizen verven en met rust gelaten worden. Ik geloof dat ik een zekere rancuneuze onverschilligheid aan het opgeven ben. Dat is nog zo slecht niet, maar omdat daarmee de hoop op verlossing ook verdwijnt (gratis en voor niks zou God zich (in de gedaante van leraar, arts, of directeur van het arbeidsbureau) op een gewone dinsdagmiddag aan mij openbaren), zag mijn bestaan er plotseling erg hard en prozaïsch uit.

Overigens heb ik nog twee afleveringen van *De Galerij* gezien, en ik begin ze steeds slechter te vinden, temeer daar op België aansluitend *The Jewel in the Crown* wordt uitgezonden, waardoor de meeste ineenschrompelen tot onhandig uitgewerkte oppervlakkige ideeën. Het is nooit meer dan het is, om jou maar eens te citeren.

Nu ja, het *Model* is nu eindelijk de deur uit, netjes uitgeprint op de super laserjet van mijn zwager en met een keurige brief van mijzelf erbij, met niks geen relativerende opmerkingen, maar allemaal heel gewoon en netjes.

8 november 1994

Beste Ger,

Ik blijf maar tobben over het verschil tussen proza- en scenarioschrijven. Ik zou graag mijn ordeloze gedachten in min of meer logische volgorde aan je willen meedelen, teneinde het onderwerp voorlopig voor mezelf af te sluiten en mijn nacht- en gemoedsrust terug te krijgen.

De vraag is natuurlijk in hoeverre ons ongeduld bij het lezen van fictie veroorzaakt wordt door de eigen gêne bij het schrijven daarvan (zoals jij zei: 'Bij proza denk ik altijd: dat heeft iemand anders al beter gedaan, en bij scenario niet'), een vraag die je jezelf ongetwijfeld ook gesteld zult hebben, en waarvan bij mij in het ultieme, afschuwelijke verlengde ligt: 'Gaat scenario me zo makkelijk af omdat het uiteindelijk slechts een afgeleide is van wat ik werkelijk wil'?

Je had het eens over 'mensen die te intelligent zijn om scenario te schrijven' en keek nogal betrapt toen ik zei: 'Of te stom zich over hun schaamte heen te zetten.'

Bij scenario blijf je zelf buiten schot omdat je eigen stem onhoorbaar is. Zoals ik jou ken, voor 95 procent wegvallend achter de kunstenaar in je, lijkt het schrijven van proza me inderdaad een frustrerende aangelegenheid. Door het woud van mijn gedachten over jou (zie onze vervolgcursus 'De Mens achter de Ger') schemert een vaag vermoeden omtrent een lichte remming op je intuïtie in de omgang met de medemens, wat leidde tot mijn theorie dat de buitenwereld via je vijf zintuigen direct je werkkamer ingesluisd wordt en aldaar onmiddellijk wordt omgezet in scenario's. Nu is het misschien onzin, maar ik vraag me af of voor het schrijven van proza interventie van een ander deel van jezelf noodzakelijk is. Ik weet het niet, want ik ben er zelf ook niet zo sterk in.

Het spijt me dat ik het niet beter kan formuleren; ik blijf misschien ook een beetje vaag omdat ik nooit precies weet hoever ik gaan kan bij mensen, en in het vuur van mijn analyse weleens rampen heb aangericht omdat ik vergat dat ik sprak tegen het object van die analyse.

16 november 1994

Lieve Ger,

De geestig bedoelde formuleringen van mijn laatste brief waren aangebracht bij wijze van schokwerend verpakkingsmateriaal om een vraag, namelijk: mag ik je even vasthouden de volgende les? Als het niet mag, ga ik bij je weg, want dan hou ik het niet meer uit. ('Mag ik een nieuwe begeleider, deze is alweer op.')

Ik had al hele fantasieën dat ik een vreselijk ongeluk zou krijgen en blind werd, zodat ik eindelijk een excuus zou hebben je aan te raken als je me in het ziekenhuis kwam opzoeken.

(Want dat deed je namelijk weer wel, compleet met bloemen, erg aardig.)

Ik weet er natuurlijk niks van, maar om vanuit Amsterdam-Noord als homoseksuele kunstenaar aan de Amstel te geraken, lijkt me een krachttoer waarbij licht enige averij wordt opgelopen.

Het 'echte leven' bestaat overigens niet; dat is een uitvinding van verlegen mensen. Dat je altijd als eerste naar huis wil, is geen onmacht, maar de natuurlijke gang van zaken voor de geboren toeschouwer, die het na een paar uur wel weer gezien heeft.

'Leg af die schaamte, want door die zonde zijn engelen gevallen' (om Shakespeare maar eens te verminken), en wees er nou maar trots op in plaats van verward te denken dat je iets verkeerds doet, om vervolgens weer gauw aan het werk te gaan.

Ik heb een stukje scenario over het Orakel geschreven dat ik je de volgende keer graag wil opsturen, maar dat nou nog wat al te los in de hengsels hangt.

Ik heb nog eens goed nagedacht over je verhaal over de metafoor, en er de aantekeningen van je les over stijl bijgehaald, de enige aantekeningen inderdaad die nooit erg waren gaan leven voor me.

Ik vroeg me af of het soms iets met afstand te maken heeft; ik merk dat ik elk scenario voor je voeten leg als een plakje van mijn ziel, zo delicaat dat ik er zelf nauwelijks over kan oordelen. Los van het feit dat schrijven op die manier een zenuwslopende affaire wordt, lijkt het me ook niet goed omdat het ding als het ware aan mij verbonden blijft en ik er niet naar kan kijken, zoals een schilder naar zijn schilderij. De verlegenheid die ik bij mezelf waarnam als ik over mijn producten sprak, vond ik altijd nogal kinderachtig en in schril contrast staan met de gedreven achteloosheid die ik altijd zo plezierig en overtuigend vind bij gearriveerde schrijvers.

We zullen maar rustig afwachten tot de munt valt.

13 december 1994

(De bedoeling was dat ik je de volgende brief bij mijn huiswerk zou sturen, maar nu heb ik wel een brief, maar moet ik nog steeds beginnen aan mijn huiswerk. Dat komt de volgende keer dan wel weer. 'En zo vecht ik maar door voor leven en vooruitgang in de kunst', om Vincent van Gogh te citeren. Ik kan het blijkbaar niet anders dan zo.)

Ger!

Gisteren moest ik in Beverwijk poseren. Ik was zenuwachtig, want ooit had ik in een loslippige bui aan Jochem verteld dat ik een stukje scenario over de club geschreven had en sindsdien bleef hij ernaar vragen, tot ik het geval enige weken geleden ten einde raad maar voor hem meenam. Eerlijk gezegd komt hij er het slechtst vanaf, want hij is het minst karikaturaal en het meest naar de werkelijkheid geschetst. Anderzijds: de man is neerlandicus en ik besloot optimistisch dat hij waarschijnlijk wel een onderscheid zou kunnen maken tussen fictie en werkelijkheid.

Ik werd echter aan het twijfelen gebracht door de reactie van Sybren, mijn ex-vriend, die na één scène gelezen te hebben, me het scenario in het gezicht slingerde en me verbood hem ooit nog een keer te gebruiken, waarna hij me zulke bloemrijke en originele beledigingen begon toe te voegen, dat ik alweer automatisch naar pen en bloknoot tastte.

Ik liep dus een beetje bezorgd door de duistere Kerkstraat naar het café, toen Jochem me achterop kwam rijden op de fiets.

'Hoi,' zei hij.

'Hoi,' antwoordde ik.

Daarna viel er een stilte.

'Jammer dat ik niet achterop kan,' zei ik, wijzend naar het kinderstoeltje.

'Wel voorop,' sprak Jochem, en trok me op de stang.

Op de stang van iemand zijn fiets zitten en me voort te laten rijden door de duisternis, is voor mij het toppunt van geluk, zeker als deze persoon een grote, zwijgende man van vijfenveertig is (want dat is nu eenmaal mijn favoriete bevolkingsgroep) met gespierde armen en een rustige ademhaling. (Nog beter is twee van deze mannen bij elkaar, dus je begrijpt dat ik razend benieuwd ben naar je scenario – het verhaal kan wat mij betreft al helemaal niet meer stuk.)

Jochem zei dat-ie mijn *Model* vijf keer gelezen had, en vijf keer met plezier, dat-ie zichzelf nogal een slijmerd vond, maar de anderen erg raak geschetst.

Blijkbaar had ik me toch nog zenuwachtiger gemaakt dan ik zelf wist, want even later schoot ik tijdens het poseren in een onbeheerste lachbui, die griezelig opklonk in de stilte. Ik zette mijn nagels in mijn zij en dacht aan zoveel mogelijk akelige dingen, zoals tandartsen en begrafenissen en Marina B., maar ik dankte God toen het tijd was.

Geheel tegen mijn gewoonte in schoof ik beneden in het café weer bij ze aan, en vertelde, enigszins onder invloed van de jenever, achter elkaar al mijn succesverhalen over bijna veertien jaar poseren, waarbij ze allemaal over tafel lagen van het lachen en uiteindelijk op de geniale gedachte kwamen dat ik deze verhalen eigenlijk op zou moeten schrijven! In een boek! En dat zouden ze dan, beloofden ze me, ook echt kopen en lezen.

Jochem en ik keken elkaar maar niet aan, want hij is de enige die weet van mijn geschrijf (de anderen denken dat ik leef van model staan en huizen schilderen) en onder hun aanmoedigende woorden voelde ik me hypocriet. De gedachte dat ik over hén wel eens iets zou kunnen vertellen, kwam geloof ik eenvoudigweg niet in hun hoofd op.

Kort geleden stond mijn vriend Balthasar (hij schrijft homoerotische romans, ken je zijn werk?), die ik verteld had over jouw opmerkingen met betrekking tot een metafoor voor mij en mijn werk, op mijn antwoordapparaat met de mededeling dat hij de oplossing wist, waarna hij losbarstte in een lied, want hij speelt tegenwoordig ijverig gitaar en staat om de haverklap min of meer vals zingend en excuses roepend op mijn antwoordapparaat, wat mijn verkild gemoed verwarmt als ik om half twaalf 's nachts versteend uit Akersloot terugkom nadat ik twee uur naakt in het plaatselijke buurthuis heb geposeerd waar op elke kachel een bordje 'defect' hangt.

Nadat ik bij jou was wezen theedrinken, ging ik naar hem toe (hij woont bij jou in de buurt). Hij was erg verkouden, waardoor ik stilletjes hoopte dat we het zingen dit keer achterwege zouden laten, maar onverstoorbaar als altijd bracht hij met nasale stem drie liederen ten gehore, die hij inleidde met de mededeling dat hij ze 'speciaal voor mij had ingestudeerd', een leugen die het leed inderdaad verzachtte, zoals hij goed ingeschat had.

Toen legde hij zijn gitaar weg, stak een sigaret op en stelde een beetje verlegen voor dat ik mijn gekte als metafoor zou gebruiken, zoals hij het mes in de buik gebruikte als metafoor voor zijn sadomasochisme. (In zijn boeken komen vaak jonge mannen voor die zich willen laten doodsteken.)

Tussen mijn veertiende en mijn zestiende was ik tamelijk ver heen, hetgeen bruusk eindigde in een opzettelijk veroorzaakt ongeluk, waarna het langzame ontwaken aanving. Het verlies van de eigen zinnen is geloof ik het ergste wat er bestaat, zeker als je in staat bent om dat zelf waar te nemen, maar ik kan niet ontkennen dat ik me daarna nooit meer zozeer mezelf heb gevoeld als in die tijd, en de jaren daarna heb ervaren als een concessie aan de buitenwereld.

'Jouw figuren hebben altijd een rare blik op de werkelijkheid,' ging Balthasar door, 'en ze zijn altijd krampachtig bezig te doen "of ze erbij horen", maar waarom dat is en waar ze nou eigenlijk bang voor zijn, wordt nooit duidelijk en je verhalen eindigen altijd in het ongewisse en komen nooit af.' (Hij refereerde hierbij aan mijn proza.)

'Als je nou eenvoudigweg zegt: "Ze was een tijdje gek geweest, en ze was bang dat ze dat eigenlijk nog altijd was en dat mensen dat aan haar zouden zien", dan ben je van die vaagheid af.'

Ik dacht hierover na en vroeg me af of mijn onwil mijn ideeën voor scenario precies te formuleren, zelfs voor mezelf, ook te maken had met de angst weer af te dalen in die krater en te verdwalen in al die particuliere onzin: die logica die geen logica is, angstbeelden die voor niemand begrijpelijk zijn, en verlangens die in andere leeftijden en tijdperken thuishoren.

Als je geest een tijdlang 'over vreemde oceanen heeft rondgezworven', ben je zo blij weer teruggekeerd te zijn in een wereld van drie dimensies, dat je je met een zekere grimmigheid overgeeft aan de waarnemingen van je vijf zintuigen en blijf je het liefst aan de buitenste rand van je geest, waar je ideeën al door taal en verhaalvorm geciviliseerd zijn.

Door grote zelfbeheersing weet ik me over het algemeen goed over mijn angsten heen te zetten, maar tegelijkertijd heb ik weleens het gevoel dat al die zelfbeheersing ook juist mijn handicap is. Daar komt bij dat ik elk jaar een maand instort, zoals ook nu weer gebeurd is. Vannacht sliep ik weer voor het eerst zonder slaappillen, en droomde dat er in mijn ouderlijk huis een oerwoud groeide, waarin een meterslange giftige wurgslang rondgleed. Ik dirigeerde mijn familieleden naar buiten, sloot de deuren en belde de politie.

Inmiddels hadden mijn familieleden, die het gevaar niet schenen in te zien, de deuren weer geopend, waardoor de slang zijn kop al om de hoek stak. Ik sloeg de deur dicht en duwde en duwde, hem trachtend te verpletteren. Hij verschrompelde, verloor zijn gif, en werd weggedragen, nog maar een meter lang.

Alles goed en wel, maar hij leefde nog en komt volgend jaar natuurlijk weer terug.

Donderdag bezoek ik het Orakel, en zal ik dit probleem aan haar voorleggen. Ik had sowieso al het idee dat haar hameren op de keuze tussen proza en scenario eerder een metafoor was voor de keuze tussen leven in angst en met open ogen.

Jij kunt je werk los van jezelf zien, maar dat is voor mij onmogelijk. (Dat schijnt te komen doordat de beide hersenhelften bij vrouwen met honderd miljoen draadjes aan elkaar zitten, en bij mannen met ongeveer twee.) Hoewel mijn verstand ziet dat jouw levenswijze evenzeer zijn nadelen heeft, moet ik nog altijd mijn best doen me niet een over-emotionele, opdringerige gek te voelen als ik je spreek.

Zo is het pas recentelijk tot me doorgedrongen dat je geregeld hebt dat ik mogelijkerwijze een aflevering voor de Galerij mag schrijven. Met ontzetting heb ik teruggedacht aan het telefoongesprek waarin je me dit trachtte duidelijk te maken. Je bent gelukkig niet zo'n oordeler, geloof ik, maar mijn gebrek aan reactie moet je toch minstens bevreemd hebben.

Inmiddels weet ik dat als jij een peinzende monoloog tegen de muur begint af te steken, je meestal bezig bent iets aardigs tegen me te zeggen, maar door de telefoon ben ik nog niet in staat al je raadselachtige signalen te ontcijferen, en ik reageer nu eenmaal eerder op jou dan op de inhoud van je woorden. Je gedempte gemompel over 'een lijst' heb ik zenuwachtig uitgelegd als een of andere lijst waar iedereen die Marina B. gesproken had blijkbaar automatisch op kwam te staan, een lijst die zo bekend is dat je mij niet meer hoeft uit te leggen wat voor lijst het precies is. Uit angst onnozel over te komen, heb ik geen nadere explicatie gevraagd.

Jouw en mijn gedrag in aanmerking nemend, is het nog een godswonder dat we ooit een min of meer coherente dialoog weten te voeren. Over een half jaar blijkt waarschijnlijk dat jij me al die tijd in de grondbeginselen van de Italiaanse grammatica hebt onderwezen, terwijl ik meende een cursus Argentijnse tango bij je te volgen.

19 januari 1995

Lieve Ger,

Ik zie Marina B. (van *De Galerij*) woensdag. Ze wilde dat ik een idee opstuurde, maar toen zei ik dat het al af was. Als ze het nemen, krijg ik 15.000 gulden. Een jaarinkomen voor een half uur onzin verzinnen. Krankzinnig.

3 februari 1995

Lieve Ger,

Ik heb besloten me de komende weken te richten op het herschrijven van het *Model*. Los van wie of wat dan ook meen ik zelf dat het nog een slag helderder en beter kan, zonder dat het daarbij zijn mistige charme verliest. In deze versie raak ik het bovendien aan niemand kwijt.

Een tweede *Galerij* lijkt niet zo zinvol, want ze nemen geen twee afleveringen van dezelfde schrijver en ik wil best weer eens iets 'voor de la' schrijven, maar zou dan een opwindender ambiance kiezen.

Indien je meent om de een of andere reden niet in staat te zijn je volledige en positieve aandacht nogmaals op het *Model* te richten, moet je dat natuurlijk gewoon eerlijk zeggen.

Indien ik niets van je hoor, stuur ik je mijn opzet halverwege de volgende week op.

8 februari 1995

Ger!

Ik heb nog eens goed nagedacht:

Gedenken wij allereerst mijn premisse 'zelfacceptatie leidt tot gemoedsrust', dan impliceert dat dat mijn model zichzelf in het begin van de film niet accepteert en aan het eind wel. Welnu, we hebben drie lijnen: 1. het werk, 2. het vriendje, 3. het poseren.

Ze wil 1. niet werken, 2. slechts een deel van het vriendje, 3. wel poseren. In het begin zal ze dus 1. zeggen dat ze wil werken, 2. het vriendje afwezig op een armlengte afstand houden, 3. poseren zonder aan zichzelf toe te geven dat dat echt het enige is wat ze wil.

Elke lijn moet naar zijn eigen onontkoombare einde leiden. In de huidige versie gebeurt dat echter alleen met het vriendje.

Het werk: die hele Sociale Dienst smijten we eruit. Elementair aan mijn model is dat ze geen dag iets kan wat ze niet wil. Ze kan zich nu eenmaal niet 'over de dingen heen zetten' en geen vuile vingerafdruk van de maatschappij op haar zuivere ziel verdragen. Mijn model kennende, zou ze dat koffiebaantje geen week volhouden. Bovendien is het wel erg toevallig dat het nou net bij de Sociale Dienst is.

Zoekend naar een ambiance, dacht ik aan een restaurant

in de Ripperdastraat, dat bedoeld is om randgroepjongeren werkervaring op te laten doen. Het wordt gerund door een vriendin van mij, die groots en zwetend in de dampige keuken die verlopen jongeren staat te temmen. ('Die anorexiameisjes zijn zo lastig,' vertrouwde ze me toe, 'dan zeg je dat ze een pakje boter in de pan moeten doen, en dan staan ze daar te huilen want dat kunnen ze dan weer niet. Dan laat ik ze maar sla maken.')

Nou, dat is misschien wel aardig. En dan heb je ook wat gewonigheid naast dat etherische gedoe van mijn model.

Die man van het Arbeidsbureau geeft haar hier na een reeks mislukkingen een laatste kans en zal haar persoonlijk controleren. Het loopt tussen hem en haar uit op een machtsstrijd. Zij beschouwt hem als een God die haar een legitimatie voor haar identiteit kan verstrekken, de vrijbrief 'afgekeurd voor het leven', terwijl hij, mateloos geprikkeld door de merkwaardige mengeling van haar adoratie, dociliteit en ijzeren onbuigzaamheid, haar zou willen breken en niet weet hoe, omdat afkeuring juist datgene is wat ze wil.

Als je het in drie fasen indeelt, kom je uit op het volgende: a. het model sloft terneergeslagen binnen; de baas van het spul zegt streng dat ze wel gemotiveerd moet zijn omdat deze opleiding het arbeidsbureau een bak geld kost, en dat arme model, met haar hang naar serene herfstlanen, zegt (somber ogend naar de lappen vlees op het aanrecht) dat ze heus wel gemotiveerd is, omdat ze nu eenmaal toch iets moet in het leven. 'En anders word je voor jaren afgekeurd,' zegt de baas nog dreigend. Daar fleurt ze ineens helemaal van op, hetgeen de baas noch zij in de gaten heeft, maar wij wel.

In fase twee zie je haar al flink mislukken en huilend op de wc zitten. De baas probeert haar te helpen, maar draait ineens als een blad aan een boom om als ze hem op de man af vraagt haar af te keuren. Daar verzet hij zich fel tegen. Zijn grootste wil is haar klaar te stomen voor de maatschappij, en er is voor hem geen groter vloek denkbaar dan iemand die het tegenovergestelde wil. (Je kunt je werkelijk niet voorstellen hoe hysterisch mensen reageren als een gezond ogend persoon zegt dat ze niet kan werken. Daar moet een diepe angst voor de anarchie en de chaos achter zitten.)

Mijn verhaal bezit volgens mij zelfs nog een soort maatschappelijke relevantie, want er zijn natuurlijk veel meer mensen die niet echt gek zijn, maar toch niet in staat zijn in deze maatschappij met zijn vervloekte arbeidsethos mee te draaien en tot hun pijn en verdriet ervaren hebben dat de tolerantie van omstanders en overheid zich beperkt tot classificeerbare slachtoffers en ziektegevallen, en dan een scherpe hoek maakt richting agressie.

Hoe het komt dat ze overal wegloopt, en dat ze is zoals ze is, daar geef ik verder geen verklaring voor. Dan krijg je weer iets flauws met een moeder en vroeger en zo. Bovendien denk ik dat sommige mensen eenvoudigweg zijn zoals ze zijn. Ik denk ook niet dat er uit mijn model een lesbische scenarioschrijfster zal groeien. Ik denk dat haar leven niet zoveel meer zal veranderen. Misschien uiteindelijk zo'n beetje samenwonen met een geknakte homo, een passie voor jenever en tuinieren ontwikkelen en warme zomerdagen halfdronken in het gras liggen en het geluk en de pijn gelijktijdig voelen schrijnen.

Spreken we iets af? Dat scenarioschrijven kan ik nou wel, laten we het eens gezellig over jou hebben en wat je van me vindt, want dat is me na al die jaren nog steeds een volkomen raadsel en daar ben ik nou werkelijk razend benieuwd naar.

Haarlem, 17 februari 1995

Ger,

Denk je dat het mogelijk is dat geld in kleine, ongenummerde coupures te zijner tijd tersluiks in mijn jaszak te laten glijden?

Anders gooien we het namelijk direct in de muil van de Sociale Dienst, en mag ik er geen cent van houden. Mij is uitgelegd dat dat voor jou ongunstig is, omdat jij er belasting over moet betalen, maar kun je me dan niet gewoon geven wat er daarna nog van over is? Beter iets dan niets tenslotte. Zie maar.

Het Orakel heeft me een spoedcursus 'Omgaan met dramaturgen' gegeven, waardoor het contact met Marina B. nu wat beter verloopt (ik zeg steeds: 'O! Op die manier! Ja, daar zit zeker wat in!') en ik die stomme synopsis over mag slaan en een treatment ga schrijven. (Misschien dat ik er al schrijvend eindelijk achter kom wat dat nou toch in godsnaam is.)

Ik ben het scenario dat je naar aanleiding van mijn opzetje geschreven hebt, aan het lezen en ik vind het wel mooi, maar bij al jouw zinnen vraag ik me angstig af of ik dat ooit zelf had kunnen verzinnen.

Ik hoop me binnenkort weer van je existentie te mogen vergewissen via minstens vier van mijn vijf zintuigen, dat wil zeggen: 10 maart is prima, maar bel nog even want ik heb die dag nog een andere afspraak in Amsterdam. Misschien kunnen we een en ander listig in elkaar over laten lopen.

Zondag 19 februari 1995, twee uur 's middags

Je vriend, de producent Jim S. kwam daarnet koffiedrinken (en vooral veel sigaretten roken). Toen ik vroeg of ik het raam zou sluiten (de zon scheen), zei hij beleefd dat hij het juist erg aangenaam vond. Daarna vroeg hij hoe oud ik was en of ik ook gescheiden was. Vervolgens zette hij zijn plan voor zijn zevendelige serie over Aruba uiteen. Het klonk natuurlijk erg leuk. Ik had het gevoel dat hij er veel meer ideeën over had dan hij toe wilde geven. Toen ik dat zei, begon hij uit te leggen dat hij ook wel wist dat al zijn ideeën volslagen stompzinnig waren, dat bovendien zijn hele leven eigenlijk mislukt was en dat hij de hele nacht niet geslapen had door financiële problemen. Hij maakte een geteisterde indruk, maar dat leek me ook deel van een soort act die ik wel waardeerde. Ik vond hem erg sympathiek. Toen ik hem uitliet, zei hij dat ik blijkbaar goed tegen de kou kon want dat hij inmiddels versteend was, waarna ik natuurlijk zei dat ik de hele tijd hetzelfde had zitten denken. Hij verdween met mijn script over de Poolse familie in zijn binnenzak, en zei dat hij wel weer van zich zou laten horen.

5 maart 1995

Bijgevoegd het *Model 11*. Ik zit nog een beetje met de titel. Wat dacht je van 'Het Model Vindt Het Geluk'? Of denk je dat 'Laat Het Model Maar Schuiven' toch pakkender is?

Ik zou bladzijden kunnen doorschrijven over het hoe en waarom van elke scène, want ik kan je verzekeren dat het allemaal geweldig diepzinnig is, maar ik kan je ongeduldig zuchten hier al horen, o allergriezeligste der docenten, dus ik hou mijn mond alweer.

Haarlem, 21 april 1995

Lieve Ger,

Bijgevoegd je treatments, waarvoor veel dank. Ze lazen uiterst aangenaam. Je moest maar eens een boek schrijven. Haha.

Eveneens bijgevoegd een verhaal dat ik schreef voor school. Ze geven elk jaar een boekje uit met werk van eindexamenkandidaten, en daar ik er niet veel in zag een willekeurige scène uit mijn scenario te halen, heb ik een prozaverhaal geschreven over de ontstaansgeschiedenis van *Het Model* (hoewel, al schrijvende, het hele model eruit verdwenen is).

Nu zal het je niet verbazen dat jij daar in al je verpletterende Gerheid ook in voorkomt, en daarom leek het me raadzaam het je eerst maar even te laten lezen, voor het geval je bezwaren mocht hebben, en/of bijvoorbeeld een andere naam wenst. (Ik lever het 1 mei in.) Daar het verhaal steeds serieuzer werd, bereikte het vanzelf het omslagpunt en kwam als comedy mijn printer uit. Ik meen God, leven en heelal te hebben samengevat, maar iedereen schijnt er uitsluitend om te moeten lachen. Ja, jij vindt comedy het hoogste wat er is, maar ik wil zo graag iets moois en verheffends schrijven! ('to praise a loving God and all his loving creation'.)

Ik heb een dagtaak gehad aan het volgen van je producties:

Je lezing was erg mooi. Je pak ook.

Dat over die jonge scenarioschrijvers beviel ons zeer. Femke en ik hadden verwacht daar als twee kaboutertjes rond te lopen tussen bomen van kerels die al bergen scenario's geschreven hadden en ons vol hoon sigarenrook in het gezicht zouden blazen, maar dat viel reuze mee.

Over je toneelstuk *The Dying Potter* had ik zo mijn bedenkingen. Ik zal me niet verliezen in algemeniteiten omtrent de gevaren van het naspelen van televisieproducties, maar zaak is dat de serie nu eenmaal in mijn geheugen gegrift staat, en je acteurs er op één of twee momenten na niet in slaagden me die te laten vergeten. Een groot probleem vond ik de aanwezigheid van Dennis Potter. Dat laatste televisie-interview vlak voor zijn dood heeft grote indruk op mij gemaakt en ik herinner me dat het indertijd bij die zin over die bloesem door me heen schoot dat je je zo'n cliché alleen kunt veroorloven als de dood in je ogen te lezen staat, en je er bovendien zo verontschuldigend bij glimlacht. Je acteur legde het ontzag dat wij zouden moeten voelen reeds in de galm van zijn eigen stem, en dat vond ik slecht te verdragen. Bovendien kon ik, evenals bij Josse de Pauw in *Hoogste tijd*, moeilijk mijn aandacht houden bij zijn orakelen over Beeld En Bedoeling en de Positie Van De Schrijver en zo. Ik hoor jou er graag over, maar op toneel zie ik liever een verhaal.

Je film *Eenmaal geslagen nooit meer bewogen* vond ik wel goed, hoewel, eerlijk gezegd, pas na afloop. In het begin kon ik er werkelijk geen touw aan vastknopen. Daardoor refereerde het ongelukkigerwijze aan allerlei basale angsten van mij, waarin iedereen volstrekt willekeurig handelt en nergens enig systeem in te ontdekken valt, zodat ik, geplet tegen de leuning van mijn stoel, naar een horrorfilm zat te kijken. Toen ik halverwege begreep waar het over ging, kon ik me ontspannen.

Zo ging mijn moeder ook met mijn broer om. Dat de jongen nu dood is, heeft de zaken er niet merkbaar op verbeterd. Ik slaagde er dus toch nog in, geheel tegen jullie bedoeling in, om enigszins mee te leven.

Eerlijk gezegd hou ik te veel van meeleven en een beetje zachtigheid om er werkelijk van genoten te kunnen hebben. Maar de geschiedenis bleef toch wel in me voortleven de dagen daarna. Ik vond alleen Gina een beetje verdwaald, 't was net of ze uit een andere film kwam. Wat me ook nog weleens invalt is dat beeld van die dikke man die zo nutteloos en stil en mislukt boven op die vrouw ligt. Komt het er echt in voor? Of heb ik het zelf verzonnen?

Mijn bezigheden dezer dagen zijn het schrijven van a. dat verhaal, b. een wervende tekst voor een praktijk voor acupunctuur (die man wil me nu in cadeaubonnen betalen; binnenkort biedt hij me aan een pak van die naalden te sturen bij wijze van honorering), c. een nieuw treatment van *De Poolse Familie* (had ik al verteld dat Marina B. had voorgesteld de moeder er uit te halen? Dat heb ik echter weten te voorkomen) en d. een treatment van *Het Model*, want ik bedacht dat het misschien leuk was om aan die scenariowedstrijd mee te doen. Het is nog een heel karwei. In de jury zitten alleen van die suspecte dramaturgen, dus ik heb het gevoel dat ik heel hard door een megafoon schreeuwend sta uit te leggen waar het over gaat.

En mag ik nog een toneelstuk schrijven? Maar dan niet over iemand die z'n geslachtsdelen eraf probeert te zagen of zo, maar gewoon over fatsoenlijke, goedwillende mensen die hun best doen vooruit te komen in het bestaan?

Ook denk ik vaak aan jou. Zo op het oog een nutteloze bezigheid, maar ja, wat weten we ervan? Veel van mijn schijnbaar zinloze gedachten en observaties vinden later als vanzelf hun weg naar een of ander verhaal, en blijken daarin niet zelden van cruciaal belang. Een hele troost, zoals je begrijpt, want alles wat zich niet leent voor een formulering, is tenslotte verloren moeite.

Begin mei ga ik twee weken naar Marokko. Ik ga ervan uit dat we neerstorten, ik op onze vakantiebestemming aangekomen tot volslagen apathie verval, mij de haat van mijn reisgezellin op de hals haal, twee weken verdoofd achter haar aan strompel, talrijke ziektes oploop, beroofd en verkracht word, om bij terugkeer opnieuw neer te storten. Mocht ik echter door een merkwaardige samenloop van omstandigheden toch nog thuis geraken, dan is mijn huis afgebrand, mijn familie overleden, en heel Nederland van de aardbodem verdwenen. En dan is al dat scenarioschrijven ook voor niks geweest.

P.S. 1 juli is trouwens diploma-uitreiking. Ik begrijp dat er leukere manieren zijn om de zaterdag door te komen, en dat je bovendien wel weer research aan het doen zal zijn in een ver, heet land, maar ik zou het toch wel erg leuk vinden als je... enzovoorts.

Haarlem, 29 mei 1995

Ger!

Ik heb net je stuk over Multatuli in één ruk uitgelezen en ik vind het werkelijk prachtig. Daardoor ben ik er nu meteen over uitgepraat. Ik vond het spannend en ik moest ook een paar keer hardop lachen, tot verbazing van de paar stille krantenlezers in het café waar ik zat. Het deed me denken aan meisjesboeken van voor de oorlog, maar misschien alleen omdat ik daarbij ook alles om me heen vergeet. Volgens mij hoef ik het niet eens meer op de televisie te bekijken, want ik zie het nu ook al helemaal voor me. Multatuli vind ik heel mooi: inderdaad iemand om smoorverliefd op te worden, knettergek van te worden, en er toch maar bij te blijven omdat iedereen daarnaast verbleekt.

Sybren, mijn eerste vriend, was ook zo, en het was dan

ook meteen de laatste. Zes jaar lang gaf hij me het gevoel dat ik iets ongekends in hem en mezelf ging ontdekken, dat we op het punt stonden iets ongelofelijks te bereiken – en het eindigde ermee dat je met een pan aardappels zat te wachten op iemand die om drie uur 's nachts apelazerus en zonder onderbroek thuiskwam. Waar je dan ook weer om moest lachen.

Om je te laten merken dat ik het wel degelijk goed gelezen heb, ga ik nu toch over een detail zeuren: op bladzij 44 bleef ik even haken bij de volgende passage:

Edu: 'Erger, u heeft geen onafhankelijke gedachten meer. Ik heb u ooit met geweld moeten opsluiten om hem van u weg te houden. De heilige Tine werd een afhankelijk mevrouwtje. Niets geen Saidjah en Adinda. De muze werd een voetveeg.'

Als je als zoon je moeder hebt moeten opsluiten, kom je volgens mij niet met zo'n overkoepelende, afstandelijke, literaire analyse aanzetten, maar met een verwarde herinnering die ons als kijker zelf die conclusie wel doet trekken.

Maar verder vind ik het allemaal prachtig hoor, ik ben razend benieuwd hoe het verder gaat.

En verder:

Nadat ik dinsdag bij jou vertrokken was, ben ik met mijn kleine zusje naar *Les Silences du palais* gegaan, een film waarin verschrikkelijk langzaam helemaal geen ene moer gebeurt, zodat ik alle tijd had om na te denken over je voorstel. Terwijl ik afwezig keek naar een erg mooie vrouw die steeds met een pan op haar hoofd over het erf liep in een strakke jurk die vastplakte aan haar bezwete borsten, gingen mijn gedachten via de illegale Poolse van mijn ex, naar Tatiana, de Russische vriendin van de zoon van mijn huisbaas. Sta me toe dit zo omslachtig mogelijk uiteen te zetten:

Zoals je weet woon ik in een grote villa in een stille laan bij de Haarlemmer Hout. We zijn zelfs het enige bewoonde huis in de hele laan – de twee andere villa's zijn tot kantoor verworden.

Ik woon in bij een rijk, bejaard echtpaar. Huisbaas H. was tot voor kort directeur van de Hoogovens en heeft nu een aantal commissariaten. Het is een zakelijke, autoritaire, licht aristocratische man die zich door zijn volstrekte zelfvertrouwen een liberale levensvisie kan veroorloven. Ik pas precies in de enige lacune in zijn leven: hij had wel graag iets met de schone letteren gewild, en heeft, voor hij met economie verder ging, een blauwe maandag Nederlands gestudeerd en een paar gedichten geschreven.

Laatst zaten we aan de keukentafel aalbessen te rissen. We hoorden hoe M., zijn vrouw, in de kamer een emotioneel gesprek voerde met een van haar vriendinnen. Er werd flink gehuild, dat was duidelijk.

'Ze huilen,' zei huisbaas H.

Dat hoorde ik.

'Dat hoeven we niet te veroordelen,' zei H., 'dat schijnt heel goed te zijn, huilen. Huil jij weleens?'

'Van woede,' zei ik, 'en jij?'

Hij dacht na. 'Wanneer heb ik voor het laatst gehuild? Dat moet nu toch ongeveer... veertig jaar geleden zijn.'

We begonnen aan een nieuwe pan aalbessen. Het huilen ging maar door. Er werd nu ook geschreeuwd.

'Maar soms krijg ik weleens zo'n warme gloed over mijn ogen,' zei H. Hij legde zijn vork neer en grinnikte. 'Als ik het Wilhelmus hoor.'

Zijn vrouw M. is schilderes. Het is een lange, sjieke, knappe verschijning. Ik mag haar graag, maar ben altijd op mijn hoede. Ze wil bij elk gesprek 'tot op de bodem' en rust niet voor ze alles weet over mijn geestelijk welbevinden, en de relatie met mijn ouders en dergelijke. Er zit iets plichtmatigs in deze belangstelling, en eveneens in haar gewoonte een conclusie te formuleren en zich vervolgens positief over mijn geestelijke ontwikkeling uit te laten. Eigenlijk is M. het leukste als ze gemene verhalen over haar kennissen vertelt, of over de diners waar ze zich als vrouw van huisbaas H. moet vertonen.

M. dringt altijd aan op een 'gevoelsdoorbraak' bij H., waarbij hij geloof ik moet gaan lachen en huilen en verzen schrijven, maar hij verzet zich daar koppig tegen en begraaft zich in zijn werk. Zo nu en dan hoor ik ze (door de muur heen) hevig ruzie maken en dan later weer vreselijk lachen. Ik beschouw het als een van de twee goede huwelijken die ik ken.

In sommige opzichten voel ik me bij hem beter op mijn gemak dan bij haar, want hij is wel autoritair, onredelijk, en niet in staat tot het voeren van een gesprek dat niet op een dispuut uitloopt (uiteindelijk moet er altijd een encyclopedie of woordenboek bijgehaald worden om het geschil te beslechten), maar in feite is hij veel minder bevooroordeeld dan zij, en doet hij gewoon lekker waar hij zelf zin in heeft, zonder al die vermoeiende schuldgevoelens waar vrouwen in grossieren.

Het scrabblespel is daar een goed voorbeeld van. De H.'s denken namelijk dat ik, omdat ik schrijf, geïnteresseerd ben in taal en dus goed ben in scrabble. Zoals je weet interesseer ik me voor niks anders dan voor mezelf en de mensen om me heen, maar er is niets aan te doen: als ik daar zo eens in de maand ga eten, moet ik er na de koffie aan geloven en zit ik achter zo'n rottig plankje met lettertjes. Ik breng er niet veel van terecht, en H. verslaat me dan ook genadeloos. M., die dat zielig voor mij vindt, gaat speciaal woorden neerleggen waar ik mooi op aan kan sluiten. Dit mededogen, dat uitgaat van de gedachte dat ik niet tegen mijn verlies kan, verlamt me. Ik word duizend keer liever door H. in de pan gehakt dan door M. geholpen.

Ze hebben vier kinderen, tussen de dertig en de veertig. Ik kom ze weleens tegen op het tuinpad. Ze hebben de autoritaire uitstraling van hun ouders, dat is blijkbaar overerfbaar.

Door mijn modellenwerk word ik ook vaak geconfronteerd met dat soort types (poseren voor rijke dames in een voor artistieke doeleinden verbouwd koetshuis te Aerdenhout), en om de een of andere reden weet ik nooit enig gevoel voor die mensen op te brengen, noch positief noch negatief.

'Babs! Meisje! Hoe is het ermee?'

'Vreeeeselijk! We hebben verbouwing gehad! Allemaal kalk op Johan z'n computer! Maar het is prachtig geworden, je moet beslist komen kijken!'

'Ja, en jij hebt mijn gordijnen nog steeds niet gezien!'

'Weet je wat, we maken er een dagje van: eerst naar mijn verbouwing kijken, en dan door naar jouw gordijnen!'

Ik sta daar dan vanaf dat podium op neer te kijken alsof ik op de maan sta.

Door mijn onbegrip voor hun drijfveren heeft het lang geduurd voordat ik merkte dat deze Babs er behagen in schepte mij op een merkwaardige manier te manipuleren. Ze liet me te vroeg komen of te laat, zei glimlachend dat ik een afspraak vergeten was 'maar dat het niet gaf', probeerde me keer op keer te weinig te betalen, enzovoorts. Op een dag heb ik de telefoon gepakt, haar nummer gedraaid en gezegd dat we de samenwerking beter konden verbreken omdat het niet ging.

Ze werd hysterisch. Werkelijk hysterisch. Ze stortte een stroom gif over me uit waar ik blanco naar luisterde, tot ik maar ophing. Ik heb me natuurlijk wel afgevraagd wat nu toch de oorzaak van dit alles is maar ik geloof dat levens die uitsluitend op status gericht zijn te ver van me afstaan. Om mezelf te testen heb ik getracht een plot te verzinnen met Babs als hoofdpersoon. (Gedenken wij de woorden van Ger Beukenkamp: 'Een mens kan zich overal en in iedereen verplaatsen.')

Welnu: ik zou me kunnen voorstellen dat ze plotseling een hartstochtelijke relatie met een Turkse gastarbeider begint, hem na drie maanden doodsteekt en daarna in een gekkenhuis terechtkomt. Niet navoelen misschien, maar wel voorstellen.

Ja, nu lijkt het wel alsof we afdwalen, maar dat valt reuze mee: de oudste zoon van mijn huisbazen. D., 37 jaar, is musicus. Hij woont in Amsterdam in een groot huis. Hij leeft voornamelijk van het geld dat hij beurt van zijn huurders.

Enige jaren geleden ging hij op vakantie naar Kreta. Daar ontmoette hij Tatiana, een Russisch meisje dat eveneens op vakantie was. Ze wisselden adressen uit, en waarschijnlijk nog wel wat meer, en D. riep voor hij op het vliegtuig stapte: 'Als je nog eens in Nederland komt...!' waarna hij haar vergat.

Gelijk in jouw stuk over Groenlograd, stond ze twee maanden later voor zijn deur. Dat wil zeggen: D. werd gebeld door de Nederlandse douane dat er een vriendin van hem het land wilde binnenkomen en of hij haar wou komen halen en een paar formaliteiten wilde vervullen. Zo ondertekende hij onder andere een papier waarmee hij verklaarde garant voor haar te staan. Daarna trok ze bij hem in.

Dat is nu vijf jaar geleden. Inmiddels trekt D. zich de weinige haren uit het hoofd van spijt om deze onbezonnen daad.

Tatiana is zo mooi als een fotomodel. Ze heeft een prachtig lichaam en een prachtig gezicht en grote, donkere ogen, een hartveroverend accent en ze beweegt zich gracieus. De eerste keer dat je haar ziet ben je werkelijk met stomheid geslagen, en dat terwijl ik eigenlijk meer van groot en blond houd (hoewel ik daar nu maar verder van afzie: ik heb het nou drie keer geprobeerd met een grote, blonde vrouw en ze bleken alle drie op het laatste moment ongrijpbaar: de eerste vertelde me in bed dat ze op het punt stond te gaan trouwen, de tweede zoende me zo ongeveer de trein in, terwijl zijzelf op het perron bleef staan, en met de derde ging ik op vakantie alwaar ze voortdurend appeltaarten wilde bakken en praten over 'geestelijk contact' zodat ik na vijf dagen zo'n waanzinnige hoofdpijnaanval kreeg dat ik bijna in het plaatselijke ziekenhuis ben opgenomen).

O, nu gaat ook nog de telefoon. Armgard Palland, volgens jou de 'Stalin van de culturele subsidies', en een oude bekende van mijn familie. Ze heeft mijn bedrijf De Zwarte Kwast gevraagd voor enig verfwerk in haar Amsterdamse huis.

'Hoe gaat er het ermee?'

'Heel goed, ik heb alleen ruzie met Marina B. gehad.'

'Je bent niet de enige. Kom je nog verven?'

Een voordeel van Armgard vind ik dat ze weliswaar een onaangenaam karakter heeft, maar dat ze daar tenminste volkomen duidelijk in is. Zaterdag ga ik bij haar eten en zullen wij ons over plinten en kozijnen buigen.

'Hoe was het in Marokko?'

'Ja, erg leuk, het viel reuze mee.'

'Misschien moet je dat gaan doen. Een wereldreis maken.'

Ben ik helemaal naar Marokko geweest, is het weer niet goed! Misschien had ze zelf een wereldreis willen maken.

Goed. Tatiana dus. In het begin nam ze allerlei baantjes aan, stond ze aan een lopende band koekjes in te pakken, naaide jurken in een atelier en maakte diepvriespakketten. D. was trots op zijn beeldschone vriendin en waarschijnlijk ook op de romantische wijze waarop ze bijeengekomen waren.

Allengs begon Tatiana paranormale krachten in zichzelf te ontdekken en op een dag besloot ze dat ze de medemens haar gaven niet langer mocht onthouden. Ze gaf haar baantjes op en begon een procedure om officiële erkenning van de Stichting van Paranormale Genezers (of hoe dat ook heten moge) te verkrijgen, zodat zij zich als Zelfstandig Genezeres zou mogen vestigen.

Nu moet je niet denken dat ik dat allemaal maar flauwekul vind: zoals je weet, bezoek ik bij tijd en wijle mijn eigen orakel. Het Orakel is echter een groot en warm iemand, die elk probleem, elke abstractie, elk verward gevoel, zo helder en tot zulke overzichtelijke proporties weet terug te brengen, dat je het instinctief als waarheid herkent en je het gevoel hebt dat er een grote ballon vol angst in je wordt doorgeprikt. Het Orakel heeft een blik zonder horizon. Het is heel vreemd dat ze bestaat.

Wat ik bij alle auravoelers, chakradansers en energeticakneders altijd ervaar, is de wens de zaken ingewikkelder en geheimzinniger te maken. Er is 'meer' en dat 'meer' kunnen ze nooit helder formuleren, maar ze weten er alles van, en als je nou maar vijftig gulden betaalt en je laat masseren en je energie vrijgeeft, dan zul je helemaal anders worden en bij de kern van jezelf komen.

Nu geloof ik helemaal niet dat een mens een kern heeft en nog minder dat hij moet proberen om die te bereiken. God, wat zie ik een mensen rondtobben met het zoeken naar hun kern!

Hoe dan ook, hoewel er dus wel degelijk een markt is voor mensen als Tatiana, slaagde ze er niet in een praktijk op poten te zetten. Misschien vond ze het platvloers om na te denken over zoiets als een praktijkruimte en een telefoonaansluiting, ik weet het niet, maar het schoot allemaal niet op.

Op een middag kwam ik het tuinpad opwandelen en werd door huisbaas H. op de thee genood. D. en Tatiana zaten bleek en stil op de tuinbank. M. schonk thee in en serveerde koekjes.

H. vertelde over Job, de poes die sinds enige tijd op de mesthoop bij de garage woonde. Hij had het dier op een dag ontdekt en na een paar dagen begrepen dat het een zwerver was die daar zijn intrek had genomen.

Toen hij dat aan M. verteld had, was ze verontwaardigd over zoveel onverschilligheid. Dat arme dier! Met stukjes kip en lieve woordjes had ze de poes naar binnen gelokt. Job had alle kip opgegeten en haar vervolgens in haar hand gebeten.

Dodelijk verontwaardigd had ze het beest weer buitengezet, waarbij ze hem nariep: 'En denk maar niet dat je ooit nog wat van me krijgt!' Dat vond H. onredelijk. Ik eigenlijk ook, maar daar ik wekenlang langs het beest gelopen was zonder veel meer te denken dan: 'Hee, een poes', vond ik dat ik geen recht van spreken had.

Tatiana's ogen begonnen nog vuriger te glanzen dan anders toen ze dit hoorde. 'Ik ga hem halen!' zei ze, 'mij doet hij niets!' Bijna in trance liep ze naar de mesthoop, begon een fluisterende dialoog met de poes, en keerde even later met het dier op de arm terug.

Daar zat ze, met de poes op schoot, en ze begon te vertellen over haar wonderbaarlijke krachten. Niet alleen kon ze alle dieren temmen, ze kon ook planten genezen en aanzetten tot harder groeien.

We luisterden een beetje verlegen. H. grinnikte en dacht volgens mij alleen maar: 'Wat een schatje', M. probeerde Tatiana zowel te steunen als af te remmen waardoor ze zelf ook de kluts kwijtraakte, en D. schaamde zich dood maar maakte zichzelf wijs dat het hem niets interesseerde en dat hij alleen voor de muziek leefde.

Dit was de eerste en laatste keer dat ik ze sprak.

Een maand geleden wandelde ik weer eens bij mijn buren naar binnen. Dit klinkt wat relaxter dan het gaat, want hoewel ze me nu al acht jaar keer op keer op het hart drukken vooral vaak 'gezellig binnen te vallen', ben ik helaas te gereserveerd van aard om dat te kunnen. Ik vind iemand opbellen al een crime, laat staan onverwacht aanbellen. (Ja, behalve als ik Marina B. heb gesproken. Dan ben ik plotseling van alle remmingen bevrijd.)

Het komt er dus op neer dat ik eerst opbel, (ik hoor dan de telefoon aan de andere kant van de muur overgaan) voorstel om te komen eten, maar als het niet schikt dan moeten ze vooral niet... en vijf minuten later binnenwandel. H. schenkt de drank in en verdwijnt weer achter zijn bureau, waarna M., al kokend, alles wil weten over mij en de mensen om mij heen.

Pinda's etend, hevig pratend en steeds dronkener wordend, laten we dan zo'n beetje het eten aanbranden, tot H. komt vragen wanneer we nou eindelijk aan tafel gaan.

Voor iemand die meestal met een pan op schoot voor de televisie zit te eten, is al dat porselein en kristal natuurlijk een welkome afleiding, om over de zalm en hazenrug nog maar te zwijgen. H. doet altijd nogal ingewikkeld met rode en witte wijn, die dan in verschillende glazen moet worden geserveerd, en ik sla alles eenvoudigweg naar binnen en zweef enige uren later op een wolk naar huis.

Hoe dan ook, dit keer vertelde ik dat Sybren, mijn ex, probeerde te trouwen met de illegale, zwangere Poolse, maar dat dat nog niet meeviel omdat je in zo'n geval a. verzekerd moet zijn, b. passende woonruimte moet hebben en c. moet kunnen bewijzen dat je je vrouw kunt onderhouden (dat wil zeggen dat je, geloof ik, ongeveer 1700 gulden per maand moet hebben). Sybren, die in een kamertje woont dat zo groot is als een vloerkleed, van de hand in de tand leeft en een onregelmatig inkomen als reisleider heeft, voldeed aan geen van deze drie voorwaarden.

Al vertellend begon ik me danig op te winden, want ik had net die middag ontdekt dat Sybren onverzekerd naar Syrië en Jordanië afgereisd was. Ik probeer al jaren om me nergens meer mee te bemoeien, maar ongelukkigerwijze heb ik een bemoeizuchtige natuur, dus dat lukt niet erg. En de illegale Poolse had pas na zijn vertrek ontdekt dat ze zwanger was, dus die zat nu misselijk thuis, naast een pot met kwartjes en dubbeltjes die hij voor haar had achtergelaten om zes weken van te leven.

(Ik heb nog getracht haar als model naar voren te schuiven, iets wat vreemd verliep, omdat ze helemaal niet begrepen had dat ze daarbij haar kleren uit moest trekken. Ik heb zelden iemand zo verbaasd zien kijken. Maar dat is weer een ander verhaal.)

'Hoe zit dat eigenlijk met Tatiana?' vroeg ik ineens.

H. en M. keken elkaar aan.

'Die is ook niet verzekerd,' zei H. onbewogen, 'want die geneest zichzelf namelijk als ze ziek is.'

Ik boog me voorover. 'Maakt jou dat nou ook niet razend?'

Hij zette zijn glas neer en keek me aan. 'Nicolien, mijn zoon is 37, en ik kan hem natuurlijk niets meer verplichten. Maar hij heeft geen cent en hij staat garant voor haar. Tatiana is een heel bijzondere vrouw, maar ze wordt steeds gekker. Hij wil van haar af, maar ze heeft niets en niemand om naar terug te gaan in Rusland. Ze heeft geen familie. En dus doet hij niets en trekt zich terug in z'n muziek en dat meisje wordt steeds wanhopiger en steeds vreemder. Vroeger zocht ze nog baantjes, maar nu is ze alleen maar bezig met die paranormale flauwekul, en hoe meer ze daarin vlucht, hoe groter afkeer D. van haar krijgt. Het maakt me bijna wanhopig, maar wat kan ik doen?'

Welnu.

Ger.

Ik neem aan dat je inmiddels al drie keer in slaap gevallen bent, maar mocht je nog een beetje wakker zijn: vind je dit geen aardig gegeven?

We zouden het als volgt kunnen doen:

Mooi, lief en dapper meisje komt naar Nederland om haar geluk te zoeken. Dat is natuurlijk legitiem: ze heeft geen familie, geen vrienden, geen geld en woont in een rotland. Vol overgave stort ze zich op haar wat starre vriend en weet zijn verkild gemoed te verwarmen. Dan wil ze, in de volheid van haar gemoed, ook andere mensen gaan helpen. En dan gaat het mis. Ze slaat door. Haar ontworteldheid begint haar parten te spelen. Bovendien is haar basis wankel: alles staat of valt met de liefde van die vriend. En hoe meer ze daarop aandringt, hoe meer die jongen zich terugtrekt. Zij wil trouwen, kinderen krijgen, vastigheid en een wasmachine. D. is echter als zoon van rijke ouders in de zeventiger jaren (geld is slecht) opgegroeid, en vindt dat allemaal burgerlijk. Bovendien benauwen haar liefde en haar intensiteit hem. Hij maakt zich wijs dat liefde ook burgerlijk is. Kunst, daar gaat het om. Dat is het hoogste. (Sorry hoor, Ger, maar vind je de meeste mannen ook eigenlijk niet ongelofelijke klootzakken?)

Hoe dan ook, deze situatie maakte ze allebei steeds gekker. Tatiana's ogen beginnen steeds woester te glanzen. Ze voelt zich onoverwinnelijk. Ze kan iedereen genezen. Ze kan alles aan. Ze kan de televisie aan- en uitzetten met de kracht van haar blik. Ja, niet als D. erbij zit, want die zendt negatieve energie uit en stoort haar energie, maar wel als hij de kamer uit is. De paar patiënten die ze heeft (en die haar bezorgd zijn door D.'s moeder), belt ze steeds vaker. Ze *voelt* namelijk dat ze haar nodig hebben. Uit het feit dat die mensen daar niet van gediend zijn, blijkt hoe geblokkeerd ze zijn. D. schaamt zich, belt zijn moeder en zoekt zijn heil steeds vaker buiten de deur.

Dan zou je kunnen eindigen met dat zij iemand vermoordt of verminkt door, in een waanzinnig geloof in haar krachten, die persoon medicijnen te ontzeggen. Of doordat ze een patiënt, die ze de liefde wil geven die haar door D. onthouden wordt, achtervolgt en het leven zuur maakt. Zij pleegt dus een misdaad uit criminele onwetendheid, en houdt ook na de veroordeling haar onschuld als een schild voor zich uit ('hieruit blijkt slechts hoezeer ik beproefd word!'). Dit gebrek aan schuldgevoel brengt D., wiens leven ze verwoest heeft (hij is tenslotte aansprakelijk) tot aan de rand van de waanzin. Dus explodeert hij en doet hij haar wat aan.

Het spijt me bijzonder dat ik na tien bladzijden niet met iets duidelijkers voor de dag kan komen, maar voor ik er weer veel werk in ga steken, lijkt het me beter te horen of je er wat aan vindt. Ik ben al genoeg getergd! Niemand begrijpt mij!

Mijn oudoom Mari Andriessen, een beeldhouwer, lag eens op de vloer van zijn atelier te huilen en met zijn vuisten op de grond te slaan, waarbij hij schreeuwde: 'Wanneer zien ze het nou? Wanneer zien ze het nou?'

't Is allemaal nog heel goed met hem afgelopen. En met mij loopt het ook wel goed af, want ik ben al gelukkig als ik leef en adem en niet iets tegen mijn zin hoef te doen. De rest is toegift.

P.S. Nog even over het nut van scenarioles: ik vind je een steengoeie leraar, op scenariogebied alleen al, en helemaal zoals je je altijd jegens mij gedragen hebt. Het was voor mij zo ongeveer de eerste keer dat iemand eens met me meedacht in plaats van tegen me in. En dat haal je niet uit een boek. Dat wou ik maar even zeggen.

20 juni 1995

Had jij eigenlijk nog nieuws over de NCRV? Ik vind het toch moeilijk om na te denken over iets waar ik zo weinig van weet. En als ze al tien andere schrijvers hebben, is bovendien alle moeite voor niks. Ik hoorde dat jij tot 2 juli in Barcelona zit. Is dat zo? Want dan ben je dus niet aanwezig bij de uitreiking van mijn scenariodiploma. Bel je even?

22 oktober 1995

Eenmaal geslaagd, nooit wat vernomen.

Is dit een geval van vergeten, verloochenen of verwerpen? (Het eerste is het ergste.)

Haarlem, 1 november 1995

Beste Ger,

Het lijkt me geweldig leuk om een toneelstuk over Brinkman te schrijven. Nadat je gebeld had, moest ik naar Amsterdam en in de trein heb ik eens nagedacht. (Toen we nog les van je hadden, merkte ik dat ik alle huiswerkopdrachten in de trein naar huis bedacht, en de rest van die twee weken alleen gebruikte om ze uit te werken. Sindsdien houd ik maar als stelregel aan dat alles in zestien minuten bedacht kan worden. Als ik het gevoel heb dat ik er langer over moet doen omdat het menens is, weet ik ineens niets meer.)

Mijn vriend Evert van L. heeft ooit een mystieke ervaring gehad. Hem verscheen een engel in de vorm van een mist die onder de plinten vandaan kwam. Een stem sprak: 'Je moet ervoor gáán.' Hij wilde schreeuwen: 'Maar hoe dan?', maar kreeg geen woord over zijn lippen.

Dit verhaal wil ik gebruiken voor *Brinkman*. Sta me toe mijn idee heet van de naald te vertellen:

Ik weet geen klap van Brinkman, maar uitgaand van wat je me over hem vertelde, bedacht ik het volgende:

Brinkman is geen man die door pure machtswellust of winstbejag gedreven wordt. Hij heeft een roeping. Hij meent dat het Nederlandse volk afglijdt naar anarchie, normloosheid en zedenverwildering en dat het zijn taak is dit een halt toe te roepen. Dat we gewoon weer allemaal frisgewassen naar ons werk gaan, slechts onze eigen vrouw begeren, een begrijpelijk schilderij van een begonia aan de muur hebben en eens in de maand naar een mooi toneelstuk gaan van iemand die zijn best doet vooruit te komen in het bestaan en met gevouwen handen sterft.

Dan begint Lubbers hem naar voren te duwen als zijn opvolger. Het overweldigt Brinkman, hij weet niet of hij dat kan. Dan krijgt hij een Visioen. Op een donderdagochtend, als hij nog half in slaap is, verschijnt hem een engel: een gloed doet de kamer sidderen, een stem die ruist als de wind fluistert hem toe dat hij 'ervoor moet gaan'. (Hij vindt het ook wel raar modern taalgebruik voor een engel, maar vooruit, we leven nu eenmaal in deze tijd.)

Brinkman tracht uit alle macht zijn stem te verheffen en te vragen: 'Maar wat moet ik dan doen?', maar zijn oogleden zijn van lood, zijn tong verlamd, en hij kan zich geen millimeter bewegen. De engel lijkt echter zijn diepste gedachten te raden en lijkt nog iets te zeggen als: 'Ik stuur je een teken', maar een orkaan steekt op, alle licht wordt onder de plinten van de kamer weggezogen, en Brinkman is weer alleen.

Nou je begrijpt, hij is een ander mens. Hij gaat ervoor. Hij zal minister-president worden, geen twijfel over mogelijk.

De engel heeft het gezegd.

De volgende dag staat Frits Wester (heette die man zo?) voor de deur met allerlei goede tips over hoe Brinkman zich moet profileren als toekomstig minister-president. Dit kan geen toeval zijn, denkt Brinkman, die nu overal tekens in begint te zien, deze man is door de engel gezonden. En hij onderwerpt zich volledig aan zijn nieuwe leermeester.

Hij oefent zich op 'nonchalant door de kamer lopen'. Hij moet het 'echte leven' leren kennen, voordat hij zich aan zijn hoge taak kan wijden als leider van het volk. En hoe groter zijn weerstand is, hoe meer hij het idee krijgt dat hij op de goede weg is.

Hij slaat volkomen door, wordt steeds fanatieker, zijn ogen springen bijna uit hun kassen, de kranten bespotten hem en ook zijn gezinsleden keren zich van hem af. Maar hij weet van geen ophouden meer en, gesteund door de herinnering aan de Engel, is hij uiteindelijk de enige die nog in zichzelf gelooft.

Dan stort hij ter aarde. Daarbij verliest hij weliswaar zijn baan, maar hij hervindt zichzelf en zijn gezin. Bleek, vermagerd en geteisterd legt hij zich neer over de zes knieën van zijn vrouw en kinderen die naast elkaar op de bank zitten. O godzijdank, het was allemaal een nachtmerrie. Hij mag gewoon weer van bloemstillevens houden en 's avonds onder de schemerlamp de laatste Suske en Wiske lezen. Met tranen in zijn ogen herinnert hij zich de boodschap uit *Suske en Wiske en de Sissende Sampan*: 'Men helpt en steunt pas dubbel goed, als men het van harte doet.'

Het enige wat hij zich afvraagt is wat de engel nou toch in godsnaam bedoeld kan hebben.

Nu ja, zoiets. Je zou misschien kunnen volstaan met alleen het gezin, en misschien nog een ander iemand.

Ja ja ja, structuur, ik weet het. Maar ik bedoel alleen maar: als je er nou niks aan vindt, zeg het dan gauw, dan verzin ik weer wat anders. Anders blijf ik zo op hetzelfde spoor voortgaan.

11 november 1995

Ger, naarmate ik verder kom in dat boek over Brinkman, neemt de vrees toe dat het allemaal wel weer niet door zal gaan. Excuseer me. Dus ik vroeg me af of je al wat meer wist. Ik kreeg een afwijzing van de VPRO met als reden dat het 'te geconstrueerd en te weinig vlees en bloed was'. Volstrekte onzin. Ik probeer ze steeds te bellen, maar ze zitten blijkbaar voortdurend broodjes kaas te eten, want ik krijg ze niet aan de lijn. Jim S. belde met als openingszin: 'Schatje, hou je nog van me?'

Zondag 17 december 1995

Beste Ger,

Bijgevoegd stap 2. Ik had het al in gedachten hoor, hoe ik het wilde, maar ik wou jouw reactie even peilen voor ik het achterste van mijn tong liet zien. En daarbij: als ik in gevecht met de materie ben, klink je altijd zo lekker zacht en korrelig, terwijl je, naarmate de voltooiing nadert, steeds afstandelijker en nasaler gaat praten. Ondanks de evidente zinnigheid van je opmerkingen, krijgen ze altijd pas reliëf als ik weet wat jij er nou eigenlijk zelf van vindt. Vandaar misschien mijn neiging je bij je revers te grijpen.

Jim S. kwam langs met z'n voorstel. Tja. Als je erin slaagt het gruis van de formuleringen af te slaan, blijft er niet veel over. De enkele keer dat hij een bewering doet, ben ik het er bovendien mee oneens. Wat is dat nou voor idioot onderscheid tussen beeldende kunst en schrijven! Maar ik zeg er niks over hoor, want hij is al zo onzeker en daarbij, dit soort pseudo-diepzinnigheid, doorspekt met woorden als 'massamedia' en 'communicatie' (misschien kan hij er ook internet en de stier Herman nog bijhalen) maakt op die gekken aan gene zijde, zoals Marina B. en haar boze stiefzusters, vast veel meer indruk dan mijn relativerende spreekwijze.

Bijgevoegd dus nog enige Brinkmanflarden die door de mist zichtbaar zijn. Bij mij ontstaat het ding meestal pas tijdens het schrijven zelf, en pas na afloop trek ik de touwtjes van de structuur strakker aan. Als ik nu zwart op wit moet zetten waar de climax precies ligt, verlies ik al mijn plezier in het geval en dan zijn we nog verder van huis. Jij daalt vanuit den hoge op je onderwerp neer, ik kom vanuit de kelder. Ik hoop dat je er, net als ik, op vertrouwt dat het uiteindelijk allemaal wel in orde komt.

Schiermonnikoog, 8 januari 1996

Exact een jaar geleden belde je op om je tevredenheid uit te spreken over *De Poolse Familie*. Dat was het beste cadeau van die 30e verjaardag. Nu ben ik 31. Vorige maand heb ik een schoenenrek opgehangen. Dat was geloof ik de voornaamste prestatie van het afgelopen jaar.

Dit alles natuurlijk alleen om je eens krachtig te omhelzen en je veel geluk en voorspoed in leven en schrijven toe te wensen voor het komend jaar.

Zeg, die Brinkmangeschiedenis, wanneer moet dat eigenlijk af zijn? Kun je niet een of andere deadline verzinnen? Dat werkt zo makkelijk.

Haarlem, 26 januari 1996

Beste Ger en Jim,

Ik heb jullie stukken gelezen. Ger gaf een soort verantwoording, en een globale schets van de drie plots, Jim een gedetailleerd beeld van hoe hij deel één voor zich zag.

Ik heb *Het Model* indertijd uit de losse pols geschreven, naar aanleiding van een gebeurtenis uit mijn eigen leven. Het is mijn eerste scenario en natuurlijk vind ik het geweldig dat het jullie interesse en enthousiasme heeft opgewekt.

Ik merk echter dat ik inmiddels nerveus begin te worden door de huidige gang van zaken. Er moeten twee delen bij, het moet in de wereld van de Moderne Kunst spelen en er wordt gesproken over een tweede schrijver.

Het lijkt me goed om uiteen te zetten hoe ik zelf tegen dit alles aankijk.

Ik schrijf 'scenario' omdat het mijn lust en mijn leven is persoonlijke geschiedenissen op te tekenen, die achteraf meestal blijken te gaan over mensen die iets nastreven en aan het eind een vervulling vinden, al is die meestal anders dan verwacht. ('Een mens van goede wil vindt uiteindelijk altijd een staat van genade.')

Hoewel de wereld van de Moderne Kunst mij niet interesseert, lijkt het me geen onaardige achtergrond om drie van dergelijke geschiedenissen tegen te plaatsen.

De eerste twee door Ger geschetste plots vind ik prima, maar het derde plot is voor mij absoluut onaanvaardbaar. Twee vervelende mensen die in een fake-wereld op zoek zijn naar commercieel succes, laten mij koud. Daarbij heeft een dergelijke negatieve vertelling op mij een omgekeerd effect: ik vind het merkwaardig moralistisch.

Alvorens ik uiteenzet wat voor mij aantrekkelijke plots zouden zijn, nog even iets over een mogelijke tweede schrijver: samenwerken is leuk, maar diegene zou dan wel exact op mijn golflengte moeten zitten. Hoe meer compromissen je in het schrijven moet sluiten, hoe onpersoonlijker het product wordt. En hoe onpersoonlijker een verhaal verteld wordt, hoe meer ik afgeleid word door de mogelijke motieven van de schrijver. Ik ben bang voor een hybride product waarvan uiteindelijk niemand meer weet waarom het eigenlijk gemaakt is.

2 februari 1996

Beste Ger,

Dit is een fax van Nicolien.

Nu heb ik ook een faxapparaat. Hij is ook telefoon en antwoordapparaat, en schijnt zelf te begrijpen welke functie er op welk moment van hem verwacht wordt. Zo ver ben ik nooit gekomen.

Fijn dat je zo snel belde over *Brinkman*. Je klonk nogal verbijsterd. Vind je het gek dat het zo weinig over politiek ging?

We moesten het er maar even over hebben. Kan ik je maandag even zien? Ik vind door de telefoon zo vervelend. Maar als je het druk hebt, is er natuurlijk niets aan te doen.

16 februari 1996

Beste Ger,

Ik heb net een enigszins agressief telefoongesprek gevoerd met Jim S.

Volgens mij gaat het helemaal fout met dat *Model*. Hij zit er maar aan te kloten en te doen en we raken steeds verder van huis. Ik heb gezegd dat hij nu *heel* precies moet zeggen wat hij wil en dat ik de kans tamelijk groot acht dat onze wegen zich dan, qua model, zullen scheiden. Hij zei verzoenend dat hij er vertrouwen in had mij met 'redelijke argumenten' te kunnen overtuigen, maar ik zei dat er voor mij maar één argument geldt: mijn eigen gevoel dat me zegt of iets een goed verhaal is of niet.

Ger van mijn hart, dit moest ik even aan je kwijt.

16 februari 1996

Ger,

Deze verschrikkelijke geschiedenis valt wel heel ongelukkig samen met mijn huisvestingsprobleem en de eeuwige, vernederende strijd met de Sociale Dienst, waardoor ik me van alle kanten belaagd voel.

Heb jij adres, telefoon- en/of faxnummer van Dick van den H. voor me? Ik weet wel niet zo goed wat ik zou moeten zeggen, maar ik moet iets doen, anders explodeer ik. Ik word ziek als ik aan die bijeenkomst met jou en hem terugdenk.

Misschien moest ik maar weer eens iets met proza proberen, want dit gaat zo niet. Wat denk jij ervan, licht van mijn leven?

Een goed idee, ja, dat dacht ik al.

Haarlem, 28 februari 1996

Lieve Ger,

Hier is-ie weer. Ik heb er zowat niks meer aan veranderd. Ik vond het wel goed, geloof ik. Als er nou echt dingen in staan die je erg irriteren, moet je het maar zeggen. Ik begrijp eruit dat jij het aan Dick van den H. geeft, en dat die dan iets van zich laat horen. Als hij gaat zeggen 'dat het net is of ik niet betrokken ben bij mijn hoofdpersoon', sla ik hem in elkaar. Verder vind ik alles best.

Jim S. stond weer uitgebreid op mijn antwoordapparaat. De ene helft was onverstaanbaar, en de andere helft onbegrijpelijk.

P.S. Kun je me niet een keer iets faxen?

28 maart 1996

Ger,

Een kort verslag van de meest recente rampen: van de VPRO kreeg ik het bekende briefje, waarin ze tot hun spijt, enzovoorts. Daarentegen kreeg ik wel een uitnodiging van de Sociale Dienst om me morgen met al mijn giro-afschriften vanaf 1 januari 1995 te komen melden. Ze denken zeker iets ontdekt te hebben. En mijn huisbazin M. verscheen met een grafgezicht aan de deur om me uit te nodigen zaterdagochtend 'de situatie te komen bespreken'. Ik had ze namelijk gemeld dat een tocht langs de huisvestingsinstanties bevestigt wat ik al dacht: mijn situatie is hopeloos. Ik heb niets opgebouwd. Ik heb nergens recht op. Ik kan nergens terecht.

De H.'s begrijpen het niet. Ze hebben me juist zo laat mogelijk verteld dat ze gaan verhuizen om voor mij de pijn zo kort mogelijk te houden. Ze hebben er geen seconde aan gedacht dat ik zou weigeren te vertrekken. Ikzelf ook niet. Maar ik zal wel moeten. Ik heb een contract en ik heb tien jaar bewijsbaar bij ze in huis gewoond. Ze zijn verbijsterd. Ze willen keer op keer met me praten. Ik ben er geweest, samen met Louise. Het Orakel had me geïnstrueerd alleen maar als een mantra te herhalen: 'Ik moet toch ergens wonen' en dat heb ik gedaan. Huisbaas H. werd razend. 'Ga jij maar eens wérken voor je geld!' snierde hij. M. zat er zwijgend naast.

Ik heb ze een lange brief geschreven. Daar is geen antwoord op gekomen. Het Orakel heeft gezegd dat ik niet meer met ze moet praten. Blijven zitten waar ik zit. Dan zullen zij met een oplossing moeten komen.

Door alle zenuwen van de laatste tijd heb ik een of andere darmkwaal opgedaan die weliswaar erg bevorderlijk is voor de slanke lijn, maar een desastreuze uitwerking heeft op mijn humeur. Vanochtend heb ik mij aan een allerakeligst onderzoek onderworpen dat ik weliswaar overleefd heb, maar het verplegend personeel maar nauwelijks, want ik heb de dokter met mijn voet in zijn maag gestompt en de verpleegster in haar hand gebeten. 'Ontspannen!' riepen ze nog.

Na *Brinkman* heb ik, voor het eerst sinds jaren, de pen maar even neergelegd om me te bezinnen op de toekomst.

Haarlem, 19 april 1996

Lieve Ger,

Hierbij de laatste berichten:

Ik heb je drie stukken gelezen en blijf erbij dat de afwezigheid van een eind niet zozeer verontrustend als wel onbevredigend is. Ik loop over Harry na te denken, omdat de kleefspin mij onmiddellijk sterk voor hem innam. Als ik wat op papier heb, zal ik het je sturen.

Door mijn maagkwaal ben ik min of meer aan de bank gekluisterd. Ik ben zeer afwezig, bedenk de raarste dingen, maar heb geen energie om ze op papier te zetten.

Vorige week moest ik naar het AMC voor een buitengewoon merkwaardig onderzoek, waarbij ik door alle mogelijke openingen volgespoten werd met een contrastvloeistof, die sterk aan latex muurverf deed denken. Daarna zag ik mijn eigen binnenkant op een monitor. Hoewel het beeld correspondeerde met mijn bewegingen, zag ik niet in wat het met mij te maken had, maar ja, dat probleem heb ik wel vaker.

Enigszins draaierig verliet ik aan de arm van Louise het ziekenhuis. Toen we uit de metro kwamen, werden de emotie en de contrastvloeistof me te machtig, en begon ik te bezwijmen. Louise sleurde me aan mijn elleboog naar een café, en ik was nog precies genoeg bij kennis om het te herkennen als het café waar jij, Dick van den H. en ik kortgeleden die verschrikkelijke bijeenkomst hadden. Ik ben een kei in het verzinnen van beschamende situaties, maar aan de mogelijkheid om brakend aan je voeten neer te storten terwijl jij zit te vergaderen, had ik nog niet gedacht. De combinatie overgeven en lachen moet ik je beslist afraden, omdat er dan weer hele nieuwe fysieke processen ontstaan, maar gelukkig herinnerde ik me bijtijds dat je in Ierland zat.

Hoe heb je het gehad? Ben je heelhuids teruggekeerd, of hebben ze je in flarden gescheurd en allemaal een deel mee naar huis genomen? Gelijk hebben ze, daar niet van, maar ik hoop dat er toch nog een stukje voor mij is overgebleven. Nu je zo'n beetje van dat voetstuk bent afgestapt en je je ongeveer op ooghoogte bevindt, blijk je om heel andere redenen onweerstaanbaar, zodat we er al met al niet veel mee zijn opgeschoten. De gedachte dat ik tot volslagen depersonalisatie moet overgaan om ooit iets behoorlijks te schrijven, heb ik echter inmiddels verworpen. Ieder het zijne. Overigens wil ik mensen niet veranderen; ik wil ze juist hebben zoals ze zijn. En ik heb geen contrastvloeistof nodig om ze te doorschouwen en te zien waar ze afwijken van zichzelf. En daarbij; als ik de zaken aan jou had overgelaten, stond je nu nog twee meter van me af te schutteren met je 'Uhhhhh, dag Nicolet'. En kijk nu eens wat een hartelijke en winstgevende relatie eruit voortgevloeid is!

Verder ben ik bezig met die huizengeschiedenis, en moet steeds naar Sociale Raadslieden of Bureaus voor Rechtshulp. Louise staat mij trouw terzijde, en vindt het allemaal leuk en interessant. Gelukkig maar, want als ik eenmaal tegenover zo'n man aan een bureau zit, zak ik weg in een vacuüm en kom ik niet verder dan gedachten als: 'Zou hij getrouwd zijn?' en 'Misschien speelt hij wel trekharmonica, o nee, ik moet opletten'. Waarna ik me zo ga concentreren op het feit dat ik me moet concentreren, dat ik totaal voorbijga aan het onderwerp van deze concentratie. Ik kan namelijk alleen maar luisteren naar mensen als ik weet dat ze me begrijpen en me goedgezind zijn.

Ik heb trouwens nooit meer wat van Dick van den H. gehoord.

12 mei 1996

Beste Ger,

Zal ik het treatment over Harry maar gewoon in elkaar timmeren? Ik kan nu eenmaal niet nadenken als ik niet praat of schrijf. Jouw opmerkingen begrijp ik wel van jou uit gezien, maar ze betekenen niets omdat ze anticiperen op iets wat ik nog niet zie. In het verleden heeft me dat ook nogal eens lamgeslagen en tegenwoordig los ik het maar op door het naast me neer te leggen. Dit is niet vervelend bedoeld; ik bedoel alleen maar te zeggen dat ik aan het begin van een werkstuk nooit goed raad weet met je adviezen, ook al weet ik dat hun relevantie vaak na afloop blijkt.

Als we nou eens het volgende doen: ik schrijf dat treatment binnen bijvoorbeeld drie dagen en laat dus woensdag van me horen. Daarna denken we na over de andere twee scenario's.

Er is één complicatie: omdat ik steeds zieker en magerder werd, ben ik teruggegaan naar de dokter en die constateerde dat dit niet met die darm te maken had, maar het gevolg is van een depressie. Zoiets vermoedde ik al, hoewel ik niet wist dat je daar zo ziek van kan zijn.

Ik denk dat de woning, de darmen, Louise en een reeks frustrerende scenario-avonturen me te machtig zijn geworden. Huisbaas H. heeft een advocaat in de arm genomen. Die schreef me een lange, vermanende brief op geschept papier. Ik ging daarmee naar het bureau voor rechtshulp en kreeg te horen dat ze geen poot hebben om op te staan. Toen heeft H. mijn vader ontboden. Die kwam met zijn fiets door het grind van de oprijlaan knerpen en was na afloop zeer overstuur want H. had op zijn gemoed gespeeld ('Mizee, weet je nog dat we samen die haring gegeten hebben?'). Ik heb een briefje in de bus gedaan en daarop geschreven dat ze, mochten ze mijn vader nog één maal oproepen, ik helemaal nergens meer aan mee zou werken.

Tien jaar heb ik bij de Van Wijngaardens gewoond. We zijn de enige bewoners in de hele laan. De villa's rechts en links zijn kantoren.

M. riep tijdens dat verschrikkelijke gesprek: 'Nicolien, je *begrijpt* het niet! Wij *houden* van je!'

Maar ze sturen me weg en ik heb geen huis en geen geld.

Nu lijk ik wel verstoken van elk gevoel. De wereld is volkomen egaal en de mensen en gebeurtenissen vallen in twee categorieën: 'geeft spanning' en 'geeft geen spanning'.

Ik neem aan dat er van alles plaatsvindt in mijn lichaam en geest, want ik ben inmiddels negen kilo afgevallen, slaap onafgebroken of totaal niet, maar ik merk er niets van, alles gaat langs me heen.

Desalniettemin blijven we aan het werk.

Ik zou het fijn vinden om wat van je te horen.

Haarlem, 16 mei 1996

Beste Ger,

Ik heb het allemaal maar achter elkaar opgeschreven. Daarna heb ik je nuttige adviezen van vorige week nog eens nagelezen en begreep ik ineens wat je bedoelde. Maar ik bleek ze al opgevolgd te hebben.

Het komt er dus op neer: een man met een seksueel probleem krijgt problemen met zijn omgeving en wordt geconfronteerd met zijn vooroordelen en de dunheid van zijn idealisme. Uiteindelijk wordt alles tegelijk opgelost.

Ik hoop dat je er wat aan hebt. Doe ermee wat je wilt: verbouw het naar eigen goeddunken, stuur het terug met kritiek, zie maar. Ik vind alles best. Ik ben zaterdag terug en de fax staat aan.

Ik ben weleens bang dat mijn ongevraagde gevoelslawines je de keel uithangen. Je bent zo prettig om naar te schrijven, maar ik heb nu niet meer het excuus dat je ervoor betaald wordt om al die onzin te lezen.

Verder weinig nieuws. Mijn lichaam weigert op alle fronten dienst.

Het is moeilijk te geloven dat de huidige waarheid niet die van het verleden of de toekomst is.

Het zal wel weer herstellen. Ik heb van die pillen. Jammer genoeg heb ik niet het gevoel dat dit alles enig nut heeft en/of dat ik nu allerlei belangrijke ontdekkingen omtrent mezelf en het leven in het algemeen ga doen. Ik voel me meer een personage dat enige tijd de serie uit wordt geschreven en in de kantlijn ligt.

Omhelsd door mijn schamele resten.

Haarlem, 20 mei 1996

Beste Ger,

Hoewel mijn primaire levensbehoeften nog steeds danig verstoord zijn, en de totale uitval van het centraal geplaatste lichaamsdeel waar we zowel in eenzaamheid als in intiem gezelschap zoveel vreugde aan kunnen beleven mijn blik op de mensheid volledig veranderd heeft, ben ik gisteren tamelijk plotseling uit mijn dodelijke onverschilligheid ontwaakt. Wat overigens niet alleen voordelen heeft. Nu ik mijn kop weer boven de rand uitsteek, overvallen de verplichtingen van de wereld me als een duizeling. Niets aan te doen. Doorgaan maar weer.

Dit alles – de langzame schaduw die over ons valt en ons berooft van alles wat het leven kleur en uiteindelijk inhoud geeft, en het wijken van deze zelfde schaduw door een handjevol gratis door het ziekenfonds verstrekte pillen – is onrustbarend, temeer daar mijn observerende zelf me lelijk in de steek gelaten heeft de laatste tijd.

Waarom heeft het me niet bevreemd dat ik jouw opdrachten, die ik normaliter uit plezier, uit plichtsgevoel en uit de wens om indruk op jou te maken, zo snel mogelijk vervuld zou hebben, wekenlang op mijn bureau heb laten liggen? Blijkbaar is mijn alziend en analyserend oog tegelijk met de rest de kelder ingezakt.

We hebben dus weinig over onszelf te zeggen – wat ik al dacht.

Ik omhels je allerhartelijkst, en helaas zonder enige bijbedoeling.

24 mei 1996

Beste Ger,

De tweede week van juni moet ik op vakantie. Ik zie als altijd geweldig op tegen de reis, omdat mijn angst tussen twee stations te blijven steken maar niet wil slijten. (En iedereen weet wat hij moet doen, waar je heen moet, welke taal er gesproken wordt en welke dienstregeling er gebruikt wordt – behalve ik. En daar zit ik, verlamd en sprakeloos op mijn koffer, en zie de nacht vallen. (Een tamelijk adequate beschrijving van een depressie, nu ik er over nadenk.))

27 juni 1996

Na lang nadenken heb ik besloten om morgen niet naar je feest te komen.

'Het is een soort nerveuze tic van mij dat ik bij gelegenheid van een feestdag in het algemeen moeilijkheden heb bij het formuleren van een gelukwens, maar daar moet niet uit worden afgeleid dat ik minder vurig dan wie ook je geluk zou wensen, zoals je ook wel weet.' Vincent van Gogh aan zijn broer.

9 juli 1996

De makelaar is een huis voor me aan het kopen. Het is gegaan zoals het Orakel voorspelde: een huurhuis zou niet te vinden zijn, dus H. zou een huis voor me moeten kopen en dat aan mij verhuren. Hij is razend. Wat hij niet weet, is dat ik op het laatste moment zal zeggen dat mijn vader het huis financiert.

Dat doe ik pas als alles in kannen en kruiken is, want mijn vader is veel te nerveus om met makelaars te onderhandelen.

14 juli 1996

Beste Ger,

Ik heb een huis. Sinds gisteren. Vierhoog: zo hoog dat ik de mensen wel kan zien maar zij mij niet, zo anoniem dat niemand me nog zal weten te vinden en zo klein dat de enkeling die nog volhoudt, er niet in kan. Alleen mijn magere vriendin kunnen we er nog met een schoenlepel inpersen.

Je hebt geen idee hoe listig ik het allemaal gespeeld heb – op het eind wist ik zelf ternauwernood nog op welk front ik streed. Ik heb werkelijk on-ge-lo-fe-lijke zin het je allemaal uitgebreid te vertellen (dan ga ik het misschien zelf ook nog geloven).

H. wilde ineens dat ik direct opstapte. Ik zei dat ik enige dagen nodig had voor de verhuizing. Toen zei hij dat mijn vader het koopcontract getekend had. Dat wil zeggen: hij zei dat tegen de makelaar, die als een *postillon de guerre* tussen ons heen en weer liep, want H. zat in het grote huis en ik in mijn eigen kamer. Telkens belde ze weer bij mij aan en dan weer bij de H.'s.

'Nicolien, je vader heeft het koopcontract wel ondertekend,' zei de makelaar.

Toen riep ik ineens: 'Wat heb ik daarmee te maken? Dat is tussen de H.'s en mijn vader! Maar ik ben de huurder en ik zit hier!'

'Daar had ik niet aan gedacht,' zei ze. Ik geloof dat mijn slimheid haar amuseerde. Ze ging weer naar het grote huis om te onderhandelen.

Ik heb mijn zin gekregen.

Ik snap niet waar ik de tegenwoordigheid van geest vandaan haalde.

Haarlem, 28 augustus 1996

Lieve Ger,

Bijgevoegd een verhuisbericht. Zoals je ziet, ga ik de 8e over. Hoewel ik bang ben voor elke verplaatsing, verheug ik me op mijn nieuwe huis. Mijn vrienden zijn teleurgesteld over de alledaagsheid van mijn nieuwe omlijsting, maar hoewel ik me al een leven lang uit een hartstochtelijk verlangen naar anonimiteit in de meest bizarre uitzonderingsposities heb weten te wringen, heb ik nooit anders willen zijn dan een gewone mevrouw op een bovenhuis, met uitzicht op een blinde muur en buren die mijn naam verkeerd onthouden.

Ik krijg nu ook een eigen brievenbus en een eigen gas-, water- en lichtrekening. Wie weet zal ik ooit nog eens, als een echt groot mens, belasting mogen betalen! Maar goed, we moeten niet te veel ineens willen.

Mijn vriendin, die op 1 oktober op straat gezet zou worden, heeft op het allerlaatste moment een keurig woninkie gevonden aan de Jacob van Lennepkade. Het ziet er dus naar uit dat betere tijden aanbreken. Dat mag ook wel, want ik begin er inmiddels zo skelet-achtig uit te zien, dat de schilders en bloc hun potlood neerleggen als ik het podium opstap. Kind, wat is er met jou gebeurd! En vroeger was je zo'n gezonde, stevige meid! Ga maar heel rustig zitten! Vermoei je niet! Kopje thee? Koekje? Twee koekjes?

Je stuk over Emily en het koningshuis heeft nogal wat opschudding veroorzaakt. Tamelijk onzinnig, maar ik neem aan dat het goed is voor de publiciteit. Toen ik erover las, vlijmde die hele Brinkman-geschiedenis weer door me heen. Daar moeten we het toch nog eens over hebben, want in mijn eentje raak ik er niet mee in het reine.

Het format van *Zebra* biedt natuurlijk oneindig veel mogelijkheden.

Bij je vraag om een goeie arena, dacht Louise onmiddellijk aan het lesbisch stijldansen. Je weet misschien nog wel dat ik je daarover verteld heb. Ik heb uiteindelijk gekozen voor twee mannen, want dat ziet er, bij iets dat zo apert voor man en vrouw bedoeld is, toch nog wat vreemder uit. Het heeft soms iets belachelijks of zelfs griezeligs, maar soms is het ook heel mooi en opwindend. (Er zit ook zo'n scène in *Soldaat van Oranje*, dat Rutger Hauer en Derek de Lint de tango dansen. Je ziet het trouwens wel vaker in films over het Derde Rijk.)

Ik zou het graag ondersteboven en binnenstebuiten vertellen, omdat ik een hoofdpersoon heb gekozen die, niet in staat zich verbaal te uiten, zijn gevoelens in fysieke kracht omzet, zodat de hele boel als hij in de bak zit ordeloos door zijn kop maalt.

Ik schrijf het gewoon achter elkaar op, en dan moet je maar kijken of je wil dat ik er verder mee ga. Mocht een en ander je goedkeuring wegdragen, dan zou ik je willen verzoeken het verder te regelen, want het heeft voor een beginnend scenarioschrijver geen enkele zin om iets op eigen naam in te sturen, neem dat nou maar van me aan.

En jij, mijn schild en wapen? Hoe vaar jij? Stroomt het leven weer vol en krachtig door je aderen, of legt de doodskou een hand op je schouder als je aan de toekomst denkt? Heb je al een nieuwe poes? Wanneer zal ik mijn lippen weer vacuüm mogen zuigen in je nek? Laat je wat van je horen?

6 september 1996

Ger!

Hier sta ik, tussen de schillen en de dozen.

In die dertig jaar heb ik alleen een grote berg onzin verzameld, blijkt nu. En rekeningen. En schulden. En brieven van mensen die me nooit meer willen zien. Er staan nog een paar dingen overeind: een bureau waaraan ik dingen geschreven heb die niemand ooit zal lezen, mijn fax, en ikzelf, zijnde je verhuizende

Nicolien

Haarlem, 17 september 1996

Beste Ger,

Na alle gedoe met depressie, verhuizing en buikpijn, zit ik op een heldere dinsdagmiddag een beetje wezenloos in een Haarlems café, drink koffie en laat de gedachten maar zo'n beetje komen. Heb je mijn verhuisbericht nog gekregen? En heeft de NPS ooit nog iets gezegd over die treatments voor *Zebra* en/of betaald?

In een oude krant lees ik dat je op de radio zou praten over 'het bestaansrecht van het koningshuis in deze tijd'. Meen je dat nou? Praten over 'deze tijd' lijkt me per definitie onmogelijk en alleen geschikt om toekomstige historici een glimlach te ontlokken. Uiteindelijk zal Willem-Alexanders vreugdedans bepalender voor deze tijd blijken te zijn dan internet of genenmanipulatie, lijkt me zo.

Oktober 1996, Barcelona

Na een lange, lange reis kwamen we aan in Barcelona, staken ons in onze mooiste pakjes en gingen ter kerke, waar de erfzonde bij mijn petekind Tamara door een alleraardigste, jonge, blozende priester met een schepje water werd weggewassen.

Ging het altijd maar zo makkelijk. Gedwongen voortdurend in gezelschap van anderen te verkeren, merk ik weer hoezeer ik gewend ben mijn dagelijkse portie spleen in eenzame afzondering te belijden.

Misschien is de enige manier om de spoken te verdrijven ze in een zo exact mogelijke formulering te vatten, maar, behept met een sterk ontwikkeld schaamtegevoel, is het me bijna onmogelijk daar iets over te zeggen tegen mijn bezorgde vriendin, die me om de haverklap in een poel inktzwarte gedachten ziet wegzinken. De angst om jegens haar tekort te schieten, maakt me helemáál sprakeloos.

'Nu kerel, laat ons werken en ons hoofd helder houden en trachten recht te handelen. Ge weet hoe het staat met mijn geld; als het kan help mij.' (Vincent van Gogh)

Beste Ger, ik wou maar zeggen: veel liefs uit Barcelona.

22 oktober 1996

Zeg, vond je mijn idee voor *Zebra* soms zo kloterig dat je er maar niks over zegt?

P.S. Nu ga ik hardlopen (maar dan langzaam).

24 oktober 1996

Beste Ger,

Sinds *Brinkman* en de depressie ben ik mijn plezier en interesse in scenarioschrijven verloren. Dat zal wel van tijdelijke aard zijn, en bovendien, als ik me er eenmaal instort, zal het wel terugkomen.

Ik denk over je voorstel na.

Het geld is heel veel. Ik heb nog nooit zoveel geld gehad. 3.000 gulden. Weet je zeker dat het klopt? Het zou fijn zijn als ik het gauw kreeg. Ik bel je vanavond even om wat af te spreken. Ik moet poseren en bel dus pas om half elf. Als dat te laat is, laat het weten.

Haarlem, donderdag 7 november 1996

Lieve Ger,

Om maar met de deur in huis te vallen: denk je dat je dezer dagen nog een honderdje voor me hebt?

Gelieve niet te denken dat ik spilziek ben; die duizend piek heb ik gebruikt om het geld van de treinreis naar Barcelona, dat ik van Charlie geleend had, terug te betalen. En verder is die verhuizing zo vervloekte duur. Gisteren kreeg ik bericht dat ze mijn girorekening geblokkeerd hadden omdat ik te lang rood heb gestaan.

Ik heb mijn relatieve armoede altijd gezien als de prijs van de vrijheid, maar de affaire met de H.'s heeft me beangst. Als mijn vader dit huis niet voor me gekocht had, was de situatie werkelijk rampzalig geweest. Ik heb nog altijd nachtmerries dat ik bij mijn ouders in de schuur moet wonen. Gewone mensen hebben geen idee hoe moeilijk het tegenwoordig allemaal is. In feite is er van de huidige bijstandsuitkering niet meer te leven. Zonder het geld dat ik met poseren verdien, heb ik ongeveer driehonderdvijftig gulden per maand te besteden. Ik hecht niet aan bezit, heb een hekel aan kleren kopen, geef niet om duur eten of dure vakanties, en boeken haal ik wel uit de bibliotheek. Maar ik wil dolgraag een krant lezen, en zo nu en dan ergens eens een kop koffie drinken. Ik leef erg zuinig, maar als ik eraan denk dat ik in december driehonderd gulden aan twee fietsenstallingsabonnementen moet betalen, word ik werkelijk opstandig. Vroeger had ik nog weleens een verfklus, waar ik bijvoorbeeld de televisie van gekocht heb, maar ik durf al een tijd geen werk meer aan te nemen, omdat ik bang ben dat ik weg zal lopen. Dat is al eerder gebeurd. Ik kan het van tevoren niet voorspellen. Ik dupeer die mensen ermee, en het zet mezelf qua zelfvertrouwen ook weer een eind achteruit.

Zo. Dat moest ik even kwijt. Als ik zou menen dat jij dit op de een of andere wijze op zou kunnen vatten als een hint, zou ik liever mijn handen afhakken dan je dit te schrijven. Ik ken je nuchterheid echter, (ja ja, je overgevoeligheid ook, maar die twee zaken hoeven elkaar niet uit te sluiten; kijk naar mij) en vertrouw erop dat je weet dat geldzaken juist in vriendschappen zo duidelijk mogelijk geregeld moeten worden.

Met Louise loopt het ook nogal moeizaam. Zij zou het liefst gaan samenwonen, kinderen nemen, en dan zij een baan van vier dagen en ik een paar ochtenden achter de kassa bij Albert Heijn. De gedachte alleen al maakt me sprakeloos van ontzetting.

Ondanks alles wil ik geen ander leven dan dat ik nu leid.

Het heeft me al moeite genoeg gekost om ongeveer alles anders te doen dan de meeste mensen en enig zelfrespect te bewaren; dat ga ik echt niet voor haar – of voor wie ook – tenietdoen.

Zij wil mij en de relatie als het centrum van het leven, en dan de rest van de wereld zoveel mogelijk buitensluiten.

Maar ik hou juist van de buitenwereld; ik hou van rondlopen en een beetje kijken en schrijven. En ik heb bijvoorbeeld Charlie en Sybren, ook al zijn ze dan getrouwd en zie ik ze niet elke week, even hard nodig als haar. Ik hou van haar als mijn vriendin, maar ik zal er niets voor opgeven. Dat is geen keuze. Dat is gewoon zo.

Ze vindt me hard, maar ik geloof niet dat ik voor haar minder hard ben dan voor mezelf. Ik heb nooit veel begrip op kunnen brengen voor mensen die genoegen nemen met minder dan de waarheid.

Ik ben al eerder verlaten door mensen die hun tanden stukbeten op mijn 'gebrek aan gevoel' en ik ben er elke keer weer kapot van, maar er verandert niets. Ik vind trouwens helemaal niet dat ik weinig gevoel heb. Ik heb bijvoorbeeld buitengewoon veel gevoel voor jou. Dat is misschien wel raar, want ik wil verder niks van je, maar ik heb nu eenmaal immens veel plezier in het feit dat je bestaat, dat ik zo nu en dan naar je kan kijken en luisteren, en dan weer over je na kan denken. Dat is mijn soort van liefde, en ik heb maar besloten dat die niks minder is dan die van hullie, want anders ga je verkrampt jezelf afzoeken op iets wat er toch niet is.

Zo. Dat was het weer even. Dit is de eerste keer na drie weken dat ik geschreven heb en het is nogal een tirade geworden. Gelukkig heb jij ook helemaal geen gevoel, dus kan het je lekker toch niks schelen. Laten we afspreken dat het ons samen allemaal niets kan schelen. Laten we een club oprichten van Mensen die het Niks kan Schelen.

Allesverpletterende Ger van mijn hart, denk je dat je zo'n lapje voor me hebt? Ik dwaal zowel vrijdag als zaterdag door Amsterdam. Morgen (vrijdag) zit ik vast (in de Jordaan) tussen drie en half zes.

Als het niet gaat, dan geeft het ook niet. Dan leen ik wel weer ergens wat. Over een tijdje gaat iedereen plat op de grond liggen als ik aanbel.

O ja, dat treatment zal ik overdoen. Ik word al beroerd als ik eraan denk, want schrijven, intermenselijke spanningen en de actualiteit leiden nu nog tot comateuze vermoeidheden, maar daar zullen we ons gewoon maar niks van aantrekken. Anders kom ik er nooit meer uit.

Ik omhels je allerhartelijkst en blijf als altijd je keiharde, volstrekt gevoelloze, maar niettemin zeer toegenegen

Nicolien

9 november 1996

Ger,

Doe vooral niets tegen je zin, maar mocht je morgen ergens in the walk of the day thuis zijn om de eerder besproken financiele transactie uit te voeren, zou het dan bezwaarlijk zijn als ik even langskwam? Goed uitkijken dat ik je niet overdonder en voor een blok plaats, want dan krijg je maar een hekel aan me en zijn we nog verder van huis.

Haarlem, 11 november 1996

Beste Ger,

Maandagochtend. Ik zal je raad opvolgen. Een kwartier opwarmen, werken, een kwartier afkicken. Het kwartier opwarmen zal ik gebruiken om je het vervolg van die vervloekte negende november te vertellen: nadat ik bij jullie vertrokken was, ging ik naar Louise. Die lag, met ongezonde blossen op de wangen, in een overstookte kamer te slapen op de bank, tussen de nog immer onuitgepakte dozen. Eten was er ook al niet.

We namen dan maar een boterham, spraken moeizaam, als moesten we alles eerst uit een andere taal vertalen, over het verdere verloop van de avond, en maakten ons uiteindelijk klaar om te vertrekken.

'Ik wil eerst douchen,' zei ze plotseling.

'Douchen?' herhaalde ik verwonderd.

Onmiddellijk stonden haar ogen vol tranen. 'Ja, douchen! Mag dat soms niet?'

Ze verdween, met slaande deuren. Ik ging op de bank liggen. Even later kwam ze, bloot en nat, de kamer weer in, hevig snikkend. 'Mag ik alsjeblieft vanavond met jou mee naar huis en blijven slapen?'

'Goed,' zei ik, en om een excuus te hebben me van haar af te wenden, begon ik mijn jas aan te trekken. Terwijl zij zich aankleedde, liep ik alvast naar buiten, de straat op.

Ik maakte mijn fiets los, leunde op het stuur en keek de donkere avond in. Zonder aan iets bepaalds te denken, wist ik ineens volkomen zeker dat ik haar aanwezigheid die nacht niet zou kunnen verdragen. In de trein al niet, en in mijn huis en bed nog minder.

Dat zei ik haar dus maar, toen ze met haar fiets naar buiten kwam.

Ze reikte me de plastic tas met het cadeautje voor Lot en begon toen, onder hartverscheurend snikken, haar fiets weer naar binnen te sjorren.

Ik ging maar weg. Hoewel ik het liefst meteen naar huis was gegaan, fietste ik toch maar naar de Rubensstraat.

Bij Lot zaten een stuk of acht mensen, die de onzekerheid van hun tweeëntwintig jaren allemaal op verschillende, niet onsympathieke wijze vormgegeven hadden. Lot liep blij en verhit rond. Ik was de enige van de familie die gekomen was, en als altijd voelde ik de ziekmakende steek door mijn binnenste toen ik me voorstelde hoe mijn broer hier gezeten zou hebben als hij nog geleefd had – iets wat nog altijd veel beter voorstelbaar was dan dat hij er nooit meer zou zijn.

'Nicolien, Louise aan de telefoon!' riep Lot vanuit de gang.

Louise. Ze had ineens besloten dat het afgelopen moest wezen met het huilen en zei flink dat ze ook naar Lot zou komen, en daarna met mij mee naar huis zou gaan.

'Louise, dat kan echt niet,' zei ik zachtjes.

Toen begon ze natuurlijk weer te huilen.

Een uur lang heb ik me gedragen zoals dat verjaarsvisite past en toen ben ik vertrokken.

Geen beter geluid dan de sleutel die zich omdraait in de eigen voordeur. Pas na een uur had ik de moed het antwoordapparaat te beluisteren, dat angstaanjagend oplichtte.

'Dit is Louise,' klonk het inderdaad.

Het viel mee. Ik schijn, tijdens dat telefoongesprek, iets gezegd te hebben wat Louise oneindig verlicht had, namelijk: 'Dat is nou de tweede keer dat ik echt van iemand hou, en nou ga ik er alweer aan te gronde.' Zelf herinner ik me niets van deze uitspraak, maar dat heb ik altijd als ik per ongeluk eens iets zeg waar ik niet over nagedacht heb.

In elk geval, ze sprak drie berouwvolle minuten vol, zei dat ze gek was, dat het allemaal haar schuld was, en dat ik er niets aan kon doen.

We zullen zien. Ik heb gezegd dat ik haar voorlopig niet wou zien of spreken. Ik kan haar nog niet loslaten, maar ik wil er niet ziek van worden.

Intussen hebben we nog wel gewoon samen dansles, want we gaan natuurlijk niet omwille van welke huwelijkscrisis dan ook onze dure lessen verzuimen.

Geurt, onze leraar, laat zich nu assisteren door een zekere Hans, een wat al te glimmende brillantine-boy, die in een film goed de rol van NSB-er zou kunnen spelen. Hij heeft een soort danslerarenhumor die bij al die artistieke homo's en grimmige potten totaal niet aankomt, maar hij vindt zichzelf zo leuk dat hem dat gelukkig niet opvalt.

'Ben jij eigenlijk wel homo?' vroeg ik na de les.

Hij deinsde achteruit. 'Mijn vriend danst hier op maandag. Hoezo? Zou dat wat uitmaken soms?'

Nu, erg makkelijk valt het hem blijkbaar nog niet. Op zich geeft dat niet want hij is nog erg jong, maar als je aan homo's lesgeeft moet je wel kleur bekennen, vind ik. Anders wordt het net apies kijken. Nu zal ik het wel voor eeuwig bij hem verbruid hebben. Dat maakt niet uit. Goedschiks of kwaadschiks, contact is contact.

Gelukkig ben ik het lievelingetje van Geurt, de initiator van het geheel, die net zo verlegen is als ik, maar daar met minder wapengekletter doorheen breekt.

We hebben elkaar volledig gevonden in een gedeelde afkeer van 'expressieve armbewegingen'. Ik ben namelijk gaan stijldansen omdat ik dan tenminste wist waar ik mijn armen moest laten, maar nu we gecompliceerder figuren leren, moeten we steeds vaker solistisch rondwervelen, waarbij we sierlijk met onze armen moeten zwaaien. Louise heeft er wel plezier in, maar ik vind het zo verschrikkelijk dat ik regelmatig, verlamd van ellende, midden op de dansvloer blijf stilstaan, met m'n handen voor mijn gezicht. Geurt komt dan bezorgd aangesneld en verzint, terwijl hij fluisterend bekent dat hij die armbewegingen óók akelig vindt, een alternatieve slingerbeweging die er wat minder uitziet of ik elegant probeer te zijn. (Ik zie er namelijk, door een speling van het lot, wel uit als een niet onaantrekkelijke jonge vrouw, maar voel me al vanaf geboorte een onzijdige oude zonderling. Zo heb ik al dertig jaar het vreemde gevoel vermomd door het leven te gaan, en vraag ik me altijd af wanneer iemand die maskerade nu eens doorziet. Deze verlossing zal helaas pas in de seconde van mijn dood plaatsvinden, en daarom moet ik nu, levenslang, de tijd doorkomen op allerlei idiote manieren, terwijl het zowat nooit echt leuk is. ('Tussen mijn leven en mijzelve / valt enkel nog een graf te delven', Achterberg.) Ook wel een uitspraak voor jou, hè? Inmiddels blijven we doordenken en doorschrijven, altijd maar proberend te begrijpen hoe het toch in godsnaam mogelijk is dat iedereen zo anders is dan ik en dat je nooit, nooit eens iets van verwantschap voelt met wie ook, en je zal zien, je laatste woorden zijn een stomverbaasd: 'o, is dat het, krijg nou wat!' en het volgende moment ben je hartstikke morsdood en is het allemaal voor niks geweest.)

Ik heb nog eens nagedacht over je uitspraak dat een sentimenteel mens gevoelloos is en ik ben het er geloof ik niet mee eens.

Niets zo angstaanjagend als een mens van wie je afhankelijk bent en die onlogisch en onrechtvaardig handelt. Een vader die twee zonen slaat is een klootzak, maar een vader die de ene zoon slaat en de ander liefheeft, is een monster. Het lijkt me genoeg om iemand voorgoed het vertrouwen in de mensheid te ontnemen, en toch kun je niet zeggen dat de man zonder gevoel was. Hij sprong er alleen onethisch mee om.

Ikzelf ben er inmiddels van overtuigd geraakt dat het enig heil te vinden is in volmaakte subjectiviteit. Wat als voordeel heeft dat je altijd gelijk hebt. Ik ook; ik heb altijd gelijk. Het heeft even geduurd voor ik erachter was, maar nu geniet ik er met volle teugen van. Spijtig alleen dat het anderen vaak tot razernij brengt. Die laten zich daardoor, zonder het te weten, echter wel weer beter kennen. Voor een voyeur als ik heeft dat z'n voordelen.

Goed. *Zebra.*

Eerst het volgende: zoals je weet heb ik in geen maanden meer geschreven. Alles wat ik op scenariogebied gedaan heb, is mislukt. Ik heb alleen maar afschuwelijke mensen ontmoet. (O ja, dat wou ik nog tegen je zeggen: kijk een beetje uit voor Dick van den H. Zijn opportunisme mag met zijn huidige jongensachtige, wat vlezige charme wel iets vrolijks hebben, maar wees niet verbaasd als alles wat je voor hem gedaan hebt zich op een dag tegen je keert, want het is een macho en een egoïst en hij vermoeit zich niet met scrupules.)

Daarbij hou ik volstrekt niet van televisie en ga ik in de bioscoop alleen naar avonturenfilms. Ik ben niet geïnteresseerd in 'de grenzen van het medium aftasten' noch in een 'intrigerend vormspel'; ik hou van Harrison Ford die over een brug rent.

Ik hou in feite helemaal niet van kunst. Ik hou van het leven zoals zich dat aandient, en niet van de stilering die anderen daarin aanbrengen. Dat ik naar jouw filmpjes kijk, is omdat ik op jou gesteld ben, en wil zien of je nog op de goede weg bent.

Goed. Dit terzijde.

Ik heb nog eens nagedacht over hoe een goed mens slecht wordt. Volgens mij door bv de volgende drie oorzaken: 1. te grote beproevingen, 2. zelfverloochening, 3. beschaamd vertrouwen.

Vragen wij ons af wat een goed mens is. Je zou kunnen zeggen: iedereen die zich aan de tien geboden en de wetten van het land houdt.

Als ik kijk naar wat voor mij een goed, dan wel bewonderenswaardig mens is, zou ik het ongeveer als volgt kunnen formuleren: een mens die, met een volmaakt realistische kijk op zichzelf, zijn persoonlijke plicht doet tot de dood of de eenzaamheid erop volgt.

Mijn voorbeelden zijn dan ook Jezus Christus en Lucky Luke.

Mijn lievelingsfilms gaan over mannen die groter dan het leven zelf zijn, op hun zoektocht zware beproevingen doorstaan en aan het eind merken dat je alleen jezelf hebt en dat dat niet genoeg is. (Vrouwen zijn in deze rol minder goed voorstelbaar, omdat die vervulling kunnen vinden in het moederschap of in de toegewijde liefde voor een ander.)

Internet, allochtonen, andere culturen en de tijdgeest interesseren me allemaal geen ene moer, want ik hou alleen van eeuwige waarden en mensen die hun best doen.

Contact met televisiemensen heeft de afschuwelijke indruk gewekt dat aan elk drama een soort 'overtuiging' ten grondslag moet liggen – en dat terwijl ik elke vorm van duiding vanuit historisch, psychologisch of genetisch perspectief verwerp als zondig.

Er is iets wat ik je moet zeggen en er is iets wat ik je wil vragen. Ik probeer het al dagen op papier te zetten maar ik krijg het niet voor elkaar.

Nou, voor de zoveelste keer dan maar: ik ben bang dat ik nooit professioneel word. Dat ik alleen maar vanuit en over mezelf kan schrijven en dat alleen op mijn eigen egocentrische, wijdlopige manier.

Ik ben bang dat ik er nooit in zal slagen me bij mensen als Dick van den H. en Marina K. tactisch en politiek op te stellen.

Goed. Dat is dan maar zo. Daar heb ik alleen mezelf mee.

Jij hebt al mijn onzin altijd – zij het zwijgend – geaccepteerd.

Nu ben ik zo vreselijk bang dat dat ineens ophoudt. Dat je ongeduldig wordt en wilt dat ik me nou eens normaal ga gedragen.

Soms loop ik daar maar alvast op vooruit en besluit op te houden met dat kinderachtige gedoe aan jou, en stuur ik je een treatment zoals ik denk dat normale mensen treatments schrijven. Over mensen die ik niet ken, zoals jij dat altijd doet. Ik beleef daar geen enkel plezier aan, en jij vindt er dan meestal ook niks aan.

Jij bent bang voor contact en ik kan niet zonder. Je hebt me altijd laten begaan zonder een spier te vertrekken. Toch ben ik bang dat ik op een dag, zonder het te weten, in alle eer en deugd, een of andere grens bereik en jij ineens kwaad en ongeduldig wordt, of me gaat uitlachen, en me de deur uitschopt. Bij de gedachte alleen al ga ik zowat dood van schaamte en ellende.

Ik weet dat het mijn eigen angst is, want je hebt nooit iets in die richting gezegd, integendeel zelfs, maar de angst blijft. Je bent een moeilijke, onpeilbare man, en ik kan je moeilijk vragen dat om mijnentwille te veranderen, maar ik zou je toch willen vragen of je het zou kunnen opbrengen me te zeggen of mijn angst ook maar enigszins gerechtvaardigd is of niet.

Bovenstaande is een beetje onhandig geformuleerd, maar nou ga ik het niet wéér overdoen, want ik moet nu toch zo langzamerhand eens aan de slag, daar je ultimatum vandaag verstrijkt en het inmiddels kwart over vijf in de middag is.

Goed. Luister. Ik zal je een impressie geven van mijn gedachtegang. Een precieze plot heb ik nog niet. Dan moet je maar zeggen of het zin heeft er wat vorm in aan te brengen. Ik heb besloten iets anders te verzinnen, want ik heb geen zin meer in dat andere.

Ik hou eigenlijk het meest van mensen die zich met de basisvoorwaarden van het bestaan bezig houden: huis, eten, vrouw.

Haarlem, 27 november 1996

Lieve Ger,

Het formuleren en versturen was al zo'n geweldige opluchting dat het antwoord er nauwelijks meer toe deed. Zo hoort het natuurlijk ook. Waarom zouden mijn gevoelens voor jou afhangen van die van jou voor mij? Voor mij is liefhebben een even solitaire bezigheid als bijna alle andere dingen in het leven; ik kan grenzeloos beminnen zonder veel meer actie te ondernemen dan thuis een beetje na te denken over mezelf en de ander.

Zo nu en dan vind ik het leuk om het onderwerp van mijn gedachten deelgenoot te maken van mijn gevoelens, analyses en ontdekkingen, maar tot mijn ontsteltenis wordt dat meestal beschouwd als een soort prelude op iets anders – namelijk de gebruikelijke vermoeiende toestand die begint met bloemen en ermee eindigt dat je al je kleren moet uittrekken. Daar zie ik maar zelden wat in.

Louise zegt dat ik niet 'samen' kan zijn. Eigenlijk begrijp ik niet wat ze daarmee bedoelt – waaruit haar gelijk misschien blijkt. Maar hoe kun je een ander toebehoren als je jezelf niet eens toebehoort?

Omdat mensen altijd zo raar op me reageren ben ik een beetje schuw geworden en heb ik voortdurend het gevoel dat ik uit moet leggen dat ik het niet zo bedoel – een vreemde bezigheid omdat ik geen idee heb wat de bedoeling dan wél zou moeten zijn.

Het komt er dus op neer dat ik, naast de gebruikelijke omgangsvormen zoals beschreven in *Hoe hoort het eigenlijk*, helemaal niets van je verwacht, en dat ik al lang blij ben dat je bestaat en dat ik iemand heb bij wie ik me mezelf voel en die ik kan schrijven als ik daar zin in heb. Het is al mooi dat ik stapel op jóu ben – jij hoeft het niet óók nog eens op mij te zijn. We moeten niet gaan overdrijven. Verder zou ik natuurlijk dolgraag eens urenlang met je samenzijn en al die duizend dingen aan je vragen die ik zo graag wil weten. En o ja, mag ik je buik een keer zien? Ik krijg daar door die truien geen duidelijk beeld van.

Ik hoop dat alles goed met je is en dat je me belt om iets af te spreken met betrekking tot *Zebra*. Het is me niet helemaal duidelijk of je wilt dat ik daar nog iets over op papier zet – dat moet je anders nog maar even laten horen.

2 december 1996

Beste Ger,

Je 'algemeenheden en definities' zijn mij altijd een groter steun geweest dan het begrip van anderen die er nooit wat van begrijpen. Ik heb dan ook onmiddellijk de door jou geciteerde *Ideeën* van Multatuli uit de bibliotheek gehaald. Tot mijn opluchting las ik dat dat hij soms ook maandenlang niet schreef, omdat hij dan na moest denken.

Ik merk dat ik sinds de depressie geen aandacht voor fictie kan opbrengen, dat ik me aan het herbezinnen ben en alleen daarover wil praten en schrijven. Praten eigenlijk zowat niet. Mensen kunnen of willen namelijk niet goed luisteren naar wat ik zeg. Ik ken geloof ik maar twee mensen die aandachtig naar de inhoud van mijn woorden luisteren en trachten zo goed mogelijk te begrijpen wat ik bedoel. Dat zijn mijn oude vriend Charlie en mijn vader.

Alle anderen proberen een 'achterliggend idee' te vinden, datgene wat ik 'eigenlijk bedoel' en daar gaan ze dan tegenin. Zo merk ik dat ik eindeloos bezig ben om uit te leggen wat ik allemaal *niet* bedoel, erg oninteressant en vermoeiend.

Daarbij komt dat ik pas zeg wat ik bedacht heb als ik er al veel denkwerk aan besteed heb, en mijn stellige spreekwijze irriteert veel mensen zo hevig dat ze hoe dan ook tegen me in gaan, niet omdat ze het niet eens zijn met mijn woorden, maar omdat ze hels worden bij de gedachte dat ik denk gelijk te hebben.

Dat bedroeft me zeer, want er is helemaal geen sprake van gelijk. Ik laat de wereld door me heen stromen, bekijk wat er in de zeef achterblijft, en vraag me af wat ik daarvan vind. Dat is alles.

Ik meen dat jij dit allemaal wel begrijpt, je hebt je tenminste nooit tegen me verzet, en je verbazing over het gedrag van Dick van den H. leek me oprecht.

Hoe dan ook, ik móet nu eenmaal schrijven over alles wat ik bedenk, en dat doe ik het liefst aan jou. Je kan het ook in een hoek smijten.

Gisteren waaide ik na de dansles bij mijn ouders aan, die net de stoeltjes voor de televisie hadden gezet om Koot en Bie te bekijken. (Mijn moeder heeft de gewoonte om, voor het zelfs maar begonnen is, al zachtjes te gaan zitten grinniken en tegen ons te zeggen, als deelt ze een geheim aan ons mee: 'Ik denk dat ze weer heel goed worden vandaag.')

Ik zag dus Bie in z'n Beukenkamp-imitatie. Ik volg de media niet, maar krijg toch wel enig idee van alle commotie die ontstaan is naar aanleiding van *Emily*, en ik vraag me af of je ervan geniet.

Ik herinner me hoe je ooit de klas inkwam, lichtelijk schutterig reageerde op mijn felicitatie naar aanleiding van de prijs die je had gekregen voor *Ik ga naar Tahiti*, een stap naar voren deed en strak tegen het raam zei: 'Nou nog een Oscar.'

Ik weet niet hoe je huidige ideeën over je eigen geldingsdrang zijn, maar dat zul je spoedig weten. Interessant is natuurlijk dat je op een vergelijkbare wijze in de schijnwerpers staat als de door jou geportretteerden: het gaat niet om de inhoud, maar om iets wat je blijkt voor te staan.

Ik heb me naar aanleiding van je interesse voor het koningshuis weleens afgevraagd of een positie waarin aandacht van het ganse volk voor je doen en laten verzekerd is, voor jou begeerlijk zou zijn.

Iemand die niet leeft, hoopt misschien dat hem dat leven door anderen gegeven kan worden.

Ikzelf heb nooit kunnen werken, maar eigenlijk heb ik altijd gevonden dat men mij moest betalen voor mijn existentie. Ik doe geweldig mijn best voor de mensheid; ik begrijp niet waarom niet iedereen briefjes van duizend in mijn brievenbus stopt.

Nu koning Ger, we zullen niet rusten voor we jouw geheime ideeën over je eigen grootsheid, die naar je angst ze te tonen wel zulke ontzagwekkende afmetingen moeten hebben dat ze alleen door een opgesloten kind verzonnen kunnen worden, in kaart gebracht hebben.

Dit alles is oneindig interessant: onze geheime fantasieën waar onze moraal uit voortkomt, dewelke zich echter zo vaak heeft moeten vormen naar de algemeen geldende normen, dat er niet veel meer van overblijft dan de laffe redelijkheid van de modale mens.

Daar wou ik iets over maken voor *Zebra*. En zo grijpt alles in elkaar, en geef ik op de valreep nog enig bestaansrecht aan deze fax.

4 december 1996

Beste Ger,

Dick van den H. heeft mij dan eindelijk een fax gestuurd. Ik heb hem direct teruggeschreven. Hieronder mijn reactie:

Aan Dick van den H.,

Net je brief ontvangen.

Dat je geen excuus hébt voor je late reactie is tot daar aan toe, dat je geen excuses máákt, is erger.

Brinkman was het eerste stuk dat ik schreef. Het betekende heel veel voor me, en ik was tijdens ons gesprek heel gespannen.

Je gedroeg je bot, grof en macho-achtig. Daarna heb je, op mijn herhaald aandringen, nooit wat laten horen. Ik ben er kapot van geweest.

Nu ik je brief lees, ben ik dat weer.

Je bent een zeldzaam arrogante klootzak. Dat wist ik na vijf minuten al en ik ben dan ook volstrekt niet geïnteresseerd in je 'inhoudelijke bezwaren', ik heb tijdens ons contact namelijk niets van enige inhoud bij je kunnen bespeuren.

Los daarvan: je gedrag is beneden alle peil, voor een 'artistiek leider' alleen al, en helemaal als mens.

Nicolien Mizee

Haarlem, 9 december 1996

Lieve Ger,

Ik loop me al de hele dag te verheugen op het schrijven van deze fax, en nou is het half zes en komt mijn oude vriend Balthasar over een uur, om bij het diner de twee eerste hoofdstukken van zijn nieuwe roman, die hij me een paar dagen geleden opgestuurd heeft, te bespreken. Ik heb ze nog niet eens helemaal uit, maar nou heb ik er genoeg van, ik móet je even schrijven.

Ik heb namelijk besloten je die hele geschiedenis van Brinkman en Dick van den H. eens goed uit de doeken te doen. Dat wil ik al heel lang, maar angst dat jij hier rancune, wrok, gezeur, of wat dan ook in zou zien, weerhield mij ervan. Aangezien de hele zaak nu in een opluchtende explosie van scheldwoorden is opgelost, en ik bovendien besloten heb dat mogelijke genegenheid jouwerzijds die verspeeld zou kunnen worden door mogelijke ontboezemingen mijnerzijds, tóch niets waard zou zijn, is eindelijk de weg vrij om je eens heel precies te vertellen hoe dat voor mij allemaal geweest is.

Liever dan miljoenencontracten, zeiljachten en blonde wijven met heupen als kazen, wil ik namelijk begrepen worden, en ik heb besloten, o geweldige Ger Beukenkamp, dat jij daar nu onmiddellijk mee gaat beginnen.

Het begon allemaal op een gure dag in november, nu een jaar geleden, toen jij me opbelde en me vroeg om een stuk over Brinkman te schrijven. Je belde in feite over iets anders – ik weet niet meer waarover, ik geloof zomaar, om te reageren op enige nutteloze ansichtkaarten die ik je gestuurd had – en ik had de indruk dat dat hele Brinkman-idee je op dat moment inviel (dat wil zeggen: om mij te vragen het te schrijven).

Drie dagen later reikte je me *De Stranding* aan en begon ik na te denken over een mogelijke invalshoek. Ik stuurde je een soort synopsis, je ging akkoord, en ik begon te schrijven. Tot mijn verbazing sleepte het me geweldig mee. Mét mijn enthousiasme groeide echter mijn angst dat het allemaal niet door zou gaan. De terloopsheid waarmee het allemaal ging, het feit dat ik eigenlijk niet begreep hoe het nou zat, de achteloosheid waarmee je met namen en begrippen slingerde die ik niet kende en waaruit jouw onbegrip voor mijn onbegrip sprak – dit alles gaf me het zenuwachtige gevoel dat ik aan iets begonnen was dat mij met huid en haar zou opslokken, maar voor anderen waarschijnlijk slechts een bagatel zou zijn die lichtvaardig terzijde geschoven zou worden als het toch niet van pas zou komen. Of ik al lichtelijk overspannen was, weet ik niet, maar ik voelde aankomen dat ik een zoveelste mislukking niet zou kunnen verdragen.

Dit gevoel van onheil werd zo sterk, dat ik op een gegeven moment niet verder kon schrijven. Wat kon ik doen? Ger bellen? 'Ja hallo Ger, met Nicolien... nee Nicolien Mizee... ja precies... zeg ik zit te schrijven en nou denk ik dat het niet door zal gaan...'

Je zou onmiddellijk (dacht ik) hevige spijt krijgen dat je deze opdracht aan zo'n zenuwenlijer gegeven had. Nee, dat kon niet.

Uiteindelijk besloot ik je een kaart te sturen. Ik zette mijn angst uiteen en vroeg 'of je al wat meer wist'. Je reageerde niet, wat ik ook niet verwacht had (Ger Beukenkamp komt de trap af, raapt de kaart van de mat, leest hem, denkt: 'Ik zal haar eens bellen' en vergeet het vervolgens – zo stelde ik het me ongeveer voor), maar ik was toch tevreden met mijn actie, en schreef het stuk af.

Jij toonde je tevreden, en stelde voor dat ik diezelfde avond naar *Toetssteen* zou komen kijken, naar het stuk over de Lorelei. Dan zou ik Dick van den H. ook zien.

Nu had ik al verscheidene malen geprobeerd te achterhalen wat de functie van deze vaker genoemde Dick van den H. was, maar als ik daarnaar vroeg, begon je telkens de hele geschiedenis van *Toetssteen* te vertellen, waarbij je meestal zo enorm afdwaalde dat we Dick van den H. kwijtgeraakt waren voordat we bij het eind waren aangekomen. Toen dit een keer of drie gebeurd was, liet ik het maar zo.

Louise verbaasde zich erover dat ik er niet in slaagde antwoord te krijgen op zo'n eenvoudige vraag, en ik vroeg me zelf ook af hoe dat kwam. Om de een of andere reden was het zo dat wanneer ik iets vroeg, jij meestal antwoord gaf, in verhalende vorm, op een aantal vragen die jij achter mijn vraag vermoedde, maar die ik helemaal niet gesteld had. Degene die jij te woord stond, bestond dus in feite helemaal niet, maar uit de wijze waarop je me antwoord gaf, kreeg ik wel ongeveer een idee van degene die jij voor ogen had.

Ongelukkigerwijze leek me dat een zeldzaam onaangenaam personage. Om dit beeld niet te versterken, hield ik me maar zoveel mogelijk gedeisd en liet ik je voor de zoveelste keer de geschiedenis van *Toetssteen* vertellen, zonder je in de rede te durven vallen of mijn vraag te herhalen.

Niettemin had ik me – uit een paar achteloze uitlatingen – toch al een soort beeld van Dick van den H. gevormd.

Tijdens een van je geschiedenissen van *Toetssteen* zei je eens: 'Dick was toen nog heel jong...' Je klonk nogal vertederd. Zo zou je over mij vast nooit spreken.

Later had je het over 'een scenarioschrijver' die, na elke vorm van kritiek, weer helemaal opnieuw begon te schrijven, en daar dit ten tijde van *Nosmo King* was, ging ik ervan uit dat je het over Dick van den H. had. Je toon was niet geërgerd, eerder verbaasd, alsof je het na al die jaren nog niet begreep, maar het natuurlijk niet veroordeelde.

In diezelfde tijd zag ik een stukje van *De Bokkerijders*, door Dick van den H. geschreven, waarbij zulke hemeltergend slechte dialogen gebezigd werden, dat het zweet me van plaatsvervangende schaamde al uitbrak, toen ik jouw naam onder aan de aftiteling zag. Ik kreeg een impressie van jou, schavend aan de allerberoerdste dialogen van de serie, terwijl je ook wel vagelijk aanvoelde dat het nooit echt goed zou komen, maar steeds proberend niet teveel toe te geven aan je kritiek, omdat 'die jongen het nog moest leren'.

Ger – ik begrijp ook wel dat dit alles pure speculatie is, maar zo werkt mijn geest nu eenmaal. Of er ook maar iets van klopt, weet ik natuurlijk niet, maar ik ben nu alleen maar bezig je te schetsen hoe ik voel en denk.

Die avond gingen Louise en ik naar *De Lorelei.*

(Maandagnacht, Balthasar is weer weg. Na al dat gepraat kan ik toch niet meer slapen, dus schrijf ik nog maar even door.)

We zagen het stuk en gingen daarna wat drinken in het café. Jij was er ook, stond half van ons afgekeerd met iemand te praten, en plotseling zegt Louise, over mijn schouder kijkend: 'Nu komt volgens mij Dick van den H. binnen. Er was iets in zijn air, in de manier waarop hij zijn witte sjaal om zijn schouders gedrapeerd had, dat haar zei dat dit de regisseur was. En inderdaad, het was hem ook. Hij liep op jou af, jij stelde ons aan elkaar voor, en op het moment dat ik hem de hand schudde, wist ik dat mijn ergste vermoedens bewaarheid zouden worden. Deze man zou nooit wat van mij, noch van mijn schrijven begrijpen. Ook Louise trok vragend haar wenkbrauwen op. (Ik moet zeggen, in dat soort dingen was ze de volmaakte partner.)

Dick gaf me een hand en draaide ons vervolgens onmiddellijk zijn rug toe om tegen jou op verongelijkte toon over een gesprek met de NPS te beginnen. Het was zeldzaam onbeleefd, bijna grof. Louise en ik praatten door, niet omdat we elkaar iets te zeggen hadden, maar om de pijnlijke situatie op te lossen, en al pratend draaide ik me voorzichtig naar jullie om.

Het beeld dat ik zag heeft zich voorgoed op mijn netvlies gebrand omdat het jullie zo goed uittekende: Dick van den H., vroegoud, verongelijkt, en jij naar hem toe gebogen, zwijgend luisterend.

Enige weken later ontmoetten jij en ik elkaar in de bibliotheek – ik geloof omdat je me dat faxapparaat wilde geven.

Ik stond met een tas in mijn hand tegen een pilaar geleund en jij zei: 'O ja, Dick heeft *Brinkman* nou ook gelezen en hij was ook enthousiast.'

Dit maakte me erg verlegen. Ik wist volkomen zeker dat Dick er niks aan vond, maar, omdat hij overduidelijk erg tegen je opkeek, in eerste instantie waarschijnlijk altijd geneigd was om met je mee te praten. Met een beetje geluk blééf hij dit doen, en werd het stuk inderdaad uitgevoerd, maar ik had sterk de indruk dat Dick zich binnenkort als grote zelfstandige zou gaan opstellen, die heus wel zijn eigen meningen had, en dan alsnog *Brinkman* en mij het raam uit zou gooien.

Dit alles had ik graag tegen je gezegd, maar dat kon ik niet. Je zou denken dat ik gek geworden was. Ik had die hele man nog geen minuut gesproken! En nu alweer mijn oordeel klaar! En wat voor oordeel! Niet dat je dat zou zeggen; je zou me zwijgend en wezenloos aanstaren en waarschijnlijk niet weten wat je ervan moest denken.

Dus knikte ik wat ongelukkig en begon maar over iets anders, namelijk, over wat jij nou toch precies dééd in de bibliotheek. Ik had al een paar keer eerder geprobeerd om daar achter te komen, maar dan kreeg ik een lang verhaal over het wonen in Haarlem en de voordelen van de ziekteverzekering, aan het eind waarvan het me onbeleefd leek om te vragen: 'Ja, maar wat dóe je hier nou eigenlijk?'

Ik besloot om het nogmaals te proberen, en me niet af te laten schrikken door eventuele communicatieve misverstanden. Zoals altijd wanneer het gesprek over jouw bezigheden ging, sloeg je een toon aan alsof je over een vage kennis van lang geleden sprak, een gewoonte die mij verwarde en tot overmaat van ramp ernstig vertederde, wat nog afleidender was.

Nou, daar gingen we weer: ja Haarlem, het ziekenfonds, enzovoorts. Dit alles min of meer tot de boekenkast gericht.

'Ja ja,' zei ik zenuwachtig, 'maar ik bedoel eigenlijk: wat dóe je hier precies?'

Nou, daar kwam bij, in de Amsterdamse bibliotheek was er allemaal gedoe met stempels en bonnetjes en hier kon je de boeken zo meenemen.

'Ja, dat begrijp ik allemaal wel,' zei ik ten einde raad, 'maar ik bedoel, welke handelingen verricht je precies in de uren dat je hier in dienst bent, als het ware?'

O! Was dat het! Nou, boeken terugzetten en zo.

God in de hemel. We waren erachter. Na al die jaren. Toch nog. Ik schepte moed en ging opnieuw in de aanval. 'Maar je bent er toch heel vaak niet?'

Deze vraag had een eigenaardig effect. Je deinsde een meter achteruit, keek hevig naar de grond en zei paniekerig: 'Jawel, jawel, ik ben er altijd.'

Verbouwereerd over het effect van mijn toch doodnormale vraag, zei ik: 'Maar jullie zijn toch vaak heel lang op vakantie, je vriend en jij?'

O! Was dat het! Ja nee, dat was geen probleem, dat viel wel te regelen.

Uitgeput liep ik naar huis. Ik dacht na over dit vreemde gesprek en vroeg me af wat er nou toch in hemelsnaam steeds misging.

Ik analyseerde onze dialoog en kwam tot de volgende oplossing: je gaf geen antwoord op mijn eenvoudige vraag: 'Wat doe je hier?' maar op een heel andere vraag, namelijk: 'Nou zeg, zo'n man die zoveel verdient als jij, waar slaat dat nou op, wat dóe je hier eigenlijk?' En dus verdedigde je je tegen die smalende vraag met een uitgebreid scala van goede argumenten.

Dan mijn tweede vraag. 'Maar je bent er toch heel vaak niet?'

Wat had je daar nou toch in hemelsnaam van gemaakt? Ik kon eigenlijk niets anders bedenken dan dat je meende dat ik je week in week uit in de bibliotheek kwam bespieden en dat op deze wonderlijke wijze liet merken.

Alles bij elkaar genomen had jij dus een beeld van een bevooroordeeld, bazig mens met een ziekelijke belangstelling voor jouw doen en laten.

Het was om door de grond te zakken van ellende. Hoe kon je dat nou van me denken? Had je nou zo'n waardeloze mensenkennis, of was ik echt zo afschuwelijk?

Waarom wilde ik eigenlijk weten hoe jij je vakanties regelde met de bibliotheek? Wat kon mij dat schelen?

Ik dacht ernstig na over mijn mogelijke motieven.

Tot mijn schaamte moest ik bekennen dat ik eigenlijk in alles van jou geïnteresseerd was. Juist omdat je zo raadselachtig was, was ik zo benieuwd naar je dagelijks doen en laten. Ik stelde me helemaal voor hoe je elke maandagavond met de trein naar Haarlem kwam (met de auto kon ook, maar ik had een voorkeur voor de trein) over de Grote Markt liep, mijmerend over de tijd dat je hier nog woonde, de bibliotheek inkwam, je bedacht hoe fijn het was dat je hier niet meer hele (of halve) dagen werkte, maar dat je toch wel enigszins gehecht was geraakt aan de gewoonte...

Ik bedacht hoe handig het was dat je op maandag werkte omdat je dan sowieso tweede paasdag en tweede pinksterdag vrij had, ik vroeg me af of je een kerstpakket kreeg en of ze dat dan de hele week voor je bewaarden, of dat de andere personeelsleden, jaloers op jou omdat je een succesvol scenarioschrijver was, de ingrediënten stiekem onder elkaar verdeelden...

Belachelijk. Wat een idiote onzin. Ger moest eens weten. Dan dacht hij helemaal dat ik niet goed wijs was. Ik moest het maar nooit aan iemand vertellen, hoe stom ik dacht. Maar ja, wat was er voor leuks aan het leven als ik niet kon vertellen wat ik werkelijk dacht?

Dinsdag, 10 december 1996

Toen kwam de grote ontmoeting met Dick en jou in het café aan de Amstel tegenover jouw huis. Ik voelde me ellendig in die tijd, was voortdurend doodmoe, lag halve dagen in bed, en alles was me te veel.

Toen ik het café inliep, al uitgeput van de fietstocht, en vreemd koortsig, zaten jij en Dick over *Emily* te praten.

Dick begon zich onmiddellijk als de grote regisseur te gedragen, zonder dat ik nog maar een woord gezegd had, en met grimmig genoegen constateerde ik dat jij dit met stijgende verbazing bezag. Dick liep drukdoenerig heen en weer, moest steeds 'even bellen' – het mankeerde er nog maar aan dat hij een zaktelefoon tevoorschijn haalde – en ik roerde in mijn thee en wachtte gelaten tot het onheil zou losbarsten.

Marc W. kwam binnen, werd in een tien minuten durende monoloog van Dick met de grond gelijk gemaakt en toen was ik aan de beurt.

Hij leunde eens goed achterover om enige afstand te nemen, wat nogal moeilijk was omdat er inmiddels naast ons een receptie was losgebroken die mij zowat bij Dick op schoot dreef – iets wat ik met mijn eeuwig oog voor komische situaties somber registreerde – en begon: Ja, hij had *Brinkman* nog eens gelezen en hij zag er eigenlijk niks in.

Na deze eerste zin leek het of er een atoombom in mijn hoofd ontplofte. Ik voelde hoe mijn hart een vreemde duikeling maakte, daarna met grote, bonzende slagen bleef slaan, terwijl mijn geest zich losmaakte van mijn lichaam en langzaam opsteeg, om boven onze hoofden te blijven hangen. Glazig staarde ik Dick aan, terwijl ik uit alle macht probeerde lichaam en geest weer te verenigen.

'...het is nogal makkelijk om mensen belachelijk te maken, zoals jij met Brinkman doet, maar het is veel moeilijker om je écht in iemand te verdiepen, zoals wij met Greet Hofmans gedaan hebben...'

Vanuit mijn ooghoek zag ik jouw handen met de vertrouwenwekkend afgekloven vingers op tafel liggen, en ik moest me bedwingen om ze niet te grijpen en er mijn gezicht in te verbergen. Ik moest absoluut kalmeren.

'Ja, je kijkt me aan of je me een grote burgerlul vindt, en dat ben ik misschien ook wel, maar het gaat erom...'

Ik luisterde niet naar Dick. Ik wist waarschijnlijk beter dan hijzelf wat hij allemaal ging zeggen. Een voordeel was dat hij zo eindeloos doorging, dat ik, dacht ik, tijd had om mezelf bijeen te garen.

Doodstil zat ik daar, toekijkend hoe Dick steeds zenuwachtiger werd, hevig begon te blozen, in zijn stoel begon te schuiven, zich in zijn zinnen verstrikte en maar doorpraatte. Ja, dit was het vreemde effect dat ik soms had. Vroeger waren de leraren beducht voor me, zonder dat ik ooit wat zei. Nu kostte het me een toneelstuk. Nooit durfde iemand me werkelijk nader te komen, en dat was het enige waarnaar ik verlangde. Maar het ging blijkbaar niet. Er was iets om mij heen dat ik zelf niet zag, maar dat iedereen afstootte.

'Het zou interessant zijn als je je echt in Brinkman probeerde te verplaatsen en niet alleen maar probeerde om hem belachelijk te maken...'

Ik voelde me als Cassandra, die altijd weet hoe het noodlot zich zal gaan voltrekken en naar wie nooit wordt geluisterd. Van begin af aan had ik geweten wat er zou gebeuren, en nu ging het inderdaad precies zoals ik gedacht had. En ik kon er niets aan doen.

Ik zou jullie nooit nooit nooit kunnen uitleggen wat voor mij zo erg was. Niet dat *Brinkman* niet doorging. Daar rekende ik allang niet meer op. Maar dat ik het van begin af aan geweten had en er niets aan had kunnen doen. En natuurlijk dat jij, mijn geweldige Ger, ernaast zat en geen vermoeden had van wat zich hier allemaal afspeelde. Je vond het misschien wel naar voor me, maar kom op, een andere keer beter, we nemen een glaasje en daarna gaat Nicolien naar huis en praten wij van de jongensclub gezellig door over *Emily*. En ik kon het je niet eens kwalijk nemen. Zo was je nu eenmaal.

Eindelijk was Dick uitgepraat. Het was duidelijk dat ik iets moest gaan zeggen. Met uiterste krachtsinspanning wist ik eruit te persen: 'Ja... dat hoor ik wel vaker...' en toen verloor ik mijn zelfbeheersing, boog me voorover en zei: 'Hoe kun je nou denken dat ik...'

Nou, wat ik precies gezegd heb weet ik totaal niet meer, want ik was letterlijk buiten mezelf van machteloze woede, ik heb een vaag beeld van jouw arm die over tafel schoof, je stem: 'Dit gaat zo niet', de grote, stille ogen van Marc W. die zachtjes in de kosmos zat op te lossen, en Dick van den H. die zich zo'n beetje door het geval heen blunderde, waarna we dan eindelijk aan het eind van het gesprek geraakten.

Nou, de rest zal ik je besparen. De slapeloze nachten, de wanhoop, het verstikkende gevoel van onmacht, de keren dat ik probeerde Dick te bereiken en nooit antwoord kreeg, de gruwelijke schaamte over mijn overtrokken reactie, de eindeloze uren dat ik mijn hersens afpijnigde op de vraag waar al die emotie bij mij toch vandaan kwam. De hele bijeenkomst, die me op het moment zelf ontgaan was, werd nu keer op keer in mijn hoofd afgedraaid, als een film waar ik niet om gevraagd had, en telkens ontdekte ik nieuwe gruwelijkheden. Dick die ineens zegt dat Marc W. het derde bedrijf van *Emily* mag schrijven, jij, verlegen met de situatie, die daar maar zo'n beetje een mouw aan past, en ik die honderd keer beter schrijf dan die hele Marc W. en die machteloos terzijde zit... Ik had die Dick in zijn pedante smoel moeten slaan. Maar nee, ik heb me beheerst, in een poging 'professioneel' te zijn. Als dit professionaliteit was, dan hield ik er mee op. Dat kon ik toch nooit en ik wou het ook niet.

Intussen verstreken de maanden met alle andere rampen: de ruzie met huisbaas H., het zoeken naar huizen, de buikpijnen, de onderzoeken in de ziekenhuizen, de verslechterende situatie met Louise...

Er werd een depressie geconstateerd en ik kreeg pillen.

Maanden later zat ik met Louise in de trein van Vlissingen naar Haarlem. We waren die ochtend naar het Haags Gemeentemuseum gegaan, maar ik was al kapot toen ik de trap opgelopen was en de aanblik van al die schilderijen deed me bijna ineenzijgen. Al die moeite. Al die verf. Al die mensen die die verf op die doeken gesmeerd hadden, die andere mensen die daar weer stukjes over in kranten geschreven hadden, die museumdirecteuren die die schilderijen kochten, de mannen die ze aan de muur moesten hangen, en dan die eindeloze stroom bezoekers... Ik werd helemaal ziek van moeheid als ik eraan dacht. En ik verontschuldigde me tegenover Louise en liep naar beneden, om achter een kop koffie te gaan zitten wachten tot ze klaar was. Maar ik had geen krant en ook niets om aan te denken.

Na een uurtje kwam Louise naar beneden. Wat zouden we gaan doen? Ik was zo intens moe, dat ik eigenlijk tot niets in staat was. Naar huis wilde ik ook niet, want dan zou ik in bed gaan liggen en dan zou ik die nacht niet kunnen slapen. We hadden een dagkaart van de spoorwegen en besloten om dan maar een beetje in de trein te gaan zitten. Naar Vlissingen en dan weer terug. Zo gezegd zo gedaan.

Ik knapte, als altijd aan het eind van de dag, iets op. In Vlissingen stapten we zowaar even uit, maakten we een wandelingetje over de dijk, aten een kroket en stapten toen in de trein terug. Het ging alweer een beetje beter.

Op de bank tegenover ons lag een krant. Ik pakte hem op en keek recht in jouw gezicht. Regisseur Ger Beukenkamp leest de brief van staatssecretaris Nuis.

Emily. Brinkman.

Voor het eerst in maanden drong er weer iets van gevoel in me door. God-ver-domme.

Donderdag ga ik naar je stuk.

Misschien is de grootste winst van al die maanden dat ik je dit nu allemaal schrijf. Boven alles wil ik begrepen worden. Of dat gebeurt, weet ik niet. Maar ik heb in elk geval geprobeerd uit te leggen wie ik ben, en dat is het enige wat ik werkelijk wil.

17 december 1996

Ger!

Een nadere precisering met betrekking tot onze gezamenlijke toekomst: wil het mij niet euvel duiden als ik vanmiddag vier tot zeven minuten verlaat ben; de loop der treinen laat mij geen andere mogelijkheid.

Misschien kun je in die tijd nog een belangrijk internationaal telefoongesprek voeren, of de zelfgebakken krakelingen artistiek op een van grootmoeder (van vaders zijde) geërfd schaaltje schikken.

Mogelijkheden genoeg, maar daar hoef ik jou, groot- en leermeester in het verzinnen van alles wat net niet gebeurd is, wat bijna gebeurd wás, wat we hadden laten kúnnen gebeuren als we niet... en als de wrede natuur eens niet... en de tijd... natuurlijk niet uit te leggen.

Geheel de jouwe en tot zo.

Haarlem, 21 december 1996

Lieve Ger,

Zoals je weet kan ik alleen denken als ik praat, en daar jij één van de drie mannen bent die geduldig kunnen luisteren, ga ik je nu proberen uit te leggen waarom ik de film *Breaking the Waves*, die iedereen erg mooi vindt, edelkitsch vind.

Het is het verhaal van een meisje dat enigszins 'simpel van geest' is, en dat meent door zichzelf op te offeren haar zieke man te kunnen redden. Aan het eind sterft ze en geneest haar man. Uit den hoge klinkt klokgebeier.

Hoewel om mij heen de zakdoeken al na een kwartier tevoorschijn gehaald werden, ontroerde het mij geen moment. Ik was voortdurend vagelijk geïrriteerd, zag het scenario door de film schijnen als lag het onder vloeipapier en toen aan het eind de man van zijn doodsbed herrees, gaf ik de moed definitief op. Rotfilm.

Als schrijvers die niet geloven over het geloof gaan schrijven, ontstaat er altijd kitsch. De ware ongelovige kenmerkt zich door een voorliefde voor alles wat het geloof visualiseert, maar wat in bijna alle gevallen juist lijnrecht tegen het geloof ingaat.

Wie gelooft, accepteert dat wonderen, in de zin van wenende beelden en herrijzende doden, per definitie onmogelijk zijn. Hij weet dat de ware mysticus de mysteriën ontraadselt of, indien dat niet mogelijk is, accepteert, maar dat hij nooit mysteries zal creëren. Bovenal weet hij dat het onmogelijk is dat het geloof iemand anders zal redden dan hemzelf.

Het eerste wat me hindert in de film is dat de hoofdpersoon een simpele ziel is. In films zijn 'goede mensen' steevast halve debielen, nobele wilden, kinderen, of andere onwetende, onverantwoordelijke figuren. Goedheid wordt daarmee gereduceerd tot iets doms. Volgens mij is goedheid iets dat door de slechtheid heen heroverd moet worden. Onschuld bij een kind is niet interessant, wel bij een slager of een zakenman.

Het meisje luistert naar de stem van God, die de stem van haar eigen geweten is – wat overigens een mooie vondst is en ook goed uitgewerkt: als ze het niet meer weet, als ze 'van god los is', zwijgt haar eigen stem.

Wanneer het meisje sterft, herrijst de man. Het trof mij als volslagen absurd. 'Dat kan helemaal niet!' dacht ik geprikkeld. Brandweerlieden en reddingsbrigades kunnen mensen redden, anderen niet.

Als je een film over een wonder wilt maken, moet je een echt wonder nemen, iets dat volmaakt onverklaarbaar is (zoals Peter Weir doet in *Picknick at Hanging Rock*). Wanneer je een wonder verklaart, zoals hier gebeurt door met Christelijke Naastenliefde aan te komen zetten, krijg je een moralistisch sprookje.

Het ergste was nog wel het volkomen gebrek aan humor waarmee ons dit eind door de strot geduwd werd. Het was duidelijk dat de maker diep ontzag had voor het onderwerp van zijn verhaal. De humor verdwijnt waar het ontzag zijn intrede doet, en het ontzag ontstaat wanneer we iets niet begrijpen. Maar als we iets niet begrijpen, moeten we onze bek houden. Jij zei ooit eens dat het gevaarlijk was om ons door een persoon te laten inspireren voor een film, omdat dat wat ons aantrok meestal iets was waar we nog niet achter waren, en dat ons dat tijdens het schrijven op zou breken (Les 3: 'Tien manieren om tot een plot te komen'). Hoewel ik dat zelf nog niet ondervonden had, trof mij dat onmiddellijk als absoluut waar. ('Ieder mens heeft een toetssteen in zich die waarheid van schijn weet te onderscheiden.') (Nou ja, ik kreeg tijdens die lessen zoveel waarheid over me heen, dat ik er gelukkig nooit meer van hersteld ben.)

Ik loop me altijd af te vragen waaraan een heilige van deze tijd zou moeten voldoen. Misschien is het mijn manier om me af te vragen hoe een mens zou moeten leven. ('How to live, oh, how to live!' zoals Lord Jim verzucht.)

Volgens het romantisch ideaal moet een 'goed mens' aan het eind van het verhaal sterven of anderszins ten onder gaan. Het komt me voor dat onze enige taak in het leven is om te leven, en voor mij is het verhaal van de man die (over)leeft zonder zichzelf te verloochenen, oneindig veel interessanter dan de monomane zonderling die schuimbekkend ten onder gaat. Maar ja, de mensen zijn nu eenmaal hopeloos romantisch. Ze willen voortdurend het 'goede' in de mens zien, menen dat het heil in altruïsme te vinden is, en denken dat het getuigt van grote spiritualiteit om een 'bovennatuurlijke verklaring' te laten prevaleren boven een wetenschappelijke. En dat terwijl het vaak meer moed vergt om (zonder wrok, zonder angst) het slechte in de mens te zien, het moeilijker is om voor jezelf te zorgen dan je te begraven in de ander, en het misschien nog wel het allermoeilijkst is om nooit genoegen te nemen met welke verklaring dan ook, maar pas te rusten als het werkelijke antwoord zichzelf geopenbaard heeft. Dan is er ook geen sprake meer van begrijpen of aannemen, maar van een weten dat harder is dan graniet.

Interessant is dat het eerste scenarioloze gesprek dat ik met jou voerde betrekking had op dit onderwerp. Dat was toen W.C., Femke, jij en ik na de les eens caféwaarts trokken en het gesprek op Jozef van den Berg kwam, de acteur die in een fietsenstalling was gaan wonen. Terugkijkend, zie ik dat we ons alle vier volmaakt karakteristiek opstelden: W.C. sprak zijn eerbied uit voor Van den Bergs beslissing. Ik, onmiddellijk geergerd, begon met de krachtige bewering dat ik er geen enkele bewondering voor had en de man volgens mij handelde uit wanhoop. W.C., meteen in de verdediging, zei dat Van den Berg anders een geweldig performer was, dat zijn zoontje altijd zat te huilen bij diens video's en dat het nogal makkelijk was om zo iemand te veroordelen. Ik zei dat ik alleen maar mérkte dat het mij een onbehaaglijk gevoel gaf, en dat ik me afvroeg waarom. Jij betuigde je instemming met enig hoofdknikken en zei haastig, toen we je allemaal vol verwachting aankeken, dat je het ook allemaal niet wist. Femke zat achter haar glas bier tegen de slaap te vechten.

W.C.'s opmerkingen griefden mij zeer; ik begreep nooit waarom hij met me wilde zoenen als hij datgene waar het mij om ging, mijn eindeloos nadenken over De Dingen, lacherig en geërgerd afdeed.

Onzeker als ik toen was, en geneigd me aan mijn docenten

op te hangen, heb ik me dat zo aangetrokken dat ik hem dat eigenlijk nooit goed heb kunnen vergeven.

Ja, Ger van mijn hart, laatst zei je dat je het gedrag van Dick van den H., als je er niet bij was geweest, niet geloofd had (iets wat mij oneindig veel goed deed – als je dat nou in die woorden de dag na die afgrijselijke bijeenkomst gezegd had, had je me heel wat, zo niet alle lijden bespaard) maar W.C. heeft zich op exact dezelfde wijze gedragen. Aardige mensen zijn eigenlijk nooit aardig. Onaardige mensen – die zijn soms weleens aardig.

Los daarvan, we waren op zoek naar een heilige van deze tijd. In *Arthur, the Once and Future King*, een Arthur-bewerking van T.H. White, komt een interessant gesprek voor tussen Arthur en Lancelot.

Lancelot, de beste en sterkste ridder van het rijk, heeft een groot verdriet in zijn leven: hij zou zo graag een wonder laten gebeuren, maar alleen zuivere mensen kunnen wonderen verrichten. Omdat hij een overspelige verhouding heeft met Arthurs vrouw, koningin Guinevere, is dat onmogelijk. (Als hij dus op een dag tóch een wonder verricht, knielt hij wenend voor God: voor hem is het wonder dat hij een wonder heeft mogen verrichten. Vooral het feit dat dat wonder niet verklaard wordt, dat het eenvoudigweg is zoals het is, is zo meesterlijk en volmaakt geloofwaardig.)

Op een dag keert hij terug op het kasteel na een van zijn omzwervingen, en doet aan Arthur, die zijn beste vriend is, verslag van een merkwaardig voorval: in het bos ontmoette hij een ridder die hem uitdaagde tot een tweegevecht. Lancelot, die altijd erg aardig is (vanuit een eeuwig schuldgevoel), zegt vriendelijk dat dat afgeraden moet worden: hij is namelijk onverslaanbaar. De ridder, die het vizier gesloten houdt en een onbekend wapenschild voert, geeft zijn paard de sporen en verslaat Lancelot zonder de geringste moeite. Dan licht hij zijn vizier op, maakt zich bekend als Lancelots zoon Galahad en gaat heen.

Arthur is woedend over het gedrag van de jongen die zijn vader eerst vernedert en daarna, liggend op de grond, achterlaat.

Lancelot zegt echter dat hij denkt dat de jongen een engel is.

'Een engel!' roept Arthur, 'iemand die zich zo gedraagt!' Maar ook Lancelot blijkt nagedacht te hebben over datgene waar een engel aan moet voldoen. 'Denk je dat de aartsengel Gabriël, als hij hier aan ons zou verschijnen, ons een kopje thee met een koekje zou aanbieden? Hij heeft wel wat anders aan z'n hoofd.'

(Galahad zal later inderdaad de graal vinden.)

Hoewel ik zelf erg houd van goede manieren (niet in de zin van het juiste gebruik van vingerkommetjes en artisjoktangen, maar in een zekere voorkomendheid; laten we ons, als we dan tóch niets van elkaar blijken te begrijpen, dan maar in 's hemelsnaam behoorlijk gedragen) denk ik ook dat een heilige zich niet zal onderscheiden door het sturen van hartelijke ansichtkaarten en het meebrengen van zelfgebakken koekjes, maar door datgene te doen wat hij moet doen.

Ik voel me overal onzeker over, maar nooit over wat ik denk en vind. Dat komt doordat ik mij niet verantwoordelijk voel voor mijn gedachten – dat zijn de vertalingen van datgene wat mij gegeven wordt. Ik neem aan dat het vanuit mezelf komt, dat het de 'oersoep' is die door mijn verzamelde hersenstructuur stroomt en in hoogst individuele vorm door mijn hoofd blijft spoken, tot het geformuleerd en wel naar buiten wordt gebracht. Het is mijn plezier in het leven voortdurend naar mezelf te luisteren en vorm te geven aan dat wat in me opkomt.

Het enige wat een beetje jammer is dat de stelligheid waarmee ik mijn meningen debiteer velen tot wanhoop en razernij brengt. Die lui beginnen dan altijd over de 'echte Nicolien', waarmee ze geloof ik doelen op mijn meer menselijke zijde. Nou, die is er ook en dat is niet veel soeps. Ik beschouw mezelf als een tamelijk intolerant, ongeduldig, zich eeuwig onbegrepen en tekortgedaan voelend wezen, dat zichzelf godzijdank niet al te serieus neemt.

Deze wijze om in het leven te staan, die voor mij de enig ware is, heb ik nooit zo sterk in iemand herkend als in jou.

Het interessante was dan ook dat jij op mij een vergelijkbaar effect had als ik op anderen: de glazige uitdrukking waarmee je mij observeerde, had een verlammend effect op me. Ik was werkelijk doodsbenauwd voor je. Dat mijn eerste scenario (*Het Model*) zo lang duurde, kwam doordat ik bang was dat jij zou denken dat het autobiografisch was. Later begreep ik dat dat mijn eigen angst was, die ik op jou projecteerde. Erg leerzaam.

Aan de agressie van anderen kun je altijd de angsten aflezen: een terugkerend thema in het gestotter van Dick van den H. was bijvoorbeeld burgerlijkheid: 'Jij zet Brinkman neer als een burgerlul, jij kijkt neer op burgerlijke mensen, jij vindt mij zeker een burgerlul.'

Een tamelijk burgerlijke angst, overigens. Nu ja, hij woont aan het Libelle-plantsoen, dat kan ook niet goed gaan.

Omdat slechts weinigen leven voor iets buiten henzelf om, kom ik weinig mensen tegen die hoog scoren op mijn schaal van heiligheid. Misschien is heiligheid trouwens helemaal geen aangename eigenschap, voor zover het een eigenschap is. Misschien vindt de heilige uiteindelijk weliswaar de graal, maar zal niemand huilen op zijn begrafenis. Maar ja, dat kan de heilige natuurlijk niks schelen.

Haarlem, 22 december 1996

Vanochtend liep ik, als iedere ochtend, de stad in om in café 1900 een kop koffie te drinken. Ik hoef hem niet eens meer te bestellen: ze zetten hem zwijgend voor me neer, met een glas water ernaast. Als elke ochtend keek ik uit het raam, en dacht na over mijn dromen van die nacht.

Ze gingen zo:

Ik was met Louise twee weken op vakantie in New York en ik vond het afschuwelijk. We zaten in een ellendige jeugdherberg met allemaal vlotte jonge mensen die steeds met ons uit wilden, iets wat Louise wel wilde maar ik niet; de stad was vreselijk lelijk en ik kon nergens de weg vinden.

Ik raakte iedereen kwijt, uiteindelijk ook de weg, en sprak een man aan. Hij was heel aardig, nam me mee naar huis en toonde mij zijn tuin, die prachtig mooi en zo groot als een park was. Terwijl we rondslenterden, vertelde ik hem hoe vréselijk ik het in New York vond.

'Dan moet je naar huis gaan,' zei hij.

'Ja, maar ik ben hier pas drie dagen en de reis heeft wel tweeduizend gulden gekost,' wierp ik tegen.

'Dat maakt niet uit,' zei de man kalm.

Hij werd weggeroepen door een aantal werkmannen en ik dwaalde verder en kwam uit op een soort fabrieksterrein.

Nu bleek dat ik in een herinnering van jou terechtgekomen was: dit fabrieksterrein was namelijk de plek waar jij ooit iemand had doodgeschoten.

'Doodgeschoten?' herhaalde ik verbijsterd.

'Ja ja,' zei jij achteloos, alsof het de gewoonste zaak van de wereld was.

We liepen samen door de Utrechtsestraat waar jij boodschappen moest doen. Terwijl je bezig was met tassen en portemonnees, vertelde je me tussen neus en lippen door wat er indertijd gebeurd was. Je vertelwijze was weer even cryptisch als altijd, zodat ik je voortdurend in de rede viel en 'hoe bedoel je' vroeg, een methode die ik ook in werkelijkheid in gebruik genomen heb sinds ik gemerkt heb dat jij eigenlijk een soort jukebox bent: je geeft de titels wel, maar het vergt nog enige investering om het hele liedje te horen te krijgen.

Wat bleek nu: als jongetje, of puber, was jij ooit naar een vakantiekolonie gestuurd. Het kamp was op een verlaten fabrieksterrein en de leiding was in handen van een aantal paters. Een van hen was een volslagen sadist. Er was één jongen, Mark geheten, die het voortdurend moest ontgelden. Hij werd dagelijks apart genomen, geslagen en verbaal vernederd.

Jij had besloten dat deze man gedood moest worden.

'Maar waarom dan?' vroeg ik. 'Was Mark een vriend van je? Was je verliefd op hem?'

'Nee hoor, helemaal niet. Maar dat moest gewoon. Nou, dus ik ging met mijn pistool...'

'Maar hoe kwam je dan aan dat pistool?' vroeg ik.

'O, dat had ik op het Waterlooplein gekocht. In elk geval, ik heb die man doodgeschoten.'

'Maar met hoeveel kogels dan, en was-ie wel echt dood, en werd je dan niet gepakt, en heb je er later geen nachtmerries van gekregen?' vroeg ik verbijsterd.

'Nee hoor, helemaal niet. Ik heb vijftig keer geschoten. Hij was meteen dood. Er werd nauwelijks onderzoek verricht en ik heb er sindsdien eigenlijk nooit meer aan gedacht.'

We waren een slagerij binnengelopen. Toen ik naar je keek, zag ik dat je helemaal geen kleren aanhad. Je was spiernaakt.

'Ger, moet je niet wat aantrekken?' vroeg ik bezorgd.

'Nee hoor,' zei je kalmpjes.

Toch maakte ik me enige zorgen. 'Hij denkt wel dat dit allemaal normaal is,' dacht ik, 'maar misschien is hij wel dronken, en dan schaamt hij zich morgen natuurlijk dood. En daarbij, dit is misschien zijn vaste slager en dan durft hij hier later nooit meer te komen, wat natuurlijk zonde zou zijn.'

Ik besloot maar iets willekeurigs te bestellen teneinde de aandacht van jou af te leiden. Overigens bleek niemand aanstoot aan je naaktheid te nemen. Toen ik me naar je terugdraaide, was je verdwenen.

Boven mijn kop koffie dacht ik na over deze droom. Ik nam aan dat hij geïnspireerd was op je verhaal over je vader en je broer.

Ik dacht eraan hoeveel een mens op een dag te horen krijgt, hoe onmogelijk het is dit allemaal naar behoren te verwerken, en hoe merkwaardig het was dat alles wat niet verwerkt was later in dromen terugkeerde. Hoe bijvoorbeeld mijn overleden broer mij regelmatig in dromen bezoekt en daarin zelfs langzaam ouder wordt, en doder – iets wat ik met mijn alledaagse gedachten nooit zo zou kunnen verbeelden. Dat zou je nu met recht een wonder kunnen noemen.

Misschien, dacht ik, is een heilige wel iemand die alles meteen zozeer tot op het bot doorgrondt, dat hij niet meer hoeft te dromen. Misschien is een heilige iemand die geen enkel wonder meer nodig heeft.

Maandag 23 december 1996

Ik geloof dat we de kwestie van de heiligheid voorlopig naar behoren hebben afgehandeld. Suggesties altijd welkom. Nu volgen er nog enige korte berichten, opdat je de soap van mijn leven enigszins kunt blijven volgen. Ik begrijp niets van de werking van je geheugen, waarin vooral straatnamen en jaartallen schijnen te beklijven, terwijl de bijbehorende verhalen volgens mij je ene oor in, je andere oor uitgaan, maar vooruit:

Sybren en Agnieska hebben god zij gedankt en geprezen een ander huis toegewezen gekregen, in de Pijp. Het is een heel behoorlijke etage, met twee kamers en een zijkamertje voor de kleine Tamara. Ik heb me uitgeput in loftuitingen, alles minstens drie keer bejubeld en steeds maar gezegd hoe geweldig prachtig het was, want Sybren is in vele dingen vreselijk onzeker en moet krachtig bemoedigd worden in al zijn beslissingen. Het is weleens lastig dat ik zoveel van hem hou, maar nu was het fijn, want zijn vreugde is de mijne, dus ik was ook inderdaad geweldig opgelucht dat er een eind zal komen aan die onhoudbare toestand in dat veel te kleine kamertje. (Vlak na de geboorte van Tamara zijn ze door een razende bovenbuurman die met een stok op de grond sloeg en riep dat hij Agnieska bij de vreemdelingenpolitie zou aangeven, op kerstavond gevlucht. Ik bood ze mijn huis aan, en ging zelf bij An logeren. Sindsdien noemen we ze de Heilige Familie.)

Met Louise was ik naar het Kerstbal. Ze keek steeds maar zuchtend en gekweld in de verte en boven haar hoofd was in neonletters te lezen: Ik Lijd, maar jij lijdt niet, want jij hebt geen gevoel. Ik lijd, maar ik beheers me omdat dat van jou moet. Ik lijd, maar jij blijft als ijs onder mijn lijden.

Ze zet daarmee precies haar hak op die plek waar haar voorgangers al te lang met hun houwelen op geslagen hebben: mijn vermeend onvermogen me te geven, mijn verlangen slechts voor mijzelf te leven.

Nu, zelfs als dat zo is, dan is daar toch niets aan te doen. Ik ben allerminst onverschillig voor haar, maar daar het verleden uitgewezen heeft dat haar angst groter is dan haar wens me te geloven, kan ik niet meer doen dan haar te vragen zich behoorlijk te gedragen.

Omdat ik onmiddellijk bevries als ze zo doet, merk ik pas dagen later, wanneer de dooi inzet, hoe verschrikkelijk ik het allemaal vind. Dan word ik alsnog woedend.

Ik belde haar dus pas gisteren, en eiste dat ze zich tijdens het nieuwjaarsbal normaal zou gedragen, omdat ik anders een ongeluk zou begaan.

Ze begon te snikken. Toen ze weer wat kon zeggen, bleek dat dat van vreugde was, omdat ik weer gewoon kwaad was, net als vroeger.

Ja, daar stond ik met mijn slechte bedoelingen.

Ger, licht van mijn leven, vlam van mijn hart, ik wens je van allerlei goeds en prettigs; ik zal zorgen dat mijn synopsis op tijd in je bezit is en o ja: ik heb ontdekt dat ik inderdaad niet aan jou moet denken tijdens het schrijven. (Herinner je je nog dat we het daarover hadden de laatste keer?) Hoewel ik niet meer bang voor je ben, is het nog altijd zo dat ik het gevoel heb dat jij – op scenariogebied – precies weet hoe het allemaal moet. Dat is weliswaar niet zo, dat beweer je ook helemaal niet, maar op dit voor mij moeilijke gebied, slaat de oude eerbied bij tijd en wijle weer hevig en verlammend toe.

'Ja, dan moet je het nog maar een keertje herschrijven, hè,' begin je, 'kijken wat je nou eigenlijk beweert, bezit is diefstal.'

Ik zwijg verpletterd, wachtend op de explicatie. Die komt echter niet. Je neemt nog maar eens een hapje van je vinger.

'Hoe bedoel je precies?' begin ik maar weer eens.

Nu volgen er enige andere cryptische, diep filosofische uitspraken. Mijn verwarring wordt voortdurend groter.

Dit ligt geheel aan mij. Ik ben namelijk alleen bezig om uit te vissen hoe jij nou eigenlijk wil dat ik het herschrijf, terwijl jij probeert – nou, eerlijk gezegd weet ik niet wat je probeert. Misschien geef je gewoon enige losse gedachten die zo'n beetje bij je op zijn gekomen tijdens het lezen.

Op mij maakt het echter de indruk dat jij precies weet hoe ik het moet herschrijven, dat jij dat zelf in twee minuten zou doen, en dat ik als een vis aan je voeten lig te spartelen.

Ik heb dus besloten het geheel en al op mijn eigen manier te doen en daarbij zo min mogelijk aan jou te denken. Eveneens heb ik besloten dat ik nog vaker 'hoe bedoel je' zal vragen, net zolang tot ik eindelijk, eindelijk, bij het allerlaatste raam ben.

Ger. Kers op 's levens grauwe pudding, bloem in de woestijn, vogel in mijn tuin, vergeet mijn verjaardag op 8 januari niet; diamanten oorhangers zijn zeer welkom, parels liever niet want die vind ik niet mooi, en anders ben ik al heel blij met een ansichtkaart. Ook kerst- en nieuwjaarswensen met hartelijke algemeenheden en liefdevolle definities worden zeer op prijs gesteld.

Haarlem, 3 januari 1997

Lieve Ger,

Alle feestdagen doorstaan, nu alleen mijn verjaardag nog op 8 januari. Bijna al mijn vrienden hebben zich de afgelopen jaren, terwijl ik thuis met de gordijnen dicht over het leven zat na te denken, voornamelijk met huwen en paren beziggehouden zodat de aanwas nu te groot is voor mijn kleine huisje. Ik heb de lui met kinderen dus gevraagd zaterdagochtend te komen, dan hoeven ze ook geen oppas te regelen of met dat grut door kou en duisternis te komen. Omdat ik op mijn verjaardag echter niet graag alleen ben, heb ik de Heilige Familie uitgenodigd (Sybren, Agnieska en de kleine Tamara) en mijn nichtje Lucy – de oudste dochter van mijn lievelingsoom en goede vriend F.W. – op wie ik jarenlang gepast heb en die inmiddels tot een achttienjarig, zeer scherpzinnig en moeilijk levend meisje is uitgegroeid met wie het altijd leuk is over de zaken des levens te praten.

Ik had Charlie er wel graag bij gehad, maar dan moet ik Sophie vragen, en als ik Charlie en Sybren vraag, ben ik min of meer verplicht Balthasar ook uit te nodigen (die drie jongens hebben vroeger bij elkaar in de klas gezeten op het Stedelijk Gym) – maar ik kook beroerd en zonder plezier en een dergelijk groot gezelschap gaat me boven m'n macht. Dus heb ik Charlie en Reinhard gevraagd na de maaltijd te verschijnen. Dan zijn er nog wat homo's en losse restfiguren die ik evenmin tussen die gezinnen op de zaterdagochtend kan plaatsen. Ik zou het natuurlijk erg leuk vinden als je kwam en nodig je hierbij dan ook van harte uit.

Mocht je niet komen omdat je a. bezigheden elders hebt en b. dit soort bijeenkomsten net als ik een ramp vindt, dan zou ik je bij wijze van verjaarscadeau willen vragen een goed voorstel te doen voor een passende viering van de 28e januari, de dag waarop we elkaar vier jaar geleden hebben ontmoet ('leren kennen' lijkt me een wat al te weidse benaming voor die eerste dag van wat een jarenlang, moeizaam proces zou worden).

Ik heb, naar aanleiding van mijn brief over de heiligheid en ons laatste gesprek, een aantal dingen bedacht die volgens mij ontspruiten aan dezelfde wortelstam, maar daar ik geen hersenen in mijn hoofd heb, maar rondwervelende brokken zaagsel, weet ik nog niet precies welke stam dat zou zijn.

Er volgen nu dus enige losse gedachten, waar jij of ik aan het eind misschien enig systeem in kunnen ontdekken.

Zo vroeg ik me af hoe het toch kwam dat ik tegen jou over van alles kan praten, behalve over het werk. Misschien komt het doordat ik een groot deel van mijn leven bezig ben geweest me van de rest van de maatschappij af te zonderen en ontzettend slim ben geworden in het verbergen van mijn wensen en verlangens. Ik kan echter onmogelijk verbergen dat ik graag (scenario) zou willen schrijven en voel me in het kenbaar maken van die wens naakter dan wanneer ik in Akersloot bloot op een tafel voor dertig schilders sta te poseren.

Ik heb in de loop der jaren wel een soort modus gevonden om mezelf te presenteren, maar niet om mijn fantasieën, die me intiemer schijnen dan wat ook, vrijelijk naar buiten te sturen en ze los van mezelf te zien – hoewel dat wel steeds beter gaat.

Wat mij natuurlijk zo frappeert, is dat jij juist alléén over het werk kan praten, en niet over de rest. Misschien praat jij ook niet graag over datgene waar je je onzeker over voelt, en voel jij je een dilettant met betrekking tot alles wat niet met het werk te maken heeft.

Goed. Punt drie. (Dit heeft allemaal nog hevig met elkaar te maken, hoor.)

Ik vroeg me af hoe ik zou reageren als mijn voorstel voor *Zebra* weer zou worden afgewezen. ('Flink zijn' heeft geen zin; het afgelopen jaar heeft uitgewezen dat ik bepaalde zaken niet in de hand heb en me daar beter maar zo goed mogelijk op voor kan bereiden.)

Nou, er is er dan maar één die mijn lijden kan verlichten of wegnemen, en dat ben jij. Niet door het uitspreken van troostende woorden, maar door heel exact te zeggen hoe het voor jou is. Ik bedoel: wat jij vindt van die afwijzing, wat je dacht, wat je voelde, enzovoorts enzovoorts.

Ik weet zeker dat dat alles zou schelen, maar ik begrijp niet goed waarom.

Door zo'n afwijzing val ik in een ravijn: ik heb een wens kenbaar gemaakt, ik heb mijn best gedaan, ik heb iets getoond en ik ben afgewezen. Daardoor heb ik me voor eeuwig belachelijk gemaakt, voor de hele wereld heb ik me geblameerd, iedereen heeft medelijden met me, ik val en val en blijf maar vallen...

Als jij, die mij kent, en de tegenpartij ook, daar nou normaal over praat, op een manier die ik begrijp, dus zo uitgebreid en menselijk mogelijk, dan wordt het genormaliseerd. Dan ga ik begrijpen dat dat gewoon iets is van mensen en werk en dingen die nu eenmaal zo lopen.

Dit alles heb ik lopen bedenken. Maar ik dacht ook dat het voor jou misschien juist wel heel moeilijk was om te zeggen: 'En toen dacht ik en toen vond ik en toen voelde ik.' Want jij praat meestal in conclusies.

En ik dacht: als ik Ger nou toch zo bewonder om z'n vakmanschap, z'n overgave aan z'n werk, waarom heb ik dan toch zo'n behoefte aan datgene wat erachter zit? Waarom neem ik geen genoegen met de resultaten, maar wil ik juist het geraamte zien, de steigers, de bouwtekeningen?

Dit is voor mij zo'n vreselijk moeilijke vraag dat ik er helemaal van in de war raak en er van allerlei losse gedachten en herinneringen bij me boven komen drijven, die er op de een of andere manier mee te maken hebben.

Ik herinnerde me dat jij en ik het tijdens dat gesprek in dat café met W.C. en Femke over de brieven van Van Gogh hadden gehad. Ik vroeg me af of ik die brieven ook mooi had gevonden als Van Gogh geen beroemde schilder zou zijn geworden. Jij knikte instemmend en je zei dat Van Gogh een onmogelijke figuur was geweest, waar ieder mens op af zou knappen.

Vandaag de dag denk ik dat ik die brieven mooi had gevonden, ook als ze van een onbekende schilder zouden zijn geweest. Eveneens denk ik dat het mogelijk is van iemand te houden om zijn grootsheid, ook al is het een onmogelijke figuur. (En met grootsheid bedoel ik menselijke grootsheid – niet roem of dergelijke willekeurige aanwas.)

Lang heb ik gedacht dat iedereen iets wist wat ik niet wist. Dat alle mensen met onzichtbare draden met elkaar in verbinding stonden en ik er als enige buiten stond. Dit heeft zich zelfs ontwikkeld tot een soort theorie die me de wereld der waanzin binnen gevoerd heeft. Daar heb ik me, na twee lange jaren, weer uit gevochten. Daarna begon ik te beseffen dat ik helemaal niet zoveel verschilde van die anderen. Dat ze helemaal niet op een geheimzinnige manier met elkaar in contact stonden en dingen wisten die ik niet wist, maar dat ze zich zo gemakkelijk staande konden houden en probleemloos hun weg vonden doordat ze eenvoudigweg nergens over nadachten. De afgrond van veler stompzinnigheid is voor mij gelukkig nog altijd niet volledig te peilen.

Niettemin, de inmiddels opgedane wonden zijn niet meer te helen. Daarbij komt dat ik een lastige handicap heb: ik ben arbeidsongeschikt in een maatschappij die draait op en om arbeid. De agressie die mijn onzichtbare handicap zo nu en dan (niet heel vaak hoor) bij mensen oproept ('Jij wil zeker het schaap met de vijf poten! Ik moet ook weleens iets doen waar ik niet zo'n zin in heb! Stel je voor dat we allemaal een beetje thuis gingen zitten!') zou je nog verbazen.

Uiteindelijk doet het er allemaal niet toe. Het heeft geen zin je bezig te houden met wat anderen vinden. Maar natuurlijk blijft er de eeuwige vraag: waarom ben ik niet zoals zij? Hoe kan het dat anderen van negen tot vijf achter een loket kunnen zitten, met een vliegtuig naar een koude plaats afreizen om daar te gaan skiën, en al die honderden andere dingen doen (met plezier!) die mij oneindig vermoeiend en verschrikkelijk lijken?

Het blijkt niet mogelijk deze schaamte ook maar een seconde te vergeten. Altijd zal ik blijven proberen me anderszins waar te maken, te bewijzen dat ik ook recht en reden heb om te leven. En altijd zal ik blijven zoeken naar degene die me volledig accepteert zoals ik ben. Ik weet dat ik daarin erg hoge eisen stel – 'wie niet voor mij is, is tegen mij' – en me daardoor veel ellende op de hals haal – zie W.C. en Dick van den H. – maar ik kan er niets aan doen. Jouw reactie, namelijk het uitblijven van een reactie, was het meest verbijsterende wat me in tijden was overkomen.

Toen je me laatst na *Emily* verweet dat ik je vakmanschap onderschatte, vroeg ik me af of je soms meende dat ik je werk teveel in verband breng met jouzelf. Ik vind het inderdaad verbazend dat iemand die zo'n mooi stuk over het koningshuis kan schrijven, beweert dat hij tegen het koningshuis is. Misschien is dat naïef. Maar het kan ook zijn dat je schrijverschap jezelf vooruit is. Ik heb namelijk altijd gemeend dat je bezwaar tegen het koningshuis een beetje een raar vooroordeel was dat na de zeventiger jaren was blijven hangen. Ik vind het koningshuis enorm van deze tijd. In Rusland gaan ze vast de Romanovs weer op de troon zetten. Dat is ook niet voor niks.

Niettemin, het is natuurlijk wel zo dat jij de dingen van verre haalt, en ik van heel dichtbij. Maar je moet mij ook niet onderschatten. Dat ik alles altijd aan de hand van de schrijver zal uitleggen, is geen zwaktebod. Dat is mijn manier van doen en ik kom er een eind mee.

Volgens mij doe jij dat ook. Jij drinkt de wereld in zoals de woestijn water in zich opneemt. Jij luistert niet naar wat ik zeg – je neemt me waar. M'n woorden, m'n motoriek, alles wat eromheen is. Je oordeelt niet, je kijkt.

Als ik dan stilval en je moet reageren, ontwaak je als uit een droom en zeg je iets waarvan je meent dat dat opportuun is. En alles wat zich inmiddels in je verzameld heeft, wordt omgezet in scenario.

Er zijn weinig mensen die zo kunnen waarnemen. En nog minder die ermee om kunnen gaan.

Een nichtje van mij deed ooit iets wonderbaarlijks. Ze was net 3 en zat bloot op de grond. Ze boog zich voorover en bekeek haar vagina. Toen richtte ze zich op en zei: 'Ik droomde – dat ik dit op tafel legde – en dat ik ermee betaalde – als met geld.'

Mijn oom zei, half voor de grap, dat ze in een vorig leven zeker prostituee was geweest. Maar ik vind het te simpel om de dingen des levens uit te leggen aan de hand van dat soort bedachte constructies.

Toen ik klein was, wilde ik graag volwassen worden omdat de dingen dan duidelijk zouden worden. Nu ben ik dan volwassen, en is mijn leven een eindeloze zoektocht naar iets van de antwoorden die ik toen had, maar later ben kwijtgeraakt.

Ik zie aan de kinderen dat ze dingen weten die wij niet meer weten. Ze brengen verbanden aan, hebben ongereglementeerde associaties en zeggen dingen die haastig weggelachen worden. Daar schrikken ze dan zo van dat ze zich de rigide denkwijze aanleren die wij erop nahouden, waarbij de dingen de dingen niet meer zijn, maar de voortbrengselen van een systeem. Ze gaan een stukje met je mee en als het interessant wordt, keren ze zich af.

Toen ik op padvinderij zat (ik was een jaar of tien) was er een 'vaandrig', een puisterige jongen van in de 20, die altijd vreselijk stond te schreeuwen tegen de grote jongens waar hij de leider van was. Eens zag ik hoe hij een pleister plakte op de knie van een van de kleine jongens. Uit heel zijn houding sprak zorg en toewijding.

Maanden later, toen we op kamp waren, stonden Messoea, de leidster van mijn groep, en ik samen af te wassen. In de verte hoorden we de vaandrig weer eens hevig tekeergaan.

'Wat schreeuwt-ie weer,' zei ik.

'Ja,' zei Messoea zorgelijk.

'Hij zou beter leider van de welpjes kunnen zijn,' zei ik, zonder na te denken.

Nu begrijp ik hoe idioot dat klonk uit de mond van een meisje van tien, maar dat was de manier waarop ik nu eenmaal dacht. Thuis vonden ze dat normaal. Ik voelde hoe Messoea verstarde van verbazing, en kromp ineen.

O god, ik had weer eens iets idioots gezegd.

'Ja, dat vinden wij ook,' zei Messoea, 'maar dat wil hij zelf niet.'

Godzijdank, voor één keer was het goed gegaan. Volgende keer beter oppassen.

Zaterdag 4 januari

Vandaag wezen schaatsen op het mooiste ijs van de wereld. Ik ben al een paar keer geweest maar ik blijf me erover verbazen. Ik heb nog nooit eerder meegemaakt dat je onder alle bruggen door kan.

Ik heb net bovenstaand verhaal overgelezen, 't is nog steeds geen eenheid.

Misschien ben ik alleen maar op een hele ingewikkelde manier aan het zeggen: Hee Ger, zie me staan.

Dan is er nog iets anders: nadat ik mijn ideeën over de eisen waaraan een heilige moet voldoen had geformuleerd, dacht ik ineens: maar dat is precies het tegenovergestelde van hoe ik vroeger dacht.

Als kind meende ik dat ik alleen bestond om anderen gelukkig te maken. Dat ik zelf nauwelijks consistentie of karakter had, maar een vormeloze wolk met twee ogen was – alleen op aarde om te zien, te begrijpen en te verlichten.

Dat ben ik heel lang blijven denken. Ik wist vaak beter hoe anderen dachten dan hoe ik zelf dacht. Vandaar dat ik ook niet te bereiken was; ik had geen idee waar de ander ophield en waar ik begon.

Pas later ben ik gaan zien dat ik zelf ook een mens was, met eigen angsten en verlangens. Maar ik heb het nooit mijn interessantste aspect gevonden en loop mezelf nog vaak voorbij. Zoals ik nu weer merk dat ik de neiging heb mijn verjaardag niet te vieren omdat ik het zo zielig vind voor al die andere mensen dat ze dan helemaal naar me toe moeten komen. Wat natuurlijk in de eerste plaats een gruwelijke projectie is van mijn eigen afkeer van gezellige groepsbijeenkomsten en in de tweede plaats enigszins voorbijgaat aan het feit dat ik het zélf misschien leuk zou kunnen vinden, en wel eens teleurgesteld zou kunnen zijn als niemand een cadeautje voor me zou hebben. Zoals ik ook pas later merkte hoe verschrikkelijk ik het vond dat jij niet op m'n afstuderen was geweest. Eerst dacht ik alleen maar: nee, dat kan natuurlijk niet. Die man zit in Spanje.

Maar later dacht ik: godverdomme klootzak, dan neem je maar een vliegtuig eerder naar huis of je stuurt een telegram of weet ik veel wat. En dan vind ik mezelf weer onredelijk.

Ik denk dat ik vroeger erg veel tekortgekomen ben en toen maar heb besloten dat ik niemand nodig heb. En als ik dan niks krijg, dan word ik weer woedend.

Dus organiseer ik toch maar iets voor mijn verjaardag, met het rare gevoel iets voor iemand te regelen die dat met een soort spot beziet.

Deze splitsing in twee individuen die elkaar eeuwig zoeken en elkaar nooit zullen vinden, is er nog niet bij de kinderen. En ook niet meer bij een heilige. 'Heilige' betekent trouwens 'heel'.

Achterberg heeft er veel over geschreven:

Met dit gedicht vervalt het vorige.
Ik blijf mijn eigen onderhorige.
Tot in 't einde blijken zal,
Wie meester is, en wie vazal.
Tussen mijn leven en mijzelve
Is enkel nog een graf te delven.

en later:

Nu ik zo zuiver thuis ben met mijzelf
zie ik de bodem van mijn zelfbesef.

Ik bijt je allerhartelijkst in je lekkere sappige hals.

Haarlem, vrijdag 10 januari 1997

Beste Ger,

Vandaag, beminde ongelovige, zullen we het eens hebben over goede manieren, een onderwerp dat al eerder ter sprake gekomen is, maar dat we naar mijn idee nog niet voldoende uitgediept hebben.

Het is je misschien weleens opgevallen dat wij een groot deel van de tijd langs elkaar heen praten. Jij bijvoorbeeld, geeft eigenlijk nooit antwoord op de vragen die ik stel, maar op de vragen die je achter mijn vragen vermoedt. Om jou niet in een lastig parket te brengen, praat ik dan maar mee, waardoor we aan het eind alle twee volkomen de kluts kwijt zijn.

Omdat ik in ons intensief schrijfcontact de enige ben die het woord voert, hebben we over het algemeen weinig last van het feit dat we niets van elkaar begrijpen – ik verbeeld me eenvoudigweg dat jij alles wat ik zeg volkomen begrijpt, en jij verbeeldt je waarschijnlijk precies hetzelfde. En zo zullen wij hopelijk lang en gelukkig leven.

De problemen rijzen echter pas als we proberen daadwerkelijk tot een dialoog te komen. Dat is nou al een paar keer ernstig fout gegaan, vaak tot mijn plezier, maar een enkele keer ook tot mijn verdriet. Omdat ik denk dat uitpraten niet mogelijk is – al zal ik het tot mijn dood blijven doen, en vanuit mijn kist nog gesmoord blijven roepen 'Nee! Nee! Zo bedoel ik het helemaal niet!' zou ik je hierbij willen voorstellen dat we ons allebei zo veel mogelijk proberen te houden aan de goede manieren zoals beschreven in het boek *Hoe hoort het eigenlijk.*

Jouw manieren, Ger van mijn hart, zijn bedroevend. Ik heb hierover nagedacht en ik heb een theorie over de oorzaak van deze ongemanierdheid.

Jij leidt aan een eigenaardige, ik kan wel zeggen unieke kwaal: jij kan je totaal geen houding geven. Aan mijn twee nichtjes zie ik hoe een opgroeiend mens zichzelf vormt naar het beeld dat hij meent dat anderen van hem hebben en hoe hij daar dan langzaam ingroeit. Om mij onbekende redenen ontbeer jij een passende act, waardoor je je dan weer in volle wapenrusting toont en dan ineens in je hemd – in een onnavolgbare afwisseling die weliswaar zeer boeiend is, maar het contact enigszins bemoeilijkt.

Ik ben beducht voor mijn eigen, veeleisende natuur en eis daardoor soms misschien te weinig. Achteraf ben ik dan teleurgesteld als ik niet gekregen heb waar ik op gehoopt had. Vandaar dat ik al geruime tijd probeer om juist tegen jou zo duidelijk mogelijk te zijn. Een enkele maal glipt er nog weleens een vis door het net.

Zo was je laatst zo aardig om me een vrijkaartje voor *Emily* toe te zeggen, maar toen ik bij het loket kwam, lag er helemaal geen vrijkaartje.

'Je krijgt nog geld van me,' zei je na afloop van het stuk. Voor mij was de geste oneindig veel belangrijker dan die vijftien gulden. Het was werkelijk een diepe teleurstelling dat er geen speciaal kaartje voor me klaarlag, dat je niet de moeite gedaan had om dat te regelen en dat je blijkbaar totaal niet snapte waar het me om ging.

Als je zoiets al vergeet, wat ik me heel goed kan voorstellen, kan je dat ook wel wat minder lomp oplossen.

Men duwt een dame, zeker als ze het financieel moeilijk heeft, niet en plein public bankbiljetten en muntstukken in de hand.

Een ander geval was de keer dat je twee maanden wachtte met te reageren op mijn *Zebra*-voorstel. Ik ben dan eigenlijk helemaal niet kwaad, denk bekommerd dat je het wel heel druk zult hebben en dat het toch wel erg aardig is dat je überhaupt moeite voor me doet. Toen je eindelijk reageerde, zei je dat je een lamlul was. Maar je had gewoon even sorry moeten zeggen. Het is wel interessant om te horen hoe je jezelf noemt, maar intussen sta ik buiten en wacht op de woorden die voor mij bedoeld zijn.

Enige dagen geleden heb ik je voor mijn verjaardag uitgenodigd. In je vriendelijke reactie – waarvoor dank – zeg je: 'We spreken gauw wat af.'

Waarom zeg je niet gewoon dat je niet komt? Dat is heel gebruikelijk. Ik heb jou naar aanleiding van jouw feest ook geschreven dat ik niet kwam. (Ik kwam wel, maar dat was wat anders.)

Nu lijkt het alsof je de kwestie zo pijnlijk vindt, dat je er niet eens over wil praten. Daarmee geef je mij de indruk dat ik je iets onbetamelijks gevraagd heb. Maar ik mag je toch uitnodigen als ik daar zin in heb? En jij mag die uitnodiging afslaan als je daar zin in hebt.

Zo heb ik nu al twee keer de wens kenbaar gemaakt enige aandacht te schenken aan de 28e januari als we elkaar vier jaar kennen. Ik zou het wel leuk vinden een kopje thee te komen drinken, want ik hou van het in acht nemen van zelfverzonnen formaliteiten. Als het jou niet uitkomt, dan niet. Jij zwijgt echter alsof ik iets waanzinnigs voorstel.

Dat is al eens eerder gebeurd: zoals je je herinnert, was je niet bij mijn diploma-uitreiking. Hoewel ik je klungeligheid in dat soort zaken kende, was zelfs ik ervan uitgegaan dat je op de een of andere manier nog wel iets van je zou laten horen. Toen je dat niet deed, heb ik zelf maar het voortouw genomen en mezelf op de thee uitgenodigd, waar werkelijk veel moed voor nodig was. Ik had wel graag bloemen voor je meegenomen, maar was bang dat ik je daarmee in verlegenheid zou brengen. Zo dwong je mij – onbedoeld – tot voor mij onnatuurlijk gedrag. Dat kan ik je niet verwijten; tegenwoordig dwing ik mezelf tot voor mij natuurlijk gedrag en probeer me zo min mogelijk aan te trekken van jouw eventueel oordeel. Ik ben zoals ik ben, hoe raar ook, en als het je niet bevalt, zeg je het maar.

Niettemin: je stiltes richten dus veel ellende aan.

Wat er achter je zwijgen schuilgaat, weet ik niet. Misschien weet je het zelf niet. Ik ben altijd bang dat jij bang bent dat ik 'iets van je wil'. Iets wat jij niet kunt of wilt geven.

Maar ik vraag je heel exact wat ik wil. Niets meer en niets minder. Als jij dat niet kunt geloven, is dat jouw zaak.

Daar kan ik niets aan doen. Maar een vrijkaartje is een vrijkaartje, een invitatie een invitatie en een leerling die een jaar bij je gestudeerd heeft, geef je een bos bloemen.

In mijn vorige brief schreef ik: jij zegt dat je uitgaat van het goede in de mens en dat je vertrouwen nooit beschaamd wordt. Ik ga uit van het slechte en word dan alsnog teleurgesteld.

Dat kan natuurlijk niet. Ik ga helemaal niet uit van het slechte: ik hoop altijd weer, bij ieder nieuw mens die ik ontmoet, dat er een moment van contact is. Een blik, een woord, een gebaar – kortom, al is het maar voor een enkel moment, Utopia te vinden 'in the smile upon a single honest face'. Want we zijn al eenzaam genoeg.

Ik denk dat jij erg weinig verwacht voor jezelf. Nu ik je wat geef, mijn affectie namelijk, vind je het maar eng en weet je niet wat je ermee moet. Maar je hoeft er helemaal niks mee. Helemaal, helemaal niks. Ontvangen. Dat is alles. En als je ook daar geen zin meer in hebt, dan zeg je dat. Zo simpel is het.

Dit moest ik je zeggen. Het verbaast me dat ik tijdens het schrijven zo ernstig ben geworden, want eigenlijk moest ik erg lachen om je reactie omdat hij weer zo volmaakt karakteristiek was. Het zij zo. Sterker nog: nu zou ik het inderdaad wel erg prettig vinden als je me iets terug zou willen faxen. Anders laten we de tijd zijn werk doen.

Haarlem, 19 januari 1997

Zeg, hoor ik nog eens wat, ja of nee?

Haarlem, 26 januari 1997

Lieve Ger,

In mijn verfkleren zit ik te wachten op een telefoontje van mijn zwager, die ik moet helpen een vloer te schuren. Maar hij belt maar niet, hij zal ergens in een file staan.

Intussen vul ik een vuistdik controleformulier van de Sociale Dienst in. Hoeveel geld ik heb in contanten, hoeveel op de giro (afschriften van de laatste maanden meenemen op straffe van onmiddellijke stopzetting bijstandsuitkering, we doen dit allemaal voor uw bestwil, om u in de toekomst nog sneller van dienst te kunnen zijn) of ik een auto heb, een motor, een caravan, of ik geld geleend heb om die te kunnen bekostigen en zo ja bij wie (bewijsstukken meenemen graag). Of ik gewerkt heb en zo nee waarom niet. 'Omdat ik anders ben dan anderen,' heb ik maar ingevuld. Ooit heb ik opgeschreven: 'Omdat ik niet goed bij mijn hoofd ben.' Daar heb ik nog een hoop last mee gehad. Ze dachten geloof ik dat ik het ironisch bedoeld had.

Frank G. heeft me, via mijn oudste zuster (die een aantal malen in zijn producties heeft meegespeeld), gevraagd hem te assisteren bij het schrijven van een synopsis van een kindertheatervoorstelling van de opera *Boris Godoenov* van Moessorgski. Maar ik geloof dat hij niet wil betalen. Wat te doen? Weet je wat, ik bel je even.

Haarlem, 28 januari 1997

Dank voor je advies. Hierbij de tekst die ik aan Frank G. gestuurd heb:

Beste Frank,

Ik hoop dat je akkoord gaat met bijgevoegde kostenberekening.

Je korte synopsis ziet er goed uit.

Ik zou nu graag overgaan tot het schrijven van een slotversie van je uitgebreide synopsis zoals je me die in Purmerend overhandigd hebt, waarbij ik dan alle wijzigingen die we toen en daarna hebben aangebracht, opneem.

Laat even weten of je het eens bent met de voorgestelde kostenberekening en werkwijze, dan kan ik daarna meteen aan de slag, en kun je 't binnen twee of drie dagen binnen hebben.

Haarlem, 28 januari 1997

Lieve Ger,

Wat vind je van de wijze waarop ik me tot mijn zakenrelaties wend? Vind je 't niet geweldig professioneel? Precies, dat dacht ik ook al.

Ik had het gevoel dat je gisteravond een beetje geërgerd was door de emotionele wijze waarop ik reageerde op Franks voorstel met betrekking tot mijn honorarium, en dat je vond dat ik zakelijkheid en privé door elkaar haalde.

Maar ik vind dat ik dat juist veel beter en professioneler doe dan jij.

Er bestaat geen onderscheid tussen zakelijk en privé; alles is emotie. We kunnen hoogstens proberen zo rationeel en zakelijk mogelijk met deze emoties om te gaan en tot een resultaat te komen dat onze daden zodanig beloont dat we niet afhankelijk zijn van liefde, begrip of dankbaarheid. (Behalve als dat het doel is waar we naar streven natuurlijk.)

Armgard P. zit thuis te huilen als haar nieuwe medewerker tegenvalt, gedraagt zich de volgende ochtend als een ijskoningin, en denkt dat ze zakelijk is.

Ik herinner me dat ik je, begin derde jaar, in de pauze argeloos vroeg hoe het er met *Kruistocht in spijkerbroek* voorstond. Tot mijn niet geringe verbazing sprong je, met koffie en al, ongeveer een meter de lucht in en riep: 'Dat was een gek!'

Waarop je uitgebreid begon te vertellen hoe de samenwerking met die producent was verlopen. Ik was natuurlijk oneindig geboeid, niet alleen door het verhaal, maar vooral door je opgewondenheid, de woede die weer in je oplaaide, en de argeloze wijze waarop je je emoties toonde.

'Ja, en het was een hele charmante man hoor,' (ik herinner me dat woord 'charmant', dat me frappeerde uit de mond van een man), 'maar het bleek een soort gek te zijn. Ik kreeg mijn werk terug met allerlei rode en blauwe potloodstrepen, en dat correspondeerde dan weer met mapjes met aantekeningen die hij erbij had gedaan.'

Ik was verbaasd dat jij, die ik als een soort alwetende godheid zag, zich zo door een ander mens had kunnen laten misleiden.

Op dat moment zei je: 'En hij heeft het vaker gedaan hoor. Hij had Hugo H. ook al gevraagd. Maar die had geweigerd. Die zei tegen mij: "Die vent wil alleen maar lullen. Die wil helemaal geen films meer maken."'

Dan heeft Hugo H. meer mensenkennis dan jij, dacht ik, en hardop zei ik: 'Dat had-ie dan wel eens wat eerder tegen je kunnen zeggen.'

Ik rekende alweer op de wezenloze blik, maar tot mijn plezier keek je een beetje verlegen naar de tafel en zei je: 'Uhhh ja, dat dacht ik ook.'

Ik heb de gewoonte me voor ieder mens die ik ontmoet volledig open te stellen (waardoor ik in eerste instantie een uiterst afwezige indruk maak), en later mijn indrukken te analyseren.

Wat me opviel was dat Frank eigenlijk geen indruk op me maakte. Hij was eenvoudigweg wat ik zag: een groot kind. Tomeloze energie, enorme fantasie, onvermogen tot abstractie, handig. Volstrekt geen mannelijke charme, wel een kinderlijke (maar daar houd ik toevallig niet van), en een zeer grote dosis kinderlijk egoïsme. Lekker alles zelf willen hebben en er nog trots op zijn ook.

Ik hield mijn oordeel voor me, want iedereen vond het zo leuk dat ik nou eens eindelijk werk had, en nog zulk leuk werk ook, bij die enige Frank G.

Zelf was ik niet zo blij als ik had moeten zijn, maar dat schreef ik toe aan mijn onvermogen tot blijdschap in het algemeen, aan mijn voorzichtigheid, en aan een zeker wantrouwen jegens zogeheten 'leuke mensen' (geef mij de klootzakken maar).

Toen dat gezeik over geld begon, dacht ik: zie je nou wel.

Bij Paul P., die de muziek regelt, zou ik nooit zo vroeg over geld begonnen zijn. Dat is een rare, scheefkijkende, kalige, buikige jongen die me op een onhandige wijze het hof maakt maar die me onmiddellijk voor zich innam. Hij heeft me gevraagd samen met hem iets te doen voor de Gebroeders Flint. Vooralsnog onbetaald. Dat lijkt me nou weer wél leuk.

Overigens, jij hebt ook wel je vermoedens. Want ik herinner me uit je verhaal dat je ook per se eerst je geld wilde hebben voor je die Belg je treatment overhandigde, en dat je daar later heel tevreden over was.

Ik heb je dit alles weleens eerder uitgelegd geloof ik, maar ik kan het niet voor me houden, want het wondt me diep als ik het gevoel heb dat jij (en Armgard, en weet ik veel wie) maar vooral jij, denken dat ik maar wat oeverloos en onredelijk drijf op mijn emoties. Dat het me in de weg zou staan. Het heeft me juist een leven lang in de weg gestaan dat ik probeerde me eroverheen te zetten.

Vanaf het moment dat je de klas binnenkwam intrigeerde je me, vanaf het moment dat ik je in je eigen huis zag vond ik je aardig (schattig zelfs, ja sorry, ik kan er ook niks aan doen), en altijd heb ik me geprobeerd 'normaal' en 'zakelijk' te gedragen.

Daar ben ik mee opgehouden toen je me vroeg je een brief te schrijven waarin ik alles wat in m'n kop opkwam naar aanleiding van *Het Model* op te schrijven. Jij zag ook wel dat ik volkomen stagneerde.

Daarna heb ik geprobeerd jou een beetje los te wroeten, zonder erg veel resultaat, en toen heb ik maar eens diep ademgehaald en ben ik me gaan gedragen naar mijn eigen wensen, zonder me al te veel aan te trekken van jouw mogelijk oordeel.

Denk je dat ik me niet doodschaamde voor mijn idiote

overgave aan een man die nooit antwoordde? Ik heb mezelf van alles in m'n kop gehaald: dat deed ik omdat ik zo emotioneel gestoord was dat ik me alleen kon laten gaan bij iemand die niet reageerde; ik moest eens leren om me te laten gaan bij iemand die wél reageerde, daarom liepen al mijn relaties mis enzovoorts enzovoorts. Maar zelfs als dat allemaal waar was, wat dan nog? Distantie leidt niet vanzelf tot gemoedsrust, hoogstens tot daden die deze gemoedsrust kunnen herstellen.

Na mijn depressie ben ik alert op implosies. Ik probeer zo snel mogelijk te reageren. Bij elke fax die ik je stuur, denk ik: waar krijg ik meer spijt van: als ik hem wél of als ik hem niet opstuur? Dat is het enige criterium. Dat ik, mocht je morgen de pijp uitgaan, geen spijt heb dat ik iets wel of niet gezegd of gedaan heb.

Er zit dus systeem in de waanzin.

Het is nog een heel werk hoor, dat kan ik je verzekeren; nooit geweten dat het zo ingewikkeld was om spontaan te zijn. (Mijn woeste telefonades met betrekking tot werk reken ik overigens niet mee: ik heb blijkbaar lang geleden besloten dat jij als ex-begeleider daar nu eenmaal de aangewezen persoon voor bent, en dat je dat best voor me over kunt hebben.)

Zo. Nu heb ik geloof ik álles tegen je gezegd wat ik de afgelopen jaren voor me gehouden heb.

Dat mocht ook wel, na al die jaren.

Herinner je je nog hoe het in het begin was?

28 januari 1997

Lieve Ger,

Heel hartelijk gefeliciteerd met het feit dat je me vandaag exact vier jaar kent.

Nicolien

Haarlem, 29 januari 1997

Engel van mijn hart.

Je brandt natuurlijk van nieuwsgierigheid naar het eind van de Frank G.-affaire. Nu allergeweldigste Ger, ga zitten, steek een sigaar op, en luister:

Inderdaad belde hij diezelfde dag nog op. Gelukkig had ik een vriendin te eten, die ik natuurlijk net de geschiedenis in extenso verteld had, op mijn geheel eigen, rustige, objectieve wijze ('en die klootzak woont in een soort paleis, en hij heeft nog een huis in de Ardennen ook, en dan wil-ie mij niet betalen en toen heb ik Ger gebeld en die begon meteen weer dat ik niet zakelijk was...').

Op dat moment ging natuurlijk de telefoon. Frank. Nou, het gesprek dat zich ontspon was werkelijk krankzinnig. Het was wel fijn dat die vriendin erbij zat, dat gaf een beetje afstand.

Het kwam erop neer dat Frank de rol van bedroefd slachtoffer speelde en ik die van de hartelijke vrouw die hem trachtte te helpen en te steunen in zijn moeilijke positie. Intussen wisten we natuurlijk alle twee dat het allemaal onzin was, dat ik zei: 'Ik wil geld zien', en dat hij zei: 'Ik wil het zelf houden.'

'Ja, dat bedrag waar je op uitkomt, nou ja, daar kan ik in meegaan. Dat uhh, nou ja, dat kan ik begrijpen. Ja. Maar Nicolet, dan zit ik toch met een moeilijk punt. Die vermelding. Kijk weet je, er zijn zovéél mensen die me weleens helpen als ik met het verhaal in de knoop zit... die kan ik natuurlijk niet allemaal gaan noemen. Dat begrijp je natuurlijk wel. En het verhaal, ja, dat is natuurlijk eigenlijk van mij. Dat begrijp je natuurlijk wel.'

'Natuurlijk Frank, dat snap ik wel. 't Is jóuw verhaal. Ik schrijf tenslotte geen teksten voor je...'

'Nee, precies!'

'Ik help je alleen met het karkas van het verhaal. En natuurlijk helpen je vrouw en je buurman daar ook allemaal mee, maar die betaal je niet. Mij betaal je d'r voor. Dus dat is natuurlijk toch wat anders, vind je ook niet?'

'Ja ja ja, Nicolet. Maar ik zit zo te piekeren hoe we dat moeten doen. Want het is natuurlijk toch mijn verhaal.'

'Nou ja, het is natuurlijk eigenlijk het verhaal van Moessorgski, hè Frank?'

'Ja ja, en van mij en Harrie dan natuurlijk. Maar hoe dat nou moet, hoe dat nou moet.'

'Nou, maar daar komen we vast wel uit hoor. Je kan toch iets verzinnen van "met medewerking van" ofzo?'

'Ja, omdat je me echt zo'n soort contract opstuurt...'

'Nou ja, dat was om een beetje duidelijkheid te scheppen. Maar jij mag natuurlijk best een tegenvoorstel doen.'

'Ja, want ik zit met nog een probleempje: als het nou eens allemaal langer gaat duren? Als Harrie nou kritiek heeft en we opnieuw moeten beginnen?'

Toen begon ik er echt enorm genoeg van te krijgen.

'Frank, we spreken het volgende af: jij betaalt mij die duizend piek. Daar doe ik het gewoon voor. Of we nou nog weken blijven faxen en bellen, dat laten we dan maar zo, dat maakt niet uit. En over die vermelding denken we gewoon allebei nog even na. Wat dacht je daarvan?'

'Nou Nicolet...'

'En noem me alsjeblieft Nicolien, want ik vind Nicolet een rotnaam en bovendien heet ik niet zo.'

'Ha ha, o ja natuurlijk. Zeg, als we nou...'

Dat hebben we gehad. En ik heb diepe indruk op die vriendin gemaakt, die me vol ontzag zat aan te kijken. Zo kent ze me natuurlijk niet. Vroeger was ik verliefd op haar. Nu aten we spinazie samen en spraken over andere dingen. Ook leuk, maar daarna kon ik niet slapen.

Engel, bedankt voor je advies en tot volgende week.

Haarlem, 3 februari 1997

Lieve Ger,

Ik loop al drie dagen over twee onderwerpen na te denken die, al rondwentelend door mijn hoofd, dichter naar elkaar toe schijnen te glijden en die we nu, al schrijvend, misschien door hetzelfde afvoerputje naar buiten kunnen werken.

Vrijdagavond zou ik met Louise gaan dansen bij het COC.

Zoals je weet hebben we nog steeds samen dansles.

Ongelukkigerwijze kost het Louise steevast een half uur om zich enigszins te ontspannen, zodat we pas halverwege de les een beetje uit de voeten kunnen – in de meest letterlijke zin van het woord. Praktisch als ik ben, had ik voorgesteld een half uur vóór de les af te spreken, een borrel te drinken, en op die wijze de ontspanningstijd zodanig te verleggen dat we bij aanvang van de dansles meteen vrolijk en in harmonie over de vloer zouden wegglijden.

Het idee was aardig, maar de spanning die van Louise uitging was zo hevig dat ik, tegen de tijd dat we onze fietsen pakten, al volkomen uitgeput was. Vlak voordat we de Rozenstraat insloegen, maakte ze bovendien een buitengewoon onaangename opmerking, zodat ik me plotseling 'dag Louise' hoorde zeggen, mijn voorwiel zag zwenken, en mezelf even later, enigszins beverig, terugvond in de trein naar Haarlem.

Zo kwam ik dan onverwacht vroeg thuis, waar Louise net bezig was de gebruikelijke verontschuldigingen het antwoordapparaat in te zuchten. Somber greep ik de hoorn en zei: 'Ja, ik ben er al.'

Toen wist ze niet meer wat ze moest zeggen. Ik stelde voor op te hangen, het apparaat te beluisteren en haar daarna terug te bellen.

Het was echter niet Louise die ik als eerste hoorde, maar mijn vader. Hij vertelde dat H.v.T. was overleden. Erg veel tijd om dit nieuws te verwerken had ik niet, want daar ging de telefoon alweer. Louise.

Onze ruzie leek me ineens onbelangrijk en Louise, allang blij dat ze in haar oude rol van verstaander kon terugstappen, luisterde gretig naar mijn herinneringen aan de familie Geluk.

Het gezin v.T. gold als hét voorbeeld van een 'leuk, muzikaal gezin'. Alle kinderen speelden viool en gaven, als de Von Trapp-familie, straat-, markt- en huisconcerten. Ook zag je ze weleens in het *Jeugdjournaal* en dergelijke programma's. In de zomer trokken ze met een grote bus door Frankrijk, her en der optredend.

Ik kom uit een Haarlems muziekgeslacht en hoewel we zelf aan de achterkant van het station woonden, woonden de vrienden van mijn ouders allemaal in Zuid. Wij kinderen 'speelden natuurlijk allemaal een instrument' en talloos waren de concertjes tussen de schuifdeuren waarbij kleine meisjes op bibberfluitjes speelden. Ik heb er een grondige afkeer van dat soort zaken aan overgehouden en dank God op de blote knieën dat dergelijke houtje-touwtjeartisticiteit goeddeels uit het straatbeeld verdwenen is. Daarbij kwam dat ik de familie van dichtbij had leren kennen. Een jaar of vijf geleden heb ik een jaar lang gewerkt voor E.v.T. Ik had in die tijd eindeloos veel bijbaantjes, niet zozeer omdat ik dat leuk vond of genoot van de verdiensten, maar omdat ik mij schaamde voor mijn ledigheid. Ik begrijp nu nauwelijks meer waar ik me toen zo over liep op te winden. Misschien dat ik beter ben gaan relativeren door de dood van mijn broer nu bijna vier jaar geleden.

Hoe dan ook, tweeëneenhalve dag per week maakte ik het huis van de familie v.T. schoon. Dat was geen overbodige luxe. In mijn lange loopbaan als werkster heb ik het een en ander meegemaakt, maar het huis van de v.T.'s deed een goede gooi naar de top vijf van Allervieste Huizen. In dat jaar ben ik nooit verder gekomen dan de huiskamer en de gang. Karrenvrachten vuil en rotzooi heb ik het huis uitgewerkt. E.v.T. is een maniakaal verzamelaar van antiek, en alles, maar dan ook alles stond vol met antieke kastjes en uit elkaar donderende muziekinstrumenten.

'Dat ga ik allemaal nog eens opknappen,' zei hij stralend. E.v.T. was een merkwaardige man. Hij kon niets uit handen geven. Niet alleen deed hij zijn zaak in zijn eentje – verhuur, administratie, reparatiewerk – maar ook het hele huishouden. Boodschappen, koken, de kinderen van en naar school brengen, alles. Daarbij bracht hij de kinderen ook nog eens allemaal twee keer per week naar vioolles in Alkmaar en Amsterdam. Ik geloof niet dat hij ooit sliep.

Mijn vingers jeukten om eens goed in te grijpen, om de hele boel flink te reorganiseren, maar daar was geen sprake van. E.v.T. deed alles zelf. Ik kon zonder zijn toestemming nog geen kopje verplaatsen. Als ik voorzichtig suggereerde dat het misschien prettig zou zijn om een eettafel in de kamer te zetten, zodat we niet op de grond hoefden te eten, breidde hij lachend zijn armen uit: hij hád een prachtige tafel! Er moest alleen nog het een en ander aan gerepareerd worden. Dat zou hij binnenkort doen, als hij tijd had.

Het was zinloos om tegen E.v.T., die altijd vrolijk, gezellig en joviaal was, in te gaan. De man leefde in een waan. Ik kon echter niet ontkennen dat deze waan de hele boel draaiende hield.

H., zijn vrouw, was een schichtig wezentje, dat vreemd giechelig langsschoot van en naar haar leskamer, waar ze piano- en cellolessen gaf. Ze was wijs, genuanceerd, vol zorg en liefde voor haar kinderen en leerlingen, en volkomen labiel.

Ze bemoeide zich nergens mee, maar zat de hele dag les te geven. Dat was misschien maar het beste ook. De aanwezigheid van E.v.T., die de hele dag bezig was in die vuilnisbelt zijn droom van leuke, muzikale familie uit te leven, zou ieder mens krankzinnig maken.

Ik probeerde me nergens aan te ergeren, zei tegen mezelf dat ik hier alleen was om geld te verdienen en voerde zonder protesten de meest onzinnige opdrachten van E.v.T. uit.

Zo heb ik nog eens een complete kroonluchter uit elkaar gehaald, schoongemaakt en weer in elkaar gezet; een karwei waar ik dagen mee bezig ben geweest. Omdat de huiskamer zowat dichtgebouwd met rotzooi was, zat ik in de gang. De kinderen vonden het wel gezellig en zaten met glaasjes thee op de trap met me te kletsen.

Na een half jaar kon ik er niet langer tegen en zei ik toch maar weer eens dat het moeilijk was een huis schoon te maken dat zo vol stond. E.v.T. zei dat dat kwam doordat de winkel naar het buurhuis verhuisd moest worden, maar dat hij voor het opknappen van de nieuwe ruimte vooralsnog geen tijd kon vinden. Het zou zinloos zijn te opperen dat hij hiervoor iemand in dienst moest nemen, dus bood ik aan dat ik het zelf zou doen.

En zo hebben Emma en ik, het volledig personeelsbestand van firma De Zwarte Kwast, daar een half jaar in dat kouwe rothuis staan klussen. Vlak voor de verhuizing van de winkel stortte ik in (ik had nog diverse andere baantjes en deed bovendien het eerste jaar van de Schrijversvakschool – en dat voor iemand die van nature eigenlijk bijna niets aankan) en vertrok. Emma heeft het werk toen in haar eentje afgemaakt.

In de jaren daarna bereikten mij nog weleens berichten over de v.T.'s. H. bleek aan de drank te zijn, was van de trap gedonderd en lag in het ziekenhuis. Daar moest ze echter vervroegd weg omdat het gezin niet tegen ziektekosten verzekerd was. Iedereen was verbijsterd, 'het lijkt wel een asociaal gezin', maar ik was niet verbaasd. In het wereldbeeld van E.v.T. is niemand ziek.

Later hoorde ik dat H. was vertrokken en in een tuinhuisje in Overveen was gaan wonen. Het pleegkindje was door de kinderbescherming bij haar junkiemoeder teruggezet.

Enige maanden geleden kwam ik H. tegen in de Gierstraat. Toen ze me zag begon ze te huilen. Ik stak een arm uit, en voor we iets konden zeggen lag ze onbedaarlijk te snikken tegen mijn schouder. Daar stonden we, midden in de Gierstraat.

Op dat moment kwam de man van de dierenwinkel naar buiten.

‘Sorry dames,’ zei hij, ‘kunt u even opzijgaan? Ik wou het zonnescherm naar beneden doen.’

H. en ik begonnen allebei te giechelen, H. door haar tranen heen, en zo strompelde ik, met H. nog steeds aan mijn schouder en mijn fiets aan de hand, een paar meter verder.

Het was allemaal doffe ellende. Ze zat alleen in dat tuinhuisje, zonder een cent. Ze voelde zich vreselijk schuldig over het feit dat ze haar gezin verlaten had, maar ze kón eenvoudig niet meer, en de kinderen begrepen het niet en werden bovendien door E. tegen haar opgezet. En ik wist hoe E. was, daar kon geen mens tegenop. Ze klonk nogal paranoïde. En ze had natuurlijk ook gewoon gelijk. Maar het leek me niet een gelijk waar ze nog mee zou kunnen leren leven.

Ik zei maar dat ik het allemaal erg dapper vond en raadde haar aan een goede maatschappelijk werkster te zoeken.

Later hoorde ik dat ze wilde gaan scheiden maar dat ze vond dat ze nergens recht op had. E. wilde natuurlijk niet. Die wilde ‘zijn lieve H., die helemaal in de war was’ niet verliezen. Mijn moeder begon over een ‘redelijk maandgeld voor H.’, maar ik zei dat H., daar ze ongetwijfeld in gemeenschap van goederen getrouwd was, eenvoudigweg recht had op de helft van het bezit. Wat heel goed was, want dan moest die gek tenminste één van die huizen verkopen. Ik wond me nogal op en schreef ter plekke een brief waarin ik H. aanraadde een goede advocaat te nemen zodat ze niet zelf hoefde te beslissen over ingewikkelde morele kwesties omtrent het bezit, en wie recht had waarop.

Een paar weken later belde ze me op en vroeg of ik een keer langs wilde komen. Ik zei ja, maar besloot stilletjes daar nog maar even mee te wachten, want ik weet dat ik geneigd ben me dergelijke zaken vreselijk aan te trekken.

Nou jongen, jij of ik hadden geen dramatischer einde kunnen bedenken. Ibsen misschien. Het begon ermee dat twee maanden geleden het halve pand afbrandde, waarna bleek dat hij niet verzekerd was.

En nu is H. dood. Drank en pillen. Drie hoera's voor het muzikale gezin.

Wat mij nu zo verbaast is dat ik merk dat ik er geweldig tegen opzie om naar die begrafenis te gaan. De gedachte dat ik die kinderen weer met hun viooltjes om die kist zal zien staan, en erger nog, het gepraat van E. over H. moet aanhoren, is meer dan ik kan verdragen. (Ik ga natuurlijk toch, want ik wil afscheid nemen van H.)

Ik blijk dus iemand, met wie ik al jaren niets meer te maken heb en die mij niets misdaan heeft, zozeer te haten dat ik hem niet eens een hand kan geven.

Het kan niet anders of de waan van deze man, die een heel gezin de afgrond in gestuurd heeft, heeft mij hevig aangegrepen. Het gekke is dat ik dat nooit gemerkt heb. Ik nam waar, deed mijn werk en vertrok. En meende dat ik onder dit alles volmaakt onaangedaan bleef.

Hierop volgde een heel verhaal over Frank G. en daarna verstrengelde ik beide verhalen in een ingewikkelde analyse waarbij ik met allerlei toepasselijke citaten kwam aanzetten.

Maar ik heb het gewist. Ik vertel het je nog wel. En de gevolgtrekkingen kun je zelf wel maken. Of niet.

Het komt erop neer dat ik over een uur naar die begrafenis moet. Ik zie er werkelijk vreselijk tegenop.

Ik ben blij dat ik je morgen zie, even fijn naar je kop kijken en naar je stem luisteren. Gelieve niet teveel geweldige dingen te zeggen, want dan moet ik weer maanden herstellen.

Tot morgen, vier uur.

Haarlem, 7 februari 1997

Beste Ger,

Dit om je te zeggen dat ik zeer heb genoten van de viering van ons vierjarig jubileum gisteren. De ambiance – zowel je kamer als het restaurant – was bijzonder aangenaam en je gezelschap als altijd meeslepend. Voor iemand die het altijd het beste weet, is het heerlijk om eens in de zoveel tijd iemand te spreken die het soms nog net wat beter weet. Daarbij is je verschijningsvorm een genoegen voor alle zintuigen.

Over dit laatste moeten we het misschien even hebben. Bij deze zou ik je willen verzoeken eens ernstig na te denken over je bezwaren tegen de door mij zo begeerde nekbijting en buikbezichtiging. Mocht je mij fysiek apert weerzinwekkend vinden, dan zal ik me in de toekomst trachten te beheersen.

Omdat ik echter het gevoel heb dat angst de oorzaak is van je tegenwerpingen, zou ik je nu de reden en de vorm van mijn begeerte graag uiteen willen zetten. Het is nogal gek om het op papier te zetten want ik heb er nooit over nagedacht – zoiets als wanneer ik je zou willen uitleggen hoe ik adem, eet of drink.

Hoe dan ook, ik heb me gisteren in de trein afgevraagd waarom ik je zo graag aan wil raken. Ik wil het gewoon. Zomaar. Het hoort er voor mij bij. Ik blijk het bij al mijn vrienden te doen. Zoals je weet ben ik beter in vriendschap dan in liefde, en ik heb een aantal mannen in mijn leven die erbij horen als water en brood. Met Charlie, die mij lichamelijk nooit heeft aangetrokken (niet zeggen, hoor) beperk ik me tot op-de-schouder-slaan en met-de-armen-om-elkanders-schouders-lopen. Evert, die ik meestal achter het fornuis aantref, heeft een lekker geil buikje waar je fijn in kan kneden als je achter hem staat (iets wat hem geloof ik nooit bijzonder opvalt omdat hij al zijn aandacht bij het koken heeft. Evert is overigens homo). Balthasar, die qua begroeting en afscheidneming dezelfde wensen als ik heeft, begint altijd met een uitgebreide omhelzing en als hij blijft slapen, liggen we lepeltje-lepeltje. Sybren is lange tijd na onze scheiding zeer afstandelijk geweest, maar staat me genadig toe dat ik hem op z'n kalende kop kus en op z'n achterste sla, en mijn pianooom F.W., die uitmunt in algehele berigheid, is goed in lang afscheid nemen, handen op de schouders en doorpraten.

Ik heb me dit allemaal nooit gerealiseerd, maar enigszins tot mijn verbazing blijkt dat dus zo te werken. Jij was me, vanaf het moment dat ik je huis binnenkwam, even vertrouwd als een broer of ex. Omdat ik nou niet bepaald het idee had dat dat voor jou ook gold, heb ik me altijd met grote kracht beheerst, hoewel mij steeds vaker een 'schat' of 'engel' ontsnapte. Voor mij zou het zo vanzelfsprekend zijn om jou aan de gebruikelijke fysieke welkomstrituelen te onderwerpen, dat het me een kwelling is dat ik me zo moet inhouden. Het voelt als een gemis, alsof we vergeten zijn onze jas uit te trekken ofzo, en het leidt me bij tijd en wijle ernstig af.

Daarbij heb ik het gevoel dat je er eigenlijk helemaal geen werkelijke bezwaren tegen zou hebben, maar dat het je aangeboren voorzichtigheid is. Gisteren zei je dat ik 'verwarrend' was in dat opzicht. Ik ben helemaal niet verwarrend. Ik ben juist volkomen duidelijk. Mijn duidelijkheid blijkt af en toe echter zo ongebruikelijk, dat – vooral mannen – juist beginnen te denken dat 'er iets achter zit'. Maar d'r zit helemaal niks achter. Als er iets achter zou zitten, zou ik m'n mond houden.

Weet je wat het is, Ger: vrouwen zijn heel anders dan mannen. Daar moet je allemaal niet te veel over nadenken. Gewoon doen. Er valt toch niks aan te snappen. Ik snap het zelf al niet, hoe zou jij het dan kunnen snappen? En daarbij: we leven in een erotisch universum. Het is veel gekker dat we altijd alleen maar praten praten praten.

Nu zal ik je heel precies zeggen wat ik wil. Krankzinnig gewoon, alsof ik nu heel accuraat ga beschrijven hoe ik de volgende keer in mijn thee zou willen roeren, of een schriftelijk verzoek zou indienen mijn jas voortaan aan een haakje te hangen in plaats van aan een hanger. Nou ja, vooruit, daar gaan we:

Ideaal zou zijn als ik even bij je op schoot mocht zitten en eens even grondig mijn gang mocht gaan. Gezicht, nek, schouders, bovenarmen, buik. Voelen dus, met lippen en handen. Rimpels, kwabben, littekens en haren zijn allemaal zeer welkom. Onder de gordel ben ik niet geïnteresseerd. Een klein beetje bijten in je nek zou ook heel plezierig zijn.

Het zou niet veel meer dan een minuut kosten, denk ik zo.

Denk je dat dit erg onoverkomelijk is? Het zou voor mij een geweldige opluchting zijn. Probeer je eens voor te stellen dat er een verrukkelijk stuk taart op tafel staat en je ervan af moet blijven omdat er tegenover je iemand zit die er niets over zegt. Uiteindelijk vertrekken jullie allebei en staat dat stuk taart er nog. Had je het nou maar opgegeten. Of een mooie, roodharige kat ligt spinnend voor je op tafel, en je mag hem steeds niet aaien omdat je een belangrijk zakengesprek met een hele saaie man aan het voeren bent. Lijkt je dat niet verschrikkelijk?

Denk er maar eens goed over na. Als je d'r uit bent, laat je het dan weten?

Ik zal morgen *Zebra* weer eens door de computer halen. Fijn dat ik weer wat te doen heb. Je hoort van me.

Als altijd je (in alle eer en deugd) zeer toegenegen vriendin.

P.S. Wat had je nou gelezen van Primo Levi?

Haarlem, zondag 9 februari 1997

Ger van mijn hart.

Nou moet ik je toch eens iets ongelofelijk toevalligs vertellen. Moet je luisteren:

Gisteren ging ik een dagje met Charlie uit. 's Ochtends was ik met een vriendin die in het Rijksmuseum werkt naar een opening in het Rijksprentenkabinet geweest. Tijdens de lezing werd ik weer ernstig geconfronteerd met mijn aangeboren onvermogen om op te letten als iemand me vanuit de verte iets probeert uit te leggen of te vertellen, maar gelukkig werden er dia's vertoond, zodat ik slaperig naar de plaatjes zat te kijken, aan de koffie dacht die ik straks zou krijgen en me al met al redelijk tevreden voelde. Niettemin, veel mensen bij elkaar blijft moeilijk, en ik was tamelijk vermoeid toen ik bij Charlie aankwam. Die ziet dat tegenwoordig gelukkig onmiddellijk, plant me zonder pardon naast zich in die auto en laat me maar even met rust.

We gingen naar Leiden, waar we naar een passende locatie zochten voor een door hem te organiseren personeelsfeest.

Dat kwam er voornamelijk op neer dat ik steeds aan cafétafeltjes achter cappuccino's naar buiten zat te staren, waar het heel mooi weer was, terwijl Charlie aan het onderhandelen was over prijzen en grote gezelschappen. Het was bijzonder aangenaam en ik knapte alweer gauw op.

We gingen naar het strand van Katwijk, banjerden langs de vloedlijn en namen een borrel in een fijne tent met oude, door weer en wind verweerde obers. Daarna reden we naar mijn huis, waar we samen de maaltijd bereidden. Na het eten zaten we elkaar wat slaperig aan te kijken.

'Zullen we in bed gaan liggen?' vroeg Charlie.

'Neuken?' vroeg ik verbaasd.

'Nee, niet neuken, gewoon in bed liggen. Dat gepraat altijd. Waarom lach je?'

Maar het leek me niet aardig om over een hele andere man te beginnen en een brief die ik een dag eerder geschreven had dus ik zei: 'Nergens om,' en ging hem voor naar de slaapkamer.

Even later lagen we elkaar met enige verbazing te bekijken. De jaren waren niet ongemerkt aan ons voorbij gegaan. Zo bleken die twaalf kilo die ik was kwijtgeraakt, er bij Charlie te zijn bijgekomen. Vroeger kroop hij als een mager aapje tegen mijn overvloedige vormen aan, nu lag ik wat breekbaar naast een heuse man.

'Weet je nog de laatste keer?'

Nee, dat wist ik niet meer.

'Dat was bij mij thuis. Toen Sophie in Parijs was. Toen hebben we het gedaan. Je deed het om mij een plezier te doen. Toen ik je twee dagen later belde, was je ontroostbaar. Je zei dat ik wat moest doen, omdat het anders fout zou lopen tussen ons. Ik had in die tijd besloten dat ik een harde journalist was en jij vond er niks meer aan. Dus toen ben ik maar even op een stoel gaan zitten om na te denken over de rest van mijn leven.'

Ineens herinnerde ik het me weer. Hoewel ik niet hield van neuken met een man, was ik met Charlie naar bed geweest omdat ik het gevoel had dat ik hem kwijtraakte. Hoe het voor mij zou zijn, daar dacht ik niet over na. Enig cynisme met betrekking tot mezelf is me misschien inderdaad niet vreemd. Maar het voelde of ik verkracht werd en ik heb het daarna ook nooit meer gedaan.

Charlies huid was nog altijd even glad en meisjesachtig blank. 'Maar zou je nu niet eigenlijk echt met me naar bed willen?' vroeg ik bezorgd. Dat willen mannen namelijk altijd. Het is een factor die je als vrouw – zelfs als amateur – niet uit het oog moet verliezen.

'Nee, ik moet je gewoon even voelen. Als we zouden samenwonen zou het wat anders zijn natuurlijk. Dan zou het wel moeten. Ik zou er echt gek van worden als het niet kon.'

'Dat doen we dan maar niet,' zei ik.

En zo lagen we daar een tijdje, tot Charlie naar huis moest.

Vind je het niet toevallig? Die middag, toen we over het strand liepen, had Charlie verteld over een boek van Tournier dat hij net gelezen had, een roman met als thema's tweelingschap en homoseksualiteit.

'Soms vraag ik me weleens af of ik me niet moet afvragen of ik eigenlijk bi ben,' zei ik, 'maar het is net zoiets als nadenken over of er een leven na de dood is. Ik begin meteen vreselijk te gapen en af te dwalen. Ik schijn er eenvoudigweg niet over na te kunnen denken.'

Ik heb me van jongs af aan gevoeld als een wat ouderwetse heteroseksuele man, die een vrouw nodig heeft voor seks, bewondering en de afwas, maar zich pas echt prettig voelt bij zijn vrienden. Ik vind vrouwen eigenlijk helemaal niet zo leuk. Ja, ik ben er zelf een, maar dat vergeet ik het grootste deel van de tijd. Hoewel ik er zo nu en dan wel gebruik van maak, als van een geleende jas.

Met een vrouw zijn is voor mij in een afgrond springen. Het valt me weleens op dat ik in mijn brieven aan jou nauwelijks over mijn liefdesavonturen schrijf. En als ik het doe, in nogal afgemeten zinnen, en zonder enig gevoel voor humor.

Volgens Paul W. zijn alle mannen in onze familie bang voor hun vrouw. Hij is ook al zo'n jongen van mannenvriendschappen. Oom F.W. (zijn neef) bakt er ook niet veel van. Ik geloof dat het komt doordat we onszelf en onze gevoelens niet serieus kunnen nemen. En als we heel eerlijk zijn, kijken we ook een klein beetje neer op mensen die dat wel doen. Hoewel we ook het vage idee hebben dat dat het 'echte' is.

Doe ik het verkeerd, denk je?

Haarlem, maandag 10 februari 1997

Lieve Ger,

Gisteren is lang geleden en er is alweer veel gebeurd.

Zo ben ik vanochtend voor de halfjaarlijkse controle naar de Sociale Dienst geweest. Ik trof een buitengewoon aardige, beschaafde dame, mevrouw T. We namen de papierboel door, paspoort, giro-afschriften, inschrijving arbeidsburo, en uiteindelijk het ellenlange controleformulier. Dat bracht ons bij het laatste, pijnlijke onderwerp.

'En mevrouw Mizee, ik begrijp dat het schrijven langzaam op gang komt. Denkt u dat u ook verder steeds beter in staat bent om een werkkring te accepteren?'

Als ik verlegen word, verval ik automatisch in een soort riddertaal, die helaas vaak voor ironie wordt aangezien, dewelke wordt uitgelegd als dédain voor mijn opponent. (Dit dus. Gek hè, 't gaat vanzelf; ik zou nu bijvoorbeeld nog niet eens zo snel weten hoe ik dit anders zou kunnen formuleren.) Hoe dan ook, als we onze wonden moeten tonen, dan maar met zwier.

'Mevrouw T.,' zei ik, 'het spijt me bijzonder, maar ik ben helaas tot de slotsom gekomen dat het helemaal nooit wat zal worden tussen mij en de arbeidsmarkt.'

Ze fixeerde me enige seconden met haar smalle, bruine ogen. Ik sloeg de mijne neer en voelde hoe een onnatuurlijke glimlach om mijn mondhoeken kroop.

'En dat accepteert u van uzelf?'

'Ik geloof dat ik het wel accepteer, maar het blijft moeilijk te accepteren dat de rest van de wereld het niet accepteert.'

'Ja mevrouw Mizee, onze hele cultuur is gebaseerd op arbeidsethos.'

Zo'n diep-filosofische opmerking hoor je zelden op de Sociale Dienst. Ik kon het mens wel omhelzen.

'Ik wil wel opschrijven dat ze u met rust moeten laten, maar ik weet ook niet wat de toekomst brengen zal.'

'Dat is het probleem,' zei ik, 'misschien zit ik hier over drie maanden tegenover iemand die me op slag haat, en denkt: die trut moet maar eens gauw aan het werk.'

'Dat is heel goed mogelijk.'

We zwegen.

'Of zullen we dan toch het circus maar binnenstappen en kijken of we u afgekeurd kunnen krijgen?'

'Wat zou daar het voordeel van zijn?'

'Financieel gaat u er niets op vooruit. Maar u hoeft niet meer te solliciteren en bij het arbeidsbureau ingeschreven te staan.'

Aldus besloten wij.

Verandering. Altijd interessant. We zullen zien.

Nu, toen sleepte ik mezelf naar mijn lievelingscafeetje, waar ik achter de koffie getuige mocht zijn van een pantomime die speciaal voor mij leek te worden opgevoerd: twee zeer oude mannen waren de inhoud van hun bloemenstal in een vrachtwagen aan het laden. Daarbij stapelden ze de kistjes op een hoge, metalen kar, die ze de stoep moesten opduwen. Dan reden ze de kar de laadklep op, takelden zichzelf omhoog, laadden de kar uit in het binnenste van de auto, kwamen weer naar beneden en begonnen opnieuw. Dit was op zich al boeiend genoeg, maar de zaak won aanzienlijk aan spanning doordat de stoep voor de auto tamelijk hoog was, en de kar telkens dreigde te kapseizen als ze ertegenop knalden. Een meter verderop was de stoep aanmerkelijk lager, maar de mannen zagen het niet en besteedden al hun energie aan het overeind houden van de wankelende kar en het terugschuiven van de wegglijdende lading. Ik vroeg me af of ik niet naar buiten moest stappen om ze te wijzen op de voordelen van een korte omweg, maar ik kon mezelf niet in beweging krijgen en bleef gefascineerd toekijken hoe de kar voor de derde maal begon te kapseizen. Een stevige jongen van een jaar of twintig sprong te hulp en loodste de kar naar de laadklep. De mannen bedankten hem en gingen verder met uitladen. De jongen, die net als ik blijkbaar zag dat het leed nog niet was geleden, bleef een beetje dralen. En verdomd, bij de laatste lading ging het weer mis. Opnieuw sprong de jongen tijgerachtig toe. De mannen, verbijsterd over z'n inzicht, stapten voor de laatste maal de laadklep op. Vlak voor de wagen dichtging, wierp een van de mannen de jongen een bos tulpen toe. De jongen stak er zijn neus in, riep iets en wandelde weg. Toch nog goed afgelopen. Alhoewel tulpen nergens naar ruiken.

Iets anders. Ongeveer een jaar lang heb ik aan slapeloosheid geleden. Het werd twee uur, drie uur, vier uur, en ik lag klaarwakker in bed. Overdag was ik dan natuurlijk doodmoe. Sinds een maand of twee is dat over. In de eerste plaats doordat het sowieso veel beter met me gaat, en in de tweede plaats omdat ik alles wat me hoog zit, zo snel mogelijk van me afpraat of -schrijf. Je hebt geen idee hoe ongelofelijk prettig het voor me is al die onzin aan jou te kunnen faxen.

Merkwaardig genoeg word ik echter elke nacht steevast om vijf uur wakker.

Het is alsof vooralsnog onbenoemde gevoelens, veroorzaakt door onbewuste observaties, langzaam gestalte aannemen in de slaap, en dan ineens als kant en klare gedachten omhoogschieten.

Ik lig dan een tijdje glashelder te denken, word steeds opgewondener, neem mezelf voor de volgende dag alles op papier te zetten, en val weer in slaap.

Vannacht, o Ger van mijn hart, hadden deze warrige gedachten betrekking op jouw verslag van je proza-plannen. Sta me toe 'mijn onbenulligheid over je uit te storten', zoals Paul W. dat noemt, in ongestructureerde, ongecensureerde vorm. (Anders word ik vannacht wéér wakker.)

1. Op zich lijkt je plan me goed. Je bent geen man voor een roman, noch voor een egodocument. Je bent het beste als je over je vak praat.

2. Scenario heeft geen vertelstem, proza wel. Jouw vertelstem is een van de meest meeslepende die ik ken. Jammer genoeg gebruik je hem alleen voor scenario – oftewel voor datgene wat niemand ooit zal lezen. In de paar columns die ik van je gelezen heb, sloeg je de zeventiger-jaren-Jan Blokker-negatieve-zure-columnistentoon aan. Sowieso stomvervelend, en een vloek voor degene die je kent.

3. Je kwaliteiten zijn: je helderheid van denken, je onbevangenheid, je warmte en je immense levendigheid. Jijzelf ziet alleen het eerste als kwaliteit. Ik ben bang dat je het daarop wil gaan gooien. Dat zou eeuwig zonde zijn. In de meest letterlijke zin van het woord.

4. Jij bent bang voor andere mensen. Als je proza schrijft, is er een toekomstig publiek. Wat zijn dat voor mensen? Dat zal ik je eens even vertellen: dat zijn mensen die je buik willen zien. En wat zeg jij? 'Een andere keer. En trouwens, ik ga drie keer per week zwemmen.'

We willen niet controleren of je wel strak genoeg in je vel zit. We willen je buik zien. Niet een andere keer. Nu.

Weet je waarom? Omdat daar geen beschermende botjes omheen zitten. Omdat-ie alleen aan de boven- en aan de onderkant vastzit, en je d'r verder niet al te veel over te zeggen hebt.

'Als het erop aankomt heb je alleen jezelf. Je bent zelf een zon met duizend stralen in je buik. De rest is niets.' (Picasso.) We willen jou, jou, jou, als de onbevangen verteller van datgene wat je bedacht hebt.

5. Waarom gaat het over hetero's? Omdat je wil laten zien dat je alles kan, omdat je geen 'homoschrijver' wil zijn? 'Alle kunst is homoseksueel' (Komrij), en de jouwe in het bijzon-

der. Jij bent een man van eenzaamheid en gelijkwaardigheid en niet van strijd. Als je over mannen schrijft, smeult en gloeit het; als je over vrouwen schrijft ga je onnatuurlijk rechtop zitten en praat je of je uit een vreemde taal vertaalt.

Het hoeft niet autobiografisch te zijn, maar een heteroverhaal van jou interesseert me niets. Dat wordt hooguit een stijloefening.

Lieve Ger,
Ik zou je wat willen vragen. Zou je het voor elkaar kunnen krijgen om een doodenkele keer eens iets terug te faxen? Het hoeft maar één woord te zijn. Bv: 'Leuk.' Of: 'Inderdaad.' Probeer nu eens heel exact te lezen wat ik je vraag. Denk nou niet: 'Ze wil dat ik terug ga schrijven.' Want dat wil ik pertinent niet. Dat zou ik zelfs erg onaangenaam vinden. Dan zou ik mijn onbevangenheid verliezen. Maar net als je aan de andere kant van de telefoon de toehoorder weleens 'ja ja' of 'mmmmmm' wil horen zeggen om te merken dat-ie d'r nog is, zo zou ik het fijn vinden als de stilte aan gene zijde iets minder diep werd.

Ik heb het gevoel dat je me onrecht doet. Dat jij altijd zo in de verdediging bent dat je geen enkele vraag van mij opvat zoals ik hem stel. Je maakt er altijd veel meer van dan ik bedoel. 'Ger, vind je het wel leuk om met me uit eten te gaan?' 'Uhhhh, als ik je onsympathiek zou vinden, zouden we hier niet zitten.' En dan maar weer gauw over op een ander onderwerp. Ik wil, na mezelf opgedrongen te hebben, gewoon even ja of nee horen. Probeer me maar niet te doorgronden; luister nou maar gewoon goed naar wat ik vraag.

Haarlem, 16 februari 1997

Lieve Ger,

Het is nu zondag. Ik heb snel aan het geval gewerkt en het zal dus ook nog wel niet goed zijn. Zou je het toch even willen bekijken? Ik krijg het op het moment niet voor elkaar er lang in mijn eentje aan te zitten prutsen.

Ik merk dat het me vreselijk veel moeite kost om aan het ding te werken. Ik heb al zoveel van die treatments en ideeën geschreven en 't heeft nooit tot iets leuks en meestal zelfs tot ellende geleid, dat ik lichtelijk overspannen ten aanzien van officiële beoordelende instanties ben geworden. Ware het niet om jou, ik was er, net als Femke, allang mee opgehouden. ('Dit schrijf ik u in vertrouwen hoor, en niet uit wanhopigheid, doch opdat ge het u begrijpen zoudt kunnen dat het niet is een liefde van manenschijn en rozegeur, maar een die prozaïsch is als maandagmorgen.' Vincent van Gogh)

Gewoon het verhaal vertellen op papier vind ik fijn werk, maar als ik denk: 'O, nu moet ik zeker iets over de diepe gedachte erachter gaan zeggen omdat die debielen anders niet snappen waar het over gaat,' krijg ik zin om de hele computer het raam uit te kieperen. Het spijt me, ik kan er niets aan doen.

Je zou me dus zeer verplichten als je zo aardig zou willen zijn het even snel te bekijken en enige duidelijke adviezen te geven. Zo van 'op bladzijde twee moet je er dat en dat bijzetten'. Ik weet dat dat je stijl niet is, maar ik vraag het je toch, want ik ben bang dat ik met meer abstracte kritiek à la 'denk er nog eens goed over na' eenvoudigweg niet meer uit de voeten kan. Dat ik explodeer. Het spijt me, ik voel eenvoudigweg dat dat gaat gebeuren en ik kan er niets aan doen. Het is de keerzijde van enige andere eigenschappen waar je, hoop ik, bij tijd en wijle wél enig plezier aan beleeft.

Zeg alsjeblieft niet dat ik flink moet zijn en door moet zetten en dat het bij iedereen zo gaat, want dat weet ik al en maakt het alleen maar erger.

Mijn gespannenheid komt ook een beetje door het feit dat ik dus, na al die jaren, misschien toch nog arbeidsongeschikt zal worden verklaard. Voor mij is dat van ongekend belang. Maar de omgeving reageert onverschillig en afkeurend. Ook de mensen van wie ik het meeste houd.

Ik kan me bijvoorbeeld niets afschuwelijkers voorstellen dan dat jij erop zou aandringen dat ik een of ander baantje zou nemen. Armgard doet dat wel, maar goed, die heeft haar leven aan haar werk opgehangen ('Ja, luister eens, ik ben niet vergeestelijkt genoeg om de hele dag thuis te gaan zitten hoor') en kan en wil dat soort dingen eenvoudigweg niet begrijpen. Die waardeer ik om andere dingen. Bij jou heb ik altijd het gevoel gehad dat je me accepteerde zoals ik was. Je snapt gewoon niet wat het voor me betekende toen je laatst, over Armgards idee dat ik bij de soap-fabriek van Rogier Proper moest gaan werken, achteloos zei: 'O nee, dat is niks voor jou.'

Ik leef in de permanente angst dat mensen mijn levenswijze niet accepteren. En dat is ook bijna altijd zo. Omdat ik verder een leuke, geestige vrouw ben, vinden ze me toch wel okee, maar zodra ik de deur achter me dicht heb gedaan, is het weer: 'Gek hè, dat zo'n vrouw als Nicolien daar nou tevreden mee kan zijn. Een beetje thuis zitten en van een uitkering leven. Ja, ik veroordeel het niet hoor, maar ik begrijp het gewoon niet.' En dat zijn nog de beste, want de meesten zeggen het recht in je gezicht. Alsof je het god-ver-dom-me voor je lol doet. Daarom vind ik poseren ook zo fijn. Gewoon goed ergens in zijn en gewaardeerd worden, en verder geen gezeik.

Ger van mijn hart. Excuseer deze uitbarsting. Ik wou je dus alleen maar vragen om bijgevoegd treatment even door te nemen, en snel van kritiek te voorzien. Is er een of andere deadline trouwens? Zo niet, zou je er dan eentje willen verzinnen? Liefst binnen een week.

Als altijd je zeer toegenegen vriendin.

Haarlem, 20 februari 1997

Lieve Ger,

Het is donderdagmiddag half drie. Ik kan me bijna geen stiller, droeviger en aangrijpender tijdstip voorstellen.

Het doet me denken aan dagen van vroeger, als mijn tante To het wasgoed kwam strijken voor mijn moeder. Thee, mariakaakjes en de geur van stoom. Tante To, een zuster van mijn oma, leed aan wanen. Ze dacht dat haar buren eropuit waren haar koffiepot te stelen. 'Ze zijn heel aardig hoor, maar ze nemen telkens mijn koffiepot mee. Laatst nog, had ik hem speciaal in de linnenkast verstopt, onder een stapel slopen. Maar wat denk je? Was-ie toch weer weg!'

De laatste twee weken werd ik overstelpt met poseerwerk en reisde per trein, soms twee keer per dag, naar Castricum, Beverwijk of Akersloot. Ik vind het geen naar werk, en hoop op deze manier aan het eind van de maand het gat in de begroting – dat daar door de verhuizing is ingeslagen – te hebben weggewerkt.

Door al dat tijdrovende heen-en-weergereis, waardoor ik

gisteren pas om twaalf uur 's nachts thuiskwam, kan ik nu pas weer wat aan *Zebra* doen. Maar ik moet eerst even aan jou schrijven, want er is alweer veel gebeurd en voor ik kan werken, moet mijn geest leeg zijn.

Zo belde Frank G., met het wat jammerende stemgeluid dat hij sinds ik over geld begon telkens opzet als hij mij aan de lijn heeft, over de rekening die ik nu maar moest sturen, omdat we 'zo'n beetje klaar waren'.

Die hele geschiedenis is van begin tot eind onaangenaam verlopen. Ook het slotgesprek was weer erg vervelend, en ik was er dan ook ellendig van. Toen ik gisteravond tijdens de maaltijd aan mijn zuster (die dus voor hem werkt) en zwager verslag deed en mijn verhaal besloot met de mededeling dat ik Frank een brief zou schrijven, (die ik hierbij in zal sluiten) raadden ze me dat ten sterkste af.

'Je weet nooit wat je nog eens aan hem kan hebben.' 'Dat is niet professioneel.' 'Je moet er toch eens over nadenken waarom jij altijd met iedereen moeilijkheden krijgt.'

Nu, ik geloof niet dat ik ooit nog iets aan Frank G. zal hebben, zomin als ik denk dat Dick van den H. me ooit nog feestelijk op zal bellen met een voorstel tot samenwerking. Dat soort kerels krijgt nu eenmaal op slag de zenuwen van me, en daar kan ik niets aan veranderen. Een geforceerd vriendelijke opstelling mijnerzijds schijnt het gek genoeg alleen maar erger te maken. En wat de professionaliteit betreft: ik ben tot de overtuiging gekomen dat een professionele verhouding tot mijn werk samenvalt met een professionele benadering van mezelf. Teneinde depressies te voorkomen, moet ik mijzelf zo helder mogelijk uitspreken. Als ik daardoor mezelf qua scenarioschrijven buiten de markt plaats, het zij zo. Er is niets aan te doen.

De vraag blijft natuurlijk hoe het komt dat ik zoveel weerstand oproep. Ik heb echter (teneinde depressies enzovoorts) besloten daar niet meer over na te denken. Het is altijd zo geweest, al vanaf de lagere school, en we kunnen dus geredelijk aannemen dat het altijd zo zal blijven.

Er verongelukken tenslotte ook een hoop mensen die de Mount Everest beklimmen. Is dat de schuld van die berg of van al die gekken die er zo nodig tegenop moeten?

Ik heb de eigenaardige, aangeboren gewoonte te trachten ieder mens die ik ontmoet tot op de bodem te doorschouwen. Een enkeling vindt dat prettig, bij de meeste mensen leidt het tot agressie. Mij wordt dan verweten dat ik neerkijk op de ander, dat ik mezelf beter vind. En dat terwijl ik nooit iemand veroordeel. Dat wil zeggen: ik oordeel wel, maar op zuiver particuliere gronden. Ik heb nooit begrepen waarom een ander zich wat zou aantrekken van dit hoogstpersoonlijk oordeel, waarvan de reikwijdte tenslotte ophoudt bij de grenzen van mijn eigen universum.

De meeste mensen menen 'redelijke argumenten' voor hun gevoelens te moeten kunnen aanvoeren, wat ertoe leidde dat hun hoogstpersoonlijke afkeer van mijn oogopslag werd vertaald in een veroordeling van mijn werkloze staat: hoe kon ik, die maatschappelijk niets presteerde, maar teerde op de zak van de medemens, deze medemens zo veroordelen? Mij pasten deemoed en bescheidenheid.

Hoezeer ik hieronder geleden heb, wordt mij de laatste dagen, of beter gezegd nachten, weer eens duidelijk. Ik heb de ene nachtmerrie na de andere over de sociale dienst en onafgemaakte opleidingen. Over een gruwelijke wond in mijn buik, (waar het afgebroken mes van de onzichtbare vijand nog insteekt) die ik met mijn hand moet dichthouden, terwijl ik tegen de aanwezige vrienden en familieleden, die niet begrijpen waar ik me zo druk om maak, roep dat ze de dokter en de politie moeten bellen. ('Ik moet mijn hand op deze wonde leggen / Van binnen diep, van buiten haast genezen / Ik moet het zeggen van mijn lijden dubbel vrezen / onder het lijden van te moeten zeggen. (...)' Leo Vroman)

De problemen die anderen met mijn arbeidsongeschiktheid hebben, zijn uiteindelijk mijn zaak niet, hoezeer ik er ook onder geleden heb. Mijn onverschilligheid ten aanzien van maatschappelijke prestaties komt voort uit het feit dat ik geïnteresseerd ben in de mens zelf, en niet zozeer in wat hij bereikt heeft. Als jij een werkeloze vuilnisman zou zijn en kerstspelen zou schrijven voor toneelgroep De Vrolijke Vrijbuiters, zou ik je even hoog achten als ik nu doe. Omdat mij dat de enige juiste benadering tot de medemens lijkt, leg ik een onverschilligheid voor de eigen maatschappelijke status en die van anderen aan de dag, die velen ergert.

Het is precies de koele, stellige toon die ik in bovenstaand stuk hanteer, die anderen tot razernij brengt. Ik heb weleens geprobeerd om me wat vrouwelijker en onzekerder voor te doen, maar na tien minuten vergat ik dat dan weer en verviel alsnog in mijn gebruikelijke arrogantie, waardoor de anderen zich helemáál een aap schrokken. Dus nu begin ik maar gewoon arrogant, dan kan het alleen nog maar meevallen.

Nou ja, aan de hoeveelheid woorden die ik nodig heb om uit te leggen dat het me niks kan schelen, zie je hoe hoog het me zit. Ik zie het zelf ook, hoor.

O ja, nog even het volgende: het lijkt me het beste dat jij zo lang mogelijk dat gedoe met de NCRV regelt, en ze mij zo laat mogelijk onder ogen krijgen. Want dan gaat het misschien weer mis. Dit zeg ik zonder enig cynisme. Toen ik Charlie aan de telefoon had, zei die uit zichzelf precies hetzelfde. Kijk, jij bent heel aardig en innemend, en je ziet er goed uit en je hebt een naam en zo. Dat werkt natuurlijk veel beter, denk je ook niet? Zeg maar dat ik builenpest heb of zoiets.

Verrukkelijke Ger.

Ik heb nog eens nagedacht over mijn problemen met betrekking tot het schrijven van treatments en volgens mij ben ik erachter. Moet je luisteren:

Als Geurt ons tijdens de dansles een nieuwe figuur wil leren 'en dan maak je een swivel op je derde slow, en dan moet je goed opletten dat je de dansrichting in de gaten houdt...', let ik acuut niet meer op. Ik kijk gewoon net zolang glazig de andere kant op tot het voorbij is.

Dat komt door mijn angst voor 'techniek', voor 'theorie'. Zoals je weet, is er rond mijn veertiende iets misgegaan waardoor ik nooit meer heb kunnen leren. Dat wil ik je binnenkort eens uitgebreid vertellen. (Als ik dat kan tenminste, want mijn gedachten nemen een reuzezwaai de andere kant op als ik eraan probeer te denken, als weigerende paarden voor een hindernis.)

Hoe dan ook, zodra iemand me iets probeert uit te leggen, begin ik aan iets anders te denken. Vandaar ook dat ik in het begin van jouw lessen zo 'traag en terughoudend' was, zoals je zo treffend formuleerde.

Wanneer Geurt en Huub de figuur dan voordoen, let ik wél op, en doe vervolgens gewoon Huub na (die, net als ik, volgt (ik neem aan dat je het verschil tussen 'volgen' en 'leiden' kent)) en dan komt het allemaal toch nog goed. Ik onthoud de figuur dan op mijn eigen manier, zo van 'eerst zo'n beetje de hoek om, en dan een heelturn, en net als ik denk dat het lang gaat duren, maken we een linkse draai'.

Hiermee red ik het, gek genoeg, vaak beter dan menig ander, zoals bijvoorbeeld Louise, die zo exact de theorie aanhangt dat ze dat zelfs blijft volhouden als de praktijk iets anders blijkt uit te wijzen.

Niettemin, ik heb hier natuurlijk nogal een minderwaardigheidscomplex over. Ik blijf maar denken dat techniek en theorie geweldige zaken zijn, voor mij niet te begrijpen, die alle andere grote mensen op kosmische wijze aangewaaid krijgen. Vandaar dat ik er ook helemaal ondersteboven van kan zijn als Geurt me vraagt hem een keer te willen assisteren. Niettemin: de angst 'door de mand te vallen' blijft.

Zo werkt het ook bij het scenarioschrijven. Kijk, toen Femke en ik 'theorie-opdrachten' kregen, bakte ik er, door schaamte en onwilligheid, niks van. Maar toen ik een stukje scenario moest schrijven, ging het natuurlijk gewoon goed. Dan doe ik namelijk of ik een scenarioschrijver ben. Begrijp je? Ik imiteer als het ware een echte scenarioschrijver.

Zo doe ik eigenlijk alles in mijn leven. Als ik bij de groenteman sta en om een bloemkool vraag, dan doe ik gewoon of ik een hele volwassen mevrouw ben die een bloemkool aan de groenteman vraagt. Bij het dansen doe ik iemand na die goed kan dansen. En bij het scenarioschrijven imiteer ik een scenarioschrijver. Alleen in deze brieven aan jou voel ik me eigenlijk helemaal mezelf.

Ik heb zelfs het gevoel dat de namenkwestie hier mee te maken heeft. Wat mij opvalt, is dat jij een eigenaardige benadering hebt tot je eigen naam en de namen van anderen. Het is altijd 'oom Jim', 'tante Armgard' enzovoorts. En je eigen naam spreek je altijd uit op een manier of je na al die jaren eigenlijk nóg niet kunt geloven dat je zo heet. Of je het eigenlijk maar raar vindt dat de eigenaardige verzameling niksigheden die in jouw verschijningvorm resulteren, een echte, bij de burgerlijke stand geregistreerde naam heeft.

Ik lijd aan exact hetzelfde euvel. Ik spreek nooit iemand bij zijn gewone naam aan. Louise noem ik weliswaar Louise, maar dat is omdat ik het zo'n zotte naam vind, dat het net is of ik hem zelf verzonnen heb.

Jou noem ik 'Ger', maar dat is een koosnaampje; het is in feite de afkorting van 'Gerremannetje', zoals ik je in gedachten en bij anderen noem.

Ik vind het bijzonder eigenaardig dat ik Nicolien heet, en heb altijd het idee dat dat een soort rare grap is, dat anderen dat nu eenmaal verzonnen hebben en ik het onder valse voorwendselen maar meespeel.

Heb jij weleens over deze kwestie nagedacht? We moeten beslist spoedig bijeenkomen om deze zaken grondig door te praten. En waarom homoseksualiteit niet bestaat (weet je 't zeker? Ik wist wel dat lesbisch niet bestond; ik ben het althans niet hoor, ik ben alleen maar mezelf) en wat je nou van Primo Levi gelezen had en nog zo wat dingen.

Maar o Ger, vandaar dus mijn probleem met treatments. Ik geneer me als ik over genre en premisse en zo moet praten. Of als ik een titel moet verzinnen. Want dan ben ik bang dat jij eindelijk ziet dat ik maar wat aanrotzooi. Dat ik eigenlijk helemaal niet begrijp waar ik mee bezig ben. Ik word er ellendig verlegen van. Vandaar dat ik je vroeg om detailkritiek. Dan doe ik gewoon heel precies wat je vraagt. Dus het is fijn dat je die dingen in de kantlijn gezet hebt.

Zo. Dat heb ik allemaal even gezegd. Fijn. Nou kan ik morgen door aan *Zebra*. Want nu moet ik koken en dan door naar Castricum.

Duizendmaal omhelsd door je volkomen waardeloze
Nicolien

Haarlem, 20 februari 1997

Beste Frank,

Bijgevoegd de rekening, zoals overeengekomen.

Uiteindelijk ben ik nogal ongelukkig over onze samenwerking. Ik had gehoopt dat jij en ik in nauw verband zouden werken aan een opzet die een vorm zou vinden voor al jouw wensen. Dat is niet gelukt. Het komt erop neer dat we een – weliswaar goed geformuleerd – opzetje voor Imme en/of Harrie gemaakt hebben.

Ik geloof dat de oorzaak van deze mislukking ligt in het feit dat jij je niet voor mij open kunt stellen. Dat heb ik van het begin af aan gevoeld, en daar heb ik ook een paar keer iets over gezegd. Maar het heeft niet mogen baten.

Je hebt je zoveel mogelijk op de vlakte gehouden, waardoor ik in het duister bleef tasten omtrent je werkelijke wensen en verlangens met betrekking tot het stuk. Ik vind dat ik er toch nog iets heel aardigs van gemaakt heb, maar je hebt je geen enkele keer positief over mijn werk uitgelaten. Uiteindelijk maak je ervan dat 'Harrie en Imme meer levenservaring hebben'. De kwestie is niet of ik wel of geen levenservaring heb, het probleem is dat je hen wel, en mij niet vertrouwt. Dat vind ik op zich al erg naar, en het ergste is nog wel dat ik daardoor een product heb moeten afleveren dat noch aan mijn, noch aan jouw wensen voldoet.

Ik houd dan ook een erg ongelukkig gevoel aan de hele geschiedenis over.

Wil je even terugbellen of faxen over hoe je die vermelding denkt te gaan oplossen? Ik stel voor er 'met medewerking van' van te maken. 'Met dank aan' lijkt me geschikt voor mensen die belangeloos meegewerkt hebben, en dat heb ik niet.

Haarlem, donderdag 27 februari 1997

Lieve Ger,

Gisteren naar een programma van de Gebroeders Flint geweest. Paul P., die de muziek doet, had me uitgenodigd. Er zou een vrijkaartje voor me klaarliggen. Ha ha. Maar goed, ik kreeg het geld na afloop, en een borrel erbij. De avond daarvoor was ik naar een productie in de Toneelschuur geweest, over de Comedian Harmonists. Het gegeven – een Duitse zanggroep in de dertiger jaren waarvan drie leden joods zijn, is al zo mooi dat het alleen nog maar tegen kon vallen, en dat deed het dan ook. Dan vond ik de Flinten, met een programma naar het werk van Hugo Claus (waar ik niet dol op ben, omdat het steeds de geslachtsdaad tussen man en vrouw bezingt, en dat bij mij nu eenmaal geen existentiële gevoelens oproept) een stuk beter.

Daarvoor was ik bij Sybren en Agnieska gaan eten, wat als altijd terloops, vanzelfsprekend en prettig verliep. Agnieska begon in dat gekke Nederlands van haar smakelijk te vertellen over een zekere Herbert die had opgebeld en een werkster zocht. Het was duidelijk een jonge jongen, een student waarschijnlijk, die haar adres via mij gekregen had. Ze vond het wel vreemd dat ze, terwijl ze toch bijna al mijn vrienden en kennissen uit verhalen kende, nog nooit iets over deze Herbert vernomen had, temeer daar Herbert precies zo sprak als ik, en wel familie leek.

'Ger!' riep Sybren ineens, en toen vielen de stukken van de legpuzzel ineen.

Ger. Natuurlijk!

Toen wist ze ook ineens dat je een trap had, want Agnieska heeft net als ik een ijzeren geheugen, en ik had ooit eens verteld dat jij zo leuk naar beneden kon zweven met je handen op de leuningen, en dat ik me weleens afvroeg of je dat op je tachtigste nog steeds zou doen, en wanneer de eerste dag zou zijn dat je het niet meer deed, en wat je dan zou denken.

De trap schijnt in verband met de kleine Tamara nog een probleem te zijn, maar goed, dat zullen jullie wel bespreken.

Ik was die middag graag even bij je langsgegaan, zoals je waarschijnlijk uit de boodschap op je antwoordapparaat hebt begrepen, maar dat ging blijkbaar niet. Dat gaf niet, het loutere inspreken had reeds een kalmerende uitwerking op mijn overspannen gemoed.

Ik vind het altijd moeilijk te achterhalen wat nou eigenlijk de oorzaak is van een dergelijke spanning, die langzaam groeit en dan op een dag de pan uitrijst.

(Nu is het gelukkig weer over. Twaalf uur geslapen, vanochtend een eind Overveen ingelopen, koffie gedronken, kranten gelezen.)

Er waren verschillende dingen. In de eerste plaats kreeg ik een brief van Frank G.

Allemaal onzin over 'dat ik zo theoretisch was en hij juist iemand zocht die de dramatische lijn in de gaten hield' – tien punten voor degene die hier de logica in kan vinden. Hij zou mijn naam wel vermelden – met dank aan – maar alleen in de programma's en verder niet. 'O, nou dat was het dan,' probeerde ik schouderophalend te denken.

Maar ja, dat werkt nu eenmaal niet zo bij mij.

Ik heb weleens ingevuld 'dat ik niet goed bij mijn hoofd ben' op het formulier van de Sociale Dienst, en ik geloof werkelijk dat er een of ander draadje bij me loszit. Het is of ik een zekere natuurlijke beschermingslaag mis, die anderen bij geboorte hebben meegekregen.

De wereld komt rang! bij me binnen en ik moet werkelijk zeer zorgvuldig laveren wil ik enigszins overeind blijven. Dat impliceert dat ik nooit iets moet doen waarvan ik ook maar het geringste vermoeden heb dat ik het niet wil, niet kan, of waarvan ik anderszins meen dat het niet goed voor me is. Anderzijds kan ik eindeloos volhouden als ik meen dat het wél iets goeds voor me in petto heeft. Zoals met schrijven, stijldansen of de omgang met jou, Herbert van mijn hart. Dat is geen kwestie van doorzettingsvermogen; ik kan eenvoudigweg niet ophouden.

Zo ben ik op mijn veertiende opgehouden met voor school te werken. Ik deed helemaal niets meer. Ik schreef zelfs mijn naam niet meer op de proefwerkblaadjes. Dat vond ik natuurlijk verschrikkelijk, maar ik kon er niets aan doen; ik was totaal geblokkeerd. Ik bleef zitten, werd van de ene school naar de andere overgeheveld, maar het mocht niet baten. Ik zat daar, als uit steen gehouwen, niet in staat om me nog te verroeren.

Men begreep daar natuurlijk niets van. De eerste jaren had ik zo goed gepresteerd, wat was er toch fout gegaan?

Zelf begreep ik het ook niet. Terugkijkend denk ik dat die weigering, hoe onbewust tot stand gekomen ook, een van de beste beslissingen van mijn leven geweest is.

School is heel goed, maar niet voor mij. Werk is heel goed, maar niet voor mij. Afstand nemen tot de dingen is heel goed, maar ik kan het niet.

Ik zie heel goed hoe een verstandig mens zich in de kwestie Frank G. zou moeten opstellen, maar ik ben nu eenmaal anders. In feite ben ik ontroostbaar over zijn weigering mijn kwaliteiten te zien en mijn machteloosheid maakt me razend. Wat kunnen mij die duizend gulden schelen? Ik gooi ze net zo lief in de plomp.

Daarbij kwam dat ik een brief van de Sociale Dienst kreeg waarin mij werd medegedeeld dat de bijstand weer eens veranderd is en er enige bepalingen zijn bijgekomen. Zo is de cliënt o.a. voortaan verplicht passend werk of een omscholingscursus te aanvaarden.

Omdat ik op de nominatie sta gekeurd te worden, val ik hier vooralsnog buiten. Dat gesprek met die mevrouw T. is dus geen week te vroeg gekomen, noch mijn uitspraak dat 'het tussen mij en de arbeidsmarkt nooit wat zal worden'.

'Over dit land, alleen zwierf ik / maar dit land heeft geen einde / O oude wonde die ons pijnde / Zult gij beginnen te helen hier / of heter nog te schrijnen.' Achterberg.

Mijn leven is afhankelijk van de beslissing van het humeur van een willekeurig iemand achter een bureau.

De razernij om mijn machteloze positie, het onbegrip van mijn naasten en – hoewel ik het niet voel – het verdriet om mijn anders zijn, maken dat het leven me zeer zwaar valt. Elk incident dat daar nog bij komt, is eigenlijk te veel. Bij alles wat op mijn pad komt, moet ik me heel precies afvragen wat het voor me betekent en hoe ik moet reageren. Heb ik daartoe eenmaal besloten, dan zal niemand me daarvan kunnen weerhouden; een onbuigzaamheid die velen irriteert. Dat vind ik wel naar, want ik zou graag willen dat ze me aardig vonden, maar als ik me probeer aan te passen, word ik ziek.

'Want eenzaamheid is de bitterste, de moeilijkst te dragen vorm van trots.' (Bouman)

Het gegeven van een keuring is overigens, zoals ik je niet uit hoef te leggen, niet zonder dramatische schoonheid (ik heb het gebruikt in *Het Model*, zoals je je misschien nog kunt herinneren) en gezien de ontwikkelingen bij de Sociale Dienst komt het dus precies op tijd, maar ik vrees dat er, hoe de uitspraak ook zal luiden, geen gelukkig einde mogelijk is. Je hebt ons vaak genoeg op het hart gedrukt de tragische elementen in ons verhaal zoveel mogelijk uit te buiten, en hoewel ik geloof dat die aansporing eerder de kunst dan het eigen leven gold, zullen we eens kijken of we er dan tenminste nog enig profijt van kunnen hebben, al was het dan maar in de vorm van een spannende fax of een goede analyse.

Als ik goedgekeurd word, wat God verhoede, zal ik de strijd met de instanties moeten aanbinden. Als ik die strijd verlies en te werk word gesteld, sta ik niet voor mezelf in. De deur naar 'het onontdekte land uit welks gebied geen reiziger ooit keert' lijkt mij dichterbij en beter voorstelbaar dan die van het kantoor op maandagmorgen.

Dat zijn echter geen beslissingen die wij nemen, dat zijn beslissingen die ons nemen.

Officiële toestemming van iets waar ik mijn leven lang in eenzaamheid mee gevochten heb – mijn ongeschiktheid voor deze maatschappij – lijkt te laat te komen en zet iets in gang waar ik geen controle over heb.

Teneinde te overleven, is er een deel van mij eenvoudigweg bevroren. Dat is al lang geleden gebeurd. Ik kan ook al jaren niet meer huilen. Ik kan niet eens verdriet hebben. Woede krijg ik nog wel voor elkaar, maar verder schijn ik niet verder dan vermoeidheid te komen, als je dat al een emotie kunt noemen.

Ik kan immens genieten van andere mensen (van kinderen vooral), maar ze moeten vooral niet proberen om werkelijk binnen te komen.

Omdat jij precies hetzelfde hebt, intrigeer je me natuurlijk bijzonder. Het is nu eenmaal makkelijker een ander met liefde te beschouwen dan jezelf.

Nu ik dan op mijn tweeëndertigste misschien eindelijk te horen zal krijgen: 'Inderdaad, u kunt het niet, ga heen en wees vrij', maakt het me bijna angstig. Ik voel me als iemand die achttien jaar ten onrechte in de gevangenis gezeten heeft en dan op een dag vrijgelaten wordt, door een onverschillige portier met een formulier in zijn handen.

Wat staat je te wachten als je buiten komt, blijheid, bitterheid? Kennen ze je nog? Deug je, nu die rechters hun fout hebben moeten toegeven, ineens wél?

Zo ben ik ook weleens bang wat ik zal doen als de omroepen ineens wél een scenario van me zouden accepteren. Mocht je ooit goed nieuws voor me hebben, wees niet verbaasd als ik versteen of anderszins merkwaardig reageer. Het is niet alleen de angst dat het op het laatste moment mis zal gaan, het is eveneens de wat voorbarige woede op diegenen die mij, eenmaal in het bezit van een contract, plotseling wél zouden respecteren. Daar komt bij dat je pogingen iets voor me te regelen op dat gebied, mij zo diep raken, dat ik maar liever het gelaat afwend en over iets anders begin. Dat is dus geen desinteresse, maar juist het tegenovergestelde. (Gelieve dit niet te vergeten: jij hebt de neiging iets onzichtbaars in jezelf als oorzaak van dergelijke bevreemdende situaties te zien en de hele kwestie dan zo snel mogelijk van je af te werpen, maar het ligt gewoon aan mij hoor.)

Hoe dan ook, ik vrees de lawine. Maar het zal wel weer meevallen. Ik zal uiteindelijk wel weer overeind krabbelen, want dat doe ik namelijk altijd.

Er is nog meer gebeurd wat ik je moet vertellen, maar ik moet weer eens poseren in Beverwijk, en ga daarvoor even bij mijn zuster eten.

Haarlem, zaterdag 1 maart 1997

Lieve Ger,

Ik heb toch maar besloten om nog een schot te lossen op Frank G., (zie bijlage 1) teneinde zwetend wakker schieten in het holst van de nacht te voorkomen. Daar kwam bij dat mijn altijd verstandige vriend Charlie het me aanraadde.

Die arme jongen (Charlie dus) was trouwens onverwacht op de televisie, bij *Nova*, (Charlie is expert op het gebied van 'handel met voorkennis') een ervaring waar hij met een rilling van ontzetting aan terugdenkt. Gelukkig heb ik het niet gezien, want ik kan er slecht tegen mijn vrienden op tv te zien.

Zo heb ik laatst ook niet gekeken toen Paul de Leeuw bij *Emily* op bezoek ging, en ik wil je toch even uitleggen waarom. In de eerste plaats word ik uiterst nerveus van praatprogramma's omdat ik het ongezegde nu eenmaal sterker ervaar dan het gezegde, en ik vreselijk in de war raak van de discrepantie tussen dat wat hardop uitgesproken wordt en dat wat daaronder schuilgaat. Bij Paul de Leeuw is dat in het bijzonder het geval, omdat het gros van de ondervraagden tracht even lollig en gevat te zijn als hij, wat tot zulke gênante scènes leidt dat ik er meestal in mijn eentje hardop doorheen begin te praten of uiteindelijk de televisie maar uitzet.

Daarbij leidt Paul de Leeuw als persoon me hevig af; er schuilt een tragiek in zijn mateloosheid die me zozeer raakt dat ik het nauwelijks kan aanzien.

Vind ik het dus sowieso al moeilijk om naar tv-programma's te kijken, wanneer vrienden van mij daarin optreden raak ik helemaal de kluts kwijt. Balthasar was laatst bij Hanneke Groenteman en belde me een paar dagen van tevoren op met het verzoek om te kijken. Balthasar vraagt nóóit wat voor zichzelf en het was dan ook onmogelijk te weigeren.

Nu heb ik op die tijd gelukkig dansles, dus ik nam het op op de video, liet de band enige dagen afkoelen en keek toen pas. Na al die zorgen kon het alleen nog maar meevallen, en dat deed het dan ook.

De gedachte dat Paul de Leeuw jou voortdurend in de rede zou vallen, was me zo onverdraaglijk dat ik de weg van de minste weerstand gekozen heb, en gewoon helemaal maar niet gekeken heb. Laatst kwam ik, al zappend, langs Nederland 3 en zag Hans van M., die ik via Balthasar ken, gierend van de lach naast Paul de Leeuw op de sofa zitten. Onmiddellijk uitgezet.

Dat is trouwens sowieso iets in televisie wat me oneindig bedrukt: een soort familiaire vrolijkheid, een gezellig doen met z'n allen, een voortdurend met elkaar op zoek zijn naar iets om te lachen. Alsof ik op een of ander ellendig schoolfeestje beland ben en me als enige niet weet te amuseren. Geef mij maar twee nette heren aan een kale tafel die serieus ergens over debatteren. Ik heb laatst overigens wél op jouw aanraden naar dat interview met Paul W. gekeken en ik moet zeggen dat ik dat een goed gesprek vond. Het ging helemaal over gevoelsdingen, maar het werd toch niet klef. Paul W. was precies zoals ik hem ken – nou, beter kan niet.

Goed. Dit wou ik je al een tijdje vertellen. (I'm just a soul whose intentions are good / so please don't let me be misunderstood.)

Gisteren ben ik voor het eerst sinds maanden bij mijn gewezen vriendin geweest. Er was nogal wat gezanik geweest de laatste tijd. Louise kiest voor afstand, en daar kan ik niet tegen. Ik vind mezelf niet bijzonder veeleisend, maar eeuwige liefde en volledige overgave is toch wel het minste wat je van de medemens kan eisen.

We hadden dus nogal wat toestanden gehad, altijd naar aanleiding van de dansles overigens, want verder zagen we elkaar niet meer. Inmiddels was ik erachter gekomen dat zij nu eenmaal mijn vrouw is, wat zij of ik ook mogen beweren, en dat het maar weer in orde moest komen. Dit heb ik haar overigens niet gezegd, want dat leek me niet verstandig.

Om kort te gaan: omdat we nodig de paso doble moesten oefenen samen, fietste ik gisteren voor het eerst sinds lange tijd naar de Jacob van Lennepkade. Alleen de fietstocht ('hee, die huizen zijn klaar, hee, de slager is weg, hee, die winkel is verkocht') greep me aan, en ik kwam dan ook hevig gapend bij Louise binnenzetten, schonk mezelf een glas port in en ging wezenloos op de keukenstoel zitten.

'Zie je m'n piano dan niet?' vroeg ze gekwetst.

'Je hebt een piano, gordijnen, je hebt je kast verzet, en het kozijn van de kamerdeur is vernieuwd,' zei ik.

Vooral dit laatste detail trof haar als een teken van grote opmerkzaamheid, hoewel het voor de directeur van De Zwarte Kwast een tamelijk voor de hand liggende notitie is. Niettemin, het was erg gezellig, we hadden het godzijdank nergens over, en na twee uur gingen we dansen bij het COC, want eens in de maand is er vrij dansen.

Het thema was ditmaal 'anders dan anders' en het was de bedoeling dat we verkleed zouden komen. Ik krijg vreselijk de zenuwen van dat soort lolligheid, geneer me als volwassenen zich als kinderen gaan gedragen, en krijg visioenen van woest uitgedoste, flamboyante homoseksuelen. Louise en ik waren dan ook gewoon als ons eigen saaie zelf gegaan.

Het viel alleszins mee: de ene helft was helemaal niet verkleed, en de andere helft als cowboy. Huub, Geurts assistent, was als leernicht, maar zag er in die outfit eigenlijk veel beter en gewoner uit dan in z'n normale kleren. Dat heb ik maar even tegen hem gezegd ook, want het zou jammer zijn als hij die broek pas weer op het volgende verkleedfeest zou durven aantrekken. Het bleek dat Huub altijd in kledingzaken gewerkt had, en dientengevolge nog altijd zulke nette kostuums droeg. Nu werkte hij niet meer, vertelde hij, behalve in de zomer, als hij twee dagen per week een visser uit 1905 moest spelen in het openluchtgedeelte van het Zuiderzeemuseum.

Hij bleek zich bijzonder in deze rol verdiept te hebben en raakte er niet meer over uitgepraat. Een beetje vermoeiend was het wel, want hij bleef er maar over doorgaan, en dat terwijl hij ook entreekaartjes moest verkopen en de muziek nogal hard stond. 'Ja kijk, deze bril hè, dat is niet mijn gewone bril. Dit is de bril die ik als visser draag. Maar binnenkort mag ik weer beginnen, en daarom oefen ik nu alvast met deze bril. En m'n oorbel, die kan ik gewoon inhouden, want die droegen zeemannen vroeger ook, en ik speel dat ik vroeger zeeman geweest ben, maar nu op het land wil blijven.'

Aan het eind beloofden Louise en ik natuurlijk om een keer naar het museum te komen teneinde hem als visser te aanschouwen. 'Beter niet op zondag,' zei Huub, 'want we zijn gereformeerd in ons dorp, en op zondag doen we dus zowat niks. Dan zitten we voor ons huisje alleen een beetje koffie te drinken. Maar op zaterdag bijvoorbeeld, dan doe ik de was op het wasbord, of ben ik netten aan het repareren.'

En toen was het weer tijd voor de tango.

Overigens wil ik mezelf wel even verontschuldigen voor het onnoemelijk aantal typfouten in mijn vorige brief. Ik hou van snel werken en aanvaard een zekere slordigheid die dat met zich meebrengt. Toch probeer ik me niet al te zeer te overhaasten. Déze brief wilde ik echter zo snel mogelijk de deur uit hebben, als een hap gloeiend eten die je uitspuugt. In de trein naar Beverwijk viel mij plotseling het gedicht van Achterberg weer in en merkte ik dat ik een regel vergeten was. Ik zal het niet wéér helemaal voor je opschrijven, maar het was de derde regel en die luidde: 'en nu dool ik bij u binnen'.

In de tijd dat ik versteend in de schoolbankjes zat, heb ik een groot aantal gedichten uit mijn hoofd geleerd. Meest Achterberg en Vroman. Ik schreef ze over, plakte ze in mijn boeken en schriften, en leerde ze tijdens de lessen uit mijn hoofd. Geweldloos verzet. Omdat ik in die tijd niet meer wist wat ik moest denken, liep ik de hele dag eigenlijk zo'n beetje gedichten op te zeggen, ook thuis en op de fiets. Hoezeer die gewoonte zich vastgezet heeft, en hoezeer die gedichten zich verweven hebben met mijn denkraam, merk ik aan het aantal citaten dat ik door mijn brieven aan jou strooi.

En dan hou ik me nog in. Veel mensen vinden het namelijk een vervelende gewoonte van me. Maar in poëzie zijn de dingen vaak zo vreselijk raak geformuleerd, en zo in het diepe getrokken, dat ik het eenvoudigweg niet voor me kan houden.

't Blijft moeilijk te snappen dat anderen niet net zo onder de indruk zijn als ik, maar alleen maar denken: 'Daar heb je haar weer met haar gedichten.' Zo heeft mijn zuster de afschuwelijke gewoonte complete operalibretto's na te vertellen. Niet te stuiten. En al die aria's voor te zingen. Ontzettend.

Iets anders: als er ooit iets is wat je onprettig vindt, zou je dan willen proberen dat tegen me te zeggen? Ik tast volledig in het duister omtrent je gevoelens voor mij, maar heb uit de feiten inmiddels zo'n beetje geconcludeerd dat je me waardeert, dat je mijn faxen leuk vindt, en dat ik zozeer in je sociale omgeving geïnvolveerd ben dat ik word uitgenodigd op de meer massale bruiloften en partijen, en bij tijd en wijle op de hoogte wordt gesteld van werk in uitvoering.

Nu is het natuurlijk een beetje eigenaardig dat ik me voornamelijk richt op de koraalrotsen onder de waterspiegel en minder op je meer zichtbare kwaliteiten (je aangename fysiek niet meegerekend) terwijl jij je vakmanschap juist als je grootste troefkaart ziet en je mond houdt over de rest. Omdat ik gewend ben je verslag te doen van mijn ontdekkingen met betrekking tot jou, ben ik natuurlijk wel benieuwd wat je daar nu eigenlijk van vindt, maar ik geloof dat vragen om commentaar een averechts effect zou hebben en je als een oester zou doen sluiten.

Ik weet dat jij pas merkt dat het water je blijkbaar tot aan de lippen gestaan heeft als de dijken doorbreken en het te laat is de boel nog in te dammen, maar ik vraag je toch om heel goed op te letten. Je bent belangrijk in mijn leven, en ik zou er bijzonder slecht tegen kunnen als je op een dag de deur in m'n gezicht zou slaan. Nu moet je dus niet schrikken en nóg zwijgzamer worden, want dat zou precies het tegenovergestelde zijn van wat ik beoog.

Ik heb je dit al eerder gezegd, ik zal het misschien nóg een keer zeggen en ik denk dat het ook goed is als het zo nu en dan eens tegen je gezegd wordt, want er zijn ongetwijfeld meer mensen die hier onder lijden.

En toch en toch... ik zeg alles wat ik wil zeggen, zonder me de kop te breken over wat jij er mogelijkerwijze van vindt, maar ik ben natuurlijk tóch benieuwd. Laat je het allemaal langs je kouwe kleren afglijden, beschouw je het als amusante speculaties van een niet ongetalenteerd schrijfster, of raak ik ooit ergens een of andere snaar? Nou ja, zolang het zo gaat als nu ben ik heel tevreden. Behalve dan dat ik je nodig eens tussen mijn vingers moet voelen.

Hoe zit het daarmee? Mag het al?

Haarlem, zaterdag 1 maart 1997

Beste Frank,

Vriendelijk dank voor je brief, die ik enige dagen geleden ontving.

Ik geloof dat het niet zoveel zin heeft er nog langer over te praten; zaak is dat de samenwerking bij ons alle twee gemengde gevoelens heeft opgeroepen en we daar ieder onze eigen verklaring voor hebben. Niettemin blijf ik het betreuren, temeer daar ik diep in mijn hart het gevoel heb dat het, als we langer en intensiever met elkaar gewerkt hadden, goed uitgewerkt zou kunnen hebben.

Ik was nogal verbaasd over je weigering mijn naam op de cassettebandjes te vermelden. Zoals je weet ben je akkoord gegaan met mijn contractje, en ik ben ervan uitgegaan dat je weet dat mondelinge toezegging bindend is.

Driekwart van de plot is van mij, zoals ook aan de door mij integraal bewaarde brief- en faxwisseling tussen ons te zien is, dus het lijkt me ook alleszins redelijk.

Ik reken er dan ook op dat mijn naam op zowel de programma's als de bandjes vermeld zal worden.

Stuur je mij er te zijner tijd één op?

Bij voorbaat mijn dank.

Haarlem, dinsdag 4 maart 1997

Lieve Ger,

Armgard vierde haar verjaardag in een cafeetje te Noordpolderzijl, in het hoge Noorden van Groningen. Oom F.W. en ik hadden besloten daar samen heen te gaan en er een weekeindje van te maken. Daartoe hadden we een hotel besproken in een ander Gronings dorpje, waarvan de naam me gek genoeg nu alweer ontschoten is – iets met Klooster of zo. We vertrokken op zondagochtend en kwamen enige uren later in de loeiende storm te Noordpolderzijl aan. Het kostte ons al onze kracht om, ons aan elkaar vastklemmend, de vijftig meter naar de cafédeur af te leggen en we waren doornat toen we binnenwankelden.

Wat Armgards redenen zijn geweest om haar verjaardag in Noordpolderzijl te vieren, vervolgens een bijzonder onhandig getoonzette uitnodiging rond te sturen waarop geen aanvangstijd vermeld stond en mij niet uit te nodigen, zal altijd een raadsel blijven, maar als je je in Armgards kronkelwegen begeeft, is het einde zoek; de enige manier om met haar om te gaan is een vierkante argeloosheid te plaatsen tegen haar raffinement en doodkalm te doen waar je zelf zin in hebt.

Er was natuurlijk bijna niemand gekomen maar dat hadden F.W. en ik al verwacht. We vroegen nergens naar, gaven haar onze cadeaus en begonnen onmiddellijk te zuipen en te ouwehoeren, zodat Armgard zich in stilte kon aanpassen aan de nieuwe situatie.

In de auto hadden we geoefend wat we zouden doen als Armgard ons zou bevelen met haar te dineren of zelfs in haar huurhuisje te overnachten, ('Een hotel? Belachelijk!') waarbij we om beurten de rol van Armgard speelden. Daarna vroegen we ons af waarom we in vredesnaam toch met het mens omgingen, maar dat doen we altijd als we het over haar hebben, en daar zullen we wel nooit uitkomen.

Hoe dan ook, het viel allemaal reuze mee, want Armgard bleek diezelfde middag nog terug te gaan naar Amsterdam, zodat we om half vier al vrij waren en naar ons hotel gingen.

Daar kroop ik onmiddellijk met kleren en al in bed, want dergelijke evenementen putten mij volledig uit. F.W. ging de krant zitten lezen en een uur later maakten we een wandelingetje door het bijzonder lelijke dorp, probeerden vergeefs ergens sigaretten te krijgen en gingen toen in het hotel dineren.

Ik spreek F.W. zeer regelmatig, maar zo een heel weekeind weg is een luxe die we ons zelden kunnen permitteren. We hebben de hele maandag een beetje door Friesland getourd, terpen en kerken bekeken, koffie gedronken en natuurlijk vooral eindeloos gepraat.

Thuiskomend trof ik Frank G. op mijn antwoordapparaat, die werkelijk buiten zinnen was over mijn laatste briefje. Hoe kwam ik erbij dat driekwart van de plot van mij was, het was absurd, werkelijk absurd, hij had er geen woorden voo... en toen onderbrak het antwoordapparaat hem. Daarna had hij volgens mij nog een keer gebeld en meteen weer opgehangen.

Ik kan slecht tegen ruzie en kreeg er wel een beetje hartkloppingen van, maar eigenlijk was het bijzonder bevredigend.

Als die kerel een beetje slim was, had hij natuurlijk begrepen dat ik geen poot heb om op te staan, dat mijn gebazel over 'mondelinge toezeggingen' volkomen bluf is, dat geen haar op mijn hoofd erover denkt een dergelijke zaak aanhangig te maken, en had hij het hele briefje schouderophalend in de prullenbak gegooid. Maar goed, het is nou eenmaal een eikel, en het doet me veel genoegen dat hij zo dom is om te reageren en nu eindelijk eens uitschreeuwt waar hij de hele tijd omheen draaide. Pure slechtheid vind ik, als het dan maar volkomen duidelijk is, niet zo erg, maar dat vage, hypocriete gedraai brengt me buiten zinnen. Nou, het lijkt me dat de zaak hiermee gesloten is. Ik zal er althans niets meer over zeggen.

Mijn Ger, hoe is het toch met je? Het is alweer een tijd geleden. Ik moet mijn maandelijks shot weer hebben, geloof ik. Weet je wat, ik zal die verdomde *Zebra* nou eens afmaken. Dan hebben we weer eens reden elkaar te spreken. En kun je niet eens een heel klein faxje sturen? Zo van: ‘ik eet vanavond rode kool. Ger.’ Dat je weer enige menselijke vorm aanneemt, en niet verwordt tot een vage schim aan de horizon?

7 maart 1997

Beste Ger,

Het is vrijdagochtend 10 over 12.

Het is erg mooi weer, ik denk dat het weer lente wordt.

Ik hoop dat je net zo’n goed humeur hebt als ik vandaag.

Haarlem, zaterdag 8 maart 1997

Mijn Ger, mijn Alles,

Naarmate ik minder doe, maak ik meer mee. Het aantrekken van mijn jas, de korte wandeling naar het cafeetje waar ik mijn ochtendkoffie gebruik, en de geringste ontmoeting met de medemens geven aanleiding tot zoveel gedachten en ideeen dat het bijna duizelingwekkend is en ik haastig naar huis moet om daar althans een fractie van te lozen op papier.

Daarbij heeft de gedachte aan een mogelijke verlossing van de Sociale Dienst me zo immens bevrijd, dat het is of gedachten en gevoelens die lang in de duistere ijskelders van mijn ziel gevangen zaten, plotseling omhoogkomen, oude herinneringen in een ander licht plaatsen en nieuwe herinneringen doen ontwaken.

En dan, het wordt lente. En ik wil steeds zingen en fluiten, harde groene appels eten (liefst op de fiets) en over hekken springen waar je net zo goed omheen kunt lopen.

Wat denk jij van de volgende stelling: als we al onze persoonlijke angsten overwonnen hebben, alle verlegenheid overboord gezet hebben, ons niets meer aantrekken van het mogelijk oordeel van de medemens, rest ons niets anders dan cynisch of religieus te worden.

Aangezien wij geen van beiden dit nirwana vooralsnog zullen bereiken, hoeven we ons er voorlopig niet druk over te maken, maar de kwestie is niet oninteressant.

Nu zou ik je een vraag willen stellen. Hoe komt het toch, Ger van mijn hart, dat jij altijd zo schrikt als ik mijn onbewimpeld oordeel over de medemens uitspreek?

'Nou heeft-ie helemaal voor me afgedaan!' raasde ik over Frank G. toen die zich zo misselijk gedroeg in die geldkwestie.

'Neeeee...' zei jij geschrokken, en ik draaide haastig bij: 'Nou nee, dat nou ook weer niet.'

Maar het was wél zo, en ik had ook gewoon gelijk, want die kerel is zich precies op die onuitstaanbare manier blijven gedragen en dat heeft onze relatie ook de das omgedaan. Hiermee wil ik niet zeggen dat de man Frank G. een minne figuur is. Het is toevallig een man waar ik, Nicolien Mizee, niet goed tegen kan.

Hetzelfde geldt voor Dick van den H. Dat vind ik eigenlijk helemaal geen onaantrekkelijke man. Ik heb juist een zeker zwak voor dat soort opportunistische scharrelaars. Ik weet alleen dat ze mij niet uit kunnen staan (ik straal geloof ik een allerakeligste rechtschapenheid uit) en dat het altijd misloopt. Dus word ik bij de eerste ontmoeting al zenuwachtig en agressief.

Maar goed, wat is dat toch in jou, Ger Beukenkamp, dat je daar niet van wil horen?

Ik heb daarover nagedacht maar kom er niet goed uit. Dat moet een manco in mijzelf zijn, want als je je werkelijk openstelt voor iemand anders, wordt alles te zijner tijd vanzelf verklaard. Ik neem aan dat er iets verborgens in mijzelf is dat begrip in de weg staat.

Ik weet niet waarom, maar op de een of andere manier lijkt het te maken te hebben met je tomeloze werklust, je eeuwig voortsnellen, je energie die in slechtere tijden tot onrust en vingerbijten leidt.

Ben je soms bang voor de duistere krachten in jezelf? Vrees je je eigen harde oordeel, en de consequenties die daar mogelijkerwijze uit voort zouden komen? (Het verwerpen van mensen.) Ben je bang dat je werkelijke wereldbeeld aanzienlijk duisterder is dan het wereldbeeld dat je nu aanhangt?

Gisteren las ik in het boek over Koning Arthur (T.H. White) de volgende beschrijving van Lancelot: 'Lancelot probeerde een man van zijn woord te zijn. Hij beschouwde dat zoals de onontwikkelde lieden van het platteland dat nog doen, als de waardevolste van alle bezittingen. Maar het vreemde was dat hij, onder de steunbalk van trouw aan zichzelf en anderen, een tegenstrijdige natuur had die verre van heilig was. Zijn woord was niet alleen waardevol voor hem omdat hij goed was, maar ook omdat hij slecht was. Het zijn de slechte mensen die principes nodig hebben om hen in toom te houden. Eén ding was dat hij het prettig vond mensen te kwetsen.

Het was om de vreemde reden dat hij wreed was, dat de arme kerel nooit iemand doodde die om genade vroeg, of een wrede daad bedreef die hij had kunnen voorkomen. Eén reden waarom hij verliefd werd op Guinevere, was omdat hij haar in de eerste plaats gekwetst had. Hij zou haar misschien nooit als een individu hebben gezien als hij de pijn in haar ogen niet had waargenomen. Mensen hebben vreemde redenen om ten slotte als heiligen te eindigen. Iemand die niet door de ambitie fatsoenlijk te zijn wordt gekweld, zou er wellicht eenvoudig met de vrouw van de held vandoor zijn gegaan en dan zou de tragedie van Arthur misschien nooit zijn gebeurd. Een gewone kerel die zijn halve leven doorbracht met zichzelf te kwellen door te ontdekken wat goed was, om op die manier zijn neiging tot het slechte te overwinnen, zou de knoop hebben doorgehakt die de oorzaak van hun ondergang zou worden.'

Ooit had ik een vriendin die een zeker ontzag had voor het feit dat ik een 'VGH-tje' was, zoals zij het noemde, iemand 'van goeden huize'. Ik begreep niet goed wat ze daarmee bedoelde.

'Jij bent vast opgevoed met het idee dat je aardig moet zijn voor andere mensen,' zei ze.

Dit leek me zo vanzelfsprekend, dat ik pas jaren later (toen ik al niet meer met haar omging) begreep wat ze bedoeld had. Zijzelf was grootgebracht met het adagium 'pakken wat je pakken kan, anderen doen het ook'.

Waarschijnlijk was het juist die rauwheid die me in haar aangetrokken had. Ik ben weliswaar opgevoed met het idee dat je aardig moet zijn voor anderen, maar diep in mijn hart heb ik het nooit begrepen. Het kwam me, zo klein als ik was, voor dat het beter zou zijn als we allemaal zo goed mogelijk voor onszelf zouden zorgen. Misschien omdat ik toen al voelde dat ik van de anderen niet veel te verwachten had.

Hoewel mijn helden Jezus Christus, Vincent van Gogh en Lucky Luke zijn, heb ik een eigenaardig zwak voor oplichters en bedriegers. Bij zo'n uitspraak van Swarttouw: 'Je mag iedereen knollen voor citroenen verkopen behalve jezelf', schiet ik in de lach. Dat vind ik namelijk ook (hoewel ik het nooit zou doen). Liever opportunistisch met warmte, dan eerlijkheid met kilte.

Hoe dan ook, roept dit iets bij je op? We moeten niet uit het oog verliezen dat ik me zo tot je aangetrokken voel omdat ik zoveel in je herken, en ik kan je verzekeren dat ik de medemens waardeer, maar slechts een enkeling werkelijk hoog aansla. Kortom, hoe zit dat, Ger? Vanwaar die angst voor het harde oordeel?

Dit brengt mij op iets anders. Toen ik het laatst met Agnieska over jou had, zag ik haar ineens door jouw ogen en ik dacht dat je haar wel leuk zou vinden om te zien. Ik vroeg me af waarom, en plotseling viel me in dat ik me nooit had afgevraagd hoe jij mij eigenlijk vond om te zien. Vind je dat niet eigenaardig? Ik, die al jaren probeer om eens fijn over je heen te klimmen, heb me nog nooit ook maar één seconde afgevraagd wat je eigenlijk van mij vindt op dat gebied.

Daar heb ik natuurlijk over nagedacht. In de eerste plaats kan ik me eigenlijk niet voorstellen dat jij überhaupt iets van mijn uiterlijk zou vinden. Ik vind er zelf al niet bijzonder veel van (zoals ik me niet goed kan voorstellen dat ik een naam heb, en in officiële lijsten voorkom en in de gedachten van anderen), dus bij het oordeel van anderen kan ik me weinig voorstellen. Een doodenkele keer denk ik, als ik in de tram om me heen kijk, weleens: 'In deze tram is iedereen lelijker dan ik' maar dat roept geen bijzondere emoties bij me op.

Ik voel me nu eenmaal eerder iemand die kijkt dan iemand die bekeken wordt. (Sprak het model.)

Maar ik weet dat jij wel degelijk op uiterlijk let (net als ik trouwens) dus ik probeerde me alsnog iets bij een mogelijk oordeel van jou over mijn fysiek voor te stellen.

Nu heb ik weleens gemerkt dat jij, net als mijn andere homoseksuele vrienden, een eigenaardig plechtige toon aanslaat bij de beschrijving van niet onknappe, jonge vrouwen. Balthasar begint soms ineens eerbiedig over een 'leuke, vlotte meid,' wat volslagen absurd klinkt uit zijn mond en bovendien altijd betrekking heeft op naar mijn idee bijzonder onaantrekkelijke dames, en Evert spreekt met dodelijke ernst over 'een knappe, spirituele vrouw', waarbij ik visioenen krijg van lijken in koelcellen. Ook jij krijgt die eigenaardige doodsheid over je als je het over knappe jonge vrouwen hebt, en leeft pas weer op als je dikke oude vrouwen gaat beschrijven.

Terwijl ik dit bedacht, realiseerde ik me dat ik precies hetzelfde heb met mooie jonge mannen. Het is gek, maar dat is nou ongeveer de enige bevolkingsgroep die totaal niets in me oproept. Ik hou van de schoonheid van kinderen, kan zachtjes sterven bij de aanblik van een mooi meisje, en wordt handtastelijk bij fijne kerels van boven de veertig, liefst met vermoeide ogen en een beetje buik, maar jongens van twintig, nee. Balthasar wijst me weleens iets aan en begint het dan uit te leggen, maar 't is net of een Afrikaans opperhoofd me bavianenhersenen wil aanprijzen: ik kom niet verder dan de beleefde gedachte: 'Ja, voor dat soort mensen is dat vast bijzonder smakelijk' en kan er niets aantrekkelijks in ontdekken.

Nu word ik gelukkig oud, grijs en mager, dus misschien vind je me toch een beetje leuk om te zien. Mocht je weer eens ongelofelijke zin hebben om me te faxen, dan moest je daar misschien eens iets over zeggen. Evenals dus over de eerder gestelde vraag. Als het te moeilijk is, zullen we het er later over hebben.

Mijn moeder komt zo om stof voor kussens voor de bank uit te zoeken, en daarna komt Charlie om me lekker mee uit te nemen. Hoi hoi. Jammer genoeg moet ik wel voor hem koken vanavond, maar vooruit. Het allerfijnste vind ik altijd als een man met een auto komt voorrijden, mij een halve dag mee uitneemt (liefst naar buiten) en me dan óók nog mee uit eten neemt. En alles betaalt en deuren openhoudt. Zalig. Gebeurt natuurlijk bijna nooit, maar dat maakt het des te fijner als het wél een keer voorvalt.

Allerkrachtigst omhelsd.

Zondag 9 maart 1997

Allesverpletterende,

Het is zondag, eind van de ochtend, en het is on-ge-lo-fe-lijk mooi weer. Ik heb net op het muurtje van mijn balkon gezeten, en de zon opgevangen op m'n gezicht. Dat was de eerste keer van mijn leven dat ik op mijn eigen balkon zat. Naarmate we ouder worden, doen we minder dingen voor de eerste keer. Vandaar dat we goed moeten opletten.

Sinds de aankondiging van de keuring is er een nieuwe serie dromen gestart met hetzelfde thema en zelfs min of meer dezelfde plot. Ik zal je de eerste en de laatste vertellen.

Ongeveer drie weken geleden droomde ik dat ik mij in de

lounge van een groot schip bevond, die was ingericht als examenruimte. Er stonden tientallen tafeltjes, maar er waren maar drie mensen: de docent, een andere geëxamineerde, en ik. Buiten was het bijzonder mooi weer, de harde zon scheen door de raampjes van het schip.

Ik zat aan mijn tafeltje en keek naar de opgaven. Het was een Duitse tekst met multiple-choicevragen. Ik wist dat ik ooit eerder eindexamen gedaan had, en geslaagd was met een zes voor Duits (dat is ook echt zo), maar dat ik nu de kans had dat cijfer op te vijzelen.

Het was niet veel werk. Ik hoefde alleen dat tekstje maar te lezen en a, b of c aan te kruisen. Bovendien ben ik nu beter in Duits dan indertijd op school.

Maar ik kon het niet opbrengen. Ik kon het gewoon niet. Het was of mijn ogen slechts tekentjes zagen, in plaats van letters die woorden vormden.

Enige minuten zat ik naar dat papier te kijken. De lerares zat aan haar bureau voor zich uit te mijmeren. De jongen aan de andere kant van de zaal zat rustig te werken. De zon scheen.

Plotseling pakte ik het papier en scheurde het doormidden.

De beide helften dwarrelden op de vloer. Haastig en geschrokken kwam de lerares aanlopen.

'Nicolien, wat dóe je?' vroeg ze.

'Ik kan het niet meer opbrengen,' zei ik.

'Maar je bent in een half uurtje klaar! En je weet dat je het kunt! Probeer het nou even!' en ze raapte de opgaven op en paste ze weer in elkaar.

Ik keek ernaar. Het was onmogelijk.

'Het spijt me,' zei ik.

Ik stond op en liep de zaal uit. Toen klom ik de trap op naar het dek en liep naar het gangboord.

Het land zinderde in de zon. Een eindeloze vlakte, gras en

zand. Ik hoefde maar één stap te zetten. Maar de vrijheid lag daar zo hard en helder, dat ik me niet kon verroeren. Ik stond daar maar, bewegingloos.

Dat was de eerste droom. Sindsdien gaat het steeds zo: ik word in de gelegenheid gesteld om mijn eindexamen over te doen, iedereen is bijzonder aardig, maar ik kom nergens toe.

Vannacht droomde ik het volgende: ik liep door de heldere gangen van een lichte, zonnige school. Een aardig meisje kwam op me af en vroeg vriendelijk wat ik daar deed.

Ik vertelde dat ik jaren geleden eindexamen gedaan had, maar nu in de gelegenheid was gesteld om het nog eens over te doen en daartoe al enige maanden de lessen volgde. Vandaag was ik te laat en dus zat ik daar maar zo'n beetje in de gang. Ik wist ook eigenlijk niet welk vak ik nu zou moeten volgen, en naar welk lokaal ik moest.

'Maar het is bijna vakantie,' zei ze, 'er zijn zowat geen lessen. Kijk maar wat een mooi weer het is.'

Het was inderdaad prachtig weer. Groepjes leerlingen zaten op de binnenplaats in de zon.

'Zal ik je naar je klas brengen?' vroeg ze.

Ze was werkelijk bijzonder vriendelijk. Een docent kwam aanlopen, en ook hij was één en al behulpzaamheid. Hij wist dat ik natuurkunde had en naar welk lokaal ik moest. Het meisje stond al op om me erheen te brengen.

'Ik kan geen natuurkunde,' zei ik. (Dat is ook zo, ik heb er nooit een moer van begrepen en het zo snel mogelijk laten vallen.)

Nou, maar natuurkunde was juist zo interessant! Ik kon toch gewoon die lessen volgen, dat verplichtte tot niets!

Ik voelde al die vriendelijkheid, die goedwillendheid om me heen, en een eindeloze moeheid verlamde lichaam en geest.

Ik schudde mijn hoofd en liep naar buiten.

Maar de gedachte dat ik gewoon naar huis kon gaan en nooit meer iets zou hoeven, was verlammend. Ik ging op de grond liggen, met mijn gezicht in de stenen en wenste dat ik me nooit meer hoefde te verroeren.

Een vogel ging op mijn schouder zitten en sleurde me mee de lucht in.

'Ik vind het helemaal niet raar dat ik kan vliegen,' zei ik, terwijl we door de lucht vlogen, 'want ik heb daar net een stuk over gelezen in *Koning Arthur*. Ik weet wat voor vogel jij bent, jij bent een zee-arend. Daar zijn er niet veel meer van in Nederland, maar een enkele keer komen ze nog wel voor.'

Toen zaten we op een tak van een boom, en keken neer op de aarde.

Gebroken werd ik wakker. Om jou eens te citeren: wat is de grootste angst? Het komt me voor dat ik bang ben dat de keuringsarts het nog eens met me wil proberen in de maatschappij, en dat ik dat niet meer kan opbrengen. Dat is echter niet het grootste probleem. Ik geloof dat ik bang ben voor de waanzinnige vrijheid die mij wacht als ik niet meer hoef.

Maar waarom? In feite zal er niet veel veranderen. Ik word ontslagen van sollicitatieplicht. Maar in feite ben ik dat, officieus, allang.

Ik geloof dat het het smartelijke besef is dat ik het mezelf allemaal aangedaan heb. Goed, niemand kan begrijpen wat het is om arbeidsongeschikt te zijn en bijna iedereen veroordeelt mijn ledigheid, maar wat dan nog? Dat weet ik al zo lang. Waarom heb ik daar al niet veel eerder mijn schouders over opgehaald?

Of ben ik bang voor wat er zal gebeuren als dat probleem van mijn schouders gelicht wordt? Dan hoef ik in feite niets meer. Ja, leven, schrijven en er het beste van maken. Maar dat doe ik al jaren.

Overigens komt het volgens mij wel weer in orde met mijn gewezen vriendin. Ze was hier eergisteren, voor het eerst sinds de verhuizing. Niet dat we het ergens over gehad hebben, overigens.

Ik zal de komende tijd misschien veel van hetzelfde door je fax sturen. Ik hoop dat je dat niet vervelend vindt.

Haarlem, woensdag 12 maart 1997 – dinsdag 17 maart

Lieve Ger,

'Wat vind jij nou een bewonderenswaardig mens?' vroeg ik aan Charlie. Het was zaterdag en we liepen samen door het bos. 'Ik bedoel: waaraan moet in jouw ogen een bewonderenswaardig mens voldoen?'

Dat wist-ie meteen. 'Iemand die zich iets voorneemt en dat dan ook doet. Iemand die echt wat maakt. Zoals bijvoorbeeld Theo van Gogh die zich diep in de schulden steekt om een film te maken en die film dan ook echt van de grond krijgt.'

'O,' zei ik sceptisch, 'en als iemand zich nou voorneemt het Paleis op de Dam na te bouwen van bierflesjes?'

Daar moest-ie even over nadenken. 'Nou, dan ook. Ja, dan ook.'

'Maar ik vind Sybren bijvoorbeeld een bewonderenswaardig mens,' zei ik, 'en die doet niet veel anders dan het zich zo moeilijk mogelijk maken.'

'Nou, maar als Sybren op deze manier doorgaat, dan zou ik dat ook heel teleurstellend vinden,' zei Charlie.

Als Charlie een krachtige uitspraak doet, zet hij daartoe een speciale, belangrijke stem op, die sterk afwijkt van zijn gebruikelijke tastende, beschrijvende spreekwijze. Ik ben het dan altijd hoe dan ook met hem oneens.

Charlie is van nature een dienend iemand (hij zou volgens mij de volmaakte biograaf zijn: feitelijk, begripvol, onbevooroordeeld, een soort Eckermann (de biograaf van Goethe)) maar jammer genoeg staan dergelijke mensen in deze machotijd niet hoog aangeschreven, en vandaar dat hij bij tijd en wijle (en naarmate hij hogerop komt bij de krant steeds meer) de dekselse kerels die hij zo bewondert, tracht te imiteren, met een naar mijn idee onsympathiek resultaat.

Het ziet er dus naar uit dat het weer eens tijd wordt voor een krachtige uitspraak van mij, want ik kan het niet laten mijn vrienden af en toe ernstig terug te fluiten.

O, ik bedenk ineens dat ik zondag bij Charlie en zijn vrouw ga eten. Wat dacht je, zal ik hem gewoon met zijn smoel in de pudding duwen als hij die rare stem weer opzet? Dat is misschien verreweg de beste methode.

Daarbij komt zijn definitie van bewonderenswaardige mensen mij natuurlijk slecht uit, want ik presteer nu eenmaal bitter weinig tastbaars. Ik probeer diegene te worden die ik voorbestemd ben te zijn en daar mijn goede humeur bij te bewaren – wat nog een heel karwei is, omdat ik door mijn onaangepaste aard met zevenmijlspassen richting goot lijk te wandelen.

Dit was de inleiding.

Engel van mijn hart,

Ik blijk mijn zuster nogal in de problemen te hebben gebracht door mijn conflict met Frank G. Die eikel schijnt zich voortdurend in de bus op weg naar de optredens over mij te beklagen en me 'fatal attraction' te noemen. Ik vind het allemaal te stom voor woorden, maar hoe dan ook, An zit er geweldig mee.

Nu merk ik dat ik de laatste tijd de grootste moeite heb om aan *Zebra* te werken. Dat komt misschien ook een beetje doordat ik bang ben dat ik weer moeilijkheden zal krijgen en jou – die me naar voren geschoven hebt – daardoor in verlegenheid zal brengen.

Nu hou ik meer van (faxen aan) jou dan van scenarioschrijven en ik hou dus liever op met *Zebra* dan met (faxen aan) jou.

Het leek me nuttig dit even tegen je te zeggen – het lijkt misschien wat voorbarig allemaal, maar een situatie waarin een dergelijke keuze gemaakt zou moeten worden is niet ondenkbeeldig, en ik geloof zelfs dat dat denkbeeld mij nu het werken belet. Vandaar.

Ik bedoel: je realiseert je waar je aan begonnen bent? De dames van de NCRV, die gillend op de vlucht slaan als jij ooit nog eens met een protégé komt aanzetten, en Nicolien die tien keer schreeuwend op je antwoordapparaat staat? Ja, mij kan het niet schelen hoor, ik begin zo langzamerhand een soort routine te ontwikkelen in het opblazen van mijn eigen bruggen, maar voor jou zou het misschien toch vervelend zijn. En als je van plan bent in dat geval een hekel aan me te krijgen, kun je dat beter nu zeggen, dan houden we d'r gewoon metéén mee op. (Ik ben met het nadenken over het beginnen aan het doorwerken aan *Zebra* meer tijd kwijt dan aan *Zebra* zelf.)

Ik denk dat ik een betere prozaschrijfster dan scenarioschrijfster ben, alleen al omdat ik het bij het eerste alleen voor het zeggen heb, en bij het tweede niet. Het is vreemd – ik heb mezelf altijd beschouwd als een aardig, sociaal en beminnelijk mens, maar mijn gebrek aan souplesse blijkt mij tot een volkomen onbruikbare figuur te degraderen.

Iedereen zegt dat ik me een beetje aan moet passen en niemand begrijpt hoezeer ik onder dat advies lijd. Zoiets als wanneer ik tegen jou zou zeggen dat ik je weliswaar een aardige gozer vind, maar dat je nu toch eens eindelijk een behoorlijk ambacht zou moeten leren en een nette vrouw trouwen. En daar keer op keer opnieuw over begin, waarbij ik je hartelijk op de schouder sla. Want ik bedoel het zo goed met je. ('Kom nou Ger, dat vind je zelf toch óók? Als nou zowat iedereen dat het fijnst vindt, waarom zou jij het dan weer anders willen? Vind je dat zelf ook niet een beetje raar?')

Ik kan me namelijk niet aanpassen. Ik heb het wel geprobeerd en ik heb met behulp van allerlei psychiaters gezocht naar de oorzaak van dit 'autoriteitsconflict', zoals het officieel geregistreerd staat in de handboeken, maar het heeft niet mogen baten.

Iets doen waarvan ik meen dat het niet bij mij hoort, is me onmogelijk. Zo nu en dan probeer ik me weer eens voorzichtig een klein beetje aan te passen om te kijken of het al beter gaat, zoals een zieke zich weer eens voorzichtig buiten het bed begeeft, maar ik lig voor ik het weet weer op mijn gezicht. Het lijkt zelfs wel of het, naarmate ik ouder word, erger wordt.

Ik heb een allergriezeligst visioen van jou en mij bij een of andere dramaturg die op neerbuigende toon allerlei onzinnige verbeteringen aan mijn script gaat voorstellen, hoe ik met de grootste krachtsinspanning nog enige interesse kan veinzen, met de man meepraat, en met knikkende knieën het pand verlaat. Hoe ik me dan in een soort comateuze paniek naar huis sleep, 's avonds al mijn vrienden afbel om stotterend en schreeuwend verslag van het geheel te doen, ten einde raad jou opbel – nog immer snakkend naar adem – hoe jij dan enige kalmerende dingen zegt waardoor ik het rampzalige gevoel krijg dat ik me aanstel als een gek en jij wel gauw een hekel aan me zal krijgen, en hoe dit alles voor niets zal zijn, omdat het bij een tweede gesprek met die dramaturg alsnóg misloopt.

Kortom, Dick van den H. en Marina B. revisited.

Ik snap het zelf ook niet. Voor mij is 'me aanpassen', het veinzen, het meepraten, het opportunisme, alles waar ik bij anderen zo'n plezier om kan hebben, eenvoudigweg onmogelijk. Het voelt aan als doodzonde, als verregaande ongehoorzaamheid jegens iemand die aanzienlijk hoger geplaatst is dan welke dramaturg, producent, of afgezant van de Sociale Dienst dan ook.

Laten we er maar niet over oordelen en het gewoon beschouwen als een factor waar rekening mee gehouden moet worden. (Denk je ook niet dat opportunisme tot het leven leidt, en rechtschapenheid tot de dood?)

Ik vind het wel erg hoor. En ik ben maar blij dat ik niet zoveel geld heb, anders gaan mensen je helemáál scheef aankijken. Nu denken ze tenminste nog dat ik mezelf ermee heb. Dat is dus een van de voordelen van mijn geringe inkomen. (Ik heb uitgerekend dat ik van *f* 17,60 per dag moet rondkomen. Vaste lasten en dansles zijn daarvan afgetrokken, blijven over: eten, kleren, treinkaartjes en dergelijke.) Een ander voordeel is dat je heel precies moet leven en heel nauwkeurig moet afwegen wat voor jou van belang is in het bestaan. Elke ochtend een cappuccino drinken in mijn morgencafé is voor mij van zo'n groot belang dat ik accepteer dat ik daardoor nooit kleren kan kopen. (Nu vind ik dat toevallig stomvervelend, dus dat is een *blessing in disguise*.)

Daarbij komt dat je gedwongen blijft na te denken over de bodem van het bestaan, wat ik prettig vind. Tot mijn verbazing zie ik dat de meeste mensen, verzekerd van over het algemeen veel meer dan wat ik als een bestaansminimum beschouw, bijzonder ontevreden en ongelukkig zijn en zelfs een heleboel andere dingen óók als vanzelfsprekend zijn gaan beschouwen: gezondheid, het krijgen van kinderen, geluk. Gebrek, lijden en verlies worden door veel van mijn vrienden als een hen persoonlijk aangedaan onrecht beschouwd.

Ik vind het onbegrijpelijk. Het lijkt wel of ik eigenlijk helemaal niet snap waar de meeste mensen zich mee bezighouden. En zij begrijpen, op hun beurt, niet waar ik me mee bezighoud.

Ik heb al lang geleden last gekregen van wat ik toen noemde 'de vreemdheid der dingen'. Ik dacht dat God iets heel anders met de aarde voorgehad had dan wat wij ervan gemaakt hadden.

Het kwam me voor dat de aarde woest en ledig diende te zijn, en dat wij naakt en pezig over de vlakte moesten rennen om een beer met een kei de kop in te slaan en dan onze tanden in het rauwe vlees te zetten.

Als ik dan door de Grote Houtstraat liep en nerveuze echtparen met jankende kinderen in veel te overladen speelgoedwinkels zag rondlopen, werd ik overmand door een gevoel van bijna verlammende verbazing. Wat was het toch vreemd gelopen met de wereld! Dit kon toch onmogelijk de bedoeling zijn!

En langzaam rees bij mij het vermoeden dat er achter deze werkelijkheid een andere werkelijkheid verborgen was. Dat deze ingewikkelde maatschappelijke orde in feite een dekmantel was van een veel groter systeem dat iedereen kende behalve ik. Er moest een verband zijn in de dingen, er moest een soort kern zijn, een centraal besturingssysteem dat zich logisch vertakte in al die losse elementen die op mij zo absurd overkwamen: treinen die precies op tijd vertrokken, fabrieken die verrezen, mannen die met behulp van machines een groot gat in de straat maakten. Hoe kon dat nou, met die treinen en die fabrieken? En hoe wisten die mannen nou dat ze juist dáár dat gat moesten graven? Wie had ze dat verteld? Hoe kwamen ze daar allemaal tegelijk, en wisten ze wat ze moesten doen? En zou dat nou maar allemaal vanzelf goed gaan? Zou nou nooit één van die mannen denken: 'Wat moet ik hier eigenlijk in dat gat?' en doodgewoon wegwandelen?

En dan kon ik daar weleens voorzichtig naar informeren, maar dat had helemaal geen zin. Dan kreeg je zo'n raar, afwezig antwoord. Zo van: 'O, daar gaat Publieke Werken over.'

Wat was nou 'Publieke Werken'? Wie had dat dan weer verzonnen? Hoe liep de lijn vanuit de oertijd naar Publieke Werken? Ooit moest dat toch ontstaan zijn?

Om enig overzicht op dit ballet van onbegrijpelijkheden te houden, stelde ik me voor dat de burgemeester van Haarlem 's nachts door de stad liep met een bloknootje, en aantekeningen maakte over wat er waar moest gebeuren. 'Op de Botermarkt is een lantaarnpaal scheefgezakt,' zou hij dan bijvoorbeeld noteren.

's Ochtends belde hij dan een beambte, die dat in orde ging maken en al die bouwvakkers uit bed belde met een nieuwe opdracht.

In feite geloofde ik niet dat het echt zo ging. Ik meende dat iedereen wist wat hij moest doen, behalve ik. Dat iedereen bij geboorte een plattegrond en een map instructies had meegekregen, behalve ik.

En alles, al die zogenaamde roosters, dienstregelingen en systemen, dat was alleen maar schijn. Dat was om de draadloze, naamloze verbondenheid het mom van logica te geven.

En ik moest doen of ik daarin geloofde. Ik keek werkelijk in het spoorboekje om de trein naar Utrecht op te zoeken als ik naar Utrecht wilde, terwijl het pure onzin was. Die treinen gingen, en de mensen gingen mee, en iedereen wist hoe het zat. En iedereen zag met een zekere schampere meewarigheid hoe ik nog serieus op die dienstregeling lette en zorgde niet in de verkeerde trein te stappen, en niet in een eersteklaswagon terecht te komen met mijn tweedeklaskaartje. God, wat deed ze d'r best.

Ik voelde me vernederd over het feit dat ik zo mijn best moest doen om mee te spelen, terwijl ik voelde dat iedereen mij doorzag. Maar als ik er de brui aan zou geven, als ik zou laten merken dat ik mij bewust was van mijn onbewuste staat, dan zou de hele boel in elkaar donderen. Hoe dat in zijn werk zou gaan, wist ik niet. Daar dacht ik ook helemaal niet over na, dat was een afgrond.

wordt vervolgd

Dinsdagmiddag

Ik heb net *Zebra* geprint. Nu ik je, geloof ik, zes redenen heb gegeven waarom ik me daar met zoveel moeite toe heb kunnen zetten, heb ik er nog best prettig aan gewerkt. Hoe dan ook, als ik later in een blauwmarmeren paleis woon en mijn voeten baad in het bassin op de binnenplaats en alles kortom eindelijk is zoals het eigenlijk zou moeten zijn, dan neem ik een klein, sluikharig slavinnetje, dat op haar knietjes aan de rand van het bad zit, zwijgend luistert naar mijn verhalen en dan stilletjes wegsluipt om ze in haar torenkamertje tot treatments en scenario's te verwerken. En dan mag jij ook een keertje langskomen en je in het bassin uitstrekken en champagne met mij drinken terwijl we diepzinnige gesprekken over kunst voeren. Maar als je denkt dat je daar te eenvoudig voor bent, mag je ook over Hans en de poezen vertellen hoor.

Voor ik je fax, nog even de laatste berichten:

Ik heb Charlie inderdaad 'met z'n hoofd in de pudding geduwd', maar dan in abstracte vorm. We zaten inderdaad aan de pudding, (die maakt-ie altijd als ik kom, omdat wij daar alle twee erg van houden en het ons zo spijt dat al onze vrienden dat burgerlijk en ouderwets vinden (zo hou ik ook erg van gekookte aardappelen, nou jongen, ik kan je verzekeren dat behalve mijn moedertje niemand dat óóit voor me maakt; altijd die smerige pasta)) en ik informeerde naar Charlies broer, die zo'n vreselijke zooi van zijn huwelijksleven maakt, dat z'n zoontje nu bij Charlies ouders woont.

Tot mijn verbazing begon Charlie, met die belangrijke stem, een heel verhaal over zijn schoonzuster, dat ze tijdens de hele zwangerschap door gerookt had, en dat dat ook wel de verantwoordelijkheid van z'n broer was geweest, maar dat de eerste verantwoordelijkheid toch altijd bij de moeder lag...

Ik hou niet van dergelijke algemeen veroordelende uitspraken. Wat weet je ervan, tenslotte? En wat is dat nou voor iets raars, 'eerste verantwoordelijkheid'? Bestaat er dan ook een 'tweede verantwoordelijkheid'?

'Wat ben je streng, Charlie,' zei ik.

Nou, als ik hem in de pudding geduwd had, had-ie niet erger kunnen schrikken. Hij viel meteen stil en keek me met grote ogen aan. Ik praatte er maar gauw overheen, maar gisteren spraken we elkaar over de telefoon, en probeerde ik uit te leggen wat ik bedoelde. Dat-ie soms zo'n rare stem opzette en dat ik gemerkt had dat hij dat altijd deed als hij in feite teleurgesteld was, maar besloten had daar nou eens, als een volwassen man, krachtig mee om te gaan. Charlie ziet zoiets godzijdank nooit als kritiek, maar beschouwt het als een soort wiskundige analyse op het menselijk vlak. Wat het ook is trouwens.

Iets anders: ik had toch dat voorbeeld geschetst over hoe ik jou steeds aan zou raden een ambacht te nemen en een vrouw te trouwen? Nou, moet je luisteren: ik had m'n zus gisteren aan de telefoon, die mij mijn optreden in de Frank G.-kwestie zeer verwijt, omdat ik haar daardoor in een vervelend parket heb gebracht.

'O!' riep ze uiteindelijk woedend, 'ik zei net tegen Toon: ik wou dat Nicolien eens ophield met dat moeilijke gedoe, en gewoon een stevige kerel trouwde en een kind nam! Dan zou ze pas gelukkig worden!'

Ik lag werkelijk dubbel van het lachen. 'Nou, iets afgrijselijkers kan ik me niet voorstellen,' zei ik, 'maar ik waardeer de zorg.'

Zo zie je maar weer. Van je familie moet je het maar hebben.

En ik hou juist zo van begrip. Weer mis.

Haarlem, donderdag 28 maart 1997

Lieve Ger,

Al enige weken word ik geteisterd door een aantal virussen waardoor ik me permanent voel alsof ik net genezen ben van een zware ziekte – die ik niet gehad heb.

Bij tijd en wijle slaat de koorts toe, en tijdens één van die vreemde aanvallen, waarbij ik het gevoel heb lichtelijk dronken te zijn, heb ik mijn treatment 'als een tierelier' in één ruk opgeschreven. Daarna anderhalve dag achter elkaar door geslapen.

Sindsdien loop ik wat wazig rond, met het eigenaardige gevoel dat ik iets belangrijks vergeten ben wat ik me nodig moet herinneren; ik schud soms mijn kop als een gehinderd paard – maar er is geloof ik niets.

Gisteren zou ik naar Armgards open dagen zijn gegaan – iets wat ik voornamelijk voor haar doe trouwens, want zelf heb ik een pesthekel aan dergelijke bijeenkomsten (opletten kan ik niet, dus lezingen en discussies gaan langs mij heen, en met een glas in de hand converseren met mij vagelijk bekende lieden, slaat mij hevig terneer) – maar ik was bij het ontwaken gelukkig zo zeldzaam beroerd dat ik niet meer hoefde van mezelf. Een oude vriendin zou me daarna mee uit eten nemen, maar dat heb ik lekker ook afgebeld. Ik ken heel veel aardige mensen, maar er zijn er geloof ik maar vijf die ik vaker dan twee keer per jaar wil zien. Kijk, als ze met een auto komen voorrijden is het weer wat anders, maar iemand moet wel van bijzonder goeden huize komen om mij ertoe te verleiden helemaal naar Amsterdam te gaan teneinde wat te gaan zitten bijpraten boven een halve-prijs-pizza. Meestal combineer ik dergelijke bezoeken met andere dingen, zodat het een zekere terloopsheid houdt. Ik ben altijd vreselijk bang dat ik ergens uren vastzit en niet weg kan wanneer ik dat verkies. Volgens mij begrijp jij dat wel. Jij hebt datzelfde onrustige. Als ik bij jou ben, heb ik er overigens geen last van, want ik kan me eindeloos laten drijven in de oceaan die jou omgeeft. En daarbij beslis jij altijd wanneer je me de deur weer uitzet, dus hoef ik me daar niet om te bekommeren. Mij is overigens bij jou weleens een zeker onvermogen tot afscheid nemen opgevallen.

Het is of je nog vagelijk het gevoel hebt dat je iets moet zeggen, hoewel je niet precies weet wat, alsof je meent dat het nog niet definitief afgelopen is, al staat die ander al met z'n jas aan op de drempel... Misschien komt het doordat je je eigen sluizen vaak niet helemaal onder controle hebt – waardoor je aan het eind van de bijeenkomst eigenlijk niet precies begrijpt hoe het geweest is met de persoon die nu alweer bijna weg is. Ik heb, als ik wegfiets, altijd het eigenaardige gevoel dat jij, teruglopend door de gang, denkt: 'Uhhhh, jaaaaaa' en me dan krachtig uit je hoofd zet en definitief vergeet, tot ik weer wat van me laat horen. Of het waar is, weet ik niet, maar ik moet er altijd om grinniken.

Ik heb mijn gewezen vriendin somber voorgesteld de betrekkingen maar weer min of meer te normaliseren. Omdat ik het onaangename gevoel heb dat er bij het hebben van een relatie allerlei verplichtingen horen waaraan ik nimmer zal kunnen voldoen, is het voor mij eerder het sluiten van een noodgedwongen fusie dan iets vreugdevols.

Mij lijkt een verbintenis met mijzelf een volslagen ramp, en ik schaam me er bijna voor haar die aan te doen. Ik heb er dan ook maar meteen bij gezegd dat ik zo blijf leven als ik nu leef, dat er van samenwonen en kinderen geen sprake kan zijn, dat ik even intiem met anderen om zal blijven gaan als ik nu doe, ook op fysiek gebied, dat ik dodelijk benauwd ben voor tederheid en zorgzaamheid en dat ik haar de relatie in feite sterk moet afraden, omdat ze niet veel meer te verwachten heeft dan een zekere vertrouwelijkheid met een weliswaar bijzondere, maar tamelijk onmogelijke figuur.

Laatst heb ik haar zelfs bijna een mep verkocht tijdens de dansles. (Ze noemde me, op de maat van de muziek, ritmisch en zo zacht dat de anderen het niet konden horen: 'Zeik-trut zeik-trut'.) Ik hief mijn hand, die bevroor in de lucht en toen schoot ik in de lach.

'Wees blij!' riep ik toen ze me huilerig verzocht dat nóóit meer te doen, 'dit is heel bijzonder hoor! Ik sla nooit iemand!'

'Dus dat moet ik als een compliment opvatten!' riep ze sarcastisch.

'Nou, eigenlijk wel,' zei ik.

Hoe doe jij dat toch met Hans? Ja, jullie zijn mannen, dat scheelt. Die zijn van nature wat afstandelijker. En verder snap jij volgens mij eigenlijk ook niet helemaal dat het gaat zoals het gaat, en ben je Hans heel erg dankbaar. Sla je hem weleens? Nou ja, Hans lijkt me niet helemaal iemand om te slaan. Een enkel klapje kan bijzonder heilzaam werken. Schudt ze een beetje los, zullen we maar zeggen.

Paul P. heeft me gevraagd een operalibretto te schrijven. Ik heb weliswaar geen verstand van opera, maar vooruit, eens moet de eerste keer zijn, zullen we maar zeggen. We zijn nu drie keer bijeengekomen op vrijdagmiddag en gisteren heb ik maar eens een soort verhaaltje in elkaar getimmerd, waarbij ik zeer veel dank verschuldigd ben aan jou en je fax; ik merkte wel degelijk dat al dat geschrijf aan jou ertoe geleid heeft dat al die warrige gedachten en gevoelens die al een leven lang door mijn hoofd cirkelen, nu min of meer helder in kaart gebracht zijn en gemakkelijk in een paar lijnen uiteen te zetten zijn, te abstraheren en uit te trekken tot een bizar einde, waardoor de plot als het ware vanzelf ontstaat.

Hoe is het toch met je? Ik heb nog niets gelezen over je musical, maar dat komt misschien doordat ik geen abonnement meer heb en mijn vader de NRC's eens in de zoveel tijd en masse bij me in de bus gooit. Wat wel prettig is, want ik neem liever kennis van de actualiteit als deze alweer een beetje afgekoeld is.

Mocht je geen tijd of zin hebben, dan kom ik wel weer eens theedrinken. 't Is alweer lang geleden, ik wil je wel zien. Het is ook noodzakelijk, merk ik. De afstand wordt te groot en dan verdwijnt de lust tot schrijven – wat een slechte zaak is, want daar heb ik veel aan.

Haarlem, zaterdag 29 maart 1997 – dinsdag 1 april

Ger van mijn hart,

Ik breek me het hoofd over een kwestie die volgens mij bijzonder eenvoudig is, maar waar ik mijn hersenen niet omheen schijn te kunnen vouwen:

Sinds ik van mijn luxevilla naar mijn luchtkasteel verhuisd

ben, ben ik er qua levensgeluk enorm op vooruitgegaan, maar financieel zijn de zaken wat moeilijker geworden.

Toen ik steeds kortere brieven van de giro begon te krijgen, heb ik maar eens orde op zaken gesteld. Ik begon ermee heel precies bij te houden wat ik per dag nu eigenlijk uitgaf. Het sleepte me geweldig mee, en als ik thuiskwam wist ik niet hoe snel ik mijn jas uit moest trekken om alle bonnetjes tevoorschijn te halen en het in mijn boekje bij elkaar op te tellen. De volgende stap was natuurlijk om uit te rekenen hoeveel ik per dag nu eigenlijk te besteden had. Daartoe moest ik niet alleen de maandelijkse lasten inventariseren, maar ook de jaarlijkse, zoals de fietsenstalling(-en), de bibliotheek, de dansles, de Toneelschuurpas en dergelijke. Ik kocht mij een spijkerbak, zo'n plastic doos met allemaal kleine vakjes, en beplakte elk vakje met een etiket waarop ik dan bijvoorbeeld schreef: Fietsenstalling, 300,– per jaar = 25 gulden per maand.

Het is een verrukkelijk systeem. In het begin was ik zo enthousiast, dat ik met sommige bijzonder leuke vakjes, waar bijvoorbeeld maar twee gulden vijftig in hoefde, maanden vooruit was, maar dat heb ik ingeperkt: ik mag niet meer dan één maand vooruitlopen. Laatst moest ik bijvoorbeeld kijk- en luistergeld betalen; ik maakte 98,– over, maar mocht toen fijn dat vakje leeghalen, waar inmiddels al ongeveer de helft van dat bedrag in zat. En kijk, die giro, dat merk je niet zo, maar die munten heb je dan ineens lekker in je zak.

Goed. Ik neem aan dat je het systeem begrijpt. Nu is de vraag echter: héb ik dit geld nou, ja of nee? Ik bedoel: is dit nou bezit?

Kijkend naar die kist met geld, zou je zeggen van wel. Anderzijds, ik heb niets aan dat geld. Ik kan er geen taarten of baljurken van kopen. Maar als ik het niet had, dan zou er iedere keer een krater in mijn girorekening geslagen worden. Je zou dus kunnen zeggen dat het het voorkomen van schulden is. In dat geval zou je het dus spaargeld kunnen noemen, of bezit.

Anderzijds, je kunt ook zeggen dat ik elke dag één-driehonderdvijfenzestigste van driehonderd gulden betaal, teneinde mijn fietsen veilig te stallen.

Begrijp je nu waarom dat met die opleidingen met mij nooit gelukt is? Dit eenvoudige probleem is mij schier onoplosbaar.

Laatst zat ik met een vergelijkbare kwestie:

De dag voordat oom F.W. en ik naar Armgards verjaardag gingen, was ik de pianozaak even binnengelopen om de precieze tijd van vertrek af te spreken. Zaterdag is altijd F.W.'s drukke dag en hij had geen tijd gehad om zelfs maar na te denken over een geschikt cadeautje.

'En met een boek of een cd durf ik niet aan te komen, want dan is het weer net iets waarvan ze in de krant gelezen heeft dat je het niet mooi mag vinden, en dan geeft ze je het glashard weer terug.'

'Je moet haar gewoon een lekker stuk zeep geven,' zei ik. Even later toog ik met vijfentwintig gulden de stad in, op zoek naar een geschikt stuk zeep. Dat bleek nog een heel karwei. Ik kon me bij alles wel een of andere misprijzende opmerking van Armgard voorstellen – te passé of te trendy of ronduit walgelijk. De mevrouw van de winkel probeerde me iets over merken en geuren uit te leggen, maar ik viel uiteindelijk op een fijn doosje met lekkere bloemen erop, en liet dat zo enorm inpakken dat ik meende dat Armgard wel haar halve verjaardag nodig zou hebben om het centrum van het gevaarte te bereiken. En dan waren wij misschien alweer veilig weg.

''t Is geweldig,' zei F.W. verbouwereerd toen ik met het glimmende, met linten omhangen gedrocht in de zaak terugkeerde. 'Denk je dat ze 't burgerlijk vindt?'

'Dan nemen we het gewoon weer mee, zagen het doormidden en gaan we d'r in het hotel lekker om de beurt mee in bad,' zei ik grimmig, ''t Was trouwens drieëndertig gulden.'

'O, dan krijg je nog acht gulden van me,' zei hij.

Op dat moment ging de bel weer en verdween hij de winkel in. Nou ja, je begrijpt wat er gebeurde: hij vergat het, ik vond het te flauw voor woorden om over acht gulden te zaniken bij iemand die me een heel weekeind mee uitnam... maar ja, anderzijds, ik kon wel royaal uitpakken op deze manier, maar daar de Baas dat niet wist, werd mijn geste totaal niet op waarde geschat.

Hoe dan ook, vorige week wandelde ik de zaak maar weer eens binnen en vroeg, enigszins ongemakkelijk, om die acht guldens.

Oom F.W. was sprakeloos. 'Is het zo erg, kindje? Moet je soms een paar tientjes lenen?'

'Helemaal niet,' zei ik, 'maar ik heb heel precies uitgerekend van hoeveel ik per dag moet leven, en omdat ik een accurate natuur heb, kan ik die acht gulden niet meer vergeten. Je mag ook, ter waarde van acht gulden, blij zijn met mijn souplesse. Dat is eveneens mogelijk.'

Hoofdschuddend verdween hij het kantoor in, deed een greep in de kas, stopte me wat in de hand, vouwde mijn vingers eromheen en duwde me de zaak uit terwijl hij me nariep: 'Deze schenking vooral buiten de balans houden!'

De winkeldeur viel achter me dicht, ik stond op straat en keek. Honderd gulden.

Haastig zocht ik een goed cafeetje, om boven een koffie

verkeerd na te denken over een mogelijke besteding van deze onverwachte meevaller.

Gek genoeg kon ik niet eens zo gauw wat verzinnen, maar hoewel het biljet natuurlijk binnen de kortste keren opging aan de dagelijkse onzin, bleef dat Honderd! Honderd! door mijn hoofd spoken, alsof wijlen het biljet erom smeekte aan iets nutteloos uitgegeven te worden.

Nu kom jij het verhaal binnen.

Misschien herinner je je dat ik je ongeveer twee weken geleden schreef dat ik een hekel had aan kleren kopen. Nu, ik wist dat de dingen veranderden door ze op te schrijven, maar ik wist niet dat het zo snel ging. Sinds ik die bewering gedaan heb, heb ik onhoudbare zin om kleren te kopen. Vind je het niet eigenaardig? Misschien moet ik je nu schrijven dat ik het heerlijk vind om kleren te kopen, dan draait het hopelijk weer om.

Hoe dan ook, ik ben een tweedehandswinkel binnengelopen en heb een zwart jack, een bordeaux-rood jasje en een waanzinnige afdansjurk gekocht: een strapless, zwart kanten geval dat van oksel tot heup loeistrak om me heen zit en dan plotseling tot halverwege de dij nog even uitwaaiert, zodat ik er, hoop ik, toch nog in kan dansen. En weet je, die drie kledingstukken bij elkaar, kostten precies honderd gulden! (Honderdtwee, om heel precies te zijn.) God bestaat, denk je ook niet? Nou ja, dat wist ik trouwens allang. Uit het feit dat ik in God geloof, waarvan het toch duidelijk is dat hij niet bestaat, blijkt dat er een God moet zijn. Wat jij, hartenlap?

Dat een verstandige vrouw als ik kan leven met een dergelijke paradox, wijst op het bestaan van een hersenkronkel die alleen God zelf zo geboetseerd kan hebben. Ja, jij hebt moeite met redeloos gezag, ik weet het, de rancuneuze scepsis van de laatste decennia is bij jou diep ingeslagen, dat heb ik wel vaker gemerkt. Jammer hoor, want eigenlijk ben je zo'n romantische jongen. Nou ja, we hebben het er nog wel over.

Hoe dan ook, de vraag luidt: had ik nu zowel F.W.'s gift als mijn afdansjurk buiten de boeken moeten houden? Of noteer je het ene bij uitgaven en het andere bij inkomsten? Want door die kleren te kopen, ben ik wat je noemt 'buiten mijn boekje' (zou die uitdrukking daarvan komen?) gegaan en rezen mijn dagelijkse uitgaven, die ik aan het eind van de maand uitreken, plotseling hevig boven hun grenzen.

Het is allemaal oneindig ingewikkeld. Je begrijpt gewoon niet dat er mensen zijn die hele fabrieken beheren, met machines en personeelsleden. Daar heb ik sowieso nooit wat van begrepen.

Ik ben *Wilde zwanen* van Jung Chang aan het lezen. Ken je het? Je zou het eigenlijk wel moeten lezen, het is geen roman hoor, het is het verslag van de levens van drie vrouwen in het China van de afgelopen eeuw: grootmoeder, moeder, dochter.

Alles wat je aan gruwelijks kunt bedenken qua foltering en vrijheidsberoving staat hierin beschreven en dan nog tien keer erger.

Hoe verschrikkelijk het ook is om te lezen over voetverminking bij kleine meisjes en de levensomstandigheden van concubines die niet eens een naam meer hadden en bij wie de kinderen na de geboorte weg werden gehaald, of over de man die gedwongen wordt onschuldigen te martelen omdat hij noch kan vluchten, noch ontslag kan nemen, noch zelfmoord kan plegen (omdat zijn familie dan gemarteld en gedood zal worden) (vind je dat geen ultieme vorm van tragiek?) – mij raakt de levensgeschiedenis van Jung Chang, de dochter, nog het meest. De wijze waarop zij van geboorte af aan gehersenspoeld wordt zodat elke zelfstandige gedachte in de kiem gesmoord wordt, is voor mij het bizarre uiterste, de sprookjesachtige visualisering van datgene wat in feite bij ons allemaal gebeurt.

Ik geloof dat we bij geboorte alles weten, dat we oneindig veel meer waarnemen dan de dunne schil van de zichtbare wereld, dat we op duizelingwekkend niveau associëren en verbinden. En dat vervolgens deze kennis er zo snel mogelijk uitgeramd wordt ten faveure van de eenzijdige belichting op iets dat er uiteindelijk niet zo veel toe doet – de buitenkant. Vandaar dat we ook eeuwig blijven zoeken naar meer, en anders, en beter.

Het weinige dat ik geleerd heb, ook van jou, leek nooit nieuw, leek nooit een verworvenheid – het voelde altijd als het wegtrekken van de grauwsluiers van het dagelijks leven over iets dat we eigenlijk allang wisten.

Voor mij is leven: zoveel mogelijk terugvinden van wat ik ooit geweten heb. De rest is bijzaak.

En dat wat me niet op enigerlei wijze bekend voorkomt, wil ik niet weten. Dat is niet voor mij bestemd.

Toen ik herstelde van mijn waanzin van eertijds, heb ik, à la Charles Ryder in *Brideshead Revisited,* gedacht: 'Van nu af aan zal ik leven in een wereld van drie dimensies met de hulp van mijn vijf zintuigen.'

Hoewel ik een zeker bitter genoegen beleefde aan het overwinnen van mijn verlegenheid, aan de wereldse manieren die ik mij eigen maakte waardoor ik me in gezelschap niet alleen staande kon houden maar zelfs een zekere achting verwierf, maakte het me niet gelukkig.

Ik had het vage gevoel dat de werkelijke beloning voor mijn moed nog moest komen.

Er is niemand geweest die niet geprobeerd heeft me van mezelf los te scheuren en me te dwingen me aan te passen aan de rest van de mensheid. Mijn beslissing om van school af te gaan, waar ik nutteloze onzin leerde en gedwongen was om te gaan met leeftijdgenoten voor wie ik alleen maar bang was, is door iedereen hevig veroordeeld. (Behalve door mijn ouders, die machteloos en terneergeslagen terzijde stonden – wat misschien nog erger was.)

Ook de haastig ingeschakelde psychiater van het Medisch Opvoedkundig Bureau bracht ik tot razernij met mijn defensief zwijgen. Ten einde raad stuurde hij me weg. Woedend.

Ik voelde me natuurlijk rampzalig schuldig over mijn wangedrag dat mijn ouders zo ongelukkig maakte en de rest van de mensen zo kwaad.

(Toen ik hem, vele jaren later, vroeg waarom hij me zo behandeld had, zei hij dat hij gedacht had dat ik neerkeek op de rest van de mensheid. Dat de vrouwen van ons gezin, mijn moeder, mijn oudste zus en ik, vol spot op al die eenvoudige zwoegers neerkeken en ons er ver boven verheven voelden.)

Enige maanden nadat hij me had weggestuurd, zocht ik hem op om hem te vragen een briefje te schrijven teneinde dispensatie te verkrijgen voor vervroegde aanmelding bij het volwassenenonderwijs (daar moest je zestien voor zijn, en ik was pas vijftien).

'Als je niet teruggaat naar je gewone school, zul je nooit wat afmaken in de maatschappij,' zei hij.

'Ja maar ik ga niet meer terug naar de gewone school,' legde ik uit, 'de keuze is tussen thuis zitten en het volwassenenonderwijs. Dus dan is dat laatste misschien nog het beste.' Tot mijn verbijstering – ik probeerde de zaak gewoon zo goed en helder mogelijk uit te leggen – zag ik hoe hij alweer zat te koken van ergernis. Er was iets vreemds met mij en mijn spreekwijze, maar ik begreep nooit wat het was.

Hij stuurde me weg zonder briefje.

Mijn vader, die leraar was, kende de inspecteur van onderwijs, die schreef tussen twee borrels door een briefje. Ik werd toegelaten, had een heerlijke tijd, bloeide volledig op en deed netjes eindexamen.

Ik sloeg de vijfde klas zelfs over, omdat ik de derde klas inmiddels door alle narigheid drie keer gedaan had en ik genoeg kreeg van school.

Opnieuw stuitte ik op grote weerstand, ditmaal van de rector van de school.

'Waarom wil jij altijd alles anders? Waarom wil je nou weer een jaar overslaan?'

'Wat heeft u daar nou voor last van?' vroeg ik.

Dat was tegen het zere been. We hadden het niet over hem, maar over mij.

Plotseling begon hij opgelucht en stralend te lachen. 'Het kan niet eens! Het kan niet eens! Want je mag pas eindexamen doen in het jaar dat je achttien wordt! En jij bent pas zeventien!'

'Dat scheelt acht dagen,' zei ik. (Ik ben namelijk op 8 januari jarig.)

'Ja, maar daar is echt niets aan te doen. Jammer hoor, nee, niets aan te doen.'

Opnieuw belde mijn vader de inspecteur, die schreef weer

een briefje, en in augustus meldde ik me aan voor het eindexamenjaar.

Ik, die mij voelde als een onzichtbaar wezen, die nooit begreep dat iemand me maar zag stáán, had er geen seconde over nagedacht hoe de rector dit zou vinden.

Toen hij me mijn inschrijving overhandigde, keek hij me aan met ogen vol haat. 'Ik zou het wel netjes hebben gevonden als je me even persoonlijk bericht had dat je toestemming aan de inspecteur gevraagd had!'

Ik keek hem stomverbaasd aan. Misschien had ik vagelijk verwacht dat hij me, áls hij zich de kwestie nog zou herinneren, nog zou feliciteren ofzo. Ik kon me eenvoudigweg niet voorstellen dat iemand een hekel zou hebben aan zo'n nutteloos wezen als ik, en het gaf me een vreemd gevoel van genoegdoening. Voor het eerst kreeg ik een idee van het effect dat mijn afgemeten blik en spreekwijze kon sorteren.

'Waarom?' vroeg ik. 'U heeft toch helemaal geen moeite voor mij gedaan? Waarom zou ik dan moeite voor u doen?'

Bevend van woede duwde hij me het briefje in de hand.

'Jij zult nog heel veel problemen krijgen met deze houding! Jij zult nog heel veel problemen krijgen!'

Waar hij gelijk in had.

Herinner je je nog dat ik je vertelde over mijn ruzie met die afschuwelijke kerel die tijdens de pauze van de schilderclub via klagen over het huurwaardeforfait tot de uitspraak kwam dat er teveel buitenlanders in Nederland waren?

Ik ben daar toen tegenin gegaan, waarbij ik zoveel mogelijk de door hem gebezigde kalme VVD-toon overnam, teneinde schreeuwen te voorkomen.

Gisteren belde mijn zusje Lot me.

'Heb jij ruzie gemaakt?' vroeg ze grinnikend. Lot poseert ook weleens voor die club, en wordt dan afgehaald door die kerel. In de auto had hij (het was inmiddels drie weken later) verslag gedaan van ons dispuut, waarbij hij mijn laatste zin: 'Nu, dan kunt u misschien beter naar Monaco verhuizen, dan wordt u ook niet aangeslagen voor het huurwaardeforfait,' ongeschonden citeerde. Lot was natuurlijk in lachen uitgebarsten.

'Ja, dat is één van de twee mensen bij het poseren waar ik echt een hekel aan heb,' zei ik. 'Die ander zit bij het Lucasgilde in Beverwijk.'

Plotseling schoot me te binnen dat ik daar de volgende ochtend (vandaag dus) zou staan en ik nam me voor dat ik, als hij zou beginnen, onmiddellijk toe zou slaan.

En inderdaad.

Nu moet ik je zeggen dat het Lucasgilde een bijzonder leuke club is met vreselijk aardige mensen, en dat ik bijzonder gesteld ben op Piet de R.

De man om wie het gaat, van wie ik de naam niet weet, valt nogal op door zijn keurige pakken, zijn choker, zijn pijp, en zijn glimlachende, zoemende spreekwijze. Hij kan nooit iets gewoon zéggen, nee, hij doet uitspraken. Elke uitspraak wordt voorafgegaan door een trekje aan zijn pijp, is onveranderlijk een tikje spottend, en wordt verzonden met een triomfantelijk glimlachje. Tegenspraak onmogelijk.

Het ergste is dat die aardige, doodgewone mensen van het Lucasgilde nog onder de indruk van hem zijn ook. Men vindt hem nogal een heer, en lacht bête om zijn geleerde grapjes. Ditmaal ging het in de pauze over het uitstoten van Heerma ten faveure (ik begin al helemaal zo te praten) van De Hoop Scheffer.

De pijp, die naast mij zat, poneerde fijntjes dat het in de politiek niet meer om inhoud ging, maar dat men De Hoop Scheffer gekozen had omdat hij op de treurbuis beter overkwam. 'Ja, en dat woord gebruik ik met opzet: de treurbuis.' En maar weer eens een trek aan die pijp.

'Ik vond die Heerma ook een vervelende kwal,' begon ik maar eens willekeurig, terwijl ik me de man voor de geest probeerde te halen.

'Kijk!' zei hij, wees met zijn pijp op mij en keek glimlachend rond, 'dat is dus precies het beeld dat ons door de media is voorgezet. Opzet geslaagd.'

'De televisie brengt de man in beeld, en vervolgens ben ik uitstekend in staat om naar aanleiding van dat beeld een oordeel te vellen,' zei ik ijzig.

'Ons beeld wordt door de media bepaald,' zei de pijp. Het triomfantelijke glimlachje bleef ditmaal achterwege.

'Dan heeft u een wel bijzonder lage dunk van de oordeelsbekwaamheid van de medemens,' zei ik.

Ik voelde wel hoe het ijs in mijn stem vreemd contrasteerde met de luchtige conversatietoon van de anderen, en Piet de R. merkte het blijkbaar ook, want die begon haastig over iets anders.

Na de pauze, in een ligstand, vroeg ik me af wat me toch bezielde om zo agressief op te treden. Waarom liet ik die klootzakken niet gewoon hun gang gaan?

Ik geloof dat ik allergisch ben voor de gifgassen die ze uitwasemen, juist omdat ik de doodsangst, de hysterie en de waanzinnige frustratie voel smeulen onder die deken van zelfgenoegzaamheid.

Maar goed, daar kan ik niets aan veranderen. Ik kan alleen maar zorgen dat ze hun kop houden als ik erbij ben.

Zondag 30 maart

De reden dat ik me zo vreselijk opwind, is waarschijnlijk dat ik het gevoel heb niet te mogen reageren. Niemand reageert namelijk. Maar goed, waarom zou ik me daaraan aanpassen? Laat ik nu maar voortaan proberen zo snel mogelijk te zeggen wat ik van de zaken vind, dan hoef ik ook niet eerst tot zo'n staat van razernij te vervallen. Krijg ik maar buikpijn van.

Men is geneigd, als men buiten de rijen stapt, de oorsprong van deze daad te onderzoeken, en dan zijn we, uit een zeker calvinisme misschien, geneigd alles terug te voeren op oneigenlijke motieven. En zo beoordelen we elke daad, elke gedachte die niet strookt met de algemeen geldende wetten, en komen voortdurend uit op onze eigen gebreken.

Ik heb mijn leven lang zo goed mogelijk verborgen gehouden wat ik werkelijk dacht en wilde (zonder veel succes overigens), maar het bleek onleefbaar, en nu is het enige wat ik nog nastreef erachter komen wat ik nou eigenlijk werkelijk denk en vind. Waar je alleen achterkomt door handelend op te treden.

De gedachte dat je volkomen vrij zou zijn om te doen en te zeggen wat je zou willen, is zo bedwelmend dat het bijna angstaanjagend is, en met de dood verband lijkt te houden.

Als ik naar jou kijk, meen ik iets soortgelijks te zien. Ik vind jou een bijzonder emotionele, irrationele man, maar je toont jezelf als de uitkomst van een wetenschappelijk congres. Ik geloof dat je geen idee hebt wie je nou eigenlijk bent, en dat je niet in staat bent erover na te denken. Misschien is niets zo moeilijk als het onderkennen van de eigen grootsheid, zeker als deze grootsheid zich op een ander gebied bevindt dan wij meenden.

Woensdag 2 april 1997 – dinsdag 8 april

Beste Ger,

Afgelopen maandag ging ik naar Louise, met wie ik naar een of ander dansfestijn zou gaan. Ik besloot mijn handtas thuis te laten en alleen mijn kortingskaart en portemonnee bij me te steken. In de trein naar Amsterdam bedacht ik dat de fietssleutel van mijn Amsterdamse fiets echter óók in mijn handtas zat.

Dus nam ik de tram. Tram 1 naar de Overtoom. Na het Leidseplein zwenkte deze tram ineens naar links in plaats van naar rechts; het was tram 1 helemaal niet, het was tram 2.

Ik stapte uit en begon terug te lopen. Nu lijd ik aan een omgekeerd richtinggevoel, en zo begon ik aan een lange, lange tocht die mij door het Vondelpark en de Van Baerlestraat voerde, langs allerlei punten die ik wel herkende, maar waartussen ik het verband niet zag. En de kaart van Amsterdam, die mij normaliter als een zwaard terzijde hangt, zat in mijn handtas, die ik thuis had gelaten. Hoewel ik al tientallen malen op vergelijkbare wijze verdwaald ben, vind ik het iedere keer weer verschrikkelijk. Ik besloot Louise op te bellen en te vragen of ze me kon komen ophalen met de fiets. Maar zowel mijn telefoonkaart als het nummer van Louise zaten in mijn handtas.

Na vijf kwartier kwam ik weer precies bij mijn beginpunt uit, zoals mensen die in de woestijn verdwalen ook altijd schijnt te gebeuren. Ik besloot tram 2 weer terug te nemen naar het Leidseplein en opnieuw te beginnen.

Vanaf het Leidseplein liep ik naar de Overtoom, waar ik op tram 1 begon te wachten, welke tijd ik benutte om mijn gemoedsrust terug te vinden. Kom op, het was prachtig weer, de avond was nog lang en het zou allemaal wel in orde komen.

Toen tram 1 kwam, was ik zo bang dat hij wéér plotseling de hoek om zou slaan, dat ik aan de conducteur vroeg: 'Meneer, u blijft voorlopig toch wel rechtdoor rijden hè?'

'Mevrouw, waar moet u heen?'

'Naar de Jacob van Lennepkade,' zei ik.

'Dan gaat u even rustig zitten, en dan moet u er over twee haltes uit.'

Aldus geschiedde.

Toen ik na het revalidatiecentrum uitstapte, was ik zo verschrikkelijk blij dat ik nu zeker wist dat ik goed liep, dat ik begon te fluiten en me voornam me niet terneer te laten slaan door het feit dat ik inmiddels al meer dan anderhalf uur te laat was.

'Mag ik u wat vragen?'

Ik stond stil bij een ongeschoren man in haveloze kledij, die achter een glas bier eenzaam op een terrasje zat.

'Ja weet u,' begon hij omslachtig, 'ze geloven niet dat ik dakloos ben... en bij de Sociale Dienst, daar behandelen ze me als een hónd...'

Nou zie je wel, ik had helemaal geen reden om me te beklagen. Dakloos was ik tenminste niet. Ik ging zelfs naar een dansfeest die avond.

'En het is allemaal omdat ik geen postadres heb...' vervolgde de man. Met zijn verbale coördinatie was het ook niet helemaal in orde, en hij was erg moeilijk te verstaan. Het slot was echter tamelijk duidelijk: 'Heeft u misschien een gulden voor me?'

Die had ik. 'Alstublieft,' zei ik, 'en een zalig Pasen.'

'U ook. En een hele fijne dag verder,' zei hij.

Ik liep weer door, maar erg ver kwam ik niet.

'Mevrouw! Waarom dóet u dat nou?'

Ik draaide me om. Een keurige meneer met een bril stond, twintig meter van me verwijderd, de dronkenlap tussen ons in, voor de deur van het cafeetje en keek me gespannen aan.

'Ik geef die meneer een gulden,' zei ik verbaasd.

De man snakte naar adem, leek bijna te exploderen en vond uiteindelijk zijn stem weer terug. 'Mensen zoals u verpésten de maatschappij!' riep hij.

Ik keek hem verbijsterd aan, maar meer kwam er blijkbaar niet, dus draaide ik me om en liep maar weer door.

Snap jij het? Waarom zou ik de maatschappij nou verpesten door iemand een gulden te geven?

Hoe dan ook, ik ga nooit meer zonder handtas van huis.

Vanavond moet ik poseren in Beverwijk, bij schilderclub Camille. Het is deze club die ik ooit gebruikt heb in *Het Model.* Zal ik je vertellen hoe ik daar ooit verzeild ben geraakt? Nou, moet je luisteren:

Ongeveer zeven jaar geleden werd ik opgebeld door een mij onbekende man die me vroeg of ik die woensdagavond kon komen poseren in café Camille in Beverwijk. Ze begonnen 'zo ongeveer tussen acht en half negen'.

Die woensdagavond stapte ik de trein uit en begon de Koningstraat uit te lopen, zoals de man me door de telefoon uitgelegd had.

Het was een sombere tocht. 'Het regende en het was november' en de Koningstraat bleek een lange, naargeestige straat, die bovendien grotendeels was opgebroken, zodat ik voortdurend struikelde over losse tegels en opengescheurde vuilniszakken. De lantaarnpalen deden het niet, dus ik moest mijn weg zien te vinden bij het licht dat uit de huizen kwam, waar uitgebluste bejaarden met blauw beschenen gezichten roerloos voor de televisie zaten. Het was of ik voortliep in een droom, ik begon me af te vragen hoe ik daar toch zo verzeild was geraakt, hoe die man ook al weer heette die me gebeld had en verbaasde me postuum over die vage aanduiding 'tussen acht en half negen'.

Het Kerkplein bestond wel degelijk, café Camille ook, maar het was er volkomen donker en de deur was op slot.

Ik besloot drie keer om de kerk te lopen, en als er dan nog niemand was – wat ik stilletjes hoopte – naar huis terug te gaan.

Helaas, toen ik na twee vergeefse ommegangen weer bij het café aankwam, waar het nog altijd aardedonker was en zonder overtuiging op de deur klopte, werd deze plotseling opengetrokken. Voor mij stond een abnormaal dikke man met een woeste baard, die me strak aankeek. De ogen, onder de grijze manen, gloeiden nog feller dan de sigaar in zijn mondhoek.

Hij riep iets onverstaanbaars en deed een stap opzij om me binnen te laten. Willoos stapte ik naar voren, de duisternis in, en leek diep te vallen voordat mijn voeten wegzakten in weke grond.

Pats, de deur viel achter me dicht.

'En niemand weet dat ik hier ben,' schoot het door me heen. De dikke man voegde me weer iets onverstaanbaars toe, waarbij zijn sigaar vurig oplichtte. Ik vroeg me af of hij misschien Beverwijks sprak.

Het enige licht dat er was, viel uit het trapgat in een hoek van het vertrek. Plotseling zag ik met een schok dat twee mannen roerloos naast de trap stonden en me met bleke gezichten aanstaarden.

'Dat was het dan,' dacht ik, 'nu gaan ze me eerst verkrachten, dan vermoorden, dan vreet die dikke man me waarschijnlijk op en gooien ze de botjes in het zand, waarna ze de vloer er weer overheen leggen.'

Want mijn ogen waren inmiddels aan het duister gewend, en ik zag dat de planken van de opengebroken vloer tegen de muur waren opgestapeld.

'Wil je thee?' vroeg de langste van de twee mannen ineens.

Zelden ben ik zo opgelucht geweest. Mensen die je thee aanbieden, gaan je niet verkrachten. Zoveel weet ik er nog wel van.

'Graag,' zei ik.

De dikke man begon met enige moeite naar de trap te scharrelen.

De lange keek om zich heen.

'Er is geen thee,' zei hij.

'Nou, dan niet,' zei ik.

Waarop we naar boven gingen.

'Ja, dat was met de verbouwing,' zei Jochem jaren later, 'toen we een nieuwe vloer gingen leggen en het licht was uitgevallen.' En hij sloeg zijn lange armen om me heen en kuste me. Dat was op perron 3a, om tien over twaalf in de nacht.

Donderdag 3 april, 's middags drie uur

Ik heb er nog eens over nagedacht, en ik geloof dat we de inhoud van mijn spijkerbak toch niet als bezit kunnen beschouwen. Het is net zoiets als wanneer ik de eerste van de maand zou denken: 'Ha! Ik heb duizend gulden!' Terwijl daar de huur en de energie nog van betaald moeten worden. Mijn spijkerbak is het maandelijks vangnet der jaarlijkse vaste lasten, een organisch geheel dat krimpt en uitdijt en los staat van het leven van alledag.

Kortom, deze spijkerbak heeft de hoge kosmische existentie bereikt waar wij slechts van kunnen dromen.

Zaterdag 5 april

Het bericht is binnen: vrijdag 11 april moet ik naar de GGD voor het 'gesprek over mijn arbeidsgeschiktheid'. Ik ben blij dat ze het zo kort van tevoren laten weten, dan hoef ik maar een week in de zenuwen te zitten.

Gisteravond, toen ik de brief las, heb ik meteen de vragenlijst beantwoord die erbij ingesloten zat. Bij 'werkzaamheden' heb ik ingevuld: 'In 1984 2 weken koffiemeisje geweest, 2 weken secretaresse bij Fokker, één dag secretaresse bij het GAK. In 1987 stage gelopen bij een bibliotheek, in 1988 eveneens stage gelopen bij een bibliotheek. Beide stages voortijdig afgebroken.'

Bij die laatste stage ben ik via de brandtrap ontsnapt. Daarna heb ik nooit meer officieel ergens gewerkt.

Ik zal wel moeten uitleggen waarom ik niet kan werken. Wat ik niet kan. Ik begrijp niet dat andere mensen het wél kunnen.

La tristesse durera toujours.

Het lijkt hier allemaal zo goed geregeld, maar het oude adagium blijft gelden: wie afwijkt, wordt gestraft. Als ik een aantal ledematen miste of me dan tenminste vreselijk schaamde, zou er nog niet zoveel aan de hand zijn, maar de schijnbaar doodgemoedereerde wijze waarop ik mijn rechten laat gelden op een inkomen waar anderen twintig of dertig uur per week voor moeten werken, wekt een haat die mij niet alleen werkelijke gemoedsrust ontzegt, maar er eveneens de oorzaak van is dat ik in de permanente angst leef ooit weer te werk te worden gesteld.

We leven in een zo welvarende staat dat we ons een zekere beschaving kunnen permitteren, maar dat is maar een dunne schil. De Sociale Dienst volgt de orders van het ministerie op, en de staat volgt uiteindelijk de filosofie van de tijd. En die is niet in mijn voordeel.

Op papier is het nog allemaal aardig geregeld, maar in feite komt het erop neer dat ik mij afhankelijk weet van de persoonlijke willekeur van een of andere beambte. En ik kan je verzekeren dat ik niet iemand ben die de mensheid voor zich inneemt.

'Ach, wat kan je gebeuren,' zeggen vrienden opbeurend, 'in het ergste geval dwingen ze je te solliciteren, dan ga je ergens een weekje werken, loop je gillend weg en wordt er natuurlijk een of andere mouw aan gepast.'

Zo werden vroeger vrouwen die van heksenpraktijken verdacht werden in het water gegooid om te kijken of ze bleven drijven. Wie zonk, was geen heks.

Ik kan je verzekeren dat ik serieuze angsten heb om gekort te worden waardoor mijn wonen hier onmogelijk zal worden en ik uiteindelijk (ik sla nu een aantal stappen over) in een psychiatrische inrichting terecht kom. Waardoor ik nog veel meer kost.

Dit heb ik nog nooit tegen iemand gezegd, want ik zou het niet kunnen verdragen als iemand lacherig zou zeggen dat ik overdreef. Ik ben zo bang niet serieus genomen te worden, dat ik het me praktisch nooit permitteer werkelijk serieus te zijn, en alles met de sluiers der ironie bedek, waarbij ik altijd maar stilletjes blijf hopen dat iemand daardoorheen kijkt en me ziet zoals ik ben. Louise doet dat, en dat is ook de reden dat ik van haar houd. De meeste mensen hebben het echter te druk met onbenulligheden om zich daar de tijd en de moeite voor te geven. Wat heel goed is, want dat houdt de economie draaiende en daardoor kunnen ze de belasting betalen waar mijn uitkering mee gefinancierd wordt.

Hoe dan ook, ik geef alle bedelaars op mijn pad een gulden, in de hoop dat ooit iemand mij, als ik nog eens dakloos rondzwerf, een gulden zal geven. Op mijn manier doe ik dan ook aan investeren, meneer.

Zondag 6 april

Straks heb ik dansles, waarna ik met mijn gewezen vriendin naar de film ga. We begonnen langzaam maar zeker weer on speaking terms te geraken, wat mij nogal benauwde.

Louise zit nog altijd thuis in de ziektewet en heeft geen idee wat ze nou eigenlijk wil in het leven. Om mij heeft ze vriend, werk en in feite heel haar oude levenswijze overboord gezet. Lang heeft ze gehoopt dat ik haar aan het handje een nieuw leven binnen zou voeren.

Helaas, wij moeten in het leven alles zelf doen. En bovendien, naarmate iemand zich meer aan mij vastklampt, ga ik harder slaan.

Haar wensen zijn bijzonder vaag. ‘Een gezin en een baan die me nooit gaat vervelen.’

‘En wat stel je je voor bij “een gezin”?’ vroeg ik. ‘Een met wingerd omrankt huisje, drie blonde meisjes die door de tuin dartelen, en ik die lachend uit mijn krant opkijk als jij met de koffie naar buiten komt? Voor hetzelfde geld zit je met een mongool drie hoog achter in de Pijp. Ik zou maar eens beginnen met na te denken over een baan in plaats van over een levensvervulling, en over de praktische invulling van het eenouderschap.'

Ik ben dodelijk benauwd aan allerlei verwachtingen van haar te moeten voldoen.

'Ja, ze worden aangetrokken door je onafhankelijkheid, en daarna gaan ze d'r tegen schoppen,' zei Jochem filosofisch toen hij me op de fiets naar station Beverwijk bracht.

Ik zit dan op de stang, tussen die enorme armen, en ruik die lekkere lucht van warm huis, gebakken aardappelen en oude trui. 'Maar ik zie je gelukkig maar een keer in de maand, dus ik kan het net aan.'

Ik heb zijn genegenheid als een toestand van kortstondige verblinding gezien, maar Jochem lijkt niet van zins ermee op te houden. Hoe dat mogelijk is, begrijp ik niet, want ik sta, met dat ouder wordende lichaam, maand in maand uit in dat meedogenloze t.l.-licht, zit in de pauzes gapend, rillerig, en zwijgzaam achter mijn borrel, en ben naar mijn idee op geen enkele wijze aantrekkelijk of stimulerend. Dat Jochem dat blijkbaar wel vindt, doet mij een wereld van goed. Niet alleen Jochem, maar ook Han koestert warme gevoelens voor me, en dat Jochem mij eens in de zoveel tijd naar het station mag brengen (iets waar de rest van het gezelschap beleefd over zwijgt), maakt hem een beetje jaloers.

Ik bezie dit alles met verbijstering, prent me in dat ik in het centrum van dit geheel sta, en kan me er niets bij voorstellen. Ik heb een redelijk hoge dunk van mijn gedachtengoed, maar verder vind ik mezelf eigenlijk helemaal niks.

De vraag is trouwens of ik volgend jaar ook nog bij Camille zal poseren, want Geurt, mijn stijldansleraar, heeft gevraagd of ik hem zou willen assisteren als hij woensdagavond dansles zou gaan geven in Haarlem.

Ik ben altijd bijzonder gefascineerd geweest door 'assistenten'. Kijk, dat je leraar wordt, snap ik nog wel. Maar hoe word je nou 'assistent van de leraar'? Zou iemand nou weleens op achttienjarige leeftijd denken: 'Nu weet ik wat ik wil worden: amanuensis!'?

De kwestie hield me zo enorm bezig, dat ik op een avond vrij dansen, toen ik naast Geurt aan de bar stond, enigszins verlegen vroeg: 'Zeg, hoe kom jij nou aan Huub?'

Hij keek me zo verrast aan, dat ik alweer het zenuwachtige gevoel kreeg iets raars gevraagd te hebben.

'O, Huub danste al drie jaar bij mij en toen heb ik hem gevraagd of hij me wilde assisteren,' zei hij.

Zo gaat dat nou altijd. Mensen begrijpen nooit wat ik nou eigenlijk wil weten. Ik bedoel natuurlijk: waarom juist Huub, die noch bijzonder sociaal is, noch bijzonder goed danst? Wat is dat in Huub, dat hij nou net uitverkoren wordt?

Ik aarzelde of ik op de kwestie door zou gaan. Of mensen begrijpen je vanzelf, en dan hoef je niet verder te vragen, of mensen snappen er niets van, en dan blijf je eindeloos langs elkaar heen praten. Daar kun jij over meepraten. Of juist niet, ha ha.

'Ik zoek eigenlijk nog een assistent,' zei Geurt, 'misschien iets voor jou?'

Dat kon natuurlijk niet. Dat was een grap.

'Nee, ik meen het,' hield hij vol.

Langzaam maar zeker begon het me te dagen dat Geurt in feite al veel langer met dit voorstel rondliep, dat mijn vraag over Huub dus precies op het goede moment gekomen was, en dat hij dáárom zo verrast gereageerd had.

Ik was er helemaal stil van. Het idee dat ik gevraagd zou worden de dansleraar te assisteren! Ik, die ooit was gaan stijldansen omdat ik dan tenminste wist waar ik mijn armen moest laten, die er jarenlang zonder erover na te denken van uitgegaan was de slechtste van allemaal te zijn, die geen pas kon onthouden, en maar zo'n beetje op m'n gevoel meesjokte met het vage gevoel gedoogd te worden... O, dan werd ik zo'n bijzondere vrouw, die tijdens de les aan de zijkant van de zaal stond en dan glimlachend naar voren trad om een figuur voor te doen, alle vrouwen zouden zich natuurlijk afvragen wie die prachtige vrouw was, of ze nog vrij was... 's Nachts zouden ze aan me denken, vriendinnen opbellen om te bespreken hoe ze me het beste konden benaderen...

Haastig riep ik mezelf tot de orde. Het ging natuurlijk allemaal helemaal niet door. Er zou op het laatste moment iets tussenkomen en het werd allemaal weer niks.

'Maar wat dan nog,' dacht ik, terwijl ik met Louise door de zaal walste, 'dan is het me toch maar gevraagd. Dat is eigenlijk al geluk genoeg.'

Maandag 7 april

Enige weken later belde Geurt me met de vraag of ik er wat voor voelde om die donderdag met hem het zaaltje te bekijken dat hij op het oog had.

'Het Stadscafé,' zei hij, 'ken je dat?'

'Dat is precies anderhalve minuut lopen van mijn huis,' zei ik.

En zo zat ik die donderdag om elf uur achter de cappuccino in het Stadscafé op Geurt te wachten en een beetje over hem na te denken.

'Zeg Geurt,' begon ik toen hij binnenkwam, 'is het nou eigenlijk wel verstandig om ook nog in Haarlem les te gaan geven? Je doet ook Amsterdam en Utrecht al, het is volgens mij je enige vrije avond, en dan naast je baan, en je nieuwe relatie...'

'Maar ik voel me er heel fit bij, hoor,' zei Geurt een beetje onthutst terwijl hij zijn jack uittrok.

'O nee, dan is het goed. Nee, ik bedoel: we moeten natuurlijk niet hebben dat je de hele boel hier gaat opstarten en dan overspannen raakt. Want doe je de hele administratie nou ook alleen?'

'Eh, ja,' zei hij.

'Want mag ik nou eens weten wat je precieze doel met dit alles is? Wil je nou uiteindelijk je baan eraan geven en je full time aan het lesgeven wijden, streef je naar een eigen gebouw, hoe zit dat?'

Net toen Geurt zijn toekomstideeën uiteengezet had, kwam de man van het Stadscafé ons halen om het bovenzaaltje te bezichtigen. Het was een grote, prettige zaal met een mooie vloer. Geurt liep rond om het aantal vierkante meters te schatten en toen begonnen de besprekingen.

Ger, het was geweldig. Ik maak natuurlijk weleens mee dat oom F.W. zaken doet, maar dit ging toch weer heel anders. In de eerste plaats waren de beide mannen, die midden in die grote, lege ruimte stonden, elkaars fysieke tegenbeeld: Geurt, tenger, donker en beweeglijk, tegenover die massieve, blonde reus van het Stadscafé, met zijn horecabuik die als een zak water in zijn overhemd hing. Daarbij werd ik gefascineerd door de wijze waarop ze het gesprek voerden, waarbij ze niet op elkaar leken te reageren, maar om de beurt een zin lieten vallen die dan onbeantwoord in de lucht bleef hangen.

Geurt begon: 'En de zaal is tweehonderd gulden.'

'Tweehonderd gulden.'

'En ik kan de geluidsinstallatie gebruiken?'

'Dat gebeurt wel vaker.'

'Het gaat dus om dansen voor mannen met mannen en vrouwen met vrouwen.'

'Zoiets had ik begrepen.'

'Ik begin hier nog maar net, ik hoef niet meteen met winst te gaan draaien, maar dat ik wel weet dat als er echt te weinig aanmelding is, ik dat op tijd tegen u zeg, zodat we er alle twee niet teveel bij inspringen.'

'We draaien met de salsa op maandag en dinsdag ook heel lekker.'

Stilte. Nu zette de horecaman de aanval in.

'En dat we dan samen allebei een stukje flexibiliteit naar elkaar toe inleveren. Dat als ik een bruiloft heb, op die woensdag, en dan zet ik toch gauw zo'n vijf- zesduizend gulden om, dat u dan uitwijkt naar een andere avond. Dat we dat in goed overleg doen.'

'Ja. Alleen kan ik niet naar een andere avond, want ik geef alle avonden les. Maar dat u misschien nog een andere uitwijkmogelijkheid heeft.'

Ik luisterde in stomme verbazing. Hoe kon Geurt nou over 'een andere uitwijkmogelijkheid' beginnen terwijl hij helemaal niet kon op een andere dag? De kwestie leek me onoplosbaar.

'Ja precies. Dat u in het bovenzaaltje gaat. Dat is wel een beetje kleiner, maar dat doen we met de salsa op maandag en dinsdag ook. En voor een enkel keertje...'

Dus liepen we met z'n drieën weer een trap op. Nog een zaal. Toen allemaal achter elkaar alle trappen weer af, waarbij Geurt, achter die enorme rug, hevig naar mij gebaarde dat het de goede kant opging.

‘En de bar boven is dan open?’ begon Geurt weer, toen we beneden in het café stonden.

‘Ja, dat doen we dan zo dat u even laat weten dat het pauze is, en dat ik dan iemand naar boven stuur. Dat ik niet speciaal iemand hoef aan te trekken voor die avond. Kijk, u gaat natuurlijk niet meteen de volle mep betalen. Dat bouwen we in overleg piramidegewijs op. Dat hebben we met de salsa op maandag en dinsdag ook gedaan. We beginnen rustig aan, en als het een beetje lekker gaat lopen, gaan we langzaam naar die tweehonderd gulden. Dat we er allemaal goed uitkomen.’

Toen wisselden ze nog enkele frasen uit waarin het woord ‘flexibel’ veelvuldig voorkwam en waarin in feite helemaal niets nieuws meer gezegd werd, maar zo langzamerhand begon ik te begrijpen dat dit nou ‘zakendoen’ was. Ik was vervuld van eerbiedige bewondering.

‘Dat zou ik nou nooit kunnen,’ dacht ik later toen ik naar huis liep. Maar ineens begon het me te dagen dat Geurt en ik, achter onze tweede kop koffie, toen de horecaman verdwenen was, op precies dezelfde wijze hadden zitten praten.

Min of meer plechtig had Geurt me, als betrof het nu een definitief aanzoek, gevraagd of ik hem die woensdagavonden zou willen assisteren.

‘Ja leuk,’ zei ik. ‘Het enige is natuurlijk dat ik dan met m’n poseren zit hè, omdat ik namelijk als schildersmodel werk, en woensdag nogal een geliefde lesavond is.’

‘O, dan zouden we misschien iets moeten gaan schuiven.’

‘Nee, ben je gek, dat wordt veel te ingewikkeld. Bovendien lijkt woensdagavond me voor jou juist een heel geschikte avond om het hier op te zetten. Nee, en trouwens, welke clubs heb ik nou op woensdag? Kunst Zij Ons Doel, en Beverwijk... Ja, dat zou ik misschien wel jammer vinden. Daar zit ik namelijk eens in de maand vast, en ik ben nogal gehecht aan die club.'

'O, maar als je dat nou van tevoren zegt, dan regel ik wat met Huub. Dat-ie met me meerijdt uit Utrecht. Dat doet-ie vast eens in de maand.'

'Ja, dat zou mooi zijn. En trouwens, ik wil er misschien ook wel eens in de twee maanden poseren.'

'En financieel ga je d'r ook niet op achteruit, want ik betaal je natuurlijk.'

'Ja, dat is mooi. Omdat ik dat poseergeld naast die bijstandsuitkering natuurlijk wel kan gebruiken.' (Waarbij ik peinzend langs hem heen keek. Ik had noch over poseren, noch over uitkeringen ooit iets gezegd.)

'Ja, dat begrijp ik. Kijk, het heeft jaren geduurd voor ik een beetje begon te verdienen met m'n dansschool, en ik doe dat heel flexibel. Ik geef zo'n tachtig procent op. En Huub betaal ik natuurlijk zwart. Die zit in de WAO. Dus dat doe ik bij jou ook.'

Nu, zo ging dat dus. Pas 's avonds realiseerde ik me dat Geurt me op allerlei gebieden uit had zitten testen. Zo had hij me bijvoorbeeld ook gevraagd om die zondag mee te gaan naar de wedstrijden in Nijmegen en met hem en zijn andere assistente vanuit Utrecht mee te rijden. Ik had geen zin, maar het was evident dat ik geen nee kon zeggen, en ik stemde dan ook onmiddellijk blij verrast toe. Ook vroeg hij me, met enige nadruk, of ik hem zou willen helpen met het schuren van de vloer in het COC, iets wat ik al een week eerder had aangeboden. Het begon me te dagen dat hij had laten merken dat hij van zijn assistente een zekere coöperatie verwachtte.

Het zweet brak me ineens uit toen ik eraan dacht hoe ik hem, bij binnenkomst, plompverloren had zitten uithoren over zijn eigen ideeën en toekomstverwachtingen. Ik had me allerminst opgesteld als ondergeschikte. Nou ja, dat wist hij dan ook maar meteen, troostte ik mezelf.

Ik begon me echter wel zorgen te maken over die zondag. Meegaan naar de wedstrijden, betekende dat ik om elf uur 's ochtends mijn huis uit moest en niet voor tweeën 's nachts terug zou zijn. Ik raakte bijna in paniek bij de gedachte dat ik de hele dag tussen tientallen mensen vast zou zitten in een of ander te warm zaaltje en niet weg zou kunnen op het moment dat ik dat verkoos.

'Je moet uitkijken dat je nou niet ineens allerlei dingen moet doen die je niet wil,' zei Louise verstandig, 'je zegt gewoon tegen Geurt dat je met de trein teruggaat op het moment dat jij dat wilt.'

Dat was zo'n geweldige opluchting dat ik het al bijna niet meer erg vond om naar Nijmegen te moeten gaan.

Uiteindelijk werd het trouwens een bijzonder leuke dag, waarbij ik lekker aan de kant heb zitten toekijken, met deze of gene een praatje maakte, en met het mooiste meisje van de dansschool door de zaal gewerveld heb, die me toen ook nog met neergeslagen ogen verzekerde 'dat ze wel de hele tijd met me door zou willen dansen', terwijl ze me een uur eerder te verstaan had gegeven dat ze 'single' was.

En dan te bedenken dat ik drie jaar geleden in ademloze bewondering naar haar had zitten kijken toen ze de hoofdrol speelde in een lesbische musical, en onbereikbaar ver weg op een podium stond. Dat zei ik maar niet, want dan was het hek van de dam geweest, en uiteindelijk hou ik toch meer van Louise en heb ik geen zin in gezanik op de dansles.

Niettemin, hoe leuk en aardig het ook allemaal was, toen ik om half negen 's avonds achter een glas jenever naar de zoveelste cha-cha zat te kijken en ik me plotseling realiseerde dat de volgende ochtend alles weer gewoon zou zijn en ik in alle stilte en rust naar mijn morgencafé zou wandelen, werd ik plotseling overspoeld door een golf van dankbaarheid. Er ging toch helemaal niets boven vrijheid. Geen geld, geen vrouw en geen danscarrière. En ik stond op, nam afscheid van Geurt, en ging lekker alleen naar huis.

Beste Ger, zou je deze dagen, voor vrijdag bedoel ik, iets van je kunnen laten horen? Een faxje, of een paar woorden op het antwoordapparaat? Ik kan wel een beetje steun gebruiken voor die vervloekte bijeenkomst vrijdag aanstaande. Bij voorbaat veel dank.

Haarlem, woensdag 9 april 1997

Lieve Ger,

Je woorden staken me een enorm hart onder de riem (jouw hart onder mijn riem, wat wil ik nog meer); te horen dat je datgene hardop zegt wat de ander denkt, is toch het mooiste wat je met schrijven kunt bereiken. Beter dan geld of contracten.

Je zei dat je 'dun' reageerde omdat je het druk hebt. Zo zei je laatst 'dit is het even voor nu' of woorden van gelijke strekking, waaruit het vage idee sprak dat je ooit uitgebreider zou gaan reageren.

Ik verwacht helemaal niet dat je me uitgebreid zult antwoorden. De vraag is zelfs, als ik heel eerlijk ben, of ik dat prettig zou vinden. Als je het zélf leuk zou vinden, is het weer wat anders natuurlijk. Maar voor mij hoef je het niet te doen. Je stelt je fax en jezelf voor me open, dat is meer dan genoeg.

Jij vindt jezelf misschien niet veel soeps, maar ik vind dat nu eenmaal wel. Gelieve dat te respecteren. Schrijf me, uit hoofde van je conventionele ideeën over menselijke relaties, geen wensen en verlangens toe die ik helemaal niet heb. Als ik iets van je wil, vraag ik het wel.

Nu zal ik je eens heel precies zeggen wat ik van je zou willen: ik zou het prettig vinden als je soms iets van een bevestiging van ontvangst stuurde; ik weet dat ik nogal vermoeiend ben en als ik te lang niets terug hoor, word ik bang dat ik je verveel of erger. Tot nu toe heb ik dat opgelost door telkens als die angst toesloeg, je te vragen of je iets van je wilde laten horen. Dat deed je dan altijd onmiddellijk (waaruit ik ook concludeerde dat je al die onzin nog trouw las) en dan was het weer in orde.

Ik zou het ook leuk vinden om je weer eens te zien, in de eerste plaats omdat ik nu eenmaal houd van je fysiek, je stem en je gedachten, en ook een beetje uit praktisch oogpunt: dat faxen aan jou betekent veel voor me, en het moet niet te veel losraken van jou als persoon.

Misschien zouden we eens, als je toch hier moet zijn omdat je naar de bibliotheek of de tandarts moet, naar het strand kunnen rijden en iets gebruiken bij Parnassia. Ik hou van dat soort min of meer terloopse acties. Praten is zowat het leukste wat er is, maar het liefst als het van (schijnbaar) secundair belang is. Het idee dat je tegenover elkaar aan een tafel zou gaan zitten met als hoofddoel 'gezellig praten' lijkt me verschrikkelijk. Liever samen een eind lopen, een kamer witten of een bord eten naar binnen werken.

O ja, en nog iets: zou je me tijdig kunnen waarschuwen als Hans en jij weer een of andere verre reis gaan ondernemen?

Ik krijg weleens een gruwelijk visioen waarin al mijn faxen nutteloos de kamer instromen, de trap afglijden en de vestibule vullen, zodat jullie, bruinverbrand terugkerend van een verre, verre reis, slechts met de allergrootste moeite de voordeur open kunnen duwen, beduusd naar kilometers fax staan te kijken, en jij verzucht: 'Hoe moet ik nou ooit nog tegen dat mens zeggen dat ze eens moet ophouden met die onzin?'

Goed, dat was dat. Uiteindelijk wil ik, denk ik, dat je soms aan me denkt. Veel meer is op deze aarde niet te bereiken. We kunnen niks meenemen in onze kist, en dat er een paar mensen zijn in wie je overleeft is de enige troost die we hebben, en het enige dat zin geeft aan onze existentie.

Overigens was mij ook al opgevallen dat mijn laatste brief nogal literair was, en ik geloof dat ik ook wel weet hoe dat komt: ik heb vroeger eens geprobeerd mijn avonturen met schilderclub Camille te boekstaven. Dat was trouwens, schiet me nu ineens te binnen, op verzoek van Han W.C.

Op een avond zaten hij, Femke en ik na afloop van de les in café de Gijs. De sfeer was een beetje vreemd; W.C. leek nogal verlegen en ik ging er onmiddellijk van uit dat dat op de een of andere manier wel aan mij zou liggen. Om de stemming een beetje op te vijzelen, begon ik te vertellen hoe ik drie dagen daarvoor model had gestaan op een feest van Camille.

Het café zou in mei het vijfjarig jubileum vieren met een receptie en een feest, en Ank, de uitbaatster, had van alles georganiseerd. Zo had ze bedacht dat het café tot een ouderwets schildersatelier omgebouwd zou worden en dat drie beeldhouwers gedurende de receptie een beeld zouden boetseren naar een echt, levend naaktmodel.

'En dan willen we het allerliefste jou. Omdat jij ons lievelingsmodel bent.'

Ik zweeg, overdonderd. Het was tijdens de pauze van één van de woensdagse tekenavonden, en ik zag aan de gespannen gezichten van Han, Jochem, Ton, Kees en Piet (in Beverwijk heeft iedereen een naam van slechts één lettergreep; Jochem heeft er twee, maar die wordt dan ook 'Joch' genoemd) dat hier al veel langer over gepraat was.

'Maar bedoel je dan dat ik spiernaakt in de hoek moet gaan staan, terwijl tientallen mensen hier knakworstjes staan te eten?' vroeg ik verbijsterd.

'Ja, want er komen alleen nette mensen. M'n eigen paps en mams komen, kun je nagaan. Kijk, het is op de receptie, moet je rekenen. Het echte feest is pas 's avonds, als jij alweer aangekleed bent. En iedereen die iets raars zegt over jou hè, nou, die wordt door mij eigenhandig op straat gezet.' Ank is een graatmagere meid met woeste leeuwenmanen en een schorre stem. Vroeger is ze als groupie met de Bintangs meegereisd. (Ze vertelde me eens dat ze Camille indertijd als vrouwencafé had opgezet, wat nogal eigenaardig was omdat ik, behalve haar en mijzelf, nog nooit één vrouw in het café gezien had. 'Ja, dat liep niet zo,' gaf ze toe, 'dus toen heb ik de boel maar omgegooid.')

'Ja, het lijkt me wel grappig,' begon ik aarzelend.

'En je krijgt tweehonderd gulden voor de hele dag, maar je mag gewoon alles vragen wat je wilt, want jij bent gewoon ons lievelingsmodel.'

Ondanks mijn voor de hand liggende bedenkingen, voelde ik me gevleid. Ik had nooit geweten dat ze zo op me gesteld waren en was er eigenlijk altijd gedachteloos van uitgegaan dat ze mij nogal saai zouden vinden, dat al hun andere modellen veel leuker en spannender waren; ik had vage visioenen van bloedmooie meiden die na afloop met een roos tussen hun tanden op tafel dansten. Het werkelijke leven begint namelijk altijd – net als bij jou, o Ger van mijn hart – als ik net de hoek om ben. (Volgens mij komt dat omdat we ons geen van tweeën kunnen voorstellen dat al die andere mensen echt zo saai zijn als ze lijken. Dus verzinnen we de rest er maar bij.)

Ik sprak met Ank af dat ik de woensdag daarop 's middags zou komen, zodat de drie beeldhouwers en ik de stand konden bepalen en ze alvast een inwendig staketsel konden maken. Toen ik die woensdagmiddag binnenkwam (het was eigenaardig om het café eens bij daglicht te zien), zag ik tot mijn ontsteltenis dat Piet al een heel geval van ijzerdraad gemaakt had, waarbij hij duidelijk uitgegaan was van een staande stand.

Nu is staan bijzonder vermoeiend, zeker als het een stand is die je, zoals in dit geval, zes uur zou moeten volhouden. Daar kwam bij dat ik om het kwartier een kwartslag zou moeten draaien, en ik er niets voor voelde om mijn achterkant, waar ik zelf zoals je begrijpt niet veel zicht op heb, aan een grote groep onbekenden te tonen.

'Maar je kan juist zo lekker je heup uitdraaien als je staat,' zei Piet, 'dat is voor mij nou echt Nicolien.'

'Maar dat is voor mij echt heel vermoeiend,' zei ik grimmig, 'en dat doen we dus ook niet.'

Stilte. Piet keek vol spijt naar zijn staketsel en ging toen met zijn armen over elkaar heen staan wachten op mijn voorstel.

Ik voelde me ongemakkelijk. Het is niets voor mij om zo bot te weigeren en Piets houding maakte me onzeker. Daarbij kwam dat Han, en ook Henk (die ik die middag voor het eerst zag), me eveneens zwijgend aan stonden te staren.

Ik zorg er bij het poseren altijd voor dat ik nooit naar een stand hoef te zoeken; tijdens de ene stand verzin ik alvast de volgende en daar glij ik dan in één keer in.

Zodra je gaat rommelen met een arm of een been, of iemand je vraagt je hoofd de andere kant uit te draaien, ben je uit je concentratie, slaat de onzekerheid toe en krijg je gewrongen standen.

Een enkele keer kom je bij een club waar iemand 'de stelbeurt' heeft, en dat vind ik altijd rampzalig. Het zal wel iets met mijn autoriteitsconflict te maken hebben, maar ik haat het als ze op afstand aanwijzingen roepen als: 'Nee, dat ene been nog een fractie meer naar links. O, nou is er ineens niets meer aan' en voel dat ik dan onmiddellijk een agressieve verveling begin uit te stralen.

De mannen van Camille zeggen helemaal nóóit wat en dat is ook weleens moeilijk. Zeker in het begin vroeg ik me af wie de tijd in de gaten hield en de duur van de standen zou bepalen.

Al die eerste avond (met die verbouwing) merkte ik dat niemand van zins was de leiding te nemen. Ze stonden allemaal in stilte te schetsen, legden hun houtskooltje neer als ze klaar waren, en begonnen dan zwijgend te wachten. Ik werd er zenuwachtig van en bedacht, min of meer in paniek, een systeem dat zo bijzonder goed bleek te werken, dat ik het nog altijd gebruik: zodra de helft klaar is, neem ik een andere stand aan. Bij rugstanden is het weleens moeilijk, maar ik kan inmiddels zo'n beetje aan het gekras horen hoeveel er nog bezig zijn.

('Hoe doen jullie andere modellen dat eigenlijk?' vroeg ik eens nieuwsgierig aan Jochem.

'Ja,' zuchtte hij, 'dan moet je het steeds zeggen.'

'Wat dan?'

'Nou: "nieuwe stand".'

Hij nam nog maar eens een slok van zijn bier. 'Nee, we zijn altijd blij als jij er weer bent.')

Die middag met die drie beeldhouwers verliep het allemaal bijzonder moeizaam.

'Kunnen jullie niet gewoon wat gaan schetsen?' vroeg ik ten einde raad, 'ik kan geen stand aannemen als jullie alleen maar kijken en niet tekenen. Als we nou eens vijftien standen van één minuut doen, en dan over een kwartier bepalen welke we kiezen.'

Zo gezegd zo gedaan. We kozen voor een stand waarbij ik op de grond zat, en opgelucht ging ik terug naar huis.

De zaterdag van het feest brak aan. Ik had mijn haar nogal ingewikkeld opgestoken en me flink opgemaakt, in de hoop dat ik me dan iets minder naakt zou voelen. Toen ik het café binnenkwam, was ik echter bloednerveus en dat werd er niet beter op toen ik het podium zag dat midden in het café stond, en waar felle spots op gericht stonden.

'O Jochem,' zei ik, en legde mijn hoofd tegen zijn schouder.

Hoewel Jochem niet mee zou boetseren, was hij al vroeg gekomen om Ank te helpen. Jochem en ik kenden elkaar nog niet zo goed, en tot mijn verbazing sloeg hij gretig een arm om me heen.

'Hoe vind je 't?' vroeg hij, wijzend op het podium.

'Het moet meer in de hoek, en de spots moeten minder fel,' zei ik.

Jochem begon het podium te verschuiven, en ik bestelde maar een glas Martini en keek toe.

Net toen Jochem met een bezemsteel de spots anders richtte, kwam Han binnen.

'Zo,' zei hij terwijl hij op zijn gebruikelijke, scheve manier langs me heen keek. 'Zenuwachtig?'

'Nogal,' zei ik.

'Het komt wel goed.'

Om klokslag drie uur stapte ik achter het scherm, trok mijn

kleren uit, liep naar het podium en nam plaats. Het ging zo snel en geruisloos, dat behalve de drie beeldhouwers, niemand het in de gaten had. Op het moment dat ik in de houding zat, vielen alle zenuwen van me af. Ik was gewoon aan het poseren. Verder niks.

Bovendien reageerde het publiek voorbeeldig. De mensen die me zagen, geloofden duidelijk een moment hun ogen niet, wendden zich af, keken opnieuw en probeerden zich zo zichtbaar een houding te geven, dat ze eigenlijk naakter leken dan ik.

Om het kwartier riep Han: 'Draaien!' en dan draaiden hij en Piet de tafel waarop ik zat een achtste slag.

Intussen gebeurden er nog allerlei andere dingen: liedjes, sketches, het overhandigen der geschenken, enzovoorts. Om het uur nam ik een korte pauze, sloeg een kamerjas om, ging op de rand van het podium zitten en maakte een praatje met Han, die me met zorgen omringde.

Ik kende Han eigenlijk niet bijzonder goed. Hij was een grote, stevige kerel met een grijze baard, die nooit veel zei maar op een soort afwezige manier de zaken goed in de gaten leek te houden.

'Kijk,' zei hij, 'mijn petekind.'

Hij wees op een grote, blonde, omvangrijke meid die in één teug een glas bier ledigde. Ze stond precies in een straal zonlicht en zag eruit als een toonbeeld van Hollands welvaren.

'Jee,' zei ik, onder de indruk.

'Ja, dat komt, achttien jaar geleden zat Henk bij de olieboringen. En z'n vrouw zat maar thuis met die twee kinderen en op een dag was ze weg. Dus Henk komt terug van de olieboringen en die moest die kinderen natuurlijk verzorgen. Nou woonde ik alleen, dus ik kon goed koken. Dus ik ben bij Henk ingetrokken en toen hebben wij die meiden opgevoed. Nou woon ik weer in m'n atelier, en Henk heeft weer een nieuwe vriendin, maar die meiden komen nog steeds bij me over de vloer.'

Ik stapte het podium weer op, hing mijn kamerjas over de verwarming en nam mijn houding weer aan. Gefascineerd keek ik naar die blonde reuzin en probeerde me voor te stellen hoe het was om opgevoed te worden door Han en Henk.

'En later hè,' vervolgde Han in de volgende pauze, 'toen ik in Nieuw-Zeeland zat, toen is ze me op komen zoeken. Ja, ze was pas zestien, maar ze had niet meer zo'n zin in school. Ik was de hele dag de deur uit om portretten te tekenen, daar heb ik goed geld mee verdiend, en zij maakte kunstvliegen voor vissers. En stola's voor een kledingzaak. Was ook een leuke tijd. O kijk, daar is d'r zus.'

De zuster was zo mogelijk nog kolossaler. 'Ha Han,' zei ze, en gaf hem een klap op z'n schouder.

'Ja, die is kapitein op een zeilschip. Over drie maanden gaan ze een reis om de wereld maken.'

'Nou, ze zijn wel imponerend,' zei ik beduusd, terwijl ik naar de beide reuzinnen keek.

'Ja, ze zijn goed geworden. Nou, we hebben ook ons best gedaan hoor, Henk en ik. Altijd gezonde dingen voor ze gekookt. Bonen en zo.'

Voor de laatste maal klom ik het podium op. Inmiddels deed alles me pijn. Het café was bomvol, alles drong en draaide door elkaar heen, glazen vielen, mensen eveneens, en ik keek wazig naar de klok en telde de minuten af. God, wat wou ik graag naar huis. Daar kwam bij dat ik de hele tijd gestadig Martini was blijven drinken, en zo langzamerhand lichtelijk boven mijn theewater was geraakt. Ik kon het beeld van Han en Henk niet meer van mijn netvlies kregen, hoe ze aan het koken waren voor die twee meiden die steeds maar groter en groter werden, het huis zowat uit knalden, en uiteindelijk op een soort vikingschepen de einder tegemoet voeren, met de wind in de stralend witte zeilen.

En toen was het dan eindelijk negen uur.

Ik was nu zo stijf dat ik nauwelijks nog van het podium kon klimmen en, eenmaal achter het scherm, de grootste moeite had me aan te kleden. Alles tintelde en deed pijn. Mijn veters kreeg ik niet eens meer dicht, dus dat liet ik maar zo. De herrie was oorverdovend, ik was kapot en ik wou weg.

'Hee, waar ga jij heen?'

Dat was Jochem.

'Naar huis.'

'Maar je blijft toch wel op ons feest?'

Ik zweeg, overmand door verlegenheid.

'Kom op, ik bestel een borrel voor je.'

'Nee echt niet. Ik wil echt naar huis.'

'Maar hier heb ik zo naar uitgezien!'

Deze uitroep was voor die stille, gesloten Jochem zo uitzonderlijk, dat ik ervan schrok. Ik realiseerde me dat hij zich hier geweldig op verheugd had en dat maakte het allemaal nog onverdraaglijker. Ik kon wel huilen.

Dus ik draaide me zwijgend om en begon me door de menigte heen te wringen naar de deur. Ik had het gevoel dat Jochem me volgde en raakte bijna in paniek.

Na een eeuwigheid bereikte ik de voordeur, en daar stond Han. Ik keek schuw langs hem heen, vrezend dat ook hij zou vragen of ik bleef.

Han doorschouwde de situatie in één oogopslag.

'Goed gezeten, en nou lekker naar huis,' zei hij, legde zijn hand op mijn rug en duwde me naar buiten.

Donderdag 10 april

Dit was het verhaal dat ik die avond in het café aan Femke en W.C. vertelde. Het duurde veel langer dan ik gedacht had, ook andere mensen begonnen mee te luisteren, en tot mijn ontsteltenis merkte ik dat ik aan een soort epos begonnen was waar naar mijn idee totaal geen clou in zat.

Dat was W.C. niet met me eens. Hij vond het een prachtig verhaal en gaf me de opdracht er een scenario over te schrijven.

Helemaal opgewonden ging ik naar huis, vol plannen. Nou, je weet wat er verder gebeurde: W.C. vond er niets aan en ook Femke aarzelde.

'Toen je het in het café vertelde was het veel leuker,' zei W.C., 'kun je d'r geen prozaverhaal van maken?'

Ik schaamde me. Ik had met zoveel plezier aan dat scenario gewerkt en het was blijkbaar niks. Het zweet brak me uit bij de gedachte dat er nog een vierde exemplaar in omloop was, en dat dat uitgerekend bij die allergriezeligste Ger Beukenkamp op het bureau lag. Verschrikkelijk. Hij zou wel denken. Brandde z'n huis maar af, met scenario en al. Jezus Christus, was ik maar dood.

Intussen werkte ik, zoals opgedragen, aan mijn prozaverhaal. Geen amateuristisch enthousiasme meer, maar beeldhouwen in taal.

Dat is allemaal alweer lang geleden. Maar blijkbaar is er iets van plot, van zinswendingen, in mijn geheugen blijven hangen, want ik merkte aan mijn brief aan jou dat ik zo nu en dan in oude patronen leek te vervallen, en het kostte me moeite om weer mijn eigen woorden te vinden, hoe onhandig ook, en niet al te literair te worden.

Dat is toch wel mooi, dat uitgerekend jij er de oorzaak van bent dat ik mijn spontaniteit heb teruggevonden, en niet die onwijs 'aardige' en enthousiaste Han W.C., die godverdomme nooit meer één woord over dat prozaverhaal gezegd heeft. Ik heb er ook niet meer naar gevraagd, ik wou er niets meer mee te maken hebben.

Beste Ger, ik hoop dat bovenstaande niet al te slordig en te chaotisch is geschreven, maar ik wil je dit voor morgen faxen en ik ben zo langzamerhand bijzonder zenuwachtig.

Wat een geluk dat ik altijd zo goed uit mijn woorden kan komen; als die eigengereide klootzak morgen ook maar één verkeerd woord zegt, zal ik hem eens heel precies zeggen wat ik van alles vind. Ziet-ie meteen dat ik stapelgek ben, dus dat komt dan goed uit.

't Is kwart voor zes. Ik ga bij mijn zus eten. Met de kinderen spelen en port drinken. En dan maar hopen dat ik de nacht een beetje doorkom. Ik ben echt bang.

P.S. Weet je waar ík me weleens in tekort voel schieten? Dat ik niet genoeg aandacht voor je werk heb. Het interesseert me wel, maar niet veel meer dan al je andere uitingen, de manier waarop je loopt, kijkt, thee inschenkt. Maar ja, er zijn denk ik al genoeg mensen die geïnteresseerd in je werk zijn, hè, dan neem ik gewoon de rest.

Verslag van de arbeidsgeschiktheidskeuring van de GGD, 11 april 1997

Ik zit tegenover een klein, slank mannetje, de heer T. Hij draagt een bril en een nogal opvallend colbert met grote ruiten. Ik denk dat hij ongeveer vijftig jaar is. Naast hem zit een allochtone, accentloos Nederlands sprekende vrouw aan gene zijde van de veertig. Ze ziet er sympathiek uit.

T. neemt het woord. Hij legt me uit dat zij mijn arbeidsgeschiktheid zullen beoordelen, waarbij ze zullen kijken naar wat ik wél kan en niet naar wat ik niet kan. Hij wil benadrukken dat de GGD dit doet in opdracht van de Sociale Dienst, maar dat ze niet in dienst zijn van die organisatie en dat ze een onafhankelijk oordeel zullen vellen. De vrouw naast hem blijkt die week ingewerkt te worden om daarna dergelijke onderzoeken, net als T., zelfstandig te kunnen verrichten.

'Ik begrijp het,' zeg ik. Ik zit verstijfd op mijn stoel aan de andere kant van de tafel en zal gedurende het hele gesprek strak naar het tafelblad blijven kijken in een poging me zo goed mogelijk op mezelf te concentreren en me niet te laten afleiden door mogelijke gedachten en gevoelens van de mensen tegenover me, iets waar ik nogal ontvankelijk voor ben. Het komt me voor dat ik daardoor een min of meer contactgestoorde indruk maak, maar dat lijkt me wel gunstig. T. begint in zijn papieren te rommelen en refereert aan eerdere gesprekken die ik met de GGD gehad heb, in 1988 en 1990.

'Dat was met een zekere dokter W.,' zeg ik tegen het tafelblad, 'die keurde me in eerste instantie voor 50 procent af, en liet dat later zo staan.'

'Vervelend hè?' zegt T.

Nu kijk ik op. 'Waarom?'

'Nou, afgekeurd te worden!'

Ik kijk weer naar beneden. 'Dat kwam juist heel goed uit. Hoe meer afgekeurd, hoe beter.'

Nu is de toon gezet.

'Ik zie dat je VWO gedaan hebt... je bent eenmaal blijven zitten...'

'Ik heb drie keer de derde klas gedaan en toen de vijfde overgeslagen.'

'Hoe dat zo?'

'Ik raakte in een depressie, althans dat heb ik later begrepen, waardoor ik tot niets meer in staat was. Toen het op het volwassenenonderwijs later beter ging, heb ik de vijfde overgeslagen.'

'Was je niet wat jong om naar het volwassenenonderwijs te gaan?'

'Ik had dispensatie nodig. De psychiater bij wie ik toen onder behandeling was, weigerde die te geven. Hij had een bloedhekel aan me.'

'Dus iedereen die een beslissing neemt die jou niet bevalt, heeft volgens jou een bloedhekel aan jou. Als ik straks een beslissing neem die je niet goed uitkomt, heb ik volgens jou ook een hekel aan je.'

'Nee, want u heeft geen hekel aan mij. En die mevrouw ook niet.'

Ik kijk op. De vrouw lacht.

'Je hebt even Engels gestudeerd, een paar jaar bibliotheekschool gedaan, maar dit alles niet afgemaakt. Ook later, bij stages en baantjes, ben je steeds weggelopen. Hoe komt dat?'

'Dat gaat vanzelf.'

'Wat gebeurt er dan?'

'Dan sta ik op, pak mijn jas en loop de deur uit. Dat gaat helemaal vanzelf.'

'Hoor je stemmen die je dat opdragen?'

'Nee.'

'Hoe weet je dan dat je weg moet lopen?'

'Dat begrijp ik ook niet. Ik weet gewoon dat ik daar niet moet zijn. Het is een kwestie van afwachten, en dan voltrekt het zich vanzelf.'

'Je kunt zeggen: "Wat vreselijk, die mensen werken acht uur per dag." Maar je kunt ook zeggen: "Ze hebben zestien uur per etmaal vrij"!'

'Het is geen kwestie van keuze. Het is niet dat ik argumenten tegen elkaar afweeg en uiteindelijk besluit dat ik liever niet werk. Het is rampzalig dat ik niet kan werken. Daar is weinig begrip voor in deze maatschappij.'

'Maar hoe kómt het dan dat jij niet kan werken?'

'Geen idee. Ik begrijp niet dat anderen het wél kunnen.'

'Dus werken is voor jou onmogelijk.'

'Ja.'

'Hoe verklaar je dat dan?'

'Dat verklaar ik niet. Ik denk dat het gewoon niet de bedoeling is dat ik daar ben.'

'Wie bepaalt dat?'

'Dat is een waarheid die groter is dan ikzelf.'

T. zit als een razende notities te maken. Vooral deze laatste uitspraak schijnt hem bijzonder te bevallen. Misschien kan hij hem die avond gebruiken als hij van zijn vrouw moet helpen met de afwas. 'Nee, ik voel dat het vandaag niet de bedoeling is dat ik afwas. Dat is een waarheid die groter is dan ikzelf.'

'U zegt dat u aan chronische vermoeidheid lijdt.'

'Ja, maar dat lijkt me niet iets fysieks. Ik bedoel: ik denk niet dat daar door middel van een pil iets aan te doen valt.'

'Waar komt het dan door?'

'Doordat ik het leven bijzonder vermoeiend vind.'

'Er zijn genoeg mensen die erg van het leven genieten.'

'Als u mij uitnodigt om een weekeind naar uw huisje op Schiermonnikoog te komen, denk ik niet, zoals misschien de meeste mensen: "ja leuk", maar: "o mijn God, wat ingewikkeld, dan moet ik daar helemaal naar toe en dan word ik misschien moe en dan moeten we hele lange wandelingen maken en hoe moet dat nou als ik dat niet volhou."'

'Je bent wel erg pessimistisch.'

'Ik ben helemaal niet pessimistisch. Ik zeg gewoon hoe het voor mij is.'

'Je kunt de zaken ook wel een beetje luchtiger proberen in te zien.'

'Dat maakt het erger. Het leven is een stuk eenvoudiger geworden toen ik toegaf dat het voor mij bijzonder moeilijk is.'

'Terug naar het werk. Je zegt dat jij niet kunt werken. Hoe verklaar je dan dat de meeste mensen dat wél kunnen? Die hebben het dus mis in jouw ogen.'

'Ik wil niet dat u ervan gaat maken dat ik arrogant ben. Dat heb ik al vaak genoeg gehoord, en dat is niet zo.'

'Dat zeg ik niet.'

'Nee, maar ík zeg het alvast. Ik kijk volstrekt niet neer op mensen die werken. Ik zeg alleen dat ik het niet kan.'

'En hoe komt dat dan?'

'Ik denk dat ik getikt ben.'

'Maar we gaan er nu eenmaal toch vanuit dat ieder mens die pakweg achttienhonderd gulden die je nodig hebt om in je eigen levensonderhoud te voorzien, zélf moet kunnen verdienen.'

'Ik dacht dat u tien minuten geleden zei dat u een volkomen onafhankelijk oordeel zou vellen.'

'Dat doe ik ook.'

'Ik vind dat u nu anders nogal een uitspraak doet. U gaat uit van een eis waar ik nooit aan zal kunnen voldoen.'

'Omdat jij je niet aan afspraken kunt houden.'

'Ik kan me uitstekend aan afspraken houden. Ik zit hier nu toch, precies op tijd, netjes in de kleren tegenover u?'

'Maar hier staat dat je scenario's schrijft. Dat is ook een kwestie van samenwerken.'

'Ja, dat is ook nogal een probleem.'

'Want een scenario is een product. Dus dat product zul je toch op de markt moeten afstemmen. Je kunt wel een beetje scenario's gaan schrijven die niemand wil hebben, maar dat heeft geen zin. Dus je zult moeten uitzoeken waar vraag naar is.'

'Nee, dat moet bij schrijven nou gelukkig juist niet. Dat moet als je een nieuw soort tandenborstel wilt introduceren, maar dat moet niet als je schrijft. In de tijd dat Nederlandse producenten meenden te weten wat het publiek wenste, ging er geen hond naar de bioscoop. Nu er wat kleinere, en persoonlijker films gemaakt worden, gaat het ineens een stuk beter.'

'Maar je zult toch afnemers voor je product moeten zoeken.'

'Dat doe ik ook.'

'En daar zul je mee moeten onderhandelen.'

'Dat doe ik ook. Met drie heb ik slaande ruzie gemaakt, met drie anderen kan ik het uitstekend vinden.'

'Waarom zou iemand ruzie willen maken? Je werkt toch samen aan een product? Dan heeft het toch geen zin om ruzie te gaan zitten maken?'

'Dat kwam door de machtsverhoudingen.'

'En jij weigert je aan te passen. Wat doe je als ze je vragen om iets in je werk te veranderen?'

'Dat doe ik alleen als ik het eens ben met de voorgestelde wijzigingen.'

'Maar dat kan natuurlijk niet altijd. Terwijl we toch allemaal wel eens een beetje water bij de wijn moeten doen.'

'Dat kan ik dus niet. 't Is nogal een handicap. Als die onoverkomelijk blijkt, hou ik op met scenarioschrijven.'

'Ja maar jij kan wel zeggen dat je je niet wil aanpassen...'

'Nee, dat ik dat niet kán.'

'Maar ja, als iemand vraagt je werk aan te passen, moet je dat doen. 't Is allemaal een kwestie van vraag en aanbod.'

'Ik heb een jaar geleden geprobeerd de zaken zo te zien en me daaraan aan te passen. Het gevolg was dat ik een hevige depressie kreeg en helemáál niet meer schreef. Dus toen waren we nog verder van huis. Daarna heb ik besloten dat ikzelf en dat wat ik wil schrijven op de eerste plaats komen. Als iemand daar interesse in heeft, is dat leuk, maar het is een tweede.'

Nu zegt de vrouw voor het eerst iets. 'Heel goed!' zegt ze. Ik kijk op.

'Ja ja.' T. weer. Hij kan het niet goed hebben als de vrouw wat zegt. Hij wil de boel in handen houden.

'En zou je bijvoorbeeld ook...'

'Nee.'

'Je weet wat ik wil vragen?'

'U gaat nu vragen of ik reclameteksten zou kunnen schrijven.'

'O, je bent helderwetend? Je kunt uitslagen van voetbalwedstrijden voorspellen? En dat in maart een vliegtuig neer zal storten en dat daar eenenveertig doden bij zullen vallen?'

'Dat interesseert me niets.'

'Nee, want statistisch is bewezen dat de meeste vliegtuigen in maart neerstorten! En dat er dan gemiddeld eenenveertig doden vallen!'

Hij lacht tevreden. Ik voel me ineens moe en treurig worden. We zijn ook al drie kwartier bezig.

'En wat dan nog,' zeg ik, 'wat doet het ertoe hoe we de dingen weten? Misschien zijn er therapeuten die beweren helderziend te zijn, en die een beetje schizofreen blijken te zijn.

Maar wat doet dat ertoe als het goede therapeuten zijn?'

'En, zou je die reclameteksten willen schrijven?'

'Nee. Ik heb het weleens gedaan, maar zonder veel succes. Mijn stijl is nogal particulier; als je wilt dat ik een gewone tekst schrijf, kun je beter een gewone tekstschrijver nemen.'

'Ja maar als je aan een product werkt...'

'Ik heb maar één product en dat ben ik zelf. En mijn enige doel in het leven is om zo volmaakt mogelijk diegene te worden die ik voorbestemd ben te zijn. En daarbij gehoorzaam ik aan iemand die aanzienlijk hoger is geplaatst dan u, de directeur van de Sociale Dienst of welke werkgever dan ook, en dat is God.'

(Eerlijk gezegd had ik net zo goed: 'En dat ben ik zelf' kunnen zeggen, maar ik vreesde dat een dergelijke hoogmoed hem te veel zou worden. De splitsing van de persoonlijkheid is voor mensen die niet schrijven moeilijk te begrijpen, en het verdient aanbeveling om dan maar gewoon 'God' te zeggen. De ander meent ofwel dat je daardoor niet toerekeningsvatbaar bent, ofwel dat hij een dergelijk geloof moet 'respecteren'. In beide gevallen houdt hij zijn mond.)

'En als er nou een filantroop opstaat die besluit jou ieder jaar een ton te geven? Zou je die dan aannemen?'

'Ja, natuurlijk.'

'Maar dan zou je dus niet meer schrijven.'

'Waarom niet? Wat maakt het nou uit of ik dat geld van een willekeurige particulier krijg of van de Sociale Dienst?'

'Nou, als je verzekerd bent van een ton, dan hoef je toch niet meer te schrijven?'

'O! Op die manier. Nee, dat maakt niet uit. Ik schrijf toch wel door. 't Is m'n lust en m'n leven.'

'Maar dan haalt het misschien de angel uit je leven en je werk.'

'Ik geloof niet dat mijn eindeloze strijd met de Sociale Dienst ergens goed voor geweest is. Het heeft me alleen maar somber en doodongelukkig gemaakt.'

'Omdat de bijstand bedoeld is voor mensen die tijdelijk, door omstandigheden, zonder werk zitten. Niet voor mensen die geen zin hebben om te werken!'

'Het gaat niet om "zin hebben", het gaat om kunnen.'

'Dus alle mensen kunnen dat, behalve jij. En dat heb je maar geaccepteerd van jezelf. Want die anderen hebben het allemaal mis.'

'Ik vind het menselijk aanpassingsvermogen iets geweldigs en ik denk dat het ook noodzakelijk is om te overleven. Ik weet niet voor wie ik meer bewondering heb: voor Christus, die zolang zichzelf is dat hij wordt gekruisigd, of voor Pilatus, die doet wat hij moet doen om te overleven. Voor beide standpunten valt wat te zeggen.'

'O, dus je bent nu met je eigen kruisweg bezig!'

'Nou, eigenlijk wel.'

'En aan welke statie ben je nu? Je bent nu gevallen... nou nee, je bent eigenlijk niet gevallen... Maar Christus handelde uit altruïsme. Jij doet alles voor jezelf. Je wilt alles zelf houden. Jij zou nooit iemand een gulden geven.'

'Sterker nog, ik geef iedere bedelaar een gulden. Maar dat is een investering. Als ik ooit nog eens dakloos rondzwerf, hoop ik dat iemand mij weer een gulden zal geven.'

'Dus als jij in de goot ligt en ik kom langs, dan wil je dat ik je optil.'

'Nee hoor. Dat moet u alleen als u dat een prettig gevoel zou geven.'

'Maar dat veroordeel je natuurlijk tóch.'

'Nee, dat veroordeel ik dus niet.'

'Gelukkig maar, want dat ben ik niet van plan. En bij welke

statie ben je nu? De veertiende? En ik moet nu het kruis van je overnemen?'

'Dat zou wel prettig zijn.'

'Maar dat doe ik niet.'

'Het zij zo.'

'Want waarom zouden anderen voor jou zorgen?'

'Omdat we in een systeem leven waarin dat gebeurt. En daar probeer ik gebruik van te maken.'

De vrouw kan zich niet langer beheersen.

'O, ik vind het zó'n interessant gesprek!' roept ze. En tegen T.: 'We praten er straks over door hè?'

'Dat wordt dan een filosofisch middagje voor u,' zeg ik met een bleek glimlachje.

De vrouw is helemaal enthousiast. 'Jammer alleen dat ik zo weinig van jullie Christelijke geloof afweet! Ja weet je, ik ben hindoe!'

'Hindoe,' herhaal ik wezenloos. Ik ben ineens volkomen uitgeput. Deze plotselinge overgang is me teveel.

'Wat ik niet begrijp,' vervolgt T., 'is dat ik hier lees dat je aan stijldansen doet. Dan moet je je toch ook aanpassen. Je kan niet ineens een wals gaan dansen als de anderen met een tango bezig zijn!'

'Ik vind het erg prettig om me te laten leiden. Ik moet al zoveel in het leven zelf doen dat ik dolblij ben als iemand het roer even van me overneemt.'

'Ja, maar je kunt je niet onderwerpen aan een ander.'

'Wel als iemand het beter weet dan ik.'

'Jij kunt ook geen liefdesrelaties hebben. Want liefde is onderwerping.'

'Dat lijkt me een nogal mannelijke opvatting van liefde.'

'Liefde gaat om macht.'

'Alles gaat om macht. Zoals wij hier tegenover elkaar zitten, gaat het om macht.'

'En daar kun je niet tegen.'

'Ik heb me erop voorbereid. U hebt de macht. Ik kan alleen maar volkomen eerlijk zijn, naar huis gaan en afwachten.'

'Maar als je weigert aan macht in te boeten bij een relatie, kun je nooit een relatie hebben.'

'Die mevrouw die u net in de wachtkamer zag zitten, is mijn vriendin. Ik heb haar gezegd dat ze me moet accepteren zoals ik ben, en dat het feest anders niet doorgaat.'

'Maar dat is een onmogelijke eis!'

'Nou, ze denkt er anders serieus over na. Los van mijn onbuigzaamheid ben ik een bijzonder leuk iemand.'

'Maar jij kunt niet voelen. Hoe kun je een relatie hebben als je niets voelt?'

'Hoe komt u erbij dat ik niets voel?'

'Huil je weleens?'

'Nee.'

'Waar gaan die scenario's eigenlijk over?'

'Eentje ging over een meisje in een werkervaringsproject. Als ze het werk een bepaalde tijd zal volhouden, zal ze een reguliere baan aangeboden krijgen. Maar ze denkt halverwege: "wat zou ik hier eigenlijk?" en het eindigt ermee dat ze opstapt en op de stoep voor de zaak in de zon zit.'

'Nogal een mager plot.'

'Hoezo?'

'Ja, is dat nou een goed of een slecht einde?'

'Dat is aan de kijker. Ik neem aan dat negentig procent het een ongelukkig einde vindt, en dat tien procent denkt "goed gedaan meid".'

'En hoe gaat het dan verder?'

'Dat is een andere film. Deze gaat over de interne strijd. Een volgende film zou gaan over de strijd met de instanties. Dat is uiteindelijk misschien minder interessant.'

'Maar wel noodzakelijk.'

'Ja.'

Het is inmiddels half vijf. We zitten al anderhalf uur te praten. Ik ben helemaal slap van de honger en de moeheid. T. slaat met beide handen op zijn papieren, leunt achterover, kijkt me aan en zegt ronduit: 'Ik heb geen idee wat ik met je aan moet.'

Ik kijk verrast op.

'Nou, dat vind ik tof van u, dat u dat zegt.'

'Het heeft niet veel zin je huisarts op te bellen, want daar ben je pas één keer geweest. Ik denk dat ik mevrouw van O. eens ga bellen.' (Yolanda, ofwel het Orakel.)

'Dat lijkt me een goed idee, want dat is de enige mens op aarde die nóg meer gelijk heeft dan ik.'

'Nou, kijk eens aan.'

Hij begint in z'n papieren te rommelen. Ik ga ervan uit dat het gesprek afgelopen is en kijk eindelijk op. De vrouw kijkt me zo vriendelijk aan, dat ik vind dat ik iets aardigs moet zeggen.

'Hindoe hè?' zeg ik. 'Daar weet ik eigenlijk niets vanaf. Misschien kan ik eens een boekje uit de bibliotheek halen.'

'Dat moet je zéker doen! Want ik heb een heel duidelijk beeld wat voor incarnatie je bent!'

Ook de vervloekte ironie keert weer terug; ik lach en zeg: 'O leuk, komt dat ook in het eindoordeel?'

Ze lacht voorzichtig. T. begint ineens weer: 'En als je geen scenario's meer schrijft, wat zou je dan gaan schrijven?'

'Proza.'

'Waarover dan?'

'Misschien hierover. Al met al is het geen oninteressante strijd. Niet alleen als praktische handleiding "Hoe overleef ik de instanties" maar ook als verslag van de eenling tegenover het systeem. Ondanks alles vind ik dat mensen als ik er ook moeten zijn, zelfs al kosten we de gemeenschap twaalfhonderdzesenveertig gulden per maand.'

'Ik ben benieuwd.'

'Los daarvan: wat gaat u nu precies doen?'

'Ik weet het totaal niet. Ik bel mevrouw van O., en neem een beslissing. Die verneemt u via de Sociale Dienst.' We staan op en lopen gedrieënlijk naar de deur. Ik geef ze een hand, zeg per ongeluk: 'Dank u wel,' en loop weg.

Louise zit in de wachtkamer met een oud, wat gebocheld vrouwtje. Ze kijken me ademloos aan.

'Einde marteling,' zeg ik.

'En dat allemaal voor een uitkerinkie?' roept de vrouw.

'Ja,' zeg ik.

Louise reikt jassen en tassen aan. Het vrouwtje grijpt m'n hand. 'Nou stérkte hoor!'

'Ja,' zegt Louise als we het gebouw uitlopen, 'die had om kwart voor vier een afspraak over een invalidenparkeerplaats. Dus toen jij zo lang uitliep, begrepen we wel dat je flink door de mangel werd gehaald.'

'Dat kun je wel zeggen,' zeg ik.

Haarlem, zondag 13 april 1997

Beste Ger,

Je ademhalingsadviezen ten spijt heb ik die nacht geen oog dichtgedaan. Zaterdag maar een lang eind wezen lopen, maar pas vandaag weer een beetje gekalmeerd.

Het is niet dat ik zozeer aan die anderhalf uur met de inquisitie terugdenk – het is eerder of gedachten die wekenlang als wilde dieren opgesloten zaten, allemaal tegelijk bevrijd zijn en nu ordeloos door mijn kop draaien. Blijkbaar heb ik in enorme concentratie op dat gesprek geleefd, en treedt nu de ontspanning in.

Het is natuurlijk niet alleen dat gesprek; aan een strijd van vier jaar, waarin ik geprobeerd heb dan tenminste mezelf maar te accepteren zoals ik ben, is nu een einde gekomen.

(Kort na de dood van mijn broer zat ik in mijn morgencafé. Buiten regende het. Ik dacht: het leven is heel kort. Ik ben nu al achtentwintig jaar dezelfde, waarom denk ik dat ik ooit nog zal veranderen? Ik blijf zoals ik nu ben. Laat ik ophouden te hopen dat ik op een dag ineens 'gewoon' zal zijn. Laat ik maar accepteren dat het zo blijft.)

Ik heb het nu allemaal een keer gezegd, en meer kan ik niet doen. Wat de rest van de mensheid er bij monde van de Sociale Dienst van vindt, doet uiteindelijk niet heel veel ter zake. Daar heb ik in feite niet bar veel mee te maken, behalve dan dat het tot financieel ongemak zou kunnen leiden.

'Wat een oninteressant leven,' dacht ik toen ik door de weilanden naar Overveen liep.

De gedachte dat ik me tot mijn dood zou bezighouden met het schrijven van mijn verdedigingspleidooi, leek me gruwelijk.

Tijd voor iets nieuws dus. Voorlopig is er genoeg om me mee bezig te houden. Daar hoor jij ook bij.

Toen je vier jaar geleden de klas binnenkwam en stralend van zekerheid verkondigde dat het eind van ons lijden in zicht was omdat jij ons de blijde boodschap van de Premisse en de W & de C's kwam verkondigen, kwam alles in mij in opstand.

Ik wou niet in een allesomvattende structuur geloven, zo

simpel mocht het niet zijn. Maar ik heb het koppige hoofd leren buigen. Waarvoor mijn dank.

Sindsdien heb ik het mezelf vier jaar lang zo moeilijk mogelijk gemaakt, om uiteindelijk te eindigen als het model in mijn scenario, buiten op de stoep in de zon.

Toen ik jaren geleden voor het eerst bij je thuiskwam en je achteruit de keuken in deinsde om thee te gaan zetten, dacht ik, staande op de keukendrempel, in stomme verbazing: 'Maar dat is een hele aardige man! We moeten bevriend worden en alles tegen elkaar zeggen!'

Sindsdien ben ik erg bevriend met jou geraakt en zeg ik inderdaad alles tegen je, maar sta jij nog steeds paniekerig naar dat theezakje te kijken. Ik geniet tóch wel van je, daar niet van, maar zou het zo langzamerhand niet eens tijd worden dat je probeert je mond open te doen?

Haarlem, zaterdag 19 april 1997

Ger van mijn hart,

Ik ging vandaag met Charlie uit en het was eigenlijk heel vervelend. Charlie was vreselijk gaperig en afwezig, en bleef dat de hele dag. Ik moet me dan inprenten dat het werkelijk niet aan mij ligt, dat ik me er niet te veel van aan moet trekken en er maar het beste van moet maken, maar dat valt me nog niet mee. Temeer daar hij beloofd had dat we uit eten zouden gaan – iets wat voor mij echt feest is – en het ermee eindigde dat we in een matig eetcafé een dagschotel namen, waar ik bovendien 25 gulden aan bij moest dragen omdat hij niet genoeg geld bij zich had. Ik moet verschrikkelijk zuinig leven op het moment en schrok zo hevig dat ik niets liet merken. Ik hoopte even dat Charlie dan tenminste aan zou bieden om me dat later terug te betalen, en toen hij dat niet deed, voelde ik me zo ongelukkig en beschaamd dat ik maar blij was dat hij zei dat hij naar huis ging.

'De volgende keer moeten we eerst maar even in bed gaan liggen,' zei hij branie-achtig. Ook al verkeerd. En ik ben niet zo snel hoor. Ik kan dat allemaal niet meteen zeggen.

Ik denk al gauw dat ik ook zo veel eis van anderen, en dat ik zoveel praat, en dat het mijn eigen schuld is dat ik zo weinig geld heb omdat ik niet werk. Bij een volgende ontmoeting probeer ik het dan toch maar te vertellen, want dat werkt uiteindelijk beter.

Ik krijg ook nooit zeep of bloemen. Hoogstens een fles oude klare, die ze dan voor het grootste deel zelf opdrinken.

Ooit kreeg ik een stuk zeep van Charlie en toen was ik helemaal sprakeloos van plezier.

'Eerlijk gezegd was het een opdracht van het Orakel,' bekende hij een beetje benauwd toen hij zag hoe leuk ik het vond. (We noemen Yolanda vaak 'het Orakel'.) Maar goed, hij had het dan toch maar gedaan.

Hoe dan ook, nu zit ik, tot mijn verbazing, om half negen 's avonds, ineens alleen thuis. Ach, ook wel fijn. Lekker aan jou schrijven. (Daar voel ik me ook weleens schuldig over: dat bijna niemand in staat is me af te leiden van de dialoog met mezelf en ik, ook tijdens gesprekken, vaak door blijf denken aan mijn eigen dingen. Charlie en oom F.W. zijn trouwe steunpilaren, en zo na een half uur slaag ik er meestal wel in om me echt aan het gesprek en aan hen te wijden (als ik maar weet dat ik uiteindelijk weer voor mijn eigen voordeur wordt afgezet), maar alleen Sybren en jij hebben diezelfde wilde woeste denkwijze die niet indeelt, maar verder gaat en me eindelijk eens kan afleiden van mijn eigen gedachten. Dat heeft voor mij blijkbaar zoiets aantrekkelijks en opwindends dat jullie ook de enige twee mannen zijn op wier fysiek en mimiek ik nooit raak uitgekeken. Mijn neiging tot aanraken heeft ook iets religieus; men wil misschien de kracht van de ander overnemen via de tastzin. Ja, ik zeg maar wat hoor, maar zoiets zit er wel een beetje bij.)

Zoals je begrijpt heb ik nog veel nagedacht over ons gesprek van gisteren. Later bedacht ik dat het allemaal wel veel voor je was: eerst die première en al die lui die de volgende dag bellen hoe het gegaan is, en dan ik er ook nog eens overheen om je het mes op de keel te zetten. Laten we maar hopen dat het dan tenminste voor een beetje afleiding gezorgd heeft.

Het geeft allemaal niets. Ik hou nu eenmaal van je, en dat jij dat eng vindt is mijn zaak niet, behalve als het ertoe zou leiden dat je me niet meer zou willen zien.

Het kan me niet schelen wat je zegt en doet, noch wat je wel of niet van mij vindt, want dat staat daar allemaal los van.

De dingen voltrekken zich buiten onze wil om. Ik heb me er indertijd wel naar om gevoeld hoor, omdat ik me geneerde, maar uiteindelijk heb ik besloten dat dat verspilling van energie was en dat ik er maar beter van kon genieten. Liefde is het enige wat ons in leven houdt, en we zouden wel gek zijn om het die enkele keer dat dat op ons pad komt te vergallen door het langs de meetlat der conventies te leggen en onze kop te breken over gelijkwaardigheid en dergelijke saaie zaken, die me uiteindelijk niet eens interesseren óók.

Ik geloof trouwens dat het precies deze conventies zijn die jou al die onzin doen uitslaan. Als ik het goed begrijp, is jouw probleem dat je bang bent dat liefde verplichtingen schept. Dat je op de een of andere manier verantwoordelijk voor iemand zou zijn.

Ik voel die angst natuurlijk al jaren (ik heb er zelf ook last van en herkende het dus meteen) en ik heb er altijd maar een beetje voorzichtig omheen gemanoeuvreerd door zo min mogelijk aan je te vragen. Misschien dat deze tact het alleen maar erger gemaakt heeft, want jij hebt volgens mij radar voor alles wat verzwegen wordt, en het zou me niet verbazen als het jou alleen maar gesterkt had in je angst dat de ramp zich ooit zou voltrekken.

Nou, dat is dan gisteren gebeurd. Was het erg? Daar jij volgens je theorieën niet aan liefde doet, ben jij, als ik het goed begrijp, bang te kwetsen. Het probleem zou dus moeten zijn dat ik nu diep ongelukkig ben door jouw afwijzing. En dat is dan jouw schuld, jouw schuld, jouw verschrikkelijke schuld.

Maar eerlijk gezegd heb ik van je afwijzing (hoewel ik wel even moest slikken en zelfs, bij hoge uitzondering, het gevoel had dat ik bloosde) veel meer profijt dan van een slachtofferachtige goedkeuring. Als je me zuchtend een minuutje m'n gang had laten gaan, had ik de volgende keer natuurlijk moeten vragen of ik aan je grote teen mocht likken of erger. Want ik ga natuurlijk net zo lang door tot ik eens ergens op een grens stuit. Goedschiks of kwaadschiks, contact is contact.

Terugdenkend (tijdens het gesprek zelf moest ik me natuurlijk te zeer concentreren dan dat ik me aan beschouwingen kon overgeven) vind ik het eigenlijk verbijsterend wat je allemaal gezegd hebt. Het was niet echt nieuw voor me, maar dat je het nou tenminste éindelijk eens hardop zei, was werkelijk een bijzondere opluchting. Vandaar dat ik natuurlijk koppig volhield. Zo'n kans krijgt een mens maar zelden. Voor mij was dit gesprek in feite veel normaler dan de gesprekken die we anders voeren, waarbij ik toch nog altijd een beetje geneigd ben in jouw voetstappen mee te lopen. Je bent nogal imponerend.

Helaas sterkt het mij natuurlijk alleen maar in mijn overtuiging dat je inderdaad geweldig bent, dus wat dat betreft ben je er niet veel mee opgeschoten. De beste manier om van me af te komen, als ik je een tip mag geven, is om me wild naar je toe te trekken en 'Kom eens even hier schatje' te roepen. Dan ben je onmiddellijk van me verlost. Maar de wijze waarop je je nu gedraagt, door mij op fabelachtige wijze te verdragen en te accepteren, en je daarbij zo'n beetje als een ijskast voor te doen terwijl de vlammen uiterst zichtbaar van binnenuit langs de scharnieren lekken, is voor elke recht- (of scheef-)geaarde vrouw natuurlijk onweerstaanbaar.

Los van deze bakvispraat, vind ik het bewonderenswaardig zoals je je door dit voor jou volgens mij martelende gesprek heengeslagen hebt. Zelfs ik, die toch heel wat gewend ben, en blij was dat ik nou eindelijk eens een keer beet had, begon enorm naar een borrel te verlangen. Maar ja, ik had niet zo'n zin om nóg een keer nee te horen, en heb er dus maar niet naar gevraagd.

Ik vond het leuk wat je zei, over dat streven naar volmaaktheid. Ik vind inderdaad dat ieder mens ernaar zou moeten streven diegene te worden die hij is.

'En als iemand nou een massamoordenaar is?' vroeg Louise sceptisch.

'Dan moet hij gearresteerd worden,' zei ik.

'Ja, maar ik wil jou, en jij loopt maar te tobben over de eeuwigheid. Dus dan kan jij jezelf wel beter vinden, maar intussen doe je mij tekort,' zei Louise.

'Als ik het ook steeds over theemutsen en uitjes naar de Keukenhof had, zou je nooit verliefd op me zijn geworden,' zei ik. Vooral dit laatste voorbeeld was bijzonder ongelukkig gekozen, want Louise had net een leuk NS-dagtochtje-met-speciale-korting naar de Keukenhof uitgezocht, dus er moest eerst een en ander gesust worden voor we dit metafysische gesprek konden vervolgen.

Louise kan zich eenvoudigweg niet voorstellen dat iemand weken zou lopen tobben over de vraag wat 'heiligheid' nou eigenlijk is. Maar ze houdt van mij omdat ik dat doe.

Over het algemeen proberen mensen je terug te voeren naar de oorsprong van je gedachten, en vragen ze 'of je niet te veel nadenkt' en of je niet beter eens een leuke vriendin kan gaan zoeken. Maar ik heb helemaal geen zin om het over mij te hebben. Wat kan mij mezelf nou schelen? Daar zit ik al de hele dag aan vast. Ik vind mezelf alleen interessant als lens op de wereld.

Of aan het eind van mijn beschrijvingen God, ikzelf of de wereld oprijst doet vooralsnog niet ter zake en is ook niet aan mij om te beoordelen. Vanwaar die eeuwige neiging om het tot gewone, begrijpelijke proporties terug te brengen, die angst dat ik mezelf beter zou vinden en boven een ander zou stellen? Ten eerste geloof ik niet dat ik dat doe, en ten tweede, wat dan nog? Waarom moet ik altijd en eeuwig uitleggen waar ik allemaal niet op neerkijk en wat ik niet veroordeel? Dat is toch helemaal niet interessant? Charlie zegt dat het komt doordat ik een vrouw ben.

De wijze waarop je gisteren reageerde op mijn voorstel tot buikbezichtiging was weer voorbeeldig. Ieder ander zou mij hebben uitgelegd hoe raar mijn wens was.

Maar jij gaat wanhopig naar de grond zitten kijken en zeggen dat het allemaal aan jou ligt omdat je bang bent voor liefde. Dat is toch meesterlijk? Ja, je hebt wel ongelijk natuurlijk, maar vind je het geen grootse reactie?

Alle reden voor mij om maar flink vol te houden. Over een jaar vraag ik het gewoon weer. En dan kijken we opnieuw wat er gebeurt. Wat doet het ertoe welke vorm het einde heeft, zolang het maar een onontkoombaar einde is?

Jij bent voor mij een soort cadeau. Je bestaat, ik kan naar je kijken, over je nadenken, aan je schrijven, door jou af te tasten langzaam mezelf ontginnen, enzovoorts. Dat is toch prachtig? Wat wil ik nog meer? Ja, je bent een hark, maar dat wist ik toen ik eraan begon. Dat neem ik op de koop toe. Ik ben een bloedzuiger. Dat accepteer jij blijkbaar ook.

Maar het idee dat voor liefde betaald moet worden, heeft zich kennelijk onwrikbaar bij je vastgezet.

'Ik wil niet dat ze van me houden, want dan ben je verantwoordelijk en daar ben ik bang voor,' zei je, 'en dat is nou eenmaal zo, want zo ben ik.'

Weet je nog die keer dat we met z'n vieren uit eten waren, W.C., Femke, jij en ik?

Op een gegeven moment zat ik iets te vertellen waar jullie alle drie naar luisterden. Jij, al kauwend, maakte een gebaar dat betekende 'praat vooral door' en boog je naar me over om in één vloeiend gebaar mijn mouw weg te houden en het schaaltje mayonaise weg te schuiven. Waarna je me onmiddellijk weer aankeek om aan te geven dat je nog steeds luisterde en dat dit intermezzo niet ter zake deed.

Ik praatte dus door en registreerde zowel je gebaar als de gedachte die door me heen flitste: 'Dit is een heel ongewoon gebaar, niemand zou dat zo doen, maar ik zou precies hetzelfde hebben gehandeld.'

W.C. zou een beetje lacherig zeggen: 'Hee, uitkijken,' waardoor ik natuurlijk de draad van mijn verhaal zou kwijtraken, me een beetje zou generen, enzovoorts. Femke zou het nog niet eens merken als de mayonaise in m'n haren zou zitten.

Vooral deze neiging om anderen toekomstige gêne te besparen, is mij later vaker opgevallen als ik je in gezelschap zag.

Ik weet nog wel (oma vertelt) de eerste keer dat ik Hans zag. We zaten in de tuin en spraken eerst over mijn schrijverij en vervolgens over zijn werk. Jij zat rechtop in je stoel, klaar om als de witte ridder toe te springen als zich in het gesprek een onduidelijkheid zou voordoen of de kans dreigde dat de een de ander misschien zou misverstaan. Bij tijd en wijle viel je Hans of mij in de rede om onze woorden beter te verklaren, waardoor je de zaken voornamelijk onnodig ingewikkeld zat te maken. Hans keek dan zo'n beetje opzij van 'heb je hem weer' en praatte dan rustig door.

Ik kus uw handen duizendmaal (zo eindigt Mozart zijn brieven aan zijn vader, ik heb het altijd eens willen gebruiken, je handen zitten wel vol etterende zweren op het moment van het nagelbijten, maar vooruit, uw bacillen zijn mij een delicatesse zullen we maar zeggen) en blijf als altijd je zeer toegenegen

Nicolien

P.S. Gisteren mijn treatment voor *Zebra* weer eens doorgelezen, en ik moet zeggen, met veel plezier. Dat is toch lang niet slecht, vind je ook niet? Je snapt gewoon niet hoe je de boel bij elkaar verzint.

Haarlem, woensdag 23 april 1997

Lieve Ger,

Gisteravond voor de laatste keer poseren in Beverwijk. Het seizoen begint zo'n beetje naar z'n einde te lopen.

Aanstaande zaterdag nog een keer model staan voor Piet de R. van het Lucasgilde, en dan is het wel zo ongeveer voorbij, denk ik. Hoe dat financieel moet, zie ik nog niet helemaal. Toen ik maandag bij oom F.W. ging eten, viel ik met zo'n gulzigheid op zijn gerookte heilbot aan, dat hij wantrouwig vroeg wat ik de laatste tijd eigenlijk gegeten had. 'Aardappelsoep,' zei ik met volle mond.

Nu kwam dat niet alleen voort uit mijn ongunstige financiële positie, maar eveneens uit een zekere onhandigheid; ik had per ongeluk twee keer de hoeveelheid gemaakt, met als gevolg dat ik tien dagen aardappelsoep gegeten heb. Maar ik eet ook vaak bij anderen, dus die dagen moet je natuurlijk niet meerekenen.

Hoe dan ook, oom F.W. belde de volgende dag om aan te kondigen dat we mijn financiële situatie binnenkort zouden bespreken. Ik vind het moeilijk om erover te praten, omdat mensen je dan willen helpen, klusjes voor je gaan verzinnen en ik dan gedwongen ben om uit te leggen wat ik allemaal niet aankan, iets wat voor mij een ware marteling is. Oom F.W. is echter een slimme vos.

'Kijk,' zei hij, 'volgens mij moeten we het zoeken in de schilderklussen. Maar dan niet dat je bij mij thuis de badkamer moet verven, want dan zit er een zekere tijdsdruk achter en dat kun je niet aan. Ik was me voor jou met liefde maandenlang aan de gootsteen, maar mijn vrouw zou dan toch op een gegeven moment problemen gaan maken. Maar ik heb misschien via de piano's ook weleens wat. Hoe zou je het bijvoorbeeld vinden om een witte piano af te krabben? Die zou ik dan in een aparte ruimte zetten en dan kun je gaan en komen als je wilt. Denk je dat je dat aan zou kunnen?'

'Dat denk ik wel,' zei ik somber.

Een dergelijke zorgzaamheid raakt mij zo hevig, dat ik bijna in paniek raak en maar het liefst meteen zou ophangen. Iets wat jij, o Ger van mijn hart, waarschijnlijk maar al te goed begrijpt.

'Neem nou geen overhaaste beslissingen. We gaan het eerst goed doorpraten met z'n tweeën. Tegen mij kun je toch wel alles zeggen?'

'Ik heb het nog niet eens allemaal tegen mezelf gezegd,' zei ik, nog steeds met een grafstem, 'maar laten we het maar proberen.'

Je vraagt je af waar je nou eigenlijk zo bang voor bent. Dat mensen het niet accepteren? Maar wat kunnen mij die mensen nou schelen? Toch is het zo. Als je je hele leven iets verborgen loopt te houden, gaat het op een gegeven moment een eigen leven leiden. De verdedigingslinies die je als kind opgebouwd hebt, beginnen tegen je te werken maar omdat je je al lang niet meer bewust bent van die fortificaties, begrijp je niet waar het toch telkens fout gaat. Iets dergelijks doe jij met je angst voor affectie natuurlijk ook. Je ziet het vaak bij heel intelligente mensen: jij, Armgard Palland, Louise. Voor mij is niets zo interessant als het beschouwen van dergelijke constructies, ze te analyseren en vervolgens weer af te breken. Wat je bij jezelf niet lukt, doe je graag bij een ander.

Excuseer deze uitweiding. We hadden het over Beverwijk.

Ze waren er allemaal, ook Kees, die een paar weken in het ziekenhuis gelegen had.

'Kees! Wat zie je d'r goed uit,' zei ik verbaasd.

Kees begint door zijn overgewicht enige kwalen te ontwikkelen. Een tijd geleden had hij een raar verhaal dat hij geen bier meer mocht drinken van de dokter, en dat hij op de jenever over moest. Ik vond het een nogal eigenaardig medisch advies, maar geen bier meer mogen drinken is voor Kees al zoiets verschrikkelijks, dat ik er maar niets over zei. Kort daarop lag hij opnieuw in het ziekenhuis, en nu was het wéér anders, nu moest hij zout- en suikerloos eten en allemaal pillen slikken.

'En het bier?' vroeg ik.

Nou, hij mocht er nog maar vijf, zes per dag.

'Je houdt je d'r zeker goed aan,' prees ik, want hij was een stuk slanker geworden.

Ja, nu was hij nog maar honderdachttien kilo, dus hij was al vijfentwintig kilo afgevallen.

Gek genoeg is Kees absoluut geen onsmakelijke man. Hij heeft altijd een mooi schoon t-shirt aan en maakt helemaal geen zweterige of onprettige indruk. Hij wordt goed verzorgd door zijn vrouw.

'Zonder Lia was-ie allang dood geweest,' zegt Jochem.

Jochem was verschrikkelijk vervelend. Hij had een gezicht van zeven dagen slecht weer en keurde me geen blik waardig. En ik was juist in zo'n goeie bui.

'Zeg, is er soms iets?' vroeg ik in de pauze.

'De laatste keer is altijd alles moeilijk,' zei Jochem.

't Zijn toch eigenaardige zaken. Wat stelt het nou helemaal voor? Eens in de maand zitten we naast elkaar aan een ronde tafel met zes andere mannen en twee keer per jaar brengt hij me naar het station waar we op een donker perron twee minuten staan te zoenen tot de trein komt. Dat is alles.

Vroeger dacht ik altijd dat liefde iets te maken had met roze bloemen, hartelijke belangstelling en goede gesprekken. Maar zo is het geloof ik toch niet. 't Is meer dat je zonder het te weten een keer een hap gal genomen hebt die je nooit meer kwijtraakt en die om de zoveel tijd komt opspelen.

Ik begreep wel dat ik na afloop niet te snel kon opstappen, maar om twaalf uur, na drie borrels, stond ik toch maar eens op en begon mijn jas aan te trekken.

Jochem wenkte me. Ik liep om de tafel naar hem toe en hij wees op een stapeltje munten en bankbiljetten.

'We leggen allemaal wat bij, dat je nog kunt blijven en straks met een taxi naar huis kunt.'

'Maar ik kan toch niet helemaal met een taxi naar Haarlem?' vroeg ik verbijsterd.

'Jawel.' En Han schoof ook nog maar eens een tientje bij. 'Blijven!'

Ik keek naar dat geld en liep onthutst weer terug naar mijn stoel. Voor ik wist wat ik deed, greep ik echter mijn tas en de rol tekeningen die ik gekregen had, kuste Han, Kees en Jochem pijlsnel, en stond het volgende moment op straat.

Kijk, dat is nou het voordeel van ons beroep. In die éne seconde zie ik dat helemaal voor me: hoe ik langzaam dronken word, hoe we allemaal steeds sentimenteler en openhartiger worden, hoe ik door een mist van alcohol in een taxi geduwd word, met zo'n taxichauffeur dan óók weer een heel gesprek moet voeren tot Haarlem, en me de volgende dag natuurlijk doodziek voel.

En aangezien ik dat in die ene seconde allemaal razendsnel doorleef, hoeft het niet nog eens een keer écht te gebeuren ook. Dus liep ik nou lekker op straat, en had het toch allemaal meegemaakt zonder dat ik er een kater aan overhield.

Al nieuws van de NCRV?

Haarlem, woensdag 23 april 1997

Lieve Ger,

Ik lig al een halve dag in bed zonder echt ziek te zijn. Dat heb ik wel vaker. Zo'n dag valt er als het ware tussenuit. Lichaam en geest houden het even voor gezien en ik lig enige uren tussen waken en slapen in bed. Niet onaangenaam, als je tenminste geen verplichtingen elders hebt.

Meestal komt zo'n bui na dagen van concentratie. Ik heb een ongelofelijke berg werk verzet voor Paul P. en verder over veel nagedacht. Onder andere over een mogelijk gesprek met die mevrouw van de NCRV.

Ik heb besloten dat ik onder geen beding nog alleen naar een gesprek met een dramaturg ga. Dat gaat nu eenmaal niet.

Als jij niet meegaat, neem ik Louise mee. Ik heb het haar al gevraagd, en ze vindt het goed.

Mocht jij ooit nog aanwezig zijn bij een dergelijk gesprek, dan is het misschien goed als ik je vertel wat je moet doen.

In de eerste plaats moet je er rekening mee houden dat ik in dergelijke gevallen niet volledig toerekeningsvatbaar ben. De kans is tamelijk groot dat ik, als ik tegenover zo'n strakgerokt meisje zit dat telkens met een leuk gebaartje haar haar achter haar oor strijkt, onmiddellijk wegzak in een soort comateuze paniek en na de eerste onbenullige vraag begin te schreeuwen of wegloop.

Het beste zou zijn als jij zoveel mogelijk de leiding nam. Ook al geef je me geen gelijk, ik voel me bij jou altijd veilig omdat er tussen jou en mij niet zo'n onoverbrugbaar ravijn gaapt als tussen mij en zo'n wezen van een andere planeet. Mocht je dat niet kunnen of willen, dan kunnen we er alleen nog maar het beste van hopen en ons er zo goed mogelijk doorheen slaan.

Belangrijk is echter de nazorg. Na afloop moet ik beslist een uur de tijd hebben om met jou de boel te evalueren. Ik zal je zeggen hoe dat gaat:

Zodra ik zo'n ruimte verlaat, explodeer ik. Ik ga dan verschrik-ke-lijk snel praten, waarbij ik razendsnel álles wat me opgevallen is, ga beschrijven, plus alle gedachten die ik daarbij had. Ik heb dan de neiging over mijn woorden te struikelen, steeds heel diep adem te halen en bij tijd en wijle enige tranen weg te vegen.

Het is, vrees ik, bijna noodzakelijk dat je dat toelaat. Je hoeft me niet te troosten, noch bij te vallen. Je hoeft me alleen maar even uit te laten razen en geen dingen te zeggen, als: 'dat meisje doet haar werk' of 'dat hoort er nu eenmaal bij'.

Bij dergelijke teksten sta ik niet meer voor mezelf in. Die vergroten mijn eenzaamheid zo verschrikkelijk, dat ik dan mijn verstand verlies. (Tijdelijk.)

De kans is groot dat ik je hand of je mouw grijp. Die kun je natuurlijk gewoon lostrekken als je dat wilt. Dan zoek ik wel wat anders om me aan vast te houden.

Het zou álles schelen als jij dan vervolgens, als ik klaar ben, zélf zou zeggen wat je ervan vond. Op een beetje eerlijke manier. Jij zult je waarschijnlijk, naarmate ik emotioneler ben, meer afsluiten, maar ik vraag het toch maar gewoon. Als het niet kan, dan kan het niet.

Kortom, als je erbij blijft, in alle opzichten, en als ik het gevoel heb dat ik dan tenminste van jóu net zo raar mag zijn als ik ben, dan kan er niet heel veel misgaan. Ja God, een of andere krankzinnige scène waarbij ik een dramaturge te lijf ga. Nou ja, kan je misschien weer eens ergens voor gebruiken.

Haarlem, 29 april 1997

Lieve Ger,

Nu zijn alle enge dingen voorbij. Er is toch weer veel gebeurd de laatste weken: de keuring, het afdansen, *Zebra* en dat gesprek met jou.

Ik heb nog eens nagedacht, en ik heb besloten dat het toch eigenlijk te idioot zou zijn als ik wèl zoiets als een arbeidsongeschiktheidskeuring zou kunnen doorstaan, en dat zo'n gesprek met een dramaturg me dan ineens te veel zou zijn. Ik neem aan dat ik met betrekking tot mijn werk wat minder cynisch ben dan tot mijn maatschappelijke bruikbaarheid, maar het zou toch wel erg zijn als we ons alleen konden uitspreken over alles wat definitief mislukt is en niet over dat waar we trots op zijn en waar we nog enige hoop over hebben. Het moet toch mogelijk zijn één keer eens iets over het voetlicht te krijgen.

Ik blijf er overigens bij dat een dramaturg een overbodige figuur is die een overbodige studie gedaan heeft. Ik vind theaterwetenschap evenals literatuurwetenschap een non-studie, en ik vrees dat het uitsluitend mensen lokt die er blijkbaar niet in geslaagd zijn zich op fatsoenlijke wijze met het theater of de literatuur bezig te houden. Niets zo verschrikkelijk als mensen die zich op secundaire wijze met kunst bezighouden, vooral als dat gepaard gaat met enige artistieke pretentie. Ik vind Armgard een leuk mens, maar ik vermijd het onderwerp kunst, want dan begint ze zo'n berg onzin uit te kramen dat je de haren te berge rijzen. En ze heeft het nog niet eens zelf bedacht óók. Dat is het ergste.

De dramaturgen die ik ontmoet heb hielden zich – tot mijn verbijstering – nooit bezig met het stuk dat ik geschreven had, maar met het stuk waarvan ze vonden dat ik het zou kunnen gaan schrijven.

Wat dacht je ervan als ik nou, als ik ooit nog tegenover zo'n griezel kom te zitten, na de eerste verschrikkelijke opmerking meteen zeg dat ik uitsluitend bereid ben te praten over dat wat ik wél geschreven heb, en niet over wat ik niet geschreven heb? Dan vinden ze me natuurlijk meteen een arrogant kreng, maar dat vinden ze tóch, dus daar zullen we ons maar niet meer om bekreunen.

Mijn grootste angst is niet zozeer dat het misloopt (ik kan me totaal niet voorstellen dat het ooit goed zou gaan) – maar dat ik nogmaals in die verbale afgrond moet springen.

Ik heb duur moeten betalen voor mijn poging me tegenover Dick van den H. te beheersen, en ik zal het niet nog een keer doen. 't Heeft bovendien tot niets geleid, behalve dan tot een depressie en vele slapeloze nachten.

Zelfs al zou jij, o Ger van mijn hart, me alle sterren uit de hemel beloven, alle guldens van Nederland en jouw eeuwige, onvoorwaardelijke liefde, dan nóg zou ik liever jarenlang op de stoep van de Sociale Dienst zitten dan te weten dat ik eeuwig zou moeten ronddwalen in dat helse labyrint van levenloze onbenulligheden.

't Is trouwens geen keuze, ik kén dat gewoon niet. Zodra iemand me begint uit te leggen dat ik iets anders moet gaan zien, denken of voelen, stap ik op. Ik kan het geen seconde meer aanhoren.

Het komt denk ik doordat ik mijn hele leven geprobeerd heb me aan te passen, en het me niets heeft opgeleverd. Ik heb op mijn manier altijd getracht een goed mens te zijn, en het enige wat ik ervoor teruggekregen heb is dat iedereen me wilde ombouwen tot een wezen dat aan eisen kon voldoen die ik indertijd niet begreep en die me nu onbenullig voorkomen.

Slechts zeer zelden ontmoet ik een mens die naar zijn eigen normen leeft en de mijne accepteert.

Jij en ik hadden het laatst over 'gewone mensen'. Dat zouden toch mensen moeten zijn die in harmonie met zichzelf en de wereld leven. Ken jij ze? Zo iemand als Hans misschien. Díe noem jij dan ook meteen een heilige. Ik ken ook zowat niemand die min of meer tevreden is. Gewone mensen bestaan zowat niet.

Nee, weet je wat jij bedoelt? Jij bedoelt mensen die gewoon willen zijn. Maar die zijn helemaal niet gewoon. Die zijn verschrikkelijk. De meeste mensen zijn verschrikkelijk.

Om de een of andere reden is het de mens aangeboren om te gehoorzamen aan gezag, te hechten aan orde, en datgene wat die orde verstoort, te vrezen en te haten. Eenvoudige lieden gaan potenrammen, intelligentere mensen leunen nog eens achterover, trekken aan hun pijp en zeggen vriendelijk: 'Ja maar Nicolien, je begrijpt toch zeker zélf wel dat als iederéén die geen zin had om naar zijn werk te gaan een beetje thuis ging zitten...'

Mijn huisbazen zeiden eerst dat ze van me hielden, en vervolgens dat ik op moest rotten. Dat ik maar een paar jaar bij mijn ouders moest gaan wonen als ik niet meteen een flatje in Schalkwijk kon krijgen. Ik werkte tenslotte niet, dus zóveel had ik nu ook weer niet te eisen.

En al mijn lieve vrienden en kennissen trokken een wenkbrauw op toen ik over mijn 'rechten' begon. Mijn vriendin Fiep bood hartelijk aan dat ik wel een half jaar bij haar en haar man op zolder kon gaan zitten.

'Dan verspeel ik mijn rechten,' zei ik.

Ja, maar was het niet pijnlijk om in huis te wonen bij mensen bij wie ik niet welkom meer was?

Wat kon mij die 'pijnlijkheid' godverdomme nog schelen vergeleken bij de angst op straat te komen te staan of weer bij mijn ouders in te moeten trekken. (Waar ik overigens nog steeds twee à drie keer per week nachtmerries over heb.)

Ik kan je verzekeren dat behalve Charlie, en op een rare manier Armgard Palland, niemand, maar dan ook niemand, enig benul heeft gehad van de situatie waarin ik mij bevond, noch van de angsten die ik heb uitgestaan.

Ze zagen natuurlijk wel dat ik tien kilo afviel en eruitzag als een lijk, maar dat een vrouw uit hun kennissenkring werkelijk vreesde op straat terecht te komen, ging er eenvoudigweg niet in. Nu nog niet, trouwens. Zoals ze ook niet kunnen begrijpen en onthouden dat vijfentwintig gulden voor mij een groot bedrag is. Het is blijkbaar niet mogelijk je te verplaatsen in een situatie die ver van je afstaat en niet aantrekkelijk is. Ik ken tenminste niemand die het doet. Ja, ikzelf. En daar schieten we allemaal nogal wat mee op, haha.

Ik weet maar al te goed hoe dergelijke mechanismen werken: ik zette vroeger ook de televisie uit als er een documentaire was over zielige oude mensen in een pluchen huisje die de reparatie van de ijskast niet konden betalen. Akelig. Niets mee te maken. Nu denk ik geïnteresseerd: o, dan moeten ze de Bijzondere Bijstand eens proberen.

Die ongelofelijk onbenullige hockeytrut van een Winnie Sorgdrager, die in koelen bloede op het journaal beweert dat ze het er 'emotioneel moeilijk mee heeft' dat die TBS-mensen schadevergoeding krijgen omdat ze een half jaar zitten te wachten op psychiatrische hulp. Ze had godverdomme moeten zeggen dat ze het er emotioneel moeilijk mee had dat dergelijke mensen, die in de meest kloterige en rechteloze positie zitten die je je voor kunt stellen, blijkbaar zo lang op de hulp hadden zitten wachten waar ze godverdomme gewoon récht op hadden.

Die ellendige trots op dat 'gevoel' altijd. Als ik érgens last van heb, is het wel van dat verdomde 'gevoel' van mensen. Als ze hun hersenen zouden gebruiken, zouden ze misschien iets van mijn positie begrijpen. Maar door dat vervloekte 'gevoel', die gruwelijke primitiviteit, word ik er al een heel leven lang van weerhouden te leven naar wie ik ben en uit te spreken wat ik vind.

Was er nou maar eens één iemand die zei: 'Hee, interessant! Ga door!' Maar niks hoor, 't is voortdurend: 'nou nou' en 'kom kom' en 'toe nou' en 'overdrijf je nou niet een beetje'. En dat terwijl ik me voortdurend zo loop te beheersen dat ik de helft van de tijd uitgeput op bed lig. (Ja, jij doet dat niet. Je bent een goeierd. Echt waar. Of misschien durf je gewoon niet tegen me in te gaan. Dat kan ook. Nou ja, laat me mijn illusies nog maar even.)

'Het zal misschien de enige keer in mijn leven zijn dat ik me eens echt eerlijk kan uitspreken,' zei ik tegen Louise toen we naar de GGD liepen.

En inderdaad, nu ik eenvoudigweg anderhalf uur heb zitten uitleggen hoe ik de zaken zie, word ik waarschijnlijk afgekeurd op godsdienstwaanzin, hoogmoedswaanzin, angstneurosen en claustrofobie.

Ja, en ik denk natuurlijk dat al die andere lui knettergek zijn. Ik heb bewondering voor jou hoor. Jij zwemt overal tussendoor. Dat vind ik nou echt knap. Jammer dat ik het niet kan.

Hoe dan ook, men blijft zich erover verbazen 'hoe dof en wezenloos, van binnenuit gevoeld, de levens van de allermeeste mensen voorbijglijden. Een mat gehunker en getob, een dromerige duizeling door de vier levenstijdperken heen, onder begeleiding van een reeks triviale gedachten'. Schopenhauer.

En het verschrikkelijke is nog wel dat het, vrees ik, de enige manier is om te overleven. Want als je werkelijk zou zien waar we mee bezig waren, zou je natuurlijk meteen in je kist gaan liggen. Wat doen we nou helegaar? Een leven lang zoeken naar iets wat we hadden voor we geboren werden en pas in de seconde van onze dood weer terug zullen vinden. En terwijl we bezig zijn dat niet te vinden, verliezen we zowat iedereen die we liefhebben aan dood, emigratie of verbanning uit het hart.

Er valt werkelijk niet naar veel meer te verlangen dan naar een beetje zon, eens een behoorlijke slow-fox te dansen of eens lekker in de lach te schieten. En dan hebben we het echt gehad hoor. Meer wordt het niet.

En nu we toch bezig zijn: ik doe ook niet mee aan die EBU-prijsvraag. Ik zag namelijk dat de juryleden dezelfden waren als de vorige keer, en toen ik zag welke scripts gewonnen hadden, zonk de moed me in de schoenen. Iets over 'asfaltjungles' en zo.

Die oude knarren hebben de meest stompzinnige vooroordelen over waar 'jonge scenarioschrijvers van nu' zich mee bezig zouden moeten houden. Om een prijs te winnen, dat wil zeggen: het scenario te schrijven dat ik zóu willen schrijven, moet ik geloof ik iets maken over aan housemuziek verslaafde jongeren die zich aan fotogeniek geweld overgeven op het asfalt.

En dat terwijl eenieder die in deze tijd naar de pen grijpt, dat nu juist doet omdat hij géén zin heeft om naar housemuziek luisterend over het asfalt voort te skeeleren!

Volgens mij zou een 'jonge scenarioschrijver' van nu veel meer geneigd zijn om een stuk te schrijven over contemplatie in een klooster, over het zoeken naar stilte, of weet ik veel wat. Laat die ouwelui maar meieren over housemuziek en internet, dat schijnt ze exotisch voor te komen. Voor mij stelt het geen ene reet voor.

Familie en vrienden waren erg enthousiast over *Emily*. Ik heb de tv-registratie helaas volkomen gemist. Maar m'n vader is het, uit puur enthousiasme, na een kwartier gaan opnemen, dus ik kan er nog wel een stukje van zien, hoop ik. Het stuk ken ik natuurlijk al, maar ik ben benieuwd hoe het er op tv uitziet. Charlie zei dat het toch wel heel anders wordt ineens.

Ach, ik had je allemaal heel andere dingen willen vertellen, maar het is blijkbaar anders gelopen. Nou, volgende keer anders, of beter, of weet ik veel wat.

P.S. Toen ik met Paul P. diens huis uitliep, schoot W.C. op de fiets voorbij. Die had ik al in geen twee jaar meer gezien. Hij bleek Paul ook te kennen, of beter gezegd, Paul hém.

'Hee, jij bent toch W.?' vroeg Paul toen W.C. afremde en met een boog naar ons begon terug te keren.

W.C. bleek in 1973 iets met de zuster van Paul gehad te hebben, ook een violiste. (Zoals je misschien weet, is W.C. van oorsprong violist.)

'En, hoe is het met de viool?' vroeg Paul hartelijk.

Nou, hij speelde eigenlijk niet meer.

'Je speelt niet meer?' vroeg Paul geschrokken. 'Maar moet je daar dan niet wat aan doen?'

Intussen kwam ik aanlopen, kuste W.C. en zei, me naar hem overbuigend: 'Hee, dat ding is weg!'

Ik heb namelijk een diepe belangstelling voor huidafwijkingen en was altijd mateloos gefascineerd door dat ding onder W.C.'s oog.

Hij deinsde meteen anderhalve meter achteruit en begon

het volgens mij hevig te betreuren dat hij niet gewoon was doorgefietst.

'Ja ja, met mij goed, veel gebeurd, verhuisd en zo,' vatte ik de afgelopen jaren maar even samen, 'en ik schrijf nog altijd, maar het is nogal moeilijk met de dramaturgen.'

'Zeg,' begon Paul weer zorgelijk, nog altijd menend met een aan lager wal geraakte violist van doen te hebben, 'moet je niet weer eens gaan oefenen?'

'Eigenlijk wel,' zei W.C. angstig.

'Ach, hou toch op, dat zei je twee jaar geleden ook al,' zei ik, 'soms moet je gewoon onder ogen zien dat iets afgelopen is.'

'Ja maar Nicolien, die man moet toch iets dóen!' zei Paul, die blijkbaar geen idee had dat W.C. inmiddels niet zonder succes op een andere loopbaan was overgegaan.

Omdat Paul buiten de muziek eigenlijk geen enkel vak serieus kan nemen, liet ik het maar zo. Hoe dan ook, 't was leuk W.C. weer eens te zien. Behalve die moedervlek was hij geen spaan veranderd.

'Ik herkende hem meteen,' zei Paul met voldoening.

Haarlem, woensdag 30 april 1997

Lieve Ger,

Ik kon gisteren niet meer tot bedaren komen, ook niet nadat ik die fax aan jou verzonden had. Ten einde raad ben ik maar gedichten van Rilke gaan lezen. Laatst zag ik een paar regels boven een overlijdensadvertentie staan, en toen heb ik maar eens een bundeltje uit de bibliotheek gehaald. Het klinkt nog heel levendig, spreekt direct aan, en toch lijkt het ondenkbaar dat zoiets vandaag de dag nog geschreven zou worden. Jouw uitspraak 'er bestaan geen dichters meer' viel me ineens weer in. Je hebt gelijk, maar waarom?

Misschien omdat Rilke zich nog opstelt als een ziener, als een die uitverkoren is dichter bij God te staan dan gewone stervelingen. Dat zou vandaag de dag niet meer kunnen, alleen al omdat God niet meer bestaat. Wat we overhouden is één soort zeurend gepluk in de dingen van alledag, en een onmachtig hameren op de eigen uniciteit.

'Rust vinden en daarin berusten is niet slecht, indien deze rust van een hogere orde is dan de onrust,' las ik eens in een biografie van Achterberg. Dat had een psychiater in die TBS-kliniek waar Achterberg zat, geschreven. Een indeling in 'hogere' en' 'lagere' orden is ook niet echt bon ton meer, volgens mij.

Balthasar belde net. Hij had *Emily* ook al gezien. Nooit geweten dat mijn vrienden elke avond televisie zitten te kijken. Hoe dan ook, Balthasar begreep niet dat iemand die blijkbaar zo goed kon schrijven als jij, zich met zoiets onbenulligs als het koningshuis zou bezighouden. Ik begrijp nooit dat iemand die zo handig kan schrijven als Balthasar voortdurend wil schrijven over dood en liefde. Hij zou sadomasochistische jongensboeken moeten schrijven, een soort Karl May van de homo-literatuur.

Hij belde om me uit te nodigen voor een voorstelling van Toneelgroep Amsterdam, want hij krijgt tegenwoordig vaak vrijkaartjes van Hans K. Ze hebben elkaar geloof ik gevonden in hun diepgeworteld verlangen om met ontbloot bovenlijf rond te lopen. Dat schept blijkbaar een band. Gelukkig kon ik die dag niet, want ik heb een hekel aan die zeurstukken van Gerardjan Rijnders en bovendien zag ik ertegenop om met Balthasar door de gangen van het theater te wandelen, omdat Balthasar dan steeds stil moet houden om praatjes te maken met griezelige nichten, waarvan Bathasar me dan naderhand fluisterend uitlegt dat ze heel bekend en sero-positief zijn, maar dat mag ik niet verder vertellen (dat laatste dan).

Sorry hoor, ik schijn de laatste dagen helemaal de kluts kwijt te zijn. Een vriendin stond snikkend op mijn antwoordapparaat om te zeggen dat haar vader morgen aan z'n hart geopereerd moet worden en ik dacht alleen maar: O nee, niet wéér een begrafenis. Ja god, mensen gaan dood en dan hebben we verdriet en dan wordt het weer zomer en gaat het zonnetje weer schijnen.

Zou het komen doordat ik die pillen nog steeds aan het minderen ben? Ik neem nu nog vier keer per week een halve. Eerst elke dag een hele. Of misschien zit ik, zonder het te weten, wel degelijk in spanning voor de uitslag van die keuring. Hoe dan ook, 't zal wel weer bijtrekken. Het enige vervelende is dat ik er zo wanhopig moe van word. En je kan ook niet de hele tijd in bed gaan liggen, want dan slaap je 's nachts niet of krijg je de meest rampzalige nachtmerries.

Overigens, ik meen weliswaar alles wat ik zeg, ook wat ik je gisteren geschreven heb, maar dat neemt natuurlijk niet weg dat we over het algemeen gelukkig lijden aan een soort zinsbegoocheling die ons in staat stelt allerlei zaken en mensen – die dat natuurlijk volstrekt niet verdienen – te beminnen, waardoor we dan nog net zo'n beetje op de been blijven. Balthasar is een vriend en ik ben op hem gesteld, en natuurlijk vind ik het naar dat Gonda's vader misschien doodgaat, maar ik ben alleen zo vreselijk moe en kan het allemaal even niet aan.

Je vraagt je weleens af wat het 'echte' is, het cynisme of het goede humeur, maar eerlijk gezegd weet ik het niet. Ik weet wel dat ik, nu een jaar geleden, met An en mijn twee nichtjes naar de Efteling ben geweest, net toen ik op het hoogtepunt van mijn depressie was. Ik zag Ster en Bio, deze beeldschone elfjes, stralend van geluk tussen die papier-maché sprookjesfiguren rennen, en voelde niets. Ik kon geen woord uitbrengen, sjokte zwijgend voort, zat er als een soort mummie naast toen An en de kinderen pannenkoeken zaten te eten en heb, toen ik thuiskwam, 24 uur achter elkaar geslapen.

''t Was meer of ik een soort lopende paraplustandaard bij me had,' zei An achteraf.

Maanden later, toen die depressie door die pillen schoksgewijze wegebde, heb ik dat Efteling-bezoek nog een keer overgedaan in gedachten, maar nu als mijn normale zelf.

Het was of naast de blijkbaar toch razendscherpe waarnemingen van het park en de kinderen, die niet-doorleefde gevoelens óók ergens in mijn geheugen lagen opgeslagen en ik die twee zaken nu zonder moeite aan elkaar kon plakken, waardoor ik, idioot genoeg, toen alsnog gezellig met An en de kinderen herinneringen heb zitten ophalen aan de sprookjesgrot en het vliegende tapijt.

Blijkbaar is de deur naar depressie vorig jaar zo hard ingetrapt dat hij nu wat losser in z'n hengsels hangt en ik er sneller in wegval. Ik zal maar gewoon even rustig aan doen. En daarbij: Koninginnedag in Haarlem zou de meest geharde levensgenieter nog naar de fles doen grijpen. En ik hou van de kermis, maar waarom lopen er zoveel mismaakte mensen rond? Waar zitten die toch de rest van het jaar? In holen?

Vanavond ga ik bij mijn zuster en zwager eten, wat me nog maar de beste oplossing lijkt. Die kinderen zijn het beste elixer wat je je voor kunt stellen. Het zijn een soort lopende brokken poëzie, alle twee. Daarbij lijken ze precies op An en mij, toen wij klein waren.

Ster is net zes, een beeldschoon poppetje waarnaast alle andere kinderen van het schooltje verworden tot onbeholpen varkentjes. Ze is ook geweldig blij met zichzelf, en laat ons ruimhartig genieten van al haar bijzondere kwaliteiten; ze kan mooi dansen en zingen en heeft een prachtige woordkeuze.

'Ik vind het heel leuk dat Frank vaak bij ons is,' zei ze laatst tegen ons.

Frank G., de kinderheld uit *Sesamstraat*, heeft een paar dagen met An aan de Boris Godoenov zitten werken aan haar keukentafel, en moest toen van An natuurlijk mee naar het schooltje om de kinderen af te halen.

'En dan moet je een beetje leuk Frank-achtig doen,' beval An, 'want dat maakt natuurlijk geweldige indruk op die kinderen, en dat is goed voor het imago van Ster en Bio.'

Frank deed dat braaf, en terwijl alle kinderen verpletterd op hun stoeltjes zaten, voerde hij Ster en Bio in triomf aan de hand de klas uit. Ster geniet dan met volle teugen. Bio gaat zachtjes dood van verlegenheid.

'Ja, ik vind het heel leuk als Frank er is. In de eerste plaats omdat ik Frank heel aardig vind, en in de tweede plaats omdat het heel bijzonder is dat wij Frank kennen,' legde Ster uit.

Het is zo leuk aan kinderen dat ze zo onbeschaamd voor hun eigenbelang uitkomen. Eigenbelang geldt als iets slechts, maar daar ben ik het niet mee eens. Ik vind het heel goed als mensen hun eigen belang op de eerste plaats stellen. In de eerste plaats omdat het duidelijkheid schept, en in de tweede plaats omdat het heel goed samen kan gaan met andere belangen.

Laatst had ik ook zoiets: ik kwam het zaaltje van het COC binnen, waar Louise net haar schoenen aan zat te trekken en hoorde Geurt zeggen: 'Hee, heb jij dansschoenen gekocht?'

'Ja, vorig jaar al,' antwoordde Louise.

'Ik ga ook sparen voor dansschoenen,' zei ik.

'Die krijg je van mij!' bood Geurt onmiddellijk hartelijk aan.

'Echt?'

'Ja, echt waar.'

Nou kijk, dat was natuurlijk ook wel de bedoeling van mijn opmerking (Geurt handelt een beetje in dansschoenen), of dat ik ze dan tenminste tegen inkoopsprijs zou krijgen, maar dat doet er niks aan af dat ik er Geurt geweldig dankbaar om ben. Dus nu zijn we allemaal blij, dankzij mijn geslepenheid.

Ik heb indertijd die opera van Monteverdi gezien *L'incoronazione di Poppea* (vrij naar het Italiaans) en daarin viel me ook op dat al die personages zo stralend uitkwamen voor hun wensen, waarbij ze hun eigen belang en dat van de ander en/of de staat zonder enige scrupules vermengden.

Ik heb besloten dat in mijn opera ook te doen, waarbij ik ertoe overgegaan ben mijn vier hoofdpersonen allemaal een waanzinnige karakteromslag te laten doormaken, van de ene seconde op de andere, en ze doodkalm door te laten zingen zonder dat ze zich er zelf om verbazen.

Misschien komt mijn voorliefde voor oplichters wel voort uit mijn eigen onvermogen tot opportunisme. Ik heb eigenlijk altijd gemeend dat ik op de aarde was om anderen vreugde te schenken, niet om er zelf beter van te worden. Dit herken ik in mijn nichtje Bio, die dan ook sprekend op mij lijkt, hoewel ze ook al dat zigeunerachtige uiterlijk van haar zusje heeft, met donkerbruine, glanzende ogen, groot als vijfguldenmunten.

Een paar dagen geleden waren An en ik naar een uitvoering van het kerkkoor, waar Ster en Bio allebei in meezingen. Dat is althans de bedoeling. Ster staat inderdaad als een showprinses te kwelen, maar Bio, die met haar vier jaar verreweg de kleinste is, staat met haar kaken stijf opeen een uur lang zwijgend op de eerste rij. Ik denk dat ze bang is om op te vallen en dat ze denkt dat als ze nou maar geen enkel teken van leven geeft, ze onzichtbaar is. Ze denkt dat, omdat zij óns ziet, wij háár niet zien.

Dit herken ik maar al te goed. Ik wou vroeger ook niet opvallen. Dat ging zelfs zover, dat ik niet reageerde als de namen van de presentielijst werden voorgelezen. Ik wachtte gewoon somber zwijgend tot het vanzelf voorbij zou gaan. Gelukkig was er altijd wel iemand die 'ja' zei in mijn plaats. Het stomme was natuurlijk dat ik door mijn wens om niet op te vallen, veel meer opviel.

Op de peuterspeelzaal hadden ze een slim systeem om veelvuldig geloop naar de wc op de gang te voorkomen: als je naar de wc moest, pakte je een ketting van het haakje (een roze voor de meisjes, een blauwe voor de jongens), deed die om je hals, en liep je naar de wc. Als de ketting er niet hing, was de wc blijkbaar bezet. Op een dag moest ik naar de wc, maar de ketting hing er niet. Ik wachtte en wachtte, tot het niet meer om uit te houden was.

Toen ging ik maar wijdbeens midden in de klas staan, en deed het in mijn broek. Het stroomde warm langs mijn been. Er verscheen een plas om mijn schoen.

'O lieve schat, de ketting is kapot,' zei de juf en tilde me, nat en al, op haar arm.

Ik vind het zo gek van mezelf dat ik dus, in plaats van iets te vragen, of desnoods dan maar zonder ketting naar de plee te gaan, doelbewust koos voor de meest krankzinnige oplossing. Het kwam wel voort uit een strict logische gedachtegang: nooit aandacht vragen, nooit iets doen wat niet mag en daar dan uiteindelijk maar de consequenties van nemen.

Denk je ook niet dat we zijn gaan schrijven omdat we niet op een gewone manier kunnen duidelijk maken wat we willen? Jij denkt volgens mij ook de helft van de tijd dat je onzichtbaar bent. Dat is wel zowat je meest opvallende eigenschap, als ik zo vrij mag zijn.

Nou kerel, ik ga maar eens naar de Leidsevaart wandelen.

Drink maar eens een extra glas op de koninklijke familie, dat hebben ze wel aan je verdiend, en wees allerhartelijkst gegroet.

Haarlem, vrijdag 2 mei 1997

Lieve Ger,

Nu ik me zo moeizaam voortsleep, merk ik weer hoe wonderlijk en bovenal heerlijk het toch is dat ik over het algemeen de dagen redelijk vrolijk doorkom.

We hadden geloof ik al vastgesteld dat er eigenlijk geen reden voor deze vrolijkheid is, maar niettemin bevinden we ons blijkbaar het grootste deel van de tijd in een staat van genade, of van zinsbegoocheling, die ons zoiets eigenaardigs als 'levenslust' schenkt.

Ik geloof dat jij niet goed weet wat depressie inhoudt; ik kan me jou althans niet zo goed in een dergelijke toestand voorstellen. Het komt erop neer dat je voortdurend doodmoe bent en alle dingen om je heen eigenaardig dof lijken. Je staat op met de dodelijk vermoeiende gedachte dat je de hele dag op de been moet blijven en pas 's avonds weer naar bed mag (iets wat ook al niet aanlokkelijk is omdat je dan bezocht wordt door nachtmerries die de rest van de dag op vreemde, angstaanjagende wijze kleuren), en dan handel je

– met de allergrootste moeite – één voor één je plichten af zonder dat je daar de zin nog van inziet – alsof je dode dieren voedert.

Vandaag begon het ermee dat mijn vriendin Gon (God zegene haar) het koffiedrinken afbelde en ik dus alleen de stad in wandelde. Dat doe ik altijd 's ochtends. Ik loop dan naar mijn morgencafé waar ik de kranten, die mijn vader één à twee keer per week bij me in de bus gooit, ga zitten lezen. Dat wat ik onder ogen krijg, vermengt zich met die eeuwige monoloog in mijn hoofd, er ontstaat een soort dialoog, zoals je ook de schaakcomputer tegen zichzelf kan laten spelen en ik leg mijn krant weg, ga roerloos uit het raam zitten staren en tracht alle signalen zo goed mogelijk op te vangen en te verwoorden, waarbij ik vooral alert ben op vreemde associaties, op de terugkeer van herinneringen die vooralsnog schijnbaar niet ter zake doen.

Veelal leidt dat tot enorme lust om op te springen, naar huis terug te rennen en wat op papier te gaan zetten. Ik stel dat dan meestal uit, ga eerst nog een eind lopen, doe enige eenvoudige boodschappen, (twee kopieën maken, één postzegel kopen, brood halen bij de natuurwinkel) en intussen wordt de relevantie van al die associaties duidelijk en breit het zich als vanzelf aaneen tot één lange, logische lap. Als ik dan eindelijk thuiskom, kan ik zo achter de computer schuiven om de hele boel in één ruk op te schrijven. Ik heb schrijven nooit als werk gezien (behalve het schrijven van treatments), meer als een opluchtende aderlating.

Omdat de depressie die monoloog doet verstommen, blijft er eigenlijk alleen verpakking over, een soort huls die slechts met de grootste moeite in beweging kan komen. Letterlijk álles kost moeite: het omslaan van de krant, het optillen van het kopje, het tot de beslissing komen of je op zal stappen of nog zult blijven. Ook die kranten worden een gruwelijke rijstebrijberg, en toen ik tot overmaat van ramp ook nog recht in het bolle hoofd van Dick van den H. staarde, heb ik de boel maar dichtgeslagen.

Alleen het schrijven, zoals ik nu op dit eigenste moment zit te doen, gaat altijd door. Als ik nou nog eens een hersenbloeding krijg hè, en niet meer uit mijn woorden kan komen, wil jij dan tegen Louise zeggen dat ze me in een afgrond moet gooien? We hebben wel niet zoveel afgronden in Nederland, maar misschien mag ze jouw auto dan even lenen en naar de dichtstbijzijnde rijden. Want dan heb ik niks meer over. De zon is niet genoeg. En wat heb ik aan God als ik hem niet meer in woorden kan omzetten?

Het is natuurlijk nog lang niet zo erg als vorig jaar. Dat merk ik aan allerlei kleine dingen, alleen al aan het feit dat ik nog kan genieten van de kinderen van An.

Een paar dagen geleden zijn we gevierenlijk, dat wil zeggen: An, Ster, Bio en ik, naar de kapper gegaan. Bio had namelijk besloten haar haar af te laten knippen en ik werd uitgenodigd bij deze belangrijke gebeurtenis aanwezig te zijn.

Hoewel Bio meestal doet of ze niet bestaat, maakt ze soms wel degelijk een wens kenbaar. Niet dat ze iets vraagt: ze maakt duidelijk dat er iets moet gebeuren. Ik geloof dat Bio een innerlijke stem heeft die zegt hoe alles moet, en dat ze dat geheim probeert te houden omdat ze voelt dat het bij haar anders werkt dan bij anderen.

Enige weken geleden zaten we met z'n vieren aan tafel. An en ik hadden het over dromen, en de kinderen zaten een puzzel te maken. Bio doet dat in volledige overgave, waarbij ze de indruk maakt onze aanwezigheid niet op te merken. Ster puzzelt omdat ze weet dat kinderen horen te spelen, maar zit eigenlijk als een derde volwassene mee te doen aan het gesprek.

'Dromen kun je verklaren,' zei ze op een gegeven moment, 'dat deed Jozef ook met de dromen van de Farao.'

'Inderdaad,' zei An, 'vroeger vonden mensen dromen heel belangrijk. Er waren speciale droomuitleggers. En toen is er eeuwenlang geen belangstelling voor dromen geweest, tot er in Oostenrijk een meneer kwam, meneer Freud, die zei dat het wél belangrijk was wat we droomden. En tante Nicolien en ik vinden het ook altijd leuk om te kijken wat onze dromen betekenen.'

'Ja, want Jozef heeft heel Egypte gered van de hongersnood,' zei Ster, die onze voorkeur voor wat plechtstatig taalgebruik heeft geërfd, wat uit de mond van een kind van zes nogal merkwaardig klinkt.

We begonnen gedrieënlijk het verhaal van Jozef te reconstrueren, compleet met veelkleurige jas en jaloerse broers, maar uiteindelijk wisten we toch niet meer hoe Jozef vanuit die put bij de Egyptenaren terecht was gekomen.

'Misschien heeft-ie heel hard zitten roepen in die put,' zei ik, 'en dat die Egyptische karavaan hem daardoor hoorde.'

An stond al op om de kinderbijbel erbij te halen, toen we plotseling een dun stemmetje hoorden knarsen: 'Ze hebben hem verkoopt.'

Dat is nou typisch Bio. Ze weet heel veel, maar houdt het zo lang mogelijk binnen, omdat ze de aandacht niet op zichzelf wil vestigen. Ik begrijp dat wel: ik baarde vroeger ook veel opzien met mijn uitspraken, en dat leidde tot zoveel verbazing dat ik het idee kreeg dat er iets raars met me aan de hand was. Van de weeromstuit zei ik toen maar helemaal niets meer.

Even later begonnen we aan de dagelijkse marteling van het haren kammen. De kinderen hebben alle twee heel lang, donker krullend haar dat elke dag uitgekamd moet worden.

''t Moet eraf,' zei Bio, een knipbeweging makend.

Omdat ze zowat nóóit wat zegt, zijn we die enkele keer dat ze een uitspraak doet, altijd meteen vol aandacht.

'Wil je kort haar?' vroeg An.

'Als oma,' zei Bio, en wees tot op haar schouder. Bio is dol op mijn moeder, die d'r haar tot op haar schouders draagt.

In de weken daarna zei ze het nog een paar keer, en uiteindelijk was het dus zover. Zo zat ze, als een soort bergje, in de kappersstoel met dat laken om zich heen. Ze bekeek zichzelf met een vage glimlach in de spiegel, terwijl Ster een complete opera opvoerde naast de stoel.

'Als ik mijn lieve kleine zusje straks nog maar herken,' verzuchtte ze, 'je moet maar veel foto's maken hoor Nicolien, dat we nog een herinnering hebben aan Bio's prachtige haar.'

Toen de eerste lokken vielen, zat Bio nog steeds geheimzinnig te grijnzen in de spiegel, terwijl Ster enige uit Walt Disney-films geïmiteerde snikken ten beste gaf.

'Vind je het mooi worden?' vroeg de kapster.

Het eigenaardige van Bio is dat ze pas antwoord geeft als het al niet meer verwacht wordt. Ze begint dus met zwijgen, en als de ander zich afwendt, komt het antwoord alsnóg.

'Ja,' klinkt het dan opeens. Als je opkijkt, kijkt ze alweer de andere kant op.

Een ander verschijnsel van de depressie is dat je geen zin meer in eten hebt. Ontbijten doe ik al een jaar niet meer, maar als ik aan het eind van de ochtend thuiskom, neem ik altijd een boterham. Op dagen als deze vergeet ik dat. Enige uren later krijg je dan hevige maagkrampen en denk je: 'O ja.' Dan wring je een boterham naar binnen die helemaal niet meer naar brood en kaas smaakt, maar naar kurk. Mijn vriendinnen, die geloof ik allemaal altijd aan de lijn doen, benijden me hier hevig om. Waarbij ze vergeten hoe fijn het is om te genieten van goed eten. Of misschien kunnen ze dat door dat stomme gelijn niet meer.

De grijpgraaierige welvaart heeft ons beroofd van de vreugde van een van onze eerlijkste en meest primitieve genoegens. Daarbij komt dat ik al mijn hele leven aan een soort darmkwaal lijd, die overmaat uitsluit.

Dit manifesteerde zich voor het eerst toen ik vier was. Mijn moeder, een nogal chaotisch wezen, bracht me elke dag te laat naar school, en kreeg dan op haar kop van juffrouw H., een heel eng, oud, rotwijf. Later kreeg ze gangreen, werd haar been afgezet, en ging ze dood. Had ze maar niet zo gemeen tegen mijn moeder moeten doen. Hoe dan ook, hoewel het mijn moeder natuurlijk geen biet kon schelen, leed ik zo hevig onder dat te laat komen (ik geloof niet dat ik sindsdien ooit nog ergens te laat gekomen ben), dat gehaaste lopen door die stille gangen, het openen van de deur, en al die ogen die je aanstaarden, dat ik mijn moeder aankondigde dat ik voortaan alleen naar school zou lopen. Net als Bio vroeg ik nooit wat aan mijn ouders, ik zei gewoon wat er ging gebeuren.

Elke dag liep ik dus twee keer naar en van school. Bij deze tochten stelde ik me voor dat ik permanent op de televisie was. Ik was dus als het ware de hoofdpersoon in mijn eigen soap. Hoewel die tochten elke dag hetzelfde waren, was ik van nature zo verschrikkelijk belangrijk dat elke stap het vastleggen waard was. Ik wist niet waarom ik zo belangrijk was, maar het was nu eenmaal zo. Niemand wist het nog, en ik mocht het ook niet doorvertellen, maar ooit zou de hele wereld het weten.

Ik had een duidelijke voorstelling van de mensen die mijn belevenissen volgden: dat waren een vader, een moeder en twee kinderen. Ze zaten gezellig met z'n vieren op de bank de hele dag ademloos te genieten van mijn avonturen. Sommige stukjes, die elke dag hetzelfde waren, werden door de moeder benut om even gauw eten te koken.

'Waar is ze nu?' riep ze zo nu en dan vanuit de keuken.

'Bij de lantaarnpaal!' riepen vader en de kinderen dan terug. Soms stond ik ook even stil, zodat moeder rustig aan kon doen.

Hoe dan ook, op een dag kreeg ik een bult links onder in mijn buik. Ik bleef een week thuis en de bult verdween, maar zodra ik weer naar school ging, kwam hij terug. Mijn moeder nam me mee naar dokter Hollander, die de bult betastte, me vervolgens lang aankeek en toen vroeg: 'Nicolien, vind jij het leuk op school?'

'O, school vindt ze énig,' riep mijn moeder.

'Ga jij maar even in de hoek staan,' zei dokter Hollander. Het was nog zo'n ouderwetse familiedokter, zo'n grote kale. Mijn moeder ging in de hoek staan en de dokter keek me ernstig aan.

'Nicolien, jij vindt het niet leuk op school, hè?' zei hij.

'Nee,' zei ik.

Toen hoefde ik niet meer. Overigens herinner ik me niets van dit gesprek; mijn moeder heeft het me later verteld.

Pas toen ik zes was ben ik weer naar school gegaan.

Jammer genoeg overleed dokter Hollander kort daarop. Wie weet hoe mijn leven gelopen was als hij zich later weer op diezelfde wijze naar me overgebogen had! 'Nicolien, jij vindt het niet leuk op de middelbare school, hè?' 'Nee.' 'Nicolien, jij vindt het niet leuk op de bibliotheekschool, hè?' 'Nee.' 'Nicolien, jij vindt het niet leuk om te werken, hè?' 'Nee.' 'Nicolien, jij vindt het niet leuk om te leven, hè?' Nou, daar denken we nog even rustig over na.

Lang, lang geleden, ik zal een jaar of twaalf geweest zijn, las ik in de *Libelle* een dubbelinterview met Rob de Nijs en de schilderes Ans Wortel. Zij woonde toen nog in een molen, geloof ik, met een flinke lap grond eromheen.

'Ja,' zei ze op een gegeven moment, 'het is een hele diepe tuin. Ik ben nog nooit helemaal tot het einde geweest, want dan ben ik bang dat ik moe word.'

Het idee dat iemand zoiets gewoon hardop zei! Iets wat ik continu liep te verbergen! Ik werd helemaal zenuwachtig bij de gedachte dat heel Nederland dat kon lezen.

Als kind kon ik ook weleens gelukkig zijn, hoor. Ik hield ervan om in de zomer in de tuin te spelen, of mijn vader te helpen met tuinieren. Maar er waren zoveel enge dingen altijd, bezoek dat zou komen, of partijtjes waar ik heen moest, dat ik altijd het gevoel had dat dit nog maar een generale repetitie was, dat het later, als ik groot was, nog een keer terug zou komen, maar dan goed, zonder al die angsten en problemen.

Nu weet ik dat die hoop op geluk misschien het grootste geluk is geweest dat ik heb gekend. Anderzijds is er ook een aantal dingen gekomen waar ik toen geen zicht op had. Schrijven bijvoorbeeld, en een paar mensen bij wie je je plezierig voelt.

Toch ben ik blijven denken dat er aan het eind der dingen een grote tuin ligt, waar je oeverloos in kan niksen. Misschien is dat ook wel zo.

Haarlem, zondag 4 mei 1997

Lieve Ger,

Nu ik weer enigszins boven water kom, denk ik met enige zorg terug aan een paar uitspraken die ik in de laatste faxen gedaan heb. Niet dat ik het er niet mee eens ben, maar een en ander zou ik toch een beetje willen nuanceren.

Zo vind ik het heel goed dat Balthasar de boeken schrijft die hij graag wil schrijven. Ik beoordeel de hoofdstukken die hij me toestuurt nauwgezet en ben uitstekend in staat aan te voelen waar hij heen wil, en waar het geschrevene afwijkt van de ingeslagen richting. Zo zou ik ook kunnen toezien hoe iemand het paleis op de Dam nabouwt van bierflesjes, en enige tips kunnen geven omtrent mogelijke verbeteringen.

Ik vind het de grootste verworvenheid van deze maatschappij dat iemand kan en mag doen wat hij wil, en dat er een mogelijkheid bestaat het aldus ontstane in de openbaarheid te brengen.

Naar mijn idee zegt Balthasar boekenlang hardop datgene wat ik als vierjarige in stilte dacht: 'Kijk naar mij want ik ben de belangrijkste mens op aarde!'

Mijns inziens wordt dat pas interessant als je denkt: 'Waarom denk ik toch steeds dat ik de belangrijkste persoon op aarde ben?' Niet dat je het zou moeten verklaren, maar je moet het wel kunnen relativeren. Juist het overzien van de eigen beperkingen geeft een mens enige grootsheid. Balthasar meent jammer genoeg dat een dergelijke relativering tot vervlakking leidt, en tot de dood van zijn schrijverschap.

Ongelukkigerwijze ben ik bijzonder streng op dit punt. Ik kan er niets aan doen dat ik Balthasars narcisme vanuit de grond van mijn hart verwerp, en dat ik het zondig vind. Nee, sterker nog, ik vínd dat niet, het ís voor mij zo. Ik weet dat dit oordeel volkomen particulier is, maar een particulier oordeel is het enige en het beste wat we hebben, en hoewel ik er de grenzen van inzie en wel degelijk besef dat een dergelijke ongenuanceerdheid van mij ook weer z'n beperkingen heeft, neem ik het toch volkomen serieus. Anders wordt het een zooitje.

Zo trekt alles zich in mij samen als ik lees over theaterstukken waarin een ontblote acteur vier uur lang aan een paal hangt en sombere jammerklachten over ons uitstort. Ik kan er niet tegen. Misschien moet ik, gedwongen door mijn sombere aard, mezelf met zó veel peptalk op de been houden, dat ik een dergelijke voorstelling in z'n geheel moet verwerpen om niet ten onder te gaan. Wat de redenen van mijn ergernis ook mogen zijn, het komt erop neer dat ik denk dat alleen zeer oppervlakkige naturen geneigd zijn hun toevlucht te nemen tot extremiteiten. Ik hoef niet door theatrale krachtpatserij gewezen te worden op de gruwelen van deze aarde, ik zie ze net zo goed als ik in tram 17 zit.

Ik verbaas me altijd over die bewondering voor onbeheerste passie en extremiteiten. In feite stoelt Balthasars dwaling dat twijfel tot verval van waarden leidt op dezelfde romantische bewondering voor het goddelijk gelijk van het gevoel als waar die *All you need is love*-shows op gebaseerd zijn.

Ikzelf heb een hevige afkeer voor alles wat geen vorm heeft, wat ongenuanceerd is, niet gerelativeerd wordt, wat humorloos en met ontzag gepresenteerd wordt.

Ik heb slechte ervaringen met de moraal die uit dit gevoel voortkwam en had meer gehad aan een beetje nuchterheid.

Alleen wetten en regels kunnen ons behoeden voor de grootste excessen – en dan alleen nog met mate, en in perioden van vrede en welvaart.

Ik hou nog meer van mensen die doodkalm uit zijn op eigen gewin dan op die lui die ons willen overtuigen van een of ander ideaal. Ik weet niet of dit komt door mijn persoonlijke geschiedenis; eerlijk gezegd geloof ik dat ik het altijd instinctief zo aangevoeld heb.

Eergisterochtend werd ik met een schok om zes uur wakker en herinnerde me ineens hoe we een tijdje geleden in jouw deuropening stonden en je me letterlijk op de valreep vertelde over Zebra's liefdesgeschiedenis met die Algerijn die z'n mond dichtnaaide.

Ik moest toen aan mijn eigen beugelgeschiedenis denken, waardoor ik niet erg adequaat reageerde, maar eergisterochtend schoot het me ineens weer te binnen, en wist ik ook wat ik ertegen had.

Ik zal het je proberen uit te leggen – zo onredelijk als maar mogelijk is – en hoop dat ik je daarbij op geen enkele wijze beledig, want beledigde mensen luisteren niet goed.

Als je iets tien afleveringen geheimhoudt, groeit het uit tot zulke proporties dat het bijna niet meer goed te krijgen is. Het is bijna onmogelijk iets te verzinnen waarvan we begrijpen: 'ja, inderdaad, dat is genoeg om een leven door achtervolgd te worden – of dan tenminste tien afleveringen.'

Als ik een serie zou volgen en tien weken op de ontknoping van het geheim zat te wachten van een personage waar ik me aan was gaan hechten, zou ik door jouw oplossing bitter teleurgesteld zijn. Wat kunnen mij zo'n buitenlander en zijn politieke ideeën nou schelen? Al steekt-ie zich in de hens op de Grote Markt.

Laat me koud.

Ik geloof dat het onmogelijk is een objectieve, externe reden te verzinnen die genoeg lading heeft. Incest, pedofilie, moord, we kennen het allemaal al te goed. Het enige wat volgens mij nog mogelijk is, is iets volslagen subjectiefs.

Jij bent soms geneigd voor het grote te kiezen, het rare, het buitenissige, het verre. Er komen ook altijd veel buitenlanders en buitenland in je werk voor. Het is of je plotseling, ongeduldig geworden door wat je je op de hals gehaald hebt, met een enorme klap de deur achter je dichtslaat en op het vliegtuig stapt.

Ik zou het altijd zoeken in het naar binnen gekeerde, naar iets van waanzinnige schaamte, de herinnering aan iets waarbij we ons – misschien slechts in onze eigen ogen – zo belachelijk gemaakt hebben dat we er niet meer aan terug kúnnen denken.

Weet ik veel, misschien heeft Zebra een waanzinnige liefde opgevat voor een of andere hooggeplaatste ambtenaar in haar regio, heeft ze hem hartstochtelijke liefdesbrieven geschreven en is ze een keer binnengekomen toen hij die, gierend van het lachen, op een personeelsfeestje stond voor te lezen.

Ik zou dus kiezen voor iets heel simpels, waarbij we instinctief zouden voelen: o ja, wat verschrikkelijk.

Ik heb eens een onderzoekje gedaan bij mijn vrienden waarbij ik vroeg wat het allerbeschamendste was wat ze zich konden voorstellen. De uitslag was verrassend primitief: veel dingen met poep en pis bijvoorbeeld. Het echte, kinderlijke 'belachelijk zijn'.

Dat wou ik even zeggen. Je bent het waarschijnlijk niet met me eens, want hier verschillen we nu eenmaal hemelsbreed in, maar dat maakt niet uit.

Haarlem, maandag 5 mei 1997

Lieve Ger,

Ik geloof dat ik weet wat de oorzaak is geweest van deze laatste aanval van depressie.

Misschien herinner je je nog dat ik je, toen ik de laatste keer bij je was, vertelde dat ik mijn ouders had uitgenodigd voor het afdansen.

'Ik ben bang dat mijn moeder geamuseerd gaat glimlachen om die grappige potten en nichten, en dat mijn vader na een half uur op zijn horloge kijkt en vraagt "of het de bedoeling is dat ze de hele avond blijven",' zei ik.

'Waarom nodig je ze dan uit?' vroeg jij logisch.

Dat wist ik eigenlijk ook niet. Misschien was het wel kinderachtig van me. Ik praatte er maar overheen.

'Ik heb ze laatst zelfs uitgelegd waar ik bang voor was, en toen keken ze me stomverbaasd aan. Mijn vader zei: "Clien, we vinden het een éér dat we zijn uitgenodigd!"'

Die zondag was het dus zover. Ik was bloednerveus. Niet alleen om het afdansen zelf, maar evenzeer om het feit dat er zes mensen voor me zouden komen, waaronder mijn ouders. Het bovenzaaltje van het COC is een vervallen, afgetrapte bedoening, het was er druk, rokerig en lawaaierig, en ik bleek ingedeeld in de zesde en laatste groep. Ik was bang dat mijn publiek zich onnoemelijk zou vervelen.

Toen ze daar dan zo met z'n zessen om die tafel zaten, kon ik van pure paniek geen woord meer uitbrengen. Elke keer als mijn ouders een onverwachte beweging maakten, veerde ik op omdat ik vreesde dat ze op zouden stappen. Uiteindelijk werd het Louise te gortig, ze stond op en ging vragen of ze alsjeblieft alvast konden beloven de hele avond te blijven, teneinde mij voor onnodige stress te behoeden.

'Soms kun je niet zien of het twee mannen of twee vrouwen zijn,' zei mijn moeder met een lachje.

Goed. Daar hadden we al op gerekend. Later zei ze het nog twee keer. Mijn moeder houdt nu eenmaal niet van lesbische vrouwen. Dat wisten we al, niets om je over op te winden.

Eindelijk was het onze beurt. Hoewel ik stijf stond van de zenuwen, brachten we het er niet heel beroerd vanaf.

In de pauze tussen het ballroom- en het latin-gedeelte begon ik eindelijk een beetje te kalmeren. Sterker nog, ik kalmeerde zo hevig en plotseling, dat ik het liefste maar naar huis en naar bed was gegaan. Terwijl mijn ouders en vrienden gezellig zaten te praten, hing ik doodmoe in mijn stoel. Maar ik vermande me en zei tegen mijn ouders hoezeer ik hun aanwezigheid op prijs stelde.

Tegen negenen begon het latin-gedeelte, en om tien uur waren wij dan weer aan de beurt.

Op het moment dat Louise en ik de vloer opstappen, draait mijn vader zich plotseling van de dansvloer af, gaat met zijn rug naar me toe zitten en begint een gesprek met mijn nichtje. Ik maak nog een wanhopig gebaar naar mijn moeder, maar de muziek zwelt aan en ik begin te dansen met de dood in het hart. De cha-cha is onze beste dans. En nou zit mijn vader net met zijn rug naar me toe. Nu zal hij mij misschien wel nooit meer een cha-cha zien dansen. 'Opletten!' sist Louise. Maar ik kan er niets aan doen, uit mijn ooghoeken zie ik steeds dat oranje vlak: de rug van mijn vaders colbert.

'Bravo!' hoor ik hem dan ineens roepen. Er klinkt iets van spot in zijn stem. Maar goed, hij kijkt tenminste weer. We dansen de rest van het programma uit en keren, met gloeiende gezichten, terug naar onze tafel.

'En?' vraag ik.

'Ik vond jullie hele groep eigenlijk erg goed,' zegt mijn moeder gereserveerd.

Ik staar haar verbijsterd aan. 'Wat heb ik daar nou aan,' zeg ik, 'het gaat erom wat je van mij vindt.'

Iedereen begint te lachen. 'Ik vond jullie geweldig,' zegt Charlie royaal. Lucy en Lieve vallen hem bij. Wij waren geweldig en zagen d'r prachtig uit. Vooral in de jive. En de cha-cha. Nou, in alles eigenlijk.

'Die ándere twee zijn goed,' zegt mijn moeder, 'die twee meisjes in die strakke pakken.' Ze wijst.

Dan is even later de uitreiking. Het valt een beetje tegen. Vorig jaar hadden we allemaal cijfers boven de acht en nou veel zevenenhalven. Maar ja, dat was ook een ander jurylid.

Als mijn moeder mijn teleurstelling ziet, is ze ineens vol aandacht. Her en der begint ze cijferlijsten in te zien, om mij ervan te overtuigen dat iederéén tussen de zeven en de acht heeft. Behalve dan die twee meisjes in die zwarte pakken. Maar ja, die waren ook opvallend goed. Zo soepel. Louise en ik maakten nog een wat gespannen indruk. En kon Louise niet proberen een béétje aan te komen? Ze was nu wel héél mager.

'Zullen we gaan?' vraagt mijn vader.

De volgende dag belde Charlie en vertelde me hoe het die avond gegaan was.

'Jullie stapten de vloer op, en op dat moment draait je vader zich van je af en begint een gesprek met Lieve. Anne zegt nog verlegen: "Oom Lex, – Nicolien is nú aan het dansen, hoor." Je vader draait zich om, roept spottend: "Bravo!" en draait zich terug. Dus heb ik maar ingegrepen. "Lex, je dochter is nú aan het afdansen," zei ik. Toen draaide hij op een overdreven manier zijn stoel om, en ging zitten kijken.'

'Ja, ze zijn een beetje vreemd,' zei ik. 'Nou ja, ze waren er dan tenminste en ze hebben het de hele avond volgehouden. Zullen we weer ophangen?'

'Ja goed,' zei Charlie, een beetje verbouwereerd.

En toen begon de depressie.

Mijn ouders zijn aardige mensen, maar het zijn waardeloze ouders. Mij lijkt het allemaal zo eenvoudig: je koopt een bos bloemen, zegt met grote overtuiging: 'Het was een heerlijke avond en jij was de beste,' en dan is alles in orde. Maar het gaat blijkbaar niet. Ze kunnen het niet. Net als bij Ans concerten. Ze moeten ineens weg, of beginnen over een ándere zangeres die zo goed was, of over een trein die ze nodig moeten halen omdat ze vroeg op moeten. Zo is het altijd gegaan.

Ik vroeg ze maar nooit wat. Eigenlijk wisten ze ook nooit wat ik precies uitspookte.

'Papa, ik heb besloten van school af te gaan.'

'O.'

'Zoals je weet ben ik nog leerplichtig. Ik denk dat ik ga proberen op het volwassenenonderwijs te komen.'

'Als jij dat besloten hebt, respecteer ik dat natuurlijk.' Stilte. En dan mijn vader, oplevend: 'Zeg, heb je de laatste Marquez al gelezen? Je krijgt hem als ik hem uit heb.'

Zo ging dat. Zo zijn ze nou eenmaal.

Het afdansen was op zondag en de depressie begon op maandag. Blijkbaar behoeden inzicht in de medemens en een gezonde dosis cynisme ons niet voor de pijn als de zaken zich precies zo voltrekken als we al gevreesd hadden. Misschien maakt het het juist nog wel erger.

't Ging eigenlijk net als die keer met Dick van den H. Of het nou een toneelstuk of een dansexamen is, je laat wat zien waar je je best voor gedaan hebt, en tot je eindeloze verbijstering merk je dat de mensen voor wie het bedoeld is, met hun rug naar jou en je werk gaan zitten.

Intussen trek ik alweer een beetje bij. Als *Zebra* voor mij niet doorgaat, laat je 't me dan op tijd weten? Ga d'r dan maar niet over inzitten hoor.

Haarlem, 10 mei 1997

Beste Ger,

Eind volgende week ga ik 10 dagen met mijn vriendin Guusje op vakantie naar Giethoorn. Ik wil je elke dag een ansichtkaart sturen. Weet je nou al iets van de NCRV?

Ik zou graag voor mijn vertrek weten waar ik aan toe ben.

Hartelijke groeten van Nicolien

Haarlem, zondagochtend 11 mei 1997

Lieve Ger,

Vanochtend in mijn morgencafé *De Volkskrant* van gisteren gelezen, waarin een foto stond van een Iraniër met een dichtgenaaide mond. Heb ik het ook gezien.

Ik heb nog veel nagedacht over het wezen van een 'geheim'. Wat is een geheim? Wanneer wordt mijn nieuwsgierigheid opgewekt? En wanneer bevredigd?

Laten we nog eens doen dat ik een soap ben. In aflevering duizendvierenveertig zien we mij naar jou gaan om een of ander werkstuk te bespreken. Aan het eind van de bijeenkomst maken we een nieuwe afspraak.

'Donderdag?' opper ik.

'Uhhhhhh neeeee, donderdag kan ik niet. Nooit. Ik kan uhhhhhhh namelijk nooit op donderdag.' De interessante bijfiguur Ger Beukenkamp begint nu hevig en onduidelijk naar de muur te kijken.

Nou, je begrijpt dat iedereen meteen razend benieuwd is. Wat hééft die kerel op donderdag?

Vijf afleveringen later bezoek ik je opnieuw, en nu krijgen we het over Leeuwarden; dat wil zeggen, ik begin een of ander verhaal over Leeuwarden, en onderbreek mezelf om jou te vragen of je daar weleens geweest bent.

'Uhhh jaaa,' zeg jij, 'ja, tamelijk vaak zelfs. Ik kom iedere week in Leeuwarden.' En je begint weer zo doorwrocht naar de muur te staren.

Nu sterven we allemaal van nieuwsgierigheid. Wat doet Ger Beukenkamp elke donderdag in Leeuwarden?

Wat blijkt: daar bezoek je een oude kameraad met wie je nog in Indië gevochten hebt (ja ja, ik weet dat je daar de leeftijd niet voor hebt), een man die jouw leven nog eens gered heeft en nu, volledig verlamd, hevig kwijlend in een inrichting verblijft. Of hij jouw aanwezigheid opmerkt is onduidelijk, maar niettemin blijf je hem trouw opzoeken.

De reden dat je dit nooit verteld hebt, is evident: je loopt niet graag te koop met je nobele daden. Anderzijds, als ik je op de man af gevraagd had: 'Ger, wat dóe je toch elke donderdag in Leeuwarden?' had je het, na enige aarzeling, waarschijnlijk toch wel verteld.

('Uhhh, moet ik dat vertellen?' 'Nou, dat wil ik wel graag.' 'O ja. Nou, het zit zo...')

Een dergelijke geschiedenis heeft niet alleen een aangename Hemingway-romantiek, maar belicht bovendien jouw karakter en onze relatie. Op het moment dat ik jou bij je verlamde kameraad zie zitten, zwijg ik. Jij zwijgt ook. Wij zwijgen allebei enorm. Zwijgend loop ik weg, de gangen door, naar buiten. Daar schijnt de zon. Aftiteling.

Anderzijds, omdat het voorval al lang geleden plaatsgevonden heeft en de situatie sindsdien statisch gebleven is, zou het nooit meer dan een terzijde in mijn soap kunnen zijn, en nooit de slotapotheose.

Wanneer is een geheim nu sterk genoeg om ons tien afleveringen in spanning te houden en ons niet teleur te stellen? Je kunt dat doen, zoals W.C. doet, door afleveringen lang een mysterie te suggereren. Aan het eind weet hij echter niet meer hoe hij het recht moet breien. Elke oplossing is te min. En met een echt wonder durft hij ook niet aan te komen. Dus komt er iets flauws. En wij voelen ons bedrogen.

Het mysterie is geen sausje over de dingen, het mysterie is de kern der dingen. Het mysterie blijft, ook al wordt elk geheim verklaard.

Ik denk dat er drie redenen zijn om iets geheim te houden: ten eerste de hierboven geschetste: je wilt het gewoon liever niet vertellen. Omdat je bang bent dat de ander er iets van zal denken, of omdat je het zelf ook een beetje belachelijk vindt, of weet ik veel wat. Dat kan nooit meer dan een terzijde zijn. (Ik vind het overigens altijd wel erg leuke terzijdes.)

De tweede reden is min of meer praktisch van aard. Je hebt een geheim dat je, indien het bekend zou worden, je relatie of je baan zou kosten. Zoals dat verhaal dat je me eens vertelde over die apotheker die gechanteerd werd om een geschiedenis met wurgseks waarbij een dode gevallen was.

Maar toch: stel dat je daar een film over zou maken met die man in de hoofdrol. Dan zouden we dus al weten dat hij, de brave apotheker met z'n gezin, zich bezighoudt met homoerotische sadomasochistische praktijken. Dat geheim is er dan al niet meer. Het enige wat overblijft is dus een voorval dat, na alles wat we al weten van de man, niet bijzonder verrassend is. Leuk, maar eigenlijk óók niet eens helemaal bevredigend. Behalve dan misschien als laatste, definitieve knoop in een waanzinnig warnet van misdaden. Ook dus weer een soort terzijde.

De beste – en misschien zelfs de enig bevredigende – oplossing is volgens mij zoals gebruikt in de *Singing Detective*. De hoofdpersoon heeft een geheim, namelijk een gemene streek die hij als kind heeft uitgehaald, maar hij weet zélf niet hoe bepalend dit geheim voor zijn leven is. Als hij in aflevering tien zou zeggen: 'Ik heb eens een jongen uit mijn klas vals beschuldigd, die is in een gekkenhuis terechtgekomen en daarom ben ik nu zo verbitterd en wanhopig en doodziek,' dan zouden we wel 'o ja' denken, maar het zou natuurlijk lang niet de uitwerking op ons hebben die het nu heeft.

Het sterke is volgens mij dat de *Singing Detective* wel wéét wat-ie gedaan heeft, maar dat-ie niet weet hoezeer hij daar nog altijd onder lijdt. Daar is hij namelijk te cynisch voor. In feite is de oplossing van Potter braaf psychoanalytisch: doorleef de pijn, sta op en wandel.

Niettemin, het is het interessantste wat er bestaat.

Stel dat we een film over jóu zouden maken. We zien een goed uitziende scenarioschrijver die de zaken uitstekend voor elkaar heeft, maar die dolgraag een bepaald verhaal zou verfilmen waar nou net niemand wat in ziet. We zien deze man vreselijk zijn best doen die film van de grond te krijgen, hij ondervindt tegenwerping van stompzinnige producenten (en dramaturgen natuurlijk) maar hij houdt moedig vol, de film komt er, en zie: aan het eind wint hij een Oscar. Het eindigt ermee dat hij met beslagen bril, door golven van applaus, naar het podium loopt. Nou, reuze leuk en aardig natuurlijk, maar wat mij – en waarschijnlijk vele anderen – oneindig meer zou interesseren is: waarom mag die ex-leerlinge, die in minuut zeventien even de film binnenloopt, nou niet bij hem op schoot zitten? Vanwaar die doodsangst? Dat is natuurlijk een veel interessanter gegeven; dat die film die die kerel zo graag wil maken in orde is, dat weet die man zelf óók al. Interessant is wat die man nog niet weet. Ja, hij heeft wel zo z'n ideeën, ('ja, dat wil ik niet want zo ben ik namelijk gewoon') maar die slaan, zoals wij onmiddellijk vertederd begrijpen, natuurlijk helemaal nergens op.

Nou ja, ik vertel je waarschijnlijk helemaal niets nieuws, maar ik moest het toch even kwijt. Ga je gang met Zebra en haar Algerijn, maar weet dat als er niet een element in zit van dat wat ik net beschreven heb, namelijk het geheim dat Zebra 'nog niet eens aan zichzelf verteld heeft' (zoals Erik Engerd dat zo prachtig formuleert op de elpee van de *Stratemaker-Op-Zee-Show*), het voor mij niet voldoende zal zijn. Jij moet dat geheim dus wél weten. Geen ontzag, geen gêne en cynisme over 'het verwerken van de pijn'. (En met verwerken bedoel ik geen therapieën en het slaken van de oerkreet en wat niet al, met verwerken bedoel ik: zien, en toegeven, dat je iets blijkbaar erg vindt.) Ja, jij verwerpt dat, dat weet ik wel. De therapie die je vriend beoefent gaat juist uit van afstand nemen (heb ik laatst ergens gelezen) en dat slaat bij jou, angsthaas die je bent, enorm aan, maar ik heb gelijk hoor.

Bij het benoemen van lijden, zoals laatst over de schade die het massatoerisme veroorzaakt, kom jij met een relativerende opmerking die die klacht tenietdoet. ('Maar er zijn ook mensen die zeggen dat het niet erg is dat kleine culturen verdwijnen. En trouwens: stel je voor dat de katholieke kerk het nog voor het zeggen zou hebben. Dat zou ook niet best zijn.') 't Is alsof er voor jou geen groter schrikbeeld is dan toe te geven dat je iets erg vindt. Het nadeel daarvan is dat je het anderen óók niet gunt.

'Ja, er is natuurlijk altijd wel een aanleidinkje, hè,' zei je gisteren listig over mijn laatste depressie. Nee hoor Ger, 't kwam door het gedrag van mijn ouders bij dat verdomde afdansen. Ik zou óók liever hebben dat ik ineenstort omdat ik zo diep getroffen ben door de schending van de mensenrechten in

China, maar het is nu eenmaal niet zo. Zo werkt het niet. Alles doe je jezelf aan. Alle lijden komt uiteindelijk door jezelf.

Hetgeen ons op iets anders brengt: ik merk dat ik last blijf houden van de angst jou te vervelen en te belasten. Juist tijdens de slechtere periodes, als ik zo'n behoefte heb je te schrijven, slaat het toe. Zelfs al zou je me met de hand op het hart beloven dat ik altijd mag blijven schrijven (iets wat je godzijdank nooit zou doen) dan nóg zou de angst blijven. Omdat ik, terecht, zou denken: wat weet-ie nou van de toekomst?

Ik heb me afgevraagd wat we daaraan zouden kunnen doen, en ik heb iets bedacht: zullen we doen of we exen zijn? Lijkt je dat geen goed idee?

Dan hadden we vroeger iets gehad, hè, en dan was het natuurlijk misgelopen omdat we 's nachts de weg bij elkaar niet konden vinden en onhandig, met boeken ernaast, in de weer waren met het oplossen van de vraag over hoe dat nou toch allemaal moest, waarna we dan halverwege maar ophielden en thee gingen drinken en over scenarioschrijven praten, waarbij we elkaar telkens beleefd uit lieten praten. ('Maar geloof je ook niet dat de kern van het probleem gevormd wordt door, o neem me niet kwalijk, wou je iets vragen?' 'Nee nee, praat vooral door, ik wou alleen nog een krakeling.' 'Alsjeblieft.' 'Dankjewel.' 'Waar waren we ook alweer gebleven?')

Dat zou dus binnen de kortste keren misgaan, maar dan zouden we, door ons gedeeld verleden, een zekere bestaansgrond voor de omgang hebben.

13 mei 1997, kwart voor zes 's avonds

Lieve Ger,

Het Orakel belt net: keuringsarts T. heeft haar gebeld.
De WAO-procedure wordt in gang gezet.
Afgekeurd dus.
Godzijdank jenever in huis.
Ik kan nog niks voelen, alleen maar beven. Komt wel goed. Opluchting nog even te groot.

Laat even wat van je horen. Ik ben wel weg zo, maar iets op het antwoordapparaat of zo.

Haarlem, 14 mei 1997

Heb jij de precieze naam en het faxnummer van deze Suzan K. voor mij? Want het is zo onbeleefd als ik steeds niets van me laat horen. Terugbellen is, gezien buikpijn en opwinding die die drie zinnen van haar op het antwoordapparaat al veroorzaakt hebben, niet mogelijk.
Heb jij haar al gesproken?

Haarlem, donderdag 15 mei 1997

Lieve Ger,

Donderdagmiddag, drie uur. Met mij gaat het niet goed. Ik loop langs de rand. 't Is alsof je voortwandelt in een droom; er kan elk moment iets vreselijks gebeuren maar je weet niet wat, en het is zaak niets te laten merken en je zo normaal mogelijk te blijven gedragen.

Ik vrees dat ik voor een geweldige depressie uitloop.

Ik ben teruggekeerd naar elke dag een halve pil, en als het na Giethoorn niet beter is, wordt dat een hele. Het spijt me wel, maar het lijkt me het beste.

Ik ben overigens niet somber gestemd, het is alleen die spanning. Alles is dan te veel. Men wordt – letterlijk – waanzinnig ontvankelijk voor ieder signaal van buitenaf, associeert razendsnel, en heden en toekomst tekenen zich zo scherp af als werden ze met zoutzuur op een koperen plaat geëtst.

Je tracht je aan dit alles te onttrekken, concentreert je hevig om zo normaal mogelijk te reageren, ziet de verbaasde, geïrriteerde of geschrokken blik van de ander en er ontstaat een sterke, monotone onderstroom in je gedachten: 'Ik moet hier nu weg, ik moet hier nu weg.'

Gelukkig dat ik niet zo krankzinnig moe ben als tijdens een depressie. Daardoor kan ik nog een paar dingen doen die ik graag af wil hebben voor ik naar Giethoorn ga.

Ger, ik twijfel er niet aan of je hebt een uitstekende reden om niet te bellen, maar zou je dat, indien mogelijk, tóch willen doen? Alleen al voor dat faxnummer en de precieze naam van die Suzan K. Ik ben bang dat ze mij anders weer gaat bellen, en dat moet nu niet.

17 mei 1997

Ik ga naar Giethoorn, en wel nu.

Nicolien

Giethoorn, woensdag 21 mei 1997

Lieve Ger,

Eigenlijk zou ik maandagavond naar Giethoorn zijn gegaan, maar Balthasar nodigde me uit voor zijn traditionele verjaarsdineetje, en omdat ik dat vorig jaar vanwege de depressie op het laatste moment had afgezegd, was ik blij nu te kunnen beloven dat ik zou komen. 'Jottum,' zei Balthasar, met ongebruikelijke spontaniteit.

Het viel niet mee. Ik kwam voor de derde keer tegenover Hans van M. te zitten, en ik geloof dat ik de hoop dat ik ooit een gesprek met die man zal kunnen voeren, definitief moet opgeven.

De eerste keer, een paar jaar geleden nu, toen het gekakel van Hans me al na vijf minuten evenzeer op de zenuwen werkte als het devote zwijgen van de rest van het gezelschap (Balthasar, diens moeder, broer, zus en ex, en Hans' laconieke, hevig joints rokende vriend Henk), ben ik ertoe overgegaan alles wat Hans zei tegen te spreken, een slopende bezigheid omdat Hans niet geneigd is naar een ander te luisteren, zolang deze niet beroemd, homoseksueel, kunstenaar, en het met hem eens is.

Het jaar daarop heeft Balthasar ons maar een eind uit elkaar gezet, maar ditmaal was er een familiehelft en een homohelft ontstaan, en zat ik weer tegenover Van M., die ditmaal geflankeerd werd door Hans K., die acteur van *Klokhuis* en Toneelgroep Amsterdam. Het leek me een aardige man, maar helaas hing hij zo aan de lippen van Hans van M., dat er al spoedig geen woord meer uit kwam.

De eerste helft van de avond heb ik nog serieus geprobeerd te begrijpen waar het gesprek, – of beter gezegd, de monoloog – over ging, maar ik geloof dat Van M. en ik in zulke verschillende werelden leven, dat het onmogelijk is daar verbaal een brug tussen te slaan – iets wat de man trouwens op geen enkele wijze beoogt.

't Gaat ongeveer zo: 'Robert (Mapplethorpe) was zó'n schat, en als je dan léést wat zo'n parasiet over hem bewéért, ik bedoel, de beroemdste fotograaf van Amerika, nou ja je begrijpt. Wat ik heb meegemaakt... je moet weten dat Robert iedereen die hij fotografeerde een foto cadeau gaf, dat was usance, ja, je moest natuurlijk een verklarinkje ondertekenen dat je van alle rechten afzag, dat spreekt vanzelf, en over het geld... hij werkte er toch voor? Steve McQueen vroeg 50.000 dollar alleen voor het lézen van een script, dan denk ik: ja natuurlijk.'

'Hoe bedoel je?' vroeg ik, trachtend zijn theorie te volgen.

'Denk jij nou heus dat een beroemd iemand als Steve McQueen voor niks een script gaat lezen en beoordelen? Of zo iemand als Jack Nicholson?'

'Nou, dat zou ik wel aardig vinden,' zei ik.

Van M. wierp me een vernietigende blik toe en praatte weer door.

Zo gaat dat dan uren door. Het lijkt of hij voortdurend een uiterst belachelijke mening tegenspreekt, maar welke mening dat zou zijn, ontgaat me.

Ik raak bij Hans van M. in een emotioneel vacuüm dat ik me herinner van het poseren voor Babs B., een rijke vrouw uit Santpoort-Zuid, die mij wekenlang in een te koud koetshuis in de tuin liet poseren, en me stelselmatig trachtte te negeren en onder te betalen.

Toen ze me voor de zoveelste keer voor niets had laten komen, zei ik dat ik niet meer voor haar zou poseren. Eerst geloofde ze me niet, toen begon ze te krijsen. Ik hing op, keek een tijdje dom naar de telefoon, en trachtte vergeefs te begrijpen wat er nou eigenlijk gebeurd was.

In de trein naar Giethoorn heb ik nagedacht over het element dat Van M. en Babs B. gemeenschappelijk hebben en dat mij blijkbaar ontbreekt.

Ik denk dat het gevoel voor status is.

Van status heb ik nooit veel begrepen. Ik neem het waar, zoals je een statistiek waarneemt, of een landkaart. Het is voor mij niet werkelijk voor te stellen dat je belangstelling voor de ander afhankelijk zou zijn van diens maatschappelijke positie. Daar geneer ik me voor, want ik zie wel dat dat iets heel natuurlijks en menselijks is. Ik ben als een kleurenblinde die zich moet blijven inprenten dat hij – al merkt hij er niets van – blijkbaar iets mist.

Steenwijk, 23 mei 1997

Ger van m'n hart.

Door de weilanden naar Steenwijk – alles nat, groen en sappig of je door de spinazie fietst. Je houdt maar gewoon richting kerktoren aan; waar een kerk is, is een plein, en daar is koffie. Verder niks dan schapen, sloten en oude liedjes die door die harde wind je geheugen uit worden gewaaid. Vakantie.

In Steenwijk praten de mensen raar en is de koffie twee kwartjes goedkoper om je eraan te herinneren dat je echt een eind van huis bent.

Ik zwaai je uit de verre verte toe en blijf je toegenegen.

Steenwijk, maandag 26 mei 1997

Allesverpletterende,

Maandagmiddag te Steenwijk: betrokken lucht, de winkel waar je ansichten wilde kopen is dicht. Daarnaast een onbegrijpelijke winkel met een tractor in de etalage, waar je een tijdje naar blijft kijken.

'Koffie verkeerd,' bestel je even later.

'Wablief?'

'Koffie met hete melk.'

Je kijkt uit over het marktplein waar ze een parkeerplaats van hebben gemaakt. Twee Italianen aan het tafeltje naast je spreken Italiaans. De koffie wordt voor je neergezet: lauwe drab van een onbenoembare kleur. Je denkt dat die Italianen wel heimwee zullen hebben. Wat doen ze trouwens in Steenwijk?

Allerhartelijkst in je nek gebeten door
Nicolien

Giethoorn, maandag 26 mei 1997

Ger van mijn hart,

Omdat Guusje haar kindje bij zich heeft, verlopen onze dagen anders dan tijdens onze andere vakanties. Zo'n wezentje van zeven maanden doet niet veel meer dan liggen, eten en slapen, maar het is al met al nog een heel gedoe: je bent voortdurend in de weer met speeltjes, luiers en fruithapjes.

Ik vind het wel aardig om er zo nu en dan de tuin mee rond te lopen en mijn arsenaal aan kinderliedjes ten gehore te brengen, maar ik ga elke vorm van verantwoordelijkheid stelselmatig uit de weg. Dat doe ik al mijn halve leven en daar ben ik blijkbaar zo aan gewend geraakt dat ik het voor niemand meer kan opgeven.

De reden dat ik het liefst met Guusje op vakantie ga, is dat zij schildert en even graag als ik een deel van de dag voor zichzelf heeft. Maar dat is met zo'n kindje natuurlijk een stuk moeilijker. Een fles wil ik nog wel een keertje geven, maar ik begin niet aan wassen of verluieren. Gek hè, want ik voel een steek in mijn hart als ik Guusje haar penseel zie wegleggen en met starende blik naar haar kindje zie rennen, maar ik zal me erbij neer moeten leggen dat alles en iedereen slechter af is als ik iets tegen mijn zin doe en dat het me, als ik het toch al probeer, in verhouding te veel tijd kost om weer te herstellen.

O Ger, ik had zo graag een heel ander soort vrouw willen worden. Zo'n grote, flinke, die geen moeite te veel is, waar je altijd terecht kunt met je zorgen en die dan klaar staat met een hartelijk woord en een pot kruidenthee. Maar het enige wat ik te bieden heb is een haarscherpe analyse en een oud stukje brood dat achter de verwarming was gevallen.

Vriendinnen die eens lekker willen uithuilen, lopen liever drie straten om dan bij mij aan te bellen. En daarbij, als ik net weer achter mijn computer zit op te schrijven hoe moeilijk ik het heb, doe ik nog niet eens open ook.

Aan de andere kant zeur ik zelf ook nooit, en vraag ik andere mensen zelden iets. En ik ben een trouwe vriendin en accepteer, behalve gezeur, eigenlijk alles.

Dat het kindje huilt en kwijlt en dingen kapot scheurt kan me niet schelen, noch dat we een heel andere vakantie hebben dan gepland, zolang ik maar stilletjes mag doen wat ik zelf wil: ontbijten, koffie, eindje om, op de bank liggen en naar het plafond staren, schrijven en theedrinken. Guusje vindt mijn gezelschap gelukkig heel plezierig, en ik het hare daardoor ook.

De omgeving is prachtig en het huisje, een zeventiende-eeuws boerderijtje dat midden in de weilanden ligt, ook. Ik leer Guusje canons en die zingen we dan als we, het kindje in het voorstoeltje, door de velden naar een uitspanning fietsen.

De eerste dagen gingen als in een droom voorbij. Guusjes man kwam twee dagen, een rustige kerel die met de auto voedsel voor een week insloeg en twee dagen verrukkelijke maaltijden voor ons bereidde. Hij had speciaal voor mij een fles hele sjieke ouwe klare meegenomen en het is net of ik al die dagen een beetje dronken ben geweest – wat niet kan, omdat ik altijd netjes wacht tot de vijf in de klok zit en bovendien een matige natuur heb.

Ik denk dat ik moest bijkomen van de spanningen van de afgelopen weken: de keuring, Louise, en het nadenken over de dramaturgen. Wat dat laatste betreft: ik heb Suzan K. een briefje gefaxt dat ik 'door omstandigheden momenteel niet in staat ben haar te woord te staan, maar dat faxen en schrijven mogelijk is naar het volgende adres...' enzovoort.

Dat was een idee van het Orakel, die ik stomtoevallig net de dag bezocht had toen Suzan K. me belde, en die ik, nóg toevalliger, gevraagd had wat ik moest doen met de dramaturgen.

'Niet meer te woord staan,' zei ze gedecideerd.

'Niet meer te woord staan?' vroeg ik verbijsterd. 'Maar dat kan toch niet?'

'Waarom niet? Wat heb je eraan? Het dient alleen een sociaal spel waar jij toch niets van kan. Wat zou ze doen als je doofstom was? Een briefje schrijven. Nou, jij bent op een bepaalde manier net zo goed gehandicapt.'

Een beetje ongelovig fietste ik naar huis, waar die verdomde Suzan K. dus net op mijn antwoordapparaat stond en toen ik merkte hoe kapot ik dáár alleen al van was en hoe lang het duurde voordat ik daar een beetje van hersteld was, besloot ik het advies van het Orakel maar op te volgen.

Een ander advies van het Orakel was om terug te keren naar een halve Seroxat per dag en voorlopig nog te wachten met afbouwen.

'Je wilt weer gewoon gaan meedraaien met de rest,' zei ze, 'maar Nicolien, je zult nóóit meer gewoon gaan meedraaien met de rest. Je functioneert prima, maar heel anders dan de anderen en het wordt tijd dat je dat nu eens serieus gaat inzien en daarmee leert leven. En denk maar niet dat íémand daar begrip voor zal opbrengen, want mensen begrijpen niets van depressies. Je zult nog veel tijd nodig hebben om uit te zoeken wat je wel en niet aan kunt en te leren daar bij andere mensen volkomen duidelijk in te zijn. En dat kan niet als je van de ene paniekbui in de andere valt. Je hebt veel tijd nodig.'

'Ik heb tijd nodig,' citeerde ik somber, 'veel tijd. En hoe lang zal ik nog leven?' (Nescio)

'Heel lang hoor, Nicolien,' zei het Orakel lief, 'maar je moet wel uitkijken want je loopt voor een geweldige depressie uit.'

Er viel een last van mijn schouders toen ze dat zei, want zoiets had ik stilletjes ook wel gevoeld, maar nog niet aan mezelf durven toegeven. De waarheid, hoe hard soms ook, is voor mij altijd een groter troost dan een misleidende verzachting. Ik heb altijd een verlangen naar helderheid en duidelijkheid gehad, misschien dat ik daarom soms wat al te duidelijk tegen anderen ben geweest.

Hoe dan ook, aan mijn loomheid en plotselinge inertie merk ik dat ik me de laatste tijd weer flink heb lopen opdraaien. En waarvoor mag God weten.

Jij zei dat ik hier mooi kon gaan nadenken over mijn nieuwe status quo, maar dat blijkt nog tamelijk moeilijk. Met mijn verstand weet ik wel dat ik afgekeurd ben, dat ik niet meer hoef, dat ik buiten mag blijven spelen als de rest aan het werk moet, maar mijn gevoel wil er nog niet aan.

Ik voel me als een guerrillastrijder die van een onverschillige passant te horen krijgt dat de oorlog al jaren voorbij is. En ik ga naar huis, schuif een stoel aan, er wordt een bord bijgezet, iedereen lijkt het de normaalste zaak van de wereld te vinden dat ik weer terug ben, en ik voel me ontheemder dan ooit. 's Avonds, als ik me uitkleed, zie ik de littekens en begrijp: er moet strijd geweest zijn, ooit, maar iedereen schijnt het vergeten te zijn, of misschien hebben ze er nooit wat van gemerkt.

Als jij op de televisie zo heel precies je woorden kiest om zo goed mogelijk duidelijk te maken wat je bedoelt, voel ik een eigenaardige trots, en ik zou wel willen dat God net op dat moment naar beneden keek om te zien dat er toch een paar mensen rondlopen die werkelijk ongelofelijk in orde zijn.

'Het zijn allemaal liefdesverklaringen,' zegt Guusje als ze me de zoveelste ansichtkaart aan jou in de brievenbus ziet gooien. Dat is misschien wel zo, maar dan toch eerder aan dat wat je voorstaat dan aan jouw persoon, geloof ik.

Nou, zeiksliert van mijn hart, aangezien je dit nu rustig op een stoel zit te lezen en toch niks terug kan doen, klim ik bij je op schoot, sla mijn armen om je heen en blijf, als altijd geheel en al de jouwe.

Meppel, dinsdag 27 mei 1997

Beste Ger,

Door de velden naar Meppel gefietst; niks, niks, niks, dan gras en aarde en een eindeloze hemelkoepel. Deze kaart is te klein om je uit te leggen hoe weinig je ziet en hoeveel er dan weer gebeurt.

Dan kom je, helemaal doorgewaaid, in grote vrede met God, de wereld en jezelf, in Meppel aan en dan is er in Meppel een braderie. Vrouwen met provinciekapsels en jankende kinderen, die lang nadenken over de aanschaf van goederen die door de duivel zijn uitgedacht toen die een bijzonder goeie dag had. Maar ik zit lekker op het marktplein achter de cappuccino, met uitzicht op m'n fiets en de kerk.

Steenwijk, 29 mei 1997

Beste Ger,

Voor de laatste keer koffie te Steenwijk. Morgen weer naar huis. Ik was liever langer hier gebleven, ik heb nog helemaal geen zin in het gewone leven.

Misschien moet ik bevriend worden met mensen met tweede huisjes. En die het dan zelf te druk hebben om erheen te gaan.

Mijn vrienden geraken zo langzamerhand tot de nek in de kinderen, huizen, hypotheken, vaste banen en wintersportvakanties, dus wie weet.

Snap jij nou wat het leven zo vermoeiend maakt? Misschien dat de stroom van je gedachten steeds onderbroken wordt. Vroeger wou ik graag opzichter van een kerkhof worden. Beetje harken in de zon. Maar ja, daar was dan weer net geen opleiding voor.

Haarlem, zondag 1 juni 1997

Beste Ger,

Het begint alweer aardig te wennen, thuis. Alhoewel ik Louise nog niet heb gebeld. Daar had ik nog even geen zin in. Eerst maar weer een beetje rondlopen, naar de wasserette, dat soort dingen.

Morgen poseren in Castricum, en vanaf dinsdag ga ik wat klussen in Amsterdam. Schilderen bij Charlie. Wel aardig werk: allemaal gepruts met glas-in-loodraampjes en paneeltjes. Charlie en zijn vrouw zijn er zelf niet, ik heb de sleutel.

Hoe is het met de NCRV? Bel je me dezer dagen even? Als het nou niks geworden is, moet je er maar niet over in zitten, hoor. Dat vind ik dan wel jammer, maar het is geen ramp. Ik heb er nooit op gerekend dat mij werk, geld en professionele waardering ten deel zouden vallen. Ik heb daar nooit over nagedacht, en als ik zei: 'O, dat wordt met mij toch allemaal niks', begreep niemand wat ik bedoelde. Ikzelf ook niet, maar blijkbaar heb ik, zonder er werkelijk over na te denken, begrepen dat er, bij welk werk dan ook, contact zou moeten zijn met mensen bij wie ik bij eerste oogopslag al gezien had dat er geen werkelijk contact mee mogelijk was. En dat gaat blijkbaar echt niet.

De angst me daaroverheen te moeten zetten is vele malen groter dan de angst dat mijn werk niet geaccepteerd zal worden. Schrijven doe ik toch wel. Op proza-gebied zal er op een dag weleens iets gebeuren, denk ik.

Los van dit alles, ik zou het, zeker voor mijn ouders en andere omstanders, toch wel leuk vinden als er op scenariogebied eens iets gebeurde. Maar goed, we zien wel.

Hoor ik van je?

Haarlem, dinsdag 3 juni 1997

Ger,

Ben je (a) weg, heb ik (b) iets miszegd of misdaan en ben je me (c) gewoon lang en krachtig aan het vergeten?

Haarlem, woensdag 4 juni 1997

Ger,

Begrijp ik het goed dat *Zebra* voor mij niet doorgaat en je me dat binnenkort met gepaste omslachtigheid wil gaan meedelen?

Donderdag 5 juni 1997

Voortaan gewoon meteen zeggen: 'Het gaat niet door.' Ik kan tegen alles, behalve tegen stilte en medelijden.

Haarlem, zaterdag 7 juni 1997

Ger van m'n hart,

Vergeleken bij mijn familieleden ben ik muzikaal gezien een volslagen onbenul, hoewel mijn vriendinnen vinden dat ik mooi kan zingen en een duizelingwekkend repertoire heb – wat vooral te danken is aan mijn ijzeren geheugen voor teksten. (Guusje probeerde in Giethoorn als we door de velden fietsten, steeds die éne haar bekende dichtregel te citeren: 'Als ik aan Holland denk, zie ik hele lange rivieren traag stromen door eindeloos laagland.' Ik verbeterde haar geduldig, tot ze er uiteindelijk heel aardig uitkwam, op één hardnekkige fout na: 'Denkend aan Holland, zie ik brede rivieren, traag door eindeloos laagland gaan.'

'Oneindig,' zei ik, 'niet eindeloos, maar oneindig.'

'En hoe weet je dat nou?' vroeg ze nieuwsgierig.

Ik dacht even na. Ja, hoe wist ik dat eigenlijk? 'Het klinkt gewoon niet,' zei ik, 'het moet "oneindig" zijn.'

Dat vond ze zo eigenaardig, dat ze het meteen voor altijd (althans, voor de rest van de vakantie) onthield.)

Ik hou ook wel van Bach en Purcell, maar vooral van de stukjes die je na kan zingen, wat ik heel snel en handig kan, helaas met de eigenaardigheid dat ik de uitvoering zo volmaakt imiteer, dat ik daarbij ook bijvoorbeeld het accent van de uitvoerder overneem. En het gekke is, als ik dat probeer weg te laten, raak ik onmiddellijk de tekst kwijt.

Ik hield van balladen over oude koningen die hun eigen kinderen slachtten of soldaten die met hun darmen in de hand naar huis terugkeerden. Deze liefde deel ik met Balthasar, die net als ik ook erg van Aznavour en Abba houdt, iets wat vroeger gold als belachelijk, want toen mocht je alleen naar Lou

Reed en Tom Waits luisteren, hevig joints rokend. En Balthasar en ik maar naast de theemuts met Abba meezingen in de erker van zijn ouderlijk huis, terwijl de zon onderging achter de glas-in-loodramen.

Tot mijn grote plezier besteedt Balthasar enige bladzijden aan zijn muzikale voorkeur in zijn laatste roman. Voor mij erg leuk, omdat ik de schijnbaar willekeurige tekstvoorbeelden allemaal herken en precies weet uit welke liedjes ze komen.

Mijn vader vond het leuk, verbaasde zich postuum over het feit dat hij nooit enige aandacht besteed had aan populaire muziek en liet me bandjes maken die hij in zijn studeerkamer afspeelde als hij proefwerken zat te corrigeren (hij was leraar Nederlands op een mavo), maar mijn moeder hóórde het eenvoudigweg niet, het viel buiten haar wereld. Op één uitzondering na: het liedje *Sad Lisa* van Cat Stevens. Ik kreeg die plaat in de tijd dat mijn opa overleed, en vaak, zo rond een uur of vijf, kwam mijn moeder, met haar schort voor, met starende blik de kamer in, vroeg me die plaat op te zetten, en ging dan op de bank zitten luisteren en huilen. Ik keek daar dan met een mengeling van plezier, irritatie en medelijden naar.

Dit alles om je te vertellen dat ik in een televisiedocumentaire over Ierse muziek een heel mooi liedje hoorde dat ik beslist moest hebben. Sinds enige tijd is er een fijn platenzaakje in Haarlem dat alleen in 'wereldmuziek' (idiote term) handelt, met een man die raar scheef achter de toonbank staat en er zo'n uitgelezen hoeveelheid tics op nahoudt dat je onmiddellijk begrijpt dat je aan het juiste adres bent en precies de vakidioot getroffen hebt die je zoekt.

Ik zong het lied zo goed en zo kwaad als het ging voor, hij hing scheef en geïnteresseerd naar me over, en besloot dat het hier om het lied *Kilkelly* van Iain MacKintosh ging, en dat hij de cd voor me zou bestellen. Hij noteerde met de linkerhand mijn naam en telefoonnummer en ik liep naar buiten. Toen keerde ik op mijn schreden terug.

'Meneer,' zei ik, 'ben ik dan verplicht de cd van u af te nemen? Want ik neem aan dat we het hier over een bedrag van ongeveer veertig gulden hebben, en dat leg ik natuurlijk met plezier voor u neer als het het nummer is dat ik zoek, maar als we de verkeerde uitvoering hebben, is het plotseling een verschrikkelijk, ik kan wel zeggen rampzalig bedrag.'

'Mevrouw,' antwoordde hij zwierig, 'ik draag er persoonlijk zorg voor dat dit precies de uitvoering is die u zoekt!'

Na enige dagen was er bericht dat de cd was gearriveerd en vanochtend ben ik hem op gaan halen.

'Kilkelly,' zei ik toen ik de winkel binnenkwam.

De man hief zijn hand, greep de cd, riep: 'Neemt u plaats!' en zette de cd op. Ik ging op een zwart lederen bankje zitten en zette een koptelefoon op. De man was nogal lang in de weer met allerlei knoppen, en ging toen ingespannen een folder lezen die op de toonbank lag. Omdat ik steeds niets hoorde, meende ik dat de man nog niet precies wist hoe de apparatuur werkte (erg veel klanten heeft hij geloof ik niet) en nu de gebruiksaanwijzing aan het bestuderen was. Toen hij doodkalm een sigaret begon op te steken, vond ik het toch tijd om eens iets te zeggen. 'Excuseer,' zei ik, 'maar is het de bedoeling dat ik niets hoor?'

Ontsteld sprong hij op en draaide aan nog een paar knoppen. Gespannen keek hij me aan.

'Nu hoor ik wel de begeleiding,' zei ik, 'maar niet de stem. O, daar is het al. O, nu is het liedje geloof ik net afgelopen.'

De man zette de cd maar weer aan het begin, en daar begon het. Ja hoor, daar was het.

De man keek me vragend aan.

'Het is van een onzegbare pracht,' zei ik.

'Pardon?'

Ik zette de koptelefoon af.

'Het is van een onzegbare pracht,' herhaalde ik.

'Ah! Dus het is wat u bedoelde.'

'Meneer, het is meer dan wat ik bedoelde.'

Dit laatste zei ik alleen maar om iets aardigs te zeggen, de man had tenslotte al die moeite gedaan, maar eigenaardig genoeg verdween hij na die woorden om niet meer terug te keren. Misschien was hij wel ontroerd, je weet het niet. Of had hij last van diarree. Hoe dan ook, er verscheen nu een wat puisterige jongen, zijn zoon misschien, die de bon opmaakte.

Nu ben ik de cd lekker al de hele dag aan het draaien. De andere nummers zijn ook erg mooi. Niks flauwekul over 'gisteren hebben we elkaar verkeerd begrepen maar vanavond gaan we het goed uitpraten', maar allerlei prachtige verhalen over mooie meisjes waar je niet aan mag komen en mannen die op zeilschepen weggaan om geld te gaan verdienen voor hun stervende moedertje en die nooit meer terugkomen – kortom, over de zaken van het leven.

Dat heb ik nou net nodig, want weet je, Ger van mijn hart, dat met Louise, dat gaat niet. Ik krijg het niet voor elkaar. Het lukt niet.

Ik ben zo verschrikkelijk bang dat ik met iets voor de dag moet komen dat ik niet in huis heb, dat ik haar er zowat om ga zitten haten. In Giethoorn heb ik iedereen een kaart gestuurd, behalve haar.

Dit móet, dacht ik dan somber en kwaad, en dan deed ik het niet.

En ik had gelijk.

'Hoe kun je nou niets van je laten horen, terwijl je wéét dat ik het zo moeilijk heb!' riep ze later woedend. 'Weet je dat ik op het punt gestaan heb je in Giethoorn op te bellen en te zeggen: ik éis een kaart! Nu! Vandaag!'

Ik zat ineengezakt op de bank te luisteren. Een dodelijke vermoeidheid nam bezit van me, en ik kon nauwelijks naar haar luisteren omdat ik zo vreselijk moest gapen en wanhopig bedacht hoe ver het nog was naar mijn huis en mijn bed.

Op een gegeven moment viel ze stil. Moeizaam ging ik rechtop zitten. Nu moest ik natuurlijk antwoord geven.

'Je eist een kaart,' herhaalde ik, trachtend me te concentreren, 'maar daarom krijg je hem juist niet. Begrijp je dat nou niet?'

'Maar dat is toch belachelijk!'

'Ja, dat zal wel. Maar ik heb mezelf ook niet gemaakt. En nu ga ik weg, want het wordt me weer teveel.'

Ik had inmiddels een bonkende hoofdpijn, lag de hele nacht in mijn bed te woelen, en toen heb ik haar een dag later gebeld en gezegd dat we de zaak maar moesten vergeten. Dat ik, indien ze dat kon opbrengen, graag bevriend met haar zou blijven, en met haar zou blijven stijldansen, maar dat er verder niets van me te verwachten viel.

Nou, ze moest wel huilen, maar ik geloof dat het toch ook wel een beetje een opluchting voor haar was.

Ze had me de keer daarvoor nog zitten vertellen over een schoolvriendin die ze na jaren weer ontmoet had, een zekere Carola.

'Ik ben met haar mee naar huis gegaan en weet je, Nicolien, Carola heeft alles waar ik altijd van gedroomd heb: een huis aan het Vondelpark, een man, drie enige kinderen, een leuke baan van vier dagen... en die man werkt ook vier dagen, en dan doen ze het allemaal echt samen... ik kon gewoon bijna niet naar Carola luisteren, omdat ik steeds maar dacht: ja. hier heb ik altijd van gedroomd.'

'Jouw droom is mijn nachtmerrie,' zei ik somber.

'Wat is daar nou voor nachtmerrie-achtigs aan?' riep Louise.

'Ik weet het niet,' zei ik wanhopig. 'Lieverd, haal jij de kinderen van de crèche? Dan zet ik alvast een kip op het vuur. En neem je de NRC even mee? Kunnen we leuk kijken of we nog met de kinderen naar een culturele manifestatie kunnen in het weekeind. Zoiets. Allemaal verschrikkelijk.'

'Maar dan kun jij toch rustig thuisblijven? Dan ga ik wel alleen met de kinderen.'

'Maar dan kunnen jullie elk moment thuiskomen,' rilde ik. 'Ik zou geen rustig moment hebben.'

Ik heb lang gehoopt dat ik, als ik nu maar flink volhield, bij zou draaien, maar ik vrees dat ik, als ik zou doorgaan met volhouden, nog aan geen kilo Seroxat genoeg heb om op de been te blijven.

Weer een illusie armer. Want ik vrees dat dit zo blijft. Misschien ontmoet ik nog eens een of andere zonderling die er net zo over denkt als ik, maar het blijft een nare zaak dat ik het ene vergezicht na het andere moet opgeven voor iets wat onduidelijk blijft. Ik voel me als een rat die nerveus door een labyrint loopt waarin het ene luikje na het andere wordt afgesloten. Er is niets aan te doen, je kan maar één kant op, terwijl je eigenlijk diep in je hart wel weet dat aan het einde de verlossing niet wacht, maar een koele observator die, als je je kop naar buiten steekt, op zijn horloge kijkt, een aantekening maakt, en je in de destructor gooit.

Nu heb ik geloof ik in drie weken tijds drie ideeën op moeten geven: dat ik ooit nog eens een gewone baan zou kunnen krijgen, dat dat met het scenarioschrijven iets zou worden en dat ik een relatie zou kunnen hebben.

Ja ja, rustig maar, ik weet dat ik overdrijf. Maar laat me

maar; als ik besluit dat ik me niet hoef in te spannen om dergelijke zaken te bereiken, zullen ze me uiteindelijk op een andere, en betere, manier toevallen. En als het niet gebeurt, jammer maar helaas. In het licht van datgene wat ik nastreef, doet het er niet werkelijk toe. Wat overblijft is alleen zijn, er maar het beste van maken en proza schrijven. Dat is zo beroerd nog niet en eigenlijk precies datgene waarvan ik altijd heb gemeend dat het daarop uit zou komen.

Een beetje tot mijn verbazing scoor ik enorm met mijn verslag over mijn laatste bezoek aan jou. Dat gaat namelijk als volgt: ik vertel hoe ik in de trein zit, me plotseling geweldig begin op te winden over het feit dat jij steeds niks van je laat horen op *Zebra*-gebied, me voorneem die avond, als ik naar Balthasar ga, bij je aan te bellen om verhaal te halen, en dan, nog steeds in die trein, zo enorm zit te bedenken wat voor taal ik dan zal uitslaan, dat ik, als we het Centraal Station binnenrijden, ineens denk: 'Niks vanavond! Nu! En als hij er niet is, nou, dan gooi ik een briefje in de bus en dan zeg ik...' en zo raas ik dan maar door.

Je begrijpt dat ik flink de tijd neem voor dit deel van het verhaal, om het extra spannend te maken.

Goed, ik bel aan bij jou, bijna met het voornemen om je maar meteen in elkaar te slaan, maar dat gaat natuurlijk helemaal mis omdat jij begint te stralen, keer op keer roept hoe gezellig het is dat ik langskom en, terwijl je me bedelft onder koppen koffie en boterhammen met kaas, allerhartelijkst informeert naar Giethoorn.

Een beetje overrompeld zit ik aan de keukentafel, geef terughoudend antwoord en probeer steeds maar in gedachten te houden waarom ik hier eigenlijk ben.

'Nou,' vertel ik dan, 'en net op het moment dat ik met mijn vuist op tafel wil slaan en wil vragen: "Ger, hoe staat het met

Zebra?" klinkt plotseling een heldere stem uit de tuin: "Ik ben er weer! Til je me op?"'

'Nee,' roep jij dan terug, 'ik heb bezoek. Vanavond weer!'

Ik sta in dubio. Enerzijds wil ik vasthouden aan mijn belangrijke missie, anderzijds ben ik razend benieuwd naar die stem. Mijn nieuwsgierigheid wint het natuurlijk en half onwillig loop ik naar buiten.

Jij loopt dan ook naar buiten, steekt je handen in een struik, en tovert tot mijn verbijstering een schattig blond jongetje tevoorschijn. Buurjongetje wil poes aaien.

Omdat ik jou al jaren portretteer als een sociaal wat onhandige man, laat ik poezen en zuurtjes weg, en maak ervan dat jij enige tijd zwijgend naar dat jongetje staat te turen, zorgelijk tegen mij zegt: 'Hans kan dit beter,' en het jongetje ten einde raad maar weer terugzet in de struik. Waarna ik natuurlijk zo gesmolten ben dat dat met die ferme taal volkomen mislukt.

Haarlem, dinsdag 10 juni 1997

Allesverpletterende,

Balthasar had me de twee laatste hoofdstukken van zijn nieuwe roman ter beoordeling meegegeven. Ik sprak maar meteen af dat ik hem maandag zou bellen want ik ken mezelf en weet dat ik het anders eindeloos blijf uitstellen. Dat komt doordat ik, al lezend, bestormd word door zoveel gedachten en gevoelens dat ik dagen (en nachten, nog erger) nodig heb om dat alles een beetje in banen te leiden en te vertalen in een commentaar waar die jongen wat aan heeft.

Nadat ik zondagavond een paar uur had zitten lezen, begreep ik dat ik meer tijd nodig zou hebben. Ik belde Balthasar om een afspraak voor donderdag te maken, en heb vandaag een dag vrij genomen om in een brief aan jou mijn gedachten een beetje te ordenen.

Anders had ik waarschijnlijk óók vrij genomen, want Femke belde onze afspraak voor vanavond af, en om nou een hele dag te staan schuren en krabben in Charlies hete zoldertje zonder het vooruitzicht op een behoorlijke maaltijd in prettig gezelschap – dat krijg ik niet voor elkaar. Ik hou van alleen zijn, maar 's avonds wil ik weleens iemand spreken. Daar komt bij dat ik niet bijzonder goed kan koken, en er weinig plezier in heb dat voor mezelf te doen. Ook niet voor anderen trouwens. En dus eet ik vaak bij anderen. Mijn Haarlemse kennissen zijn inmiddels zo ver dat ze me bellen met de hartelijke vraag: 'Heb je al een adresje voor vanavond?' maar bij mijn Amsterdamse vrienden is dat natuurlijk, door de afstand, weer anders geregeld. Ik zet me dus eens in de zoveel tijd bij de telefoon en maak een reeks handige afspraken. 'Met Nicolien. Zeg, ik heb de komende week een klus in Amsterdam. Zullen we iets leuks gaan doen?' Dan beginnen ze over film of theater waarop ik zorgelijk zeg dat dat een beetje moeilijk, is, omdat ik in dat geval 'eerst ergens moet eten'. Met een beetje geluk vervalt dan die film, en heb ik mezelf verzekerd van maaltijd en gezelschap. Vroeger nam ik dan altijd trouw wijn of bloemen mee, maar op die manier schoot ik er financieel gezien zo weinig mee op, dat ik daar maar mee ben opgehouden.

De enige betaling bestaat er nu dus uit dat ik een paar keer roep hoe heerlijk het eten is en ook anderszins probeer zo aangenaam mogelijk gezelschap te zijn. Want inmiddels weten ze allemaal wel dat ik hen niet bij mij ga uitnodigen omdat ik dat te moeilijk vind.

Vroeger schaamde ik me daar natuurlijk nogal voor, maar

nadat mijn vrienden en vriendinnen me keer op keer op het hart gedrukt hadden dat ze het écht helemaal niet erg vonden, heb ik me er maar bij neergelegd dat mijn kwaliteiten niet schuilen in het bereiden van maaltijden en het ontvangen van mensen. Waar ze wel in liggen weet ik ook niet, maar in elk geval wordt er bijna altijd enthousiast gereageerd op mijn uitnodiging mij te ontvangen. Misschien komt het, heb ik me bedacht, doordat ik lang en doorwrocht nadenk over allerlei zaken waar zij ook wel eens een vluchtige gedachte aan besteden, maar waar ze, door die banen en die kinderen van ze, nooit veel verder mee komen.

En dan kom ik langs en leg uit wat zij bedoelen, terwijl zij de aardappelen op tafel zetten.

Ik heb weleens bedacht dat ik, in ruil voor mijn goede werken voor de mensheid, eigenlijk allerlei diensten terug zou moeten vragen. Dat we afspreken dat ik lijd voor de mensheid, en dat zij dat vergoeden door het bereiden van maaltijden, het schoonmaken van mijn huis en het beschikbaar stellen van vakantiehuisjes in lommerrijke omgeving. Lijkt je dat geen goed idee? En nou had ik zo gedacht dat het het beste was als *jij* dat ging uitleggen aan de mensheid, omdat de mensheid misschien eerder geneigd is naar jou dan naar mij te luisteren. Jij hebt een positie tenslotte, en je ziet er leuk uit, en je bent weleens op de televisie geweest. Ja, dat weet je allemaal niet zo, maar dat maakt indruk hoor. In ruil daarvoor ga ik dan nog een bladzij of vijftig aan je uitleggen wat je allemaal verkeerd doet, en zo worden we er allemaal beter van.

Maar goed, we hadden het over Balthasar. Ik heb de eerste twee hoofdstukken van die roman weer herlezen en ben toen maar even opgehouden. Ik vrees dat het eigenlijk niet eens nodig is de rest ook te gaan lezen.

De vraag is altijd: heeft het zin iets tegen iemand te zeggen of niet? Het is zinloos om kritiek te leveren op zaken waar iemand niets aan kan doen of die hij niet wenst te veranderen. Hoogstens kun je er wat van zeggen als je er zelf last van hebt. Vieze geluiden die iemand maakt bijvoorbeeld, of vrolijke grappen over mijn arbeidsongeschiktheid die weliswaar niet onaardig bedoeld zijn, maar waar ik helaas volstrekt niet tegen kan.

Het interessantste terrein is natuurlijk dat gebied dat jij wel ziet, maar de persoon in kwestie nog niet. En niets is leuker dan dat gebied voor hem te ontsluiten. Dat is echter een delicate geschiedenis, zoals je begrijpt.

Het blijkt voor mij noodzakelijk om de door mij waargenomen vergezichten te benoemen – ook als die ander het raam gesloten houdt. Anders word ik nerveus, ongelukkig, en gaat de ander me irriteren. Mijn bemoeienissen blijken dus in de eerste plaats noodzakelijk voor mijzelf en de vriendschap. Wat de ander ermee doet, is een tweede, en daar heb ik ook weinig mee te maken.

Ervaring heeft mij geleerd dat de dingen die ik zeg uiteindelijk altijd wel ergens toe leiden – ook al duurt het soms jaren. En wanneer ik uit beleefdheid mijn mond hield, had ik er later altijd spijt van. Zo ben ik er langzaam toe overgegaan te vertrouwen op mijn intuïtie, en datgene te zeggen wat naar mijn idee gezegd moet worden.

Als ik dat niet doe, implodeer ik. Iemand zei eens dat depressie 'naar binnen geslagen levensenergie is'. Zo denk ik inderdaad dat de waanzinnige emoties die dat gedoe met Dick van den H. in me opriepen en waar ik nergens mee naar toe kon, de laatste duw in de afgrond van de depressie waren. En die emoties waren weer het gevolg van de angsten en de voorgevoelens die ik met betrekking tot die kwestie gehad had, en die ik niet tegen jou heb durven uitspreken – hoewel ik dat zo graag gewild had. Zoals je je misschien herinnert, zei jij nogal bruusk 'dat je niet geloofde dat ik dat allemaal al aan had zien komen' toen ik maanden later dat avontuur eens geboekstaafd heb. Dat bevestigde me in mijn idee dat jij negatief stond tegenover mijn op volmaakt subjectieve oordelen gebaseerde toekomstvoorspellingen.

Welke zwakte van jou, besloot ik, geen reden voor mij moest zijn om tegen mijn zin mijn mond te houden. Een hele opluchting. Je bent op dat punt trouwens nogal bijgedraaid, als ik zo vrij mag zijn. Of ik, dat kan ook.

Goed. Balthasar dus. De vraag is inmiddels niet meer of ik wel of niet iets tegen Balthasar ga zeggen, want ik voel aan m'n water dat dat hoe dan ook gaat gebeuren. Na die eerste twee hoofdstukken heb ik gezegd: 'Niks op aan te merken, gewoon flink doorschrijven', maar nu is het volgens mij weer eens tijd voor enig graafwerk naar datgene wat Balthasar volgens mij probeert te zeggen, en waar hij niet bij komt.

Voor de goede orde: Balthasar heeft twee boeken geschreven: een verhalenbundel en een roman. Zowel die verhalen als die roman gingen over een Bloedmooie Jongen die zich wenste te laten doodsteken door een andere Bloedmooie Jongen.

Deze nieuwe roman gaat, volgens Balthasar en de eerste zin van het eerste hoofdstuk, over een jongen die op zoek is naar de liefde.

Ik geloof dat Balthasar zich daarin vergist. Volgens mij is zijn hoofdpersoon niet op zoek naar de liefde maar naar iets wat hij niet onder woorden kan brengen, naar verlossing kortom. Nou, dat geeft natuurlijk niets, 'man op zoek naar verlossing' is het mooiste thema wat er is, en ook voor mij het enige bruikbare. Spijtig dat ik zelf nou net een vrouw ben; vrouwen komen over het algemeen een heel eind qua verlossing door kinderen te krijgen en met vriendinnen te bellen, hetgeen ze dramatisch gezien natuurlijk een stuk minder interessant maakt.

Balthasar weet dus volgens mij niet zo goed waar zijn hoofdpersoon naar op zoek is. Daar probeert hij al schrijvend achter te komen. Hij doet dat door zijn eigen leven keer op keer minutieus te beschrijven.

Bladzijden lang lezen wij over de feestjes die hij bezoekt en waar hij zich niet thuis voelt en de gerechten die hij tracht te bereiden maar die door zijn nervositeit (de Jongen kan elk moment aanbellen) mislukken.

'Het moet van binnenuit komen,' zeg ik dan en wijs met m'n vinger op z'n borst. Daar kan hij zich niks bij voorstellen. Bovendien gaat hij er prat op dat hij in niets lijkt op andere mensen. Wij strompelen maar onbenullig voort met boodschappenkarretjes en oude paraplu's, maar hij, Balthasar, doet daar allemaal niet aan mee want hij is bezig met het allesomvattend geweldig ongelofelijke. Dat krijgt in elk boek een andere naam, en zo kunnen we nog jaren doorgaan.

Dit verlangen naar het allesomvattend geweldig ongelofelijke is volgens mij typisch mannelijk. Maar het bestaat niet. Ik denk dat dat verlangen de plaats van de baarmoeder inneemt. We moesten het de mannen maar niet kwalijk nemen, maar als ze boeken gaan schrijven, moeten ze goddomme wel weten wat ze aan het doen zijn.

Zo ben ik gisteravond bij mijn oude vriend Evert van L. gaan eten. Het begon al goed, want hij stond een fijne salade te maken in de keuken en zei ongeveer als eerste dat hij jou in de *Plantage* gezien had en mij nu, qua jou, helemaal begreep. 'Zó'n man...' zuchtte Evert, terwijl hij bekommerd de tomaten op de sla schikte, 'maar ja, dat vind ik natuurlijk nooit. Zo aardig, en zo ingehouden, maar dat je toch voelt dat er van alles broeit – en zo gewoon als-ie over zijn werk praatte, en je merkte helemaal niet dat het een homo was... Op de fitness heb ik ook een leuke jongen gezien. Maar ik denk dat ik te lelijk voor hem ben. En te oud.'

Evert is negenendertig. Hij is een beetje klein, hij heeft een groot, onnoemelijk aardig hoofd met twee hele vriendelijke, beetje droevige ogen en hij kleedt zich nog altijd keurig als de jurist die hij indertijd was, voor hij avontuurlijk werd en ontslag nam.

Hij heeft zijn homoseksualiteit pas laat ontdekt, heeft één relatie gehad en denkt nu dat hij nooit meer een andere relatie zal krijgen omdat hij niet is zoals andere homo's, die naar zijn idee niks anders doen dan neuken, elkaar met leren zweepjes slaan en heel gek en overdreven praten.

'Maar je hebt toch ook hele aardige huiselijke types,' werp ik dan tegen, 'die elkaars overhemden strijken en zo?'

Nou, dat is helemaal mis, want dat zijn van die zielige types die hij zaterdag op de Albert Cuyp ziet lopen met een plastic tas met boodschappen, die al dertig jaar in een armoedig bovenhuisje wonen en met wie nooit iets gebeurt.

Ook Evert is namelijk op zoek naar het allesomvattend geweldig ongelofelijke, maar hij zoekt het niet bij de messenjongens maar in het paranormale. Hij praat vol ontzag over vorige levens, over 'boodschappen van boven', over die 'vreemde liefde voor Spanje die hij heeft, waardoor hij vóelt dat Spanje iets bijzonders voor hem in petto heeft...' over zijn eeuwige verlangen zichzelf nou eens echt hélemaal in iets te verliezen... en dan duwt hij me weer een of ander door een zekere Sjaloem Sjaloom geschreven boekwerk in de hand dat *De zeven chakra's van het succes* heet, of *Het Tiende Inzicht* en van welks achterflap een gemene misdadiger met een Armanipak en een tulband ons allergriezeligst toegrijnst.

'Dat is een soort bijbeltje voor me,' zegt Evert dan eerbiedig, 'maar ik ben nog lang niet zo ver hoor, ik moet nog blauw worden. Nu zit ik pas in mijn gele fase.'

'En als je paars bent,' vraag ik dan natuurlijk, 'mag ik dan nog sla bij je komen eten, of zweef je dan zo ver boven de grond dat je niet meer bij de tomaten kunt?'

Dat kan-ie gelukkig goed hebben, hoewel hij het geloof ik betreurt dat ik hem niet wil volgen op zijn duizelingwekkende kosmische reizen en niet begrijpt hoe ik kan leven zonder te streven naar die staat van verlichting die naar zijn idee zo glashelder staat beschreven in hoofdstuk acht van *De zeven chakra's van het geluk*.

Ik luister naar zijn theorieën zoals ik luister naar iemands vakantieverhalen. Het staat, wil ik maar zeggen, bijzonder ver van me af.

Ik heb Balthasars verlangen naar de messenjongen en dat van Evert naar de gele fase altijd nogal kinderachtig gevonden en ik heb eerlijk gezegd nooit begrepen dat die boeken van Balthasar zo serieus besproken worden. Maar ja, we worden overspoeld door zulke oceanen van onzin, dat bijna niemand zijn kop nog een beetje boven water kan houden.

Ik begrijp niet waar die jongens nou toch zo ingewikkeld over doen. God zit in de dingen zelf, en als je dat niet kunt zien, moet je je heel diep gaan zitten schamen in een hoekje en stilletjes bidden dat Hij je verstand zal verlichten.

Ik neem aan dat het zinloos is dit tegen Balthasar en Evert te zeggen, want zij vinden nou juist dat hun verlangen naar de verzengende horizon ze meerwaarde geeft en ze betreuren mijn verschrikkelijke oppervlakkigheid. Hield ik nou maar eens op met die slappe verhalen over mensen, dan kon ik éindelijk een mooi boek schrijven! Dat echt ergens over ging!

Balthasar is niet de enige die dat vindt. Op de Schrijversvakschool zeiden ze ook altijd dat mijn werk nergens over ging en later bij de omroepen kreeg ik dat weer voortdurend te horen. Waar ging het nou over, en was het nou om te lachen of juist niet, en ik moest eens héél precies uitleggen wat ik nou bedóelde. Ger van mijn hart, vergeet niet soms te zeggen dat ik goed schrijf, hoor. Want dat hoor ik niet zo vaak.

Misschien omdat ik altijd gevoeld heb dat de waanzin bij mij dicht op de loer ligt, heb ik van jongs af aan gezocht naar een zo volmaakt mogelijke waarneming van het zichtbare en een instinctieve afkeer gehad van ontzag voor zaken die niet met het oog zijn waar te nemen.

Van Gogh heeft dat allemaal natuurlijk weer honderd keer beter gezegd dan ik, dus die zullen we er eens even bijhalen:

'Toen Gauguin in Arles was, heb ik mij, zoals je weet, een of twee keer laten verleiden tot een abstractie, in de *Berceuse* en in de *Romanleester*, zwart in een gele boekerij; en toen leek de abstractie mij een aantrekkelijke weg. Maar, mijn beste, dat is betoverd terrein! en spoedig bevind je je tegenover een muur.

Zeker, na een heel mannenleven van zoeken, van een gevecht van man tot man met de natuur, kan men er zich aan wagen; maar wat mij betreft, ik wil mij niet het hoofd breken met die dingen. Het hele jaar heb ik naar de natuur geprutst, nauwelijks denkend aan het impressionisme, noch aan het een, noch aan het ander. Toch heb ik me nog één keer laten gaan en naar al te grote sterren gegrepen en... weer een mislukking – ik heb er genoeg van. Dus op het ogenblik werk ik in de olijfgaarden, waarbij ik de afwisselende effecten zoek van een grijze hemel tegen de gele grond met het groenzwarte accent van het gebladerte; een andere keer de grond en het gebladerte helemaal paars tegen een gele hemel; dan weer een rood-okeren grond en een roze-groene hemel. Wel, dat interesseert me meer dan de bovengenoemde abstracties.'

En even later schrijft hij:

'Als je ijverig naar de natuur werkt, zonder van tevoren te zeggen: ik wil dit of ik wil dat, werkend alsof je bezig was schoenen te maken, zonder artistieke preoccupaties, dan zul je niet altijd iets goeds maken, maar op sommige dagen, als je er het minst aan denkt, vind je een motief dat het uithoudt bij het werk van degenen die ons zijn voorgegaan.'

Het waarnemen van de dingen om ons heen, de mensen, de situaties, dat is al zo oneindig veel en ingewikkeld. Hoe vaak heb ik jou nou helemaal gezien in al die jaren? Vijftien keer? Al zou ik je nooit meer zien, ik zou goddomme twintig boeken over je vol kunnen schrijven, en elk gesprek, elk gebaar, telkens weer verder kunnen ontleden. Ik snap die lui niet die hun kicks van zover moeten halen. Ik ben al kapot van een tochtje naar de Albert Heijn.

Jij hebt ook zo'n eigenaardig intense verhouding tot de dingen om je heen, alsof je ze voortdurend in al hun grootheid en kleinheid waarneemt, zonder dat je er zelf wolken van aura's omheen hangt om het meer te laten lijken dan het is. Dat is voor mij zo prettig, omdat ik zowat niemand ken die dat heeft. Ja, Balthasar eigenlijk ook wel een beetje.

Nou ja, dat is nou juist zo erg! Dat Balthasar dat eigenlijk óók precies zo heeft! Die jongen heeft zo'n feilloos inzicht in hoe de dingen zijn, en een vlijmscherp oog voor het overdrevene, het dwepen en flirten met zaken die onze pet te boven gaan.

Maar tegelijkertijd (en dat begrijp ik heel goed, want zelf heb ik er ook wel een beetje last van en jij volgens mij ook) heeft hij het gevoel dat dat een manco is. Dat hem daardoor iets ontbreekt. Dat die anderen allemaal de lucht in gaan, en hij met zijn voeten op de grond blijft staan. En omdat hij er juist zo immens naar verlangt om opgetild te worden, legt hij die eeuwig kritische stem in zichzelf het zwijgen op, zweeft met een verkrampte grijns met de anderen mee, en hoopt hij dat hij, als hij maar lang genoeg doet of-ie het ziet, het werkelijk gáát zien.

Eigenlijk doet Balthasar in zijn boeken niets anders dan roepen: 'Ik ben er weer! Til je me op?' en dan hoopt hij dat er twee sterke armen komen die hem hoog optillen en in een andere wereld binnenvoeren.

Haarlem, donderdag 19 juni 1997

Beste Ger,

Het is donderdagavond half negen. Ik ben net met ruzie bij mijn zuster An vertrokken.

Het is na die Frank G.-affaire eigenlijk nooit meer goed gekomen tussen ons.

Ik weet niet of ik je weleens verteld heb hoe dat gegaan is. Voor de goede orde: mijn zuster An woont met haar man Toon (iets heel hoogs bij de luchtverkeersleiding) en haar twee dochtertjes Ster en Bio op de Leidsevaart, tien minuten gaans van mij. An is zangeres, geeft lessen, zingt 'op projectbasis' in het koor van de Nederlandse Opera en rommelt daarnaast ook nog van alles, zoals nu dat werk bij Frank G.

Via An kwam ik bij Frank, die mij vroeg *Boris Godoenov* (een opera van Moessorgski) te bewerken tot kinderopera. Dat wil zeggen: het verhaal zodanig aan te passen dat het geschikt zou zijn voor kinderen.

Ik vond Frank een beetje leuk en een beetje vervelend, hetgeen waarschijnlijk het gevolg was van het feit dat hij mij een beetje leuk en een beetje vervelend vond. De onderhandelingen over de betaling verliepen uiterst stroef, en uiteindelijk zijn we zeer koel uiteengegaan.

Op een avond belde mijn zuster. Tot mijn verbazing – ik had haar toen het fout begon te lopen maar niets meer over de samenwerking tussen mij en Frank gezegd – bleek zij van de hele kwestie op de hoogte te zijn, zelfs van de inhoud van de laatste brieven die Frank in de bus naar de optredens hardop had voorgelezen. Ze verzocht mij niet te reageren op Franks laatste brief, omdat dat haar relatie met Frank zou kunnen schaden, wat ook vervelende gevolgen voor haar carrière zou kunnen hebben.

Ik zei dat ik niet dacht aan dat verzoek te kunnen voldoen.

Dit heeft tot een tijdelijke breuk geleid. De kwestie is later wel zo'n beetje uitgepraat, en we zijn wel weer on speaking terms, maar we zijn ons wezenloos geschrokken, en hebben blijkbaar allebei besloten om sommige zaken niet meer met de mantel der liefde te bedekken – hetgeen bij beiden tot een wat defensieve houding geleid heeft.

Een uur geleden was het dus alweer mis. Ze vertelde me dat ze bang was dat ze vanaf december misschien een half jaar geen werk zou hebben. Ik, met een glaasje port aan de keukentafel, zweeg.

'Of vind je dat soms gezeur?' vroeg ze.

'Nou, een beetje wel,' zei ik. 'Ik heb namelijk nooit werk. En ook geen gezin. En geen groot huis. En geen geld.'

'Maar daar kies je toch zelf voor?' vroeg ze. Meteen was er alweer die scherpe toon in haar stem, die er de laatste tijd zo vaak in is.

'Nee,' zei ik, 'daar kies ik niet voor. Dat is zo gelopen omdat ik niet anders kan. Ik zeur er niet over, maar ik kan er niet goed tegen als andere mensen dan wel beginnen te zeuren over hún situatie.'

Toen verweet ze me dat ik andere mensen veroordeelde en mezelf geweldig vond. Dat hoor ik al mijn hele leven, en het is niet waar.

'Hoe kun je dat nou zeggen?' zei ik. 'Ik veroordeel jou toch ook niet? Jij veroordeelt míj! Volgens mij irriteer ik je.'

'Dat is ook zo! Ik zie al dat ik de hele tijd op de bank ging liggen als het leven me weer te veel werd. Dat kan ik me helemaal niet permitteren. En het irriteert me dat jij dat wel doet.'

'Waarom? Wat heb jij daar nou voor last van?'

'Alleen al dat ik altijd dat stomme antwoordapparaat aan de lijn krijg als ik je bel! Dan denk ik: "O mijn God, het is haar zeker weer allemaal te veel!"'

'Nou en? Wat kan jou dat nou schelen.'

'Dan voel ik me afgewezen!'

'Jij wijst mij af!'

'Ik wil dat jullie nu ophouden met ruziemaken,' zei Ster, die met grote, donkere ogen op ons af kwam lopen.

Maar we konden niet meer ophouden, en uiteindelijk vertrok ik.

Ha! Nu belt ze! Het is alweer goed tussen ons.

Ja, en dan hebben we ook de Balthasar-kwestie gehad. Zoals ik je vertelde, hadden we die donderdag op een terras afgesproken om zijn nieuwe roman te bespreken. Ik had lang en goed nagedacht over wat ik wou zeggen, en was zenuwachtig. Want ik vond het geen goed boek worden.

Het begon nog wel gezellig, want Balthasar had een ge-wel-di-ge mee-eter in zijn oor, die ik ter plekke mocht uitknijpen. Klaarkomen is fijn, maar er zijn dingen die zowat nog beter zijn.

'Vandaar dat de koningin steeds in mijn oor keek,' zei Balthasar beminnelijk terwijl ik hem mishandelde. Hij was de avond daarvoor namelijk met Hans van M. naar diens gala-avond geweest.

Daarna zei ik wat ik vond van zijn roman. En daarna ging ik bij mijn kleine zusje Lot eten, die tegenwoordig op de Reguliersgracht woont, vlak bij jou.

De volgende dag stond Balthasar op mijn antwoordapparaat, en de dag daarop weer. Met een zucht ging ik naast de telefoon zitten, draaide zijn nummer en zette me schrap.

Nu moet je weten dat Balthasar altijd, maar dan ook altijd, rustig, kalm, vriendelijk en beheerst is. Als hij opgewonden is, merk je dat alleen aan het feit dat zijn toch al majestueuze woordenstroom nog onhoudbaarder voortstroomt dan anders – en dat wil wat zeggen.

Ja, hij wilde me vragen om voortaan wat minder hard te zijn. Dat was geen verwijt hoor, dat was een advies van hem aan mij. Ik had hem tenslotte ook allerlei adviezen gegeven.

‘Ik ben niet hard,’ zei ik.

Nou, om tegen iemand te zeggen dat hij geen gevoel had, waardeloze boeken schreef en zich beter kon verhangen, was toch tamelijk hard.

‘Dat heb ik niet gezegd,’ zei ik.

Ja, dat had ik wel gezegd, en ik kon me misschien afvragen of het zinvol was dat tegen iemand te zeggen. Het was natuurlijk wél zo dat ik, op zijn uitgever na, de enige was aan wie hij wat liet lezen en dat mijn oordeel wel enig belang voor hem had. Dus dat ik voortaan misschien beter na moest denken over wat ik ging zeggen.

‘Daar heb ik een week over nagedacht,’ zei ik.

Of het bijvoorbeeld zinvol was om tegen iemand te zeggen dat hij de afgelopen jaren niets bereikt had.

‘Balthasar, je hebt toch twee boeken geschreven?’ vroeg

ik, 'hoe zou ik dan tegen je kunnen zeggen dat je niets bereikt hebt?'

Precies. Dus dat klopte alvast niet. En verder was hij eigenlijk alleen geïnteresseerd in strikt literaire kritiek. Hij wilde liever gewoon duidelijke tips en aanwijzingen die tot directe verbeteringen van zijn roman konden leiden. En in de rest was hij niet geïnteresseerd. En trouwens, ik had vier jaar geleden precies dezelfde dingen tegen hem gezegd.

'Dan kun je ook zeggen dat het nogal aardig van me is dat ik vier jaar m'n mond heb gehouden,' zei ik, 'en je nog zo goed terzijde heb gestaan. En daarbij: we zijn met z'n tweeën, hoor, Balthasar. Ik ben er ook nog. En ik moet zo nu en dan nou eenmaal weer eens zeggen wat ik van de dingen vind. En als je daar niet tegen kunt, dan moet je niet naar mijn oordeel vragen. Maar je kunt niet een stuk van mij wél willen, en de rest niet, en mij voorschrijven wat ik wel en niet mag zeggen. Dat gaat niet.'

O jee, nu ging de melk overkoken. Nu, hij zou me dankbaar zijn als ik hoofdstuk drie en vier toch óók nog wilde lezen, en daar commentaar op zou leveren.

En dat was dat.

De hele kwestie heeft me geweldig aangegrepen. Ik loop er al de hele week over na te denken. Omdat ik nog steeds bij Charlie aan het klussen ben, had ik geen tijd je er eerder over te schrijven, waardoor ik aan een soort literaire verstopping begin te lijden – hetgeen ook tot fysieke problemen leidt, zoals buikpijn, slapeloosheid en vergeetachtigheid.

(Die arme Bio zat vanavond huilend op de wc. Die heeft dezelfde darmproblemen als ik.

'Arm kind,' zei ik, 'je zal zien, die wordt later ook schrijfster.'

'Alsof dat kind in alles op jou lijkt!' zei An geprikkeld.

'Maar dat is gewoon zo,' protesteerde ik, 'die slikt de hele wereld in, en die kan er dan niet meer uit.'

'Dat is waar,' zei An, plotseling verzoend.)

Maar goed, over Balthasar dus. Weet je, 't is net of we met z'n drieën zijn: Balthasar, ik en de waarheid. En om de een of andere reden is die waarheid belangrijker dan het welbevinden van Balthasar en mij – die geen van tweeën nou veel vrolijker zijn geworden van mijn waarheidslievende eruptie. En wat is die waarheid nou eigenlijk? (Ja, ik heb mijn motieven ernstig nagevlooid, hoor.)

Het is dat ik merk dat die jongen klem zit, mij om advies vraagt, en ik werkelijk niet anders kan dan precies datgene te benoemen waar hij omheen schrijft. Het is, bedoel ik maar te zeggen, Balthasars eigen waarheid. Ik geloof niet dat ik zelf nu zulke enorme oordelen over Balthasars werk heb. Ja óók wel, maar die zeggen meer over mij dan over Balthasar, en die gebruik ik, na ze ontleed te hebben, voornamelijk als onderzoeksmethode. Ik ben mij bewust van een zekere persoonlijke afkeer van Balthasars onderwerp (mooie jongen wil doodgestoken worden door andere mooie jongen), maar dat doet uiteindelijk niet zo bar veel ter zake, lijkt me zo.

Nu krijgt hij waar hij om vraagt, en nou wil-ie het niet horen en zijn we allebei ongelukkig.

Ger, wat zijn we hier nou mee opgeschoten? Waarom doe ik dit?

Ik denk, ondanks alles, omdat ik Balthasar de moeite waard vind. Balthasar doet z'n best, en ik hou nu eenmaal van mensen die hun best doen.

Als hij me wat vraagt, geef ik hem het beste wat ik te bieden heb: mijn gedachten en gevoelens over hem en zijn werk. Dat hij het cadeautje in de vuilnisbak gooit, is mijn zaak eigenlijk niet. En uiteindelijk krijg ik er natuurlijk wél veel voor terug. Want mooi dat ik dan toch maar de enige ben aan wie hij wat laat lezen. En dat hij als eerste met een bos bloemen aan m'n bed staat als ik geopereerd ben. En dat hij een gedicht aan me opgedragen heeft.

Dus ik krijg er eigenlijk een heleboel voor terug. Balthasars vriendschap namelijk. En als ik net zo netjes en beleefd en halfslachtig zou zijn als waar hij om vraagt, dan zou er natuurlijk niks van die hele vriendschap overblijven. Ik zou het trouwens niet kunnen.

Ik wil twee dingen van andere mensen: in de eerste plaats dat de ander voortdurend zo volmaakt mogelijk leeft naar wie hij is, en in de tweede plaats wil ik dat hij mij eeuwig en volledig is toegenegen. En zodra een van die twee lijnen verzakkingen begint te vertonen, grijp ik in.

Ik heb me hier vaak voor geschaamd, maar dat bleek zinloos. Ik kon het namelijk toch niet veranderen. En daarbij leverde het me eigenlijk veel, zo niet alles op: riante maaltijden bijvoorbeeld, vriendschap, en een bestaansreden. Ik heb namelijk eigenlijk altijd gedacht dat ik op aarde was gezet om andere mensen gelukkiger te maken. Het is een beetje anders uitgepakt, want de meesten slaan gillend op de vlucht als ik eraan kom, maar ik heb het idee nooit helemaal kunnen opgeven.

Ik dacht dat ik een soort cadeau was. En hoe verder je het durfde uit te pakken, hoe meer je kreeg. Maar waarom lever ik dan altijd zoveel strijd? Dat heb ik eigenlijk nooit begrepen. Snap jij het?

We zullen het er later nog eens uitgebreider over hebben.

Nu ga ik naar bed. Vannacht droomde ik dat m'n handtas gestolen was. Dat droom ik altijd als ik mezelf voorbij ren. Mijn handtas is namelijk mijn identiteit.

Besta voort in deze droom, ga niet dood.

Denk nog eens aan me en wees allerhartelijkst omhelsd door je als vanouds zeer toegenegen
Nicolien

Haarlem, zondag 22 juni 1997

Ger van mijn hart,

Vrijdagavond ging ik, na gedane arbeid bij Charlie, met Femke wat eten in de stad. Gedwongen door onze financiële situatie beperken wij ons dan altijd tot een voorgerecht, waarna we overgaan op koffie.

'Stel je voor dat we ooit nog eens succes krijgen,' fantaseerde ik, kijkend op de menukaart, 'dan kunnen we alles nemen wat we willen.'

'Dan worden we misschien heel dik,' zei Femke peinzend.

'En dan worden we markant en gaan we sigaren roken,' besloot ik.

Waarna zij salade bestelde, en ik een gerecht waarvan ik de naam nu godzijdank vergeten ben, maar waarin tot mijn fascinatie 'rogvleugel' verwerkt was.

De weinige algemene ontwikkeling die ik bezit is voor een groot deel afkomstig uit Suske en Wiske, en uit *De Bronzen Sleutel* weet ik dat een rog een pannenkoekachtig vormgegeven vis is, die zich laag flappend over de zeebodem verplaatst. Sinds eergisteren weet ik bovendien dat een rog een vis is die je vooral niet moet eten, want ik ben in geen jaren zo ziek geweest.

Al in de trein naar huis begon ik me raar te voelen, en daarna brak een bepaald helse nacht aan, waarbij ik ieder uur moest overgeven, een zinloze actie omdat er na twee keer niets meer over te geven viel.

Ik meende me vagelijk te herinneren dat het bij voedselvergiftiging aan te raden was om veel te drinken (dit kan ik onmogelijk uit een Suske en Wiske hebben, maar waar ik het dan wél vandaan gehaald heb, weet ik niet meer), wat ik trouw deed, hoewel het enige effect was dat ik dat er dan ook weer uitbraakte.

Tegen vijven hield het zo'n beetje op, en toen viel ik in een zweterige slaap die me een scala aan vreemde dromen en inzichten opleverde. Zaterdagmiddag stond ik op, belde enige afspraken af, dronk een liter thee, en stapte maar weer in bed, om aan een nieuwe serie waanzinnige dromen te beginnen.

Nu is het zondagmiddag en ben ik alweer aardig op de been, hoewel ik me nog steeds een beetje raar voel. Maar dat komt misschien ook door die slappe beschuiten de hele tijd. Mijn zuster An, die net belde, beweerde overigens dat het helemaal niet door die rog kwam, maar dat dit griep is.

'Anders duurt het niet zo lang,' beweerde ze met grote stelligheid.

Misschien is dat wel zo. Ik voelde me sowieso nogal vreemd de laatste week, maar ik dacht dat dat kwam door het werken bij Charlie, waardoor ik aan literaire obstipatie begon te lijden. Ik ben gewoon allergisch voor werk, dacht ik, als ik 's avonds gebroken thuiskwam van drie uurtjes verven.

Nu zal ik je vertellen wat ik vanochtend droomde. Ja, rustig maar, ik hou ook niet zo van dromen van anderen, maar het duurt niet lang en daarna gaan we over op een paar buitengewoon belangwekkende theorieën die jou en mij onze bakens weer enige meters zullen kunnen doen verzetten (wat een eigenaardige grammaticale constructie – toch klopt-ie volgens mij, en ik zou nog niet eens zo gauw weten hoe ik het anders zou moeten zeggen) waarna nieuwe, hemelse vergezichten zich voor ons zullen ontsluiten. Ik denk zelfs dat je me mee uit eten zult moeten nemen om me op adequate wijze te bedanken voor alles wat ik nu weer voor je ga formuleren – alleen, met je permissie, liever geen rog.

Ik droomde dat het oorlog was. Het was 1945 en de oorlog was bijna afgelopen. Dit probleem heb ik wel vaker in mijn dromen: ik weet als enige hoe de zaken zullen aflopen, maar ik mag geen gebruikmaken van mijn voorkennis. (Zo gaat het in het dagelijks leven trouwens ook meestal.)

Ik was verwikkeld in een laatste veldslag met de Duitsers en bevond mij met enige medestrijders in en op een autobus die op een marktplein stond, waarvandaan wij de vijand beschoten.

Helaas – de overmacht was te groot en wij werden gevangengenomen en tegen de muur gezet om geëxecuteerd te worden. Louise, die ook bij de strijders hoorde, stond naast me.

'Wie is hier kunstenaar?' vroeg de opperduitser, die met een mitrailleur tegenover ons stond.

Het idee achter deze vraag was dat de nieuwe maatschappij die na de oorlog zou aanbreken, kunstenaars nodig had om de nieuwe maatschappelijke structuren vorm te geven en te beschrijven. Ik wist dat ik de enige kunstenaar van het hele stel was, en dat ik als het ware de vrijheid in mijn zak had, maar ik besloot een poging te wagen om ons allemaal vrij te krijgen.

'Moet u luisteren,' begon ik, 'we zijn nog maar met z'n vijven...'

'Wie is hier kunstenaar?' herhaalde de opperduitser met stemverheffing. Dreigend hief hij zijn mitrailleur.

Ik stak mijn hand op.

'Wat doe je dan?' vroeg hij wantrouwig.

‘Schrijver en filmmaker,’ zei ik. Excuses voor de laatste, wat opschepperige uitspraak, maar al in mijn droom meende ik dat ‘filmmaker’ wat moderner en noodzakelijker klonk dan ‘schrijver’ wat iets ouderwets en dichterlijks overbodigs had.

Hij maakte een geërgerd gebaar met zijn mitrailleur, ik stapte uit de gelederen en pang pang pang, daar ging de rest. Allemaal dood. Ook Louise.

Degene die de montage verzorgt in mijn dromen is rigoureus, en de volgende scène speelde zich dan ook 20 jaar later af.

Ik bevond me in een veilingzaaltje, waar een oude, intens beschaafde man bezittingen uitdeelde die twintig jaar daarvoor, in de oorlog dus, door de Duitsers buitgemaakt waren. De een kreeg wat sieraden terug, de ander slechts een pluchen beest, maar toen de man bij mij kwam, begon hij helemaal te stralen.

‘U bent Nicolien,’ zei hij eerbiedig, ‘ik herinner mij u nog heel goed.’

Ik kreeg heel veel terug. Een diamanten ketting, nog enkele andere sieraden, en ook een paar sokken.

Je begrijpt dat ik verrast was door deze onverwachte gaven, en ook door de aandacht die ik van die oude man gekregen had. Blij ging ik naar huis – dat wil zeggen, naar mijn ouderlijk huis. In mijn slaapkamer liet ik, zittend op mijn bed, mijn schatten zien aan An.

‘Ik wist helemaal niet dat jij in het verzet gezeten had,’ zei ze, een beetje beschaamd, ‘mij is die hele oorlog eigenlijk ontgaan. Ik heb er gewoon niet zoveel van gemerkt.’

‘O, dat geeft niks,’ troostte ik, ‘ik was daar in die tijd toevallig nogal mee bezig, maar eigenlijk zou het beter zijn als niemand wat van de oorlog gemerkt zou hebben. Dan was hij er helemaal niet geweest.’

Daarna ging ik mijn teruggekregen sieraden aan mijn ouders tonen, die wat afwezig reageerden.

Vervolgens droomde ik dat ik wakker werd en me realiseerde dat ik de oorlog onmogelijk meegemaakt kon hebben. De oorlog was in 1945 afgelopen! En ik was van 1965! Mijn ouders moesten gedacht hebben dat ik gek was! Vandaar dat ze zo afwezig gereageerd hadden! Zie je nou wel, daar had je het nou, nou begon ik echt knettergek te worden.

Ik werd zenuwachtig wakker met droge, gebarsten lippen, nam een glas water, viel in slaap en droomde mijn oude droom, namelijk dat ik moest verhuizen.

Ik heb twee repeterende dromen: de ene is dat ik mijn handtas kwijt ben, en de ander dat ik moet verhuizen. De keuze is dan als volgt: óf ik moet bij mijn ouders intrekken, waar ik een kamer krijg naast de hunne, zonder enige privacy, óf ik moet verhuizen naar een merkwaardig Oostblok-achtig flatgebouw in een buitenwijk van de stad waar mijn ouders een viezig hokje voor me gekocht hebben, en waar lawaaierige mensen in en uit lopen. En ik kan nooit kiezen.

Jezus, wat een zaligheid te ontwaken en te beseffen dat ik dit heerlijke huis heb, helemaal voor mezelf.

Ik denk dat dit laatste thema te maken heeft met een keuze die ik inderdaad nooit heb kunnen maken: de vertrouwdheid van het ouderlijk huis, met alle benauwdheid van dien, of de eenzaamheid in het lawaai van de mij omringende wereld, waarvan ik nooit goed geleerd heb me ertegen te wapenen.

Het aardige van de droom daarvóór vond ik, dat ik mezelf toch nog wel enige credits geef. Leven is oorlog, en veel mensen die niet goed tegen het leven zijn opgewassen, zoeken zich een vijand die zichtbaarder is dan de machinaties van de hedendaagse maatschappij. Veel zachtaardige jongens die ik ken (zoals wijlen mijn broer), hebben een eigenaardige voorliefde voor de Tweede Wereldoorlog – de laatste oorlog misschien waarin het Kwaad zo duidelijk vormgegeven was. Ik ken zelfs een uiterst breekbare kunsthistoricus die zijn vakanties besteedt aan het aflopen van alle concentratiekampen van Europa.

Ik denk dat ze zich identificeren met de onderdrukten – wier vijand een duidelijker en geaccepteerder vorm had dan de hunne, waardoor de slachtoffers als vanzelf heilig zijn geworden.

Zo denk ik ook dat de eerbiedige fascinatie die sommige van mijn vriendinnen (vaak vrouwen) voor Joden hebben, te maken heeft met een meevoelen met mensen die schuldeloos opgejaagd worden – met als enig 'verwijtbaar delict' het vasthouden aan een eigen identiteit.

Wat dat betreft zou ik dus ook van onderdrukten moeten houden, maar dat is niet zo. Ik ben mij zozeer bewust van mijn tenondergaan in deze maatschappij, dat ik eerder een soort afkeer van slachtoffers heb dan dat ik er veel sympathie voor heb. Ook dat herken ik wel meer.

De voornaamste kritiek van Sybren en Agnieska op mijn treatment voor *Zebra*, waarbij ik overduidelijk uit hun ervaringen met de Instanties van de afgelopen twee jaar geplukt had, was 'dat het in de rest van de wereld veel erger was dan in Nederland, en dat het nergens voor nodig was om zo zielig te doen'. Zij stellen zich dus op het standpunt dat het hier okee is, en dat alles wat je overkomt jouw eigen schuld is.

Ik begrijp dat heel goed, want zo heb ik ook altijd gedacht. Pas toen jij zei 'dat ik mijn persoonlijk cynisme even opzij moest zetten om even héél goed na te denken bij wie nou eigenlijk de schuld lag', bemerkte ik hoe beperkend een dergelijke gedachtegang was.

Sowieso is het oordelen in goed en kwaad beperkend en dus erg saai.

Wat mij zo opvalt (excuseer me als ik erg van de hak op de tak spring, maar ik wil je dit allemaal zo graag vertellen, en het komt me, misschien omdat ik nog wat licht in m'n hoofd ben, ineens allemaal zo helder voor) is die hang bij iedereen om te weten of ze goed of fout zijn. Maar er bestaat volgens mij helemaal geen goed of fout. Er bestaat zoiets als de grote gemene deler, en een kleine groep die daarbuiten valt, en die om redenen van biologische aard wordt geëlimineerd, hetgeen heden ten dage in onze beschaafde streken wat sjieker gebeurt dan elders.

Maar het is of niemand werkelijk kan kijken of luisteren – of er altijd die éne vraag doorheen klinkt: ben ik goed of fout?

Ik doe nooit wat anders dan oordelen, maar waarom zou je mijn oordelen serieus nemen? Het zegt alles over mij, en weinig over de ander.

Volgens mij heb jij totaal geen medelijden met me als ik keer op keer word afgewezen bij de omroepen en denk je koeltjes 'ja, zo gaat dat nu eenmaal. Ik kreeg het ook niet in m'n schoot geworpen'. Misschien dat je, als je er tot in je diepste fundamenten van overtuigd was dat ik geen medelijden van je vraag, tot enig meevoelen in staat zou zijn.

Hetzelfde geval met Balthasar: in plaats van dat hij nou luistert naar wat ik zeg, legt hij me van alles in de mond wat ik totaal niet gezegd heb, voortgedreven door die éne angst: ze keurt me af. En in zijn angst dat ik hem afkeur, keurt hij mij maar alvast af en maakt hij mij tot een bikkelharde karikatuur.

Ik begrijp dat heel goed, want ik heb ook jarenlang zo geleefd. In feite heb ik het pas afgeleerd door de omgang met jou, o allesverpletterende Ger, en ik ben je er dankbaar voor, want ik heb aan die les nog meer gehad dan aan alles wat je me over scenarioschrijven geleerd hebt.

Zoals je je misschien herinnert was ik die eerste lessen nogal terughoudend. Dat kwam doordat ik geen hoogte van je kon krijgen. Enerzijds stond je daar zo met hart en ziel les te geven dat het was of God zelf was afgedaald om ons voor eens en altijd uit te leggen hoe we de eeuwige glorie konden verdienen – en anderzijds leek je een volslagen desinteresse voor je gehoor aan de dag te leggen, sterker nog, leek je ons te minachten.

Ik probeerde van alles om je uit je tent te lokken – zonder enig resultaat.

Dat was moeilijk. Enerzijds kwam het me voor dat je in alles wat je zei volkomen gelijk had, maar dat zou zo'n aardverschuiving in mijn denken over schrijven veroorzaken, dat ik heel zeker wilde weten dat ik niet mijn hele hebben en houwen zou uitleveren aan iemand die me later gillend van de lach onderuit zou halen.

Het bleek echter onmogelijk om je te leren kennen, en toen heb ik maar eens diep ademgehaald en ben in het diepe gesprongen zonder enig uitzicht op iets aardigs jouwerzijds. Het aardige is nooit gekomen. Je bent in feite net als ik, je bent een soort cadeau, en hoe verder je jou durft uit te pakken, hoe meer je eraan overhoudt.

Lang, lang geleden, toen we na die vier lessen van jou gevierenlijk in het café zaten, begon W.C. op een wat stomme, plagerige manier tegen me te praten, zoals hij wel vaker deed. Ik tuurde tersluiks naar jou, en zag dat jij afwezig leek, terwijl je toch scherp oplette. Hier zagen we, kortom, de scenarioschrijver.

Later vroeg ik aan het Orakel wat jij daar nou van vond, als W.C. zo tegen mij deed.

'Daar vindt Ger helemaal niks van,' zei het Orakel, 'dat slaat hij op, en dat komt er de volgende dag als scenario weer uit.'

Enerzijds bewonderde ik dat, anderzijds irriteerde dat onkwetsbare me ook. Ik denk dat het komt doordat ik weiger de wereld op de voorgeschreven wijze waar te nemen, en het alleen nog doe via mijzelf. Het brandpunt der dingen ligt in mijn eigen borstkas, en alles wat daarlangs glipt, laat ik links liggen.

Nu denk ik dat ik in mijn oneindige hoogmoed bedacht had dat jij mij moest zien staan – en dat het anders niet klopte. En dat het me nogal van je tegen zou vallen als je me niks vond. En ik wou niet dat je me tegenviel, want ik vond je de moeite waard.

Vandaar dat je nu fax vijfhonderdzevenentachtig of zoiets aan het lezen bent.

Ik heb van mijn omgang met jou geleerd nooit op reactie te wachten maar alles zelf te doen. Dat bevalt me zo goed dat ik besloten heb deze truc ook op anderen toe te passen. Graag of niet, denk ik tegenwoordig dus maar.

'Ik ben bang dat je net als oom Henk wordt!' roept An wel eens driftig. Mijn oom Henk is namelijk, evenals al mijn andere ooms van vaderszijde, knettergek.

Met mijn vader ben ik twee jaar geleden eens naar de Willibrorduskliniek in Heiloo geweest om daar wat vergeelde dossiers in te zien, en het verslag van een monoloog van mijn oom Henk (uit 1953) van diens zeer particuliere obsessies herkende ik zo hevig, dat ik het dossier maar weer heb dichtgeslagen. Sowieso ben ik er steeds meer toe geneigd om onze vreemdheden aan de genen te relateren en minder aan onze opvoeding; werkelijk interessant is het trouwens niet, want we hebben nu eenmaal te leven met de dingen zoals ze zich voordoen, en niet met de oorsprong of een mogelijk verschiet ervan – en zo ben ik noch bijzonder geïnteresseerd in de verklaring van onze aard, noch in voorspellingen omtrent leven(s) na de dood.

Wat dat betreft viel mijn droom over de oorlog me eigenlijk nog mee. Wat mij eraan opviel is dat ik blijkbaar wel degelijk vind dat ik enige waarde heb. Als we de Duitsers zien als, laten we zeggen, 'de burgerlijke moraal', dan kom ik toch heel behoorlijk uit de strijd. Eerst vecht ik ertegen, vervolgens zorg ik dat ik vrijkom, en dan krijg ik al mijn afgenomen bezittingen nog terug óók! Enig vertrouwen in een goede afloop valt me dus niet te ontzeggen.

Dat Louise dood neervalt is helaas ook wel te verklaren. Het gaat slecht met haar. Ze is overspannen en heeft zich ingeschreven bij een of ander centrum waar ze in dagtherapie gaat.

Hoewel ik de as ben waar haar leven om draait, kan ik niets voor haar doen. Bij elke stap die ik in haar richting doe, denkt ze: 'Ha! Ze komt terug!' En er is niets waarmee je mij harder de andere kant op jaagt.

Ik kijk in een soort verstomming toe naar hoe dat arme mens met de dag magerder en overspannener wordt, en ik kan werkelijk niets doen. Zo nu en dan belt ze, vaak met veel verwijten, en dan luister ik met de hoorn een eindje van mijn hoofd. Ik voel me als Eliza met een op hol geslagen Pygmalion.

Wat doe je als iemand er een eind aan maakt? Je schuldig voelen? Ik weet het niet. Ik ben als ijs, maar dat is zelfbescherming, en dat zal op een dag wel weer ontdooien.

Hoe zit het eigenlijk met jou? Is het niet weer eens tijd voor een van je lange, verre reizen? Ik ben nog drie of vier dagen aan het verven, en dan is het af.

Ik hoop je gauw weer eens te zien. Vind je het leuk als ik dezer dagen 's ochtends even bij je aanloop?

Haarlem, 24 juni 1997

Ger,

Morgen laatste verfdag.

Om deze dag extra feestelijk te maken, heb ik besloten om 11.00 (elf uur) bij jou aan te bellen voor koffie.

Haarlem, vrijdag 27 juni 1997

Mijn Ger, mijn Alles,

Het schilderwerk is af. Godzijdank. Het was fijn werk, maar ik kan nu eenmaal niet tegen de dwang van werk. Maar goed, ik heb negenhonderdveertig gulden verdiend – waar we honderd gulden aan reiskosten vanaf moeten trekken. Dan wil ik een goed fietsslot voor mijn Amsterdamse fiets kopen, vierhonderd gulden opzij leggen voor het verblijf in Frankrijk, driehonderd gulden besteden aan het opvullen van het Eeuwig Gat van de giro, en met het geld dat toen nog over was, ben ik vanochtend naar de kapper geweest. Ik heb er lekker een flink stuk vanaf laten knippen, want als ik dan al dat geld uitgeef, wil ik ook wel resultaat zien. En die meisjes hebben altijd zo'n eerbied voor mijn lange haar en 'natuurlijke slag' dat ze er zowat niks afknippen. Zo had ik vroeger een kapper die er, naarmate hij zelf kaler werd, bij mij steeds minder vanaf haalde. Dat schoot dus niet op.

Die meisjes beginnen ermee me te tutoyeren, maar als ze op dat grijze haar stuiten, wordt het ineens 'u'. En zodra zij u zeggen, ga ik me damesachtiger gedragen. Ik kom binnen als iemand van zestien en vertrek als een dame van veertig. Kloppen doet het dus nooit.

Nu ik weer toonbaar ben, trek ik me hopelijk voor dagen terug achter mijn computer, want ik heb je zoveel te vertellen dat ik zowat explodeer.

Gisteren was ik naar het Orakel, en omdat we het ook over jou gehad hebben, zal ik daarmee beginnen.

Het was dus de dag nadat ik bij jou geweest was. Ik had tot half twaalf uitgeslapen, was daarna de stad ingekuierd, en vervoegde me om twee uur bij het Orakel, dat in een wat armoedig buitenwijkje van Haarlem woont, naast de school waar haar man conciërge is.

Het Orakel, dat blond, blank, en bijzonder omvangrijk is, zat me als een tevreden boeddha aan te kijken.

'Nou, het gaat wel goed, hè?' zei ze, 'volgens mij komt het doordat je in de AAW komt.'

'Yolanda,' vroeg ik, 'waar ben ik nou eigenlijk op afgekeurd? Ik bedoel: wat is er met mij aan de hand?'

Ze aarzelde even. 'Waar ze je op zullen afkeuren – want vergeet niet dat dat nog niet officieel gebeurd is, en dat er nog een gesprek met een onafhankelijke psychiater komt – weet ik natuurlijk niet. Je bent niet zo makkelijk in een kader te plaatsen, en welk woord ze uiteindelijk zullen kiezen, weet ik niet.'

'Maar wat vind jij?'

'Nicolien, jij lijdt aan maatschappij-angst. Jouw biologisch ritme staat haaks op de verwachting van de maatschappij en dat heeft al zó vroeg tot zúlke problemen geleid, dat je een heel diepe angst voor de maatschappij hebt ontwikkeld.

Dat heeft geleid tot claustrofobie, tot wanen... en die wanen, daar moet je niet van schrikken, dat is bijvoorbeeld ook dat jij meent te weten wat een ander over je denkt, waardoor je daar op vooruit gaat lopen. Andere mensen kunnen zich aanpassen, maar dat kun jij niet. En het is ook heel goed dat dat nu niet meer hoeft.'

'Het vreemde is,' zei ik, 'dat het ook een soort leegte geeft. Mijn leven lang ben ik bezig geweest een houding te bepalen ten aanzien van al die eisen waar ik niet aan kon voldoen. Nu dat wegvalt, sta ik ineens een beetje met lege handen.'

Daarna behandelden we zo'n beetje de dingen waar ik de laatste tijd over na had lopen denken. Ik vertelde over mijn avondje met Hans van M., en beschreef het emotioneel vacuum waar ik dan in terechtkwam.

'Wat gebeurt er dan precies?' vroeg ik.

'Hans van M. vult het tekort in zijn ego aan door anderen naar beneden te halen. Hij voert een voortdurende show op, en iedereen die daar niet in meegaat, wordt vernederd. Omdat hij bekend is, zal bijna niemand tegen hem ingaan. Zo iemand als jij is bedreigend voor hem. Ertegen ingaan heeft geen zin, maar je kan wel zeggen: "Ik begrijp helemaal niks van die gesprekken van jou, het gaat volgens mij nergens over", je stoel oppakken en ergens anders gaan zitten. Dat moet je de volgende keer maar doen.'

Dit bracht mij op jou.

'Weet je,' zei ik, 'als Ger luistert, dan wórdt-ie als het ware de ander. Het is net of hij zelf dan niet meer bestaat. Daarom kan hij ook niet reageren op de ander.'

'Ger kan niet reflecteren,' zei het Orakel, 'hij heeft niet geleerd dat je de ander mag spiegelen. Dat wil zeggen, luisteren, je eigen beeld vormen, en dat terugspiegelen. Misschien dat hij vroeger thuis werd afgestraft als hij iets opmerkte over andere mensen. Zo van: mond houden jij. Daardoor is bij hem misschien het idee ontstaan dat je niets mag vaststellen over de ander. Hij mag dat niet van zichzelf, waardoor hij blijft hangen in de waarneming en die niet bij de ander terug kan leggen.'

Ik vroeg aan het Orakel hoe het kwam dat ik bij de grote dingen wel wist wat ik moest doen, maar dat ik zo in de war raakte bij de kleine dingen. 'Als Ster een gat in haar hoofd valt, ga ik met haar naar het ziekenhuis,' kwam ik maar weer met hetzelfde voorbeeld, 'maar als ik zie dat van de kleurplaat waar ze aan bezig is, de datum verlopen is, raak ik helemaal de kluts kwijt.'

Het Orakel begon te lachen. 'Dat komt doordat de situatie niet duidelijk is. Als iemand zich een gat in z'n hoofd valt, weet jij wat je moet doen. Maar met zo'n kleurplaat is dat onduidelijk: moet je iets zeggen? Of juist niet? Die kinderen vergeten zo snel. Je moet zelf je houding bepalen, omdat de situatie je geen houding oplegt. Je weet niet wat goed is.'

'Maar als Ger van de trap valt, weet ik ook niet wat ik moet doen. Dan doe ik maar niks. Ik voel dan ook niks. Ik denk alleen maar: nou, sta maar weer op.'

'Maar dat ís toch ook een hele onduidelijke situatie? Want de ene mens wil dat je komt aangesneld en je oh en ah roepend over hem heen buigt, en de ander wil dat je hem gewoon even laat bijkomen. Jij wil dat zelf, en zo behandel je anderen dus ook maar.'

'Ja,' zei ik klaaglijk, 'en ik mag Ger juist nooit aanraken.'

'Daar heb je het al,' zuchtte het Orakel.

Iets anders: ik wil jou graag gebruiken. Je bood aan me te helpen op proza-gebied. Nu, er is inderdaad iets wat je voor me zou kunnen doen. Dit verzoek is in eerdere instantie afgewezen, maar ik dien het opnieuw in.

Ik vind mijn faxen aan jou de moeite waard. Jij zei dat er plot in aangebracht moest worden, maar er zit al genoeg plot in, vind ik. De plot is namelijk: vrouw probeert man te leren kennen, en leert zichzelf kennen. Je kunt je niet voorstellen hoe spannend iedereen dat vindt. Weet je wat het eerste is dat Louise huilend vroeg toen ik zei dat we voortaan gewoon vrienden zouden zijn in plaats van geliefden: 'Maar ga je me dan ook niet meer over Ger vertellen?'

Ik weet dat je de letteren een warm hart toedraagt: wat dacht je ervan je lichaam af te staan aan de Nederlandse literatuur? Ger, ik móet je even voelen. Je binnenkant is zo raadselachtig, laat me dan tenminste de buitenkant even in kaart brengen. Vingers en lippen mijnerzijds, kop, schouders en bovenlichaam jouwerzijds. Dat is genoeg.

Ik wil van alles van je respecteren, en dat doe ik ook, maar het verbod hierop om redenen van angst voor liefde – nee Ger, daar kan ik geen respect voor opbrengen.

Je hebt me zoveel geleerd – proza te schrijven, mezelf te zijn, al die dingen kortom die volstrekt niet de bedoeling waren; laat mij jou nou eens leren dat liefde niet eng is, en dat een nieuw Nederlands meesterwerk afhangt van uw lichaam in mijn handen. Ik lijd aan chronisch gebrek aan Ger, en niets kan mij genezen dan uw huid. Je mag je kleren erbij aanhouden, op een stoel blijven zitten en tot honderd tellen (niet te snel). Dat is genoeg.

Denk hierover na.

Geheel de jouwe.

Haarlem, zondag 29 juni 1997

Ger van mijn hart.

Ik moet je nog steeds vertellen hoe het afliep met mijn dansles-assistentschap.

Zoals je weet had Geurt me gevraagd hem te assisteren als hij in Haarlem les zou gaan geven.

Enige weken nadat we dit gesprek gevoerd hadden, ontving ik een fax waarin hij me vroeg eens rond te kijken naar plaatsen waar we zouden kunnen adverteren, en een soort inventarisatie te maken van homogelegenheden zoals disco's en sauna's en dergelijke.

Toen ik dat las, zonk ik moedeloos in een stoel en bleef lang en wezenloos voor me uit staren.

Daar had je het al. De eeuwige fout. Nicolien, die moest je hebben. Die zou de afdeling Haarlem van zijn dansschool wel even opzetten. Wat verschrikkelijk. Ik moest hem onmiddellijk uit de droom helpen en zeggen dat ik eigenlijk niks kon. En dan wou hij natuurlijk nooit meer wat met me te maken hebben. Niks geen assistentschap. Zie je wel, die ene keer dat ik eens een stap in de buitenwereld deed, liep het binnen de kortste keren fout.

Zenuwachtig belde ik Louise. Die begon al te lachen toen ik de fax had voorgelezen. Die kent me, godzijdank.

'Nee, dat gaat niet,' zei ze, 'daar moet je meteen korte metten mee maken.'

'Weet je,' zei ik, 'ik wil best een dag door Haarlem fietsen en briefjes ophangen bij homodisco's of weet ik veel – als ik maar niet zelf hoef uit te zoeken waar die zijn. Ik kan met mensen meedenken, en ik kan duidelijke orders opvolgen – maar het hele gebied daartussen, dat wil zeggen, een soort verantwoordelijkheid in de organisatie, daar kan ik nou net helemaal niks van. Ik word al beroerd bij de gedachte dat ik de gemeente Haarlem moet bellen om een lijst met homo-instanties op te vragen. Want moet ik dan bij de H van Haarlem kijken, of bij de G van Gemeentelijke instellingen, en krijg je dan wel alles, en het ergste is nog wel: ik kan me gewoon niet voorstellen dat zo'n papieren lijst werkelijk iets te maken zou hebben met daadwerkelijke adressen.'

Ik krijg bij dergelijke zaken, kortom, weer een hevige aanval van de Vreemdheid Der Dingen, en zie niet in hoe, laten we zeggen, die research tot daadwerkelijke danslessen zou kunnen leiden.

In vroeger tijden had ik hier nog veel vaker last van, tot het me zelfs overmeesterde en ik ervan overtuigd raakte dat al die organisaties er alleen maar waren om mij een rad voor ogen te draaien. Dat kon natuurlijk niet, dat zo'n spoorboekje werkelijk iets te maken had met die treinen die door het land raasden. Als ik naar Amsterdam wilde, dan kon het niet werkelijk zo zijn dat ik thuis in een boekje op zou kunnen zoeken hoe laat die trein vertrok, naar het station zou gaan en op die trein zou gaan staan wachten. Dat bestond niet. Want wie had dat dan verzonnen, en hoe was dat ontstaan?

Nee, het zat heel anders. De dingen wáren gewoon. Ze werden gevoed door ons vertrouwen dat ze zo waren, en dat hield ze in stand. Twijfel zou ze ineen doen storten. Ik moest doen of ik geloofde dat die trein werkelijk, zoals in het boekje stond, om twaalf over tien zou vertrekken, en als ik dan in volledig vertrouwen op perron 6a zou staan, dan zou die trein, aangetrokken door mijn geloof, aan komen rijden.

Mijn twijfel was zondig, en in staat het systeem te vernietigen. Vandaar dat de mensheid mij ook met argwaan bekeek.

Ze wisten dat mij iets ontbrak, maar zolang ik het spel meespeelde, lieten ze me begaan.

Ik was toen veertien jaar. De logica was uit de dingen verdwenen. Ik wilde de regels begrijpen, het leven instappen en meedoen met de rest, maar ik begreep er niets van. Dingen die ik vreemd vond, bleken gewoon, en dingen die ik gewoon vond, bleken raar of vies. Er was geen touw aan vast te knopen. Konden we maar helemaal opnieuw beginnen. Bij de oertijd. Dat je een beest moest vangen en het opvreten om te overleven. Dat begreep ik nog wel. Maar dat het ineens raar was om een bikini te dragen omdat alle meisjes van de klas een badpak droegen, dat begreep ik niet. Wat kon het ze schelen? En hoe kwam het nou dat ze allemaal ineens een badpak droegen? Spraken ze dat af als ik er niet bij was? Of stond dat in een of ander tijdschrift dat ik niet kende? Maar hoe kenden zij het dan wel?

Het idee rees bij mij dat er iets eindeloos raars en vies met mij aan de hand was. Het liep door mijn aderen, ik was ervan doordrenkt. Op school hing ik mijn jas niet meer naast de jas van een ander. Er moesten twee haakjes tussen zitten. Anders zou het onzichtbare van mijn jas op de andere jas overgaan en de ander besmetten.

Als er achter mij gelachen werd, mocht ik me niet omdraaien maar ik begreep wel dat het om mij was.

De zomers waren een ramp. Moest je wel of niet een jas aan? Stel dat jij de enige was met een jas, dan stond je mooi voor paal. In mijn zenuwachtigheid had ik het altijd warm. Misschien stonk ik wel naar zweet. En rook iedereen dat behalve ik. In de klas lachten de meisjes vaak hoog op omdat ze iets vies vonden en ervan griezelden.

Eens behandelden we tijdens de aardrijkskundeles de rivieren van Rusland.

'En dit is de rivier de Ob,' zei meneer O. 'Dat schrijf je zo: O-B. Daar hebben jullie vast nog nooit van gehoord, behalve de meisjes misschien.'

OB was maandverband, dat wist ik wel. Maar ik begreep de grap helemaal niet. Wat was daar nou voor leuks aan? Maandverband. Omdat je ongesteld werd. Daar was niets grappigs aan.

Stel je voor dat ik dat nu hardop zou zeggen. Ze zouden denken dat ik gek geworden was. Misschien was ik dat ook wel. Ik miste blijkbaar een gevoel voor wat vies was. Ik vond nooit wat vies. We waren aangeklede apen die aten en naar de plee gingen en huilden en neukten en doodgingen. Dat was alles. Maar het leek of iedereen zich bezighield met gebieden die voor mij niet zichtbaar waren.

De angst mezelf belachelijk te maken, overheerste alles.

Stel je voor dat ik de verkeerde klas in zou lopen. Ik zou de deur openmaken en in dertig onbekende gezichten kijken. Deze gedachte was zo verschrikkelijk dat ik hem niet meer uit durfde te denken.

Ik had een hele lijst gedichten uit mijn hoofd geleerd om in mezelf op te zeggen als ik weer overspoeld werd door vreselijke gedachten.

Zo zat ik dan op school, de uren doorstaand. De vreselijkste momenten waren als je van het ene lokaal naar het andere lokaal moest lopen. Overal was het gevaar om je heen. Je moest als laatste de trap op, dat ze niet achter je waren, maar dat mocht niet opvallen. Dus de hele les zat ik al de choreografie te bepalen om op onopvallende wijze als laatste de klas te verlaten.

Opletten deed ik niet meer. Ik zag trouwens allang het verband niet meer tussen wat die man daar stond te beweren, en de werkelijkheid. De rivieren van Rusland. Het communisme. Het was toch duidelijk dat het communisme tot mislukken gedoemd was? De mensen zouden toch nooit voor iets anders willen werken dan voor zichzelf? Hoe kon het dat miljoenen mensen in die onzin geloofd hadden? Toen ik tijdens een klassendiscussie gedwongen was mijn mening te geven, zei ik dat ook. Er viel een stilte na mijn woorden.

'Je bent wel een cynicus,' zei meneer O., een beetje onthutst.

Dat begreep ik niet. Ik vond mezelf helemaal niet cynisch.

Ik vond het communisme cynisch. Erger was dat de stemming er ineens uit was. Het was net of ik iedereen in verlegenheid gebracht had door mijn manier van praten.

Nee, er was iets eindeloos vreemds met mij aan de hand.

Alles wat ik aanraakte werd ermee besmet. Ik schreef niets meer op mijn proefwerkblaadjes. Zelfs mijn naam niet meer. 'Nicolien Mizee.' Een belachelijke naam. Als in een film zag ik voor me hoe de leraar die avond op zijn studeerkamer mijn blaadje voor zich zou krijgen en in lachen uit zou barsten. Hoe hij naar beneden zou rennen om vrouw, kinderen en buren erbij te halen. Hoe ze allemaal over de grond zouden rollen van het lachen. 'Nicolien Mizee.' Krankzinnig.

En daarbij, er was natuurlijk geen werkelijk verband tussen datgene wat in de klas verteld werd, dat wat in de boeken stond, dat wat in onze hoofden moest geraken en de woorden die wij op die blaadjes moesten zetten teneinde van de ene klas naar de andere over te gaan om uiteindelijk vervuld van kennis het leven binnen te stappen. Het was te ingewikkeld. Je kon alleen maar je best doen. Geloven. Meedoen. Dan werd je beloond met goede cijfers. Ik niet meer natuurlijk, want ik dreef af.

Weet je nog, Ger, dat *Het Model* af was en jij vond dat ik het naar de NPS moest sturen? Ik was verbijsterd. Ik was natuurlijk dolblij dat jij het mooi vond, maar ik had nooit gemeend dat iets wat ik schreef in enig verband zou kunnen staan met de echte wereld. Even aarzelde ik, maar toen vroeg ik het toch: 'Is dit nou een echt scenario wat ik geschreven heb?'

Je keek me een moment in verstomming aan. 'Ja hoor,' grinnikte je toen, 'dat is een echt scenario.'

Misschien kan ik daarom ook zo slecht tegen die dramaturgen. Die doen weer of ik er niet echt bij hoor. Of ik maar zo'n beetje voor spek en bonen meedoe. Niet helemaal serieus te nemen. Raar meisje. Moet je maar een beetje omzichtig mee omgaan, en liever maar helemaal uit de weg gaan.

Ik vind het zo leuk dat jij doet of ik gewoon ben, dat ik er helemaal gewoon van wórd. Een heel enkele keer betrap ik mezelf weer op de oude angst.

Weet je nog dat we uit eten gingen bij jou achter in de Utrechtsestraat? Net toen we wilden oversteken, zei jij: 'Ik moet even een brief posten,' en je maakte aanstalten om naar de brievenbus te rennen. Onmiddellijk voelde ik de oude paniek opkomen. 'Keer je nog terug op deze straathoek?' vroeg ik, automatisch in het wat koninklijk taalgebruik vervallend dat ik bezig als ik verlegen ben.

'Nou, we moeten daarheen,' zei je, wijzend.

De angst is dan dat ik als een idioot op een straathoek sta te wachten terwijl jij, zoals alle andere mensen, begrijpt dat we ergens anders heen moeten. Misschien loop je wel gewoon door nadat je die brief gepost hebt. We gingen helemaal niet uit eten. Dat was weer een rare gedachte van mij.

Het enige voordeel van een leven met dergelijke angsten, is dat je de gewone dingen redelijk laconiek kunt verdragen. Niets is zo erg als dat wat je jezelf aandoet. Daarnaast valt alles mee. Geen geld, geen werk, broer dood, allemaal erg naar, maar wel overzichtelijk. Op geen enkele wijze vergelijkbaar met de strijd tegen het onzichtbare. Eenzaam maakt het wel, want niemand ziet waar je mee bezig bent, en ze spreken je aan op dingen die je nauwelijks raken.

Vandaar dat ik er maar toe overgegaan ben om mijn eigen leven voor mezelf te leven en me in het gezelschap van anderen meer op hen te richten.

Naarmate ik de greep op het algemene systeem verloor, klampte ik me harder vast aan mijn eigen systeem. Het was namelijk zo dat ik altijd gemeend had, nee, gewéten had, dat ik een heel bijzondere taak in dit leven had te vervullen.

Ik had een geheim. Het was zo geheim dat ik er zelf niet naar mocht kijken, maar op zekere dag, op zeker uur, zou het mij en de wereld onthuld worden.

Het zou iets zijn van onvoorstelbare schoonheid, van groot en puur geluk. Iedereen zou stilstaan, tassen uit z'n handen laten vallen, radio's uitzetten. Een enorme rust en stilte zouden over de aarde neerdalen. Natuurlijk! Dat was het! We waren het vergeten, eeuwen lang waren we het kwijt geweest, maar nu wisten we het weer!

En ik, Nicolien Mizee (ik durfde mijn eigen naam nauwelijks te denken, laat staan hardop uit te spreken), ik was de verpakking van dit wonder.

Waarom ik nou net verkozen was wist ik niet, en het paste mij ook niet daarover na te denken. Tot de grote dag moest ik mijn best doen mijn geheim zo goed mogelijk te verbergen en zo gewoon mogelijk te doen.

Naarmate ik ouder werd, begon ik me natuurlijk af te vragen hoe ik me dat bijzondere moment nu eigenlijk voorstelde.

Maar dat maakte niet uit. Twijfel en rotsvaste zekerheid in mijn uitverkoren staat bleken naast elkaar voort te kunnen bestaan. Zonder dat laatste had ik waarschijnlijk niet kunnen overleven, want het leven werd steeds moeilijker. Starend naar de grond liep ik de dag door, slechts verlangend naar dat ene moment: dat ik weer naar bed mocht. Elke minuut was ondraaglijk. Ik wilde al mijn kleren uittrekken, mijn haar afknippen, naakt in de regen gaan liggen en eindeloos, eindeloos schoonspoelen. Ik had uitgebreide fantasieën over hoe ik van binnen geheel gereinigd moest worden, door eindeloos water te drinken tot alles, elke darm, elke vezel, elke cel gereinigd zou zijn van het onsmakelijke, het rare wat mij aankleefde.

Maar er was een verband tussen mij en de wereld. Niet alleen ik was vervreemd van dat waar het om ging, maar de hele wereld.

God had ons bedoeld als naakte, tanige wezens die door de velden zouden rennen en handelingen zouden uitvoeren waarbij er een duidelijk zichtbaar verband bestond tussen oorzaak en gevolg, tussen wens en resultaat. Maar dat waren we kwijtgeraakt. In de Grote Houtstraat stonden ze foldertjes uit te delen met waardebonnen die recht gaven op korting op een hamburger bij McDonalds. Dat had iemand dus bedacht. Ooit, lang geleden, had iemand in Amerika dat vieze broodje verzonnen, en van oneindige hoeveelheden handelingen was dit het resultaat. Iemand had opdracht gegeven tot een reclamehandeling. Iemand anders had deze stunt verzonnen. Mensen waren ingehuurd, foldertjes gedrukt. Al dat werk. Al dat gedoe. Al dat geld. Al die rommel die ontstond om die vieze broodjes in die darmen van die mensen te krijgen, die daardoorheen geperst zouden worden door middel van de peristaltische beweging die God in Zijn oneindige slimheid verzonnen had. Ooit was er een aards paradijs geweest, waarin de leeuw naast het lam lag en we ons voedden met de dauwdruppels op de bladeren, en nu maakten wij het allemaal vies en raar. Dit moest ophouden. Ik moest het de wereld op de een of andere manier uitleggen.

Tegelijk moest ik lachen om deze gedachtegang. Ik zag wel dat ik er een eigenaardige denkwijze op nahield.

En toen rees er een nieuw denkbeeld bij me, dat een min of meer praktische draai gaf aan mijn uitverkoren staat. Ik moest de vriendin worden van beroemde schrijvers. Die zouden mijn denkbeelden vorm kunnen geven. Zelf kon ik dat niet, want het was te diffuus, en bovendien mocht ik er zelf niet over nadenken, omdat dat zondig was. Ik moest puur blijven en onwetend van dat wat ik in mij meedroeg. Ik was er niet voor mezelf, ik was er om gebruikt te worden.

Nou Ger, dat heeft zo anderhalf jaar geduurd, en toen ben ik met mijn fiets tegen een auto opgeknald. Expres. Toen ik ontwaakte uit mijn bewusteloze staat zei ik: 'Ik ga niet meer naar school.' En dat was het einde van het begin.

En daarna begon ik opnieuw.

En weet je, soms weet ik het ineens weer zo goed. Want je wordt natuurlijk niet echt iemand anders. Ik beweeg me voort, pas mijn leven aan aan mijn mogelijkheden en heb er plezier in dat het toch nog zo goed gekomen is.

Maar zo'n moment als ik zo'n fax van Geurt van de dansles lees, dan slaat het ineens weer toe, hoor. En dan zou ik zo graag willen dat ik het hem kon uitleggen, en dat hij het zou begrijpen en snappen dat-ie me nooit meer zoiets moet vragen. Maar dat kan niet. Het is voor andere mensen nooit te begrijpen wat ik wel en niet kan, en wat ik wel en niet erg vind. En ik heb het zo druk met me groot te houden en min of meer op de been te blijven, dat ik het zelf ook niet altijd weet.

Enerzijds wil ik begrip en anderzijds wil ik niet dat ze denken dat ik gek ben. Dus dan hou ik maar een beetje afstand, en dan ben ik weer teleurgesteld dat niemand daardoorheen breekt.

Ik besloot het zo goed en praktisch mogelijk op te lossen

en sprak op Geurts antwoordapparaat in dat ik hem graag ter wille was, maar dat een dergelijke taak helaas voor mij onuitvoerbaar was. Dat ik wel foldertjes wilde ophangen of rondsturen, maar dat hij dan voor de adressen moest zorgen. En dat ik hem altijd graag ter wille zou zijn, en hij gewoon alles moest vragen.

Niettemin, ik heb dan het idee dat ik iemand diep teleurstel en dat is voor mij bijna onverdraaglijk. Ik stel me dan voor hoe die arme Geurt bijna schreiend boven zijn antwoordapparaat zit, hoe complete werelden, waarin Nicolien fijn alles voor hem gaat oplossen, ineenstorten en hoe hij dan, zoals zowat elke man, maar definitief besluit dat hij nu een hekel aan me heeft.

En verdomd, enige weken later stond hij op mijn antwoordapparaat met de mededeling 'dat hij iets met me moest bespreken'. Hij klonk verlegen, en ik begreep onmiddellijk dat de lessen in Haarlem niet door zouden gaan. Omdat ik hem de volgende dag op het afscheidsbal in de koningszaal van Artis zou zien, belde ik niet terug.

'Wat doe je zenuwachtig,' zei Louise de volgende dag.

'Ja, Geurt gaat volgens mij tegen me zeggen dat die lessen in Haarlem niet doorgaan, en ik vind het zo zielig voor hem dat hij dat misschien zielig voor mij vindt,' zei ik, 'en bovendien weet ik niet of ik hem nou achteloos moet groeten om even later met groot naturel op hem af te stappen, of dat ik meteen naar hem toe moet lopen.'

Nu, dat loste zich gelukkig snel op doordat Geurt zelf op me af kwam, en een beetje verlegen zei dat Haarlem niet doorging. Ik was zo druk bezig tegen hem te zeggen dat het niet erg was, en hem hoe dan ook elk onprettig gevoel te besparen (want het was natuurlijk allemaal mijn schuld, omdat ik niet de hulp was die hij zich voorgesteld had), al zei hij dat niet, dat ik me pas in de trein naar huis afvroeg wat ik er zélf nou eigenlijk van vond.

Het kon me niet zoveel schelen. Ik vond het eigenlijk wel makkelijk. Lekker vrij op woensdagavond. Geen verplichtingen. En daarbij, ik had me nooit werkelijk kunnen voorstellen dat het echt zou doorgaan. Er kleeft namelijk een groot Niet Doorgaan aan mij, zoals je weet. Dat komt doordat ik raar ben. Daardoor gaat er nooit iets door waar ik mee te maken heb. Ik ben er alleen maar voor de fantasie, niet voor het echte.

Die avond van het bal had Geurt een leuke bloes aan, veel fleuriger dan de wat modderige tinten die hij over het algemeen draagt. 'Leuk,' zei ik.

'Ja, die heb ik die dag in Haarlem gekocht, nadat ik met jou in het Stadscafé gezeten had. Dat doe ik altijd even in een vreemde stad, naar kleren kijken.'

'O,' zei ik listig, 'dus je koopt je kleren niet samen met Meindert?'

Het valt namelijk niet te loochenen dat Geurt het afgelopen jaar enorm is opgevrolijkt, en daar plotseling de naam van een zekere Meindert op het antwoordapparaat achter de zijne genoemd werd, begreep ik wel dat Meindert Geurts leven een nieuwe impuls gegeven had.

Ik was bijzonder benieuwd naar Meindert, want Geurt leek me nou net weer iemand om zich te vergooien aan een of andere blonde, onbetrouwbare figuur die er op een dag met z'n giropas vandoor zou gaan, en het leek me zaak dat, voor zover dat in mijn macht lag, te voorkomen. Daartoe moest ik natuurlijk eerst info inwinnen.

'Nee nee, Meindert geeft niks om kleren,' zei Geurt.

'O nee?'

'Nee, Meindert koopt boeken voor zijn geld. Zulke dikke

boeken,' zei Geurt eerbiedig, en wees met duim en wijsvinger. 'En hij leest ze ook nog allemaal. Volgende week gaat hij met zijn ex-vrouw en dochter een week naar Vlieland, en dan neemt hij drie van zulke dikke boeken mee!'

Ik was onmiddellijk gerustgesteld. Dit klonk helemaal niet naar blond en onbetrouwbaar. Meer naar ribfluwelen jasjes, een pijp en een wat trage inborst. Gelukkig maar.

Aan het eind van het bal kwam Geurt weer op me af. 'Ja, ik wil toch wat met je,' zei hij. 'Als je nou eens... vind je het leuk als ik je vijf privélessen cadeau geef? Bij dansschool Dick de J. in Bussum? Daar heb ik zelf ook les. En dan ga je een keer met me mee, en dan stel ik jullie aan elkaar voor.'

Dat leek me enig. Dus afgelopen zaterdagochtend reisde ik naar Bussum-Zuid. Ik had me bij Bussum altijd een enorme parkeerplaats voorgesteld, vol met bussen, maar het bleek een lommerrijk plaatsje te zijn. De zon scheen en opgeruimd wandelde ik voort.

Plotseling dacht ik eraan hoe vreselijk zenuwachtig ik vroeger voor een dergelijk bezoek zou zijn geweest. Hoe bang ik zou zijn geweest dat ik zou verdwalen, te laat zou komen, een rare indruk op die Dick de J. zou maken, Geurt teleur zou stellen, niet zou weten of het de bedoeling was dat ik het hele uur zou blijven of maar even, enzovoorts enzovoorts.

Maar hier liep ik nu, doodbedaard als een volwassen vrouw, en verheugde me op het komend uur. Leuk om Geurt eens zelf te zien dansen. Ja, ik vergat het nog weleens, maar er was toch wel heel veel veranderd en beter geworden, de afgelopen tien jaar.

Het zaaltje was laag en duister. Dat is nou óók zoiets raars: sinds het Orakel gezegd heeft dat ik claustrofobisch ben, is het me pas gaan opvallen dat ik altijd dicht bij een raam wil zitten en slecht kan tegen ruimtes zonder daglicht. Ik ben er altijd van uitgegaan dat iederéén dat natuurlijk onprettig vond en verbaasde me er weleens over dat luiken en gordijnen gesloten bleven en niemand zich beklaagde over duisternis en benauwdheid. Dat is nou typisch zo'n overblijfsel van de denkwijze van eertijds: ik vind iets akelig, maar omdat ik altijd vergeet dat ik besta, denk ik dat ik, als intermediair tussen God en de wereld, haarfijn aanvoel hoe iedereen lijdt onder de duisternis. Vervolgens ga ik, zo onopvallend mogelijk, regelen dat de zaken opgelost worden.

Na vijf minuten kwam Geurt binnen met een korte, stevige man met een buik en een snor. Het vierkante hoofd was, zonder tussenkomst, van een nek, direct op de romp geplaatst.

'Dit is Meindert,' zei Geurt. Naast zijn vriend verkreeg hij een panterachtige elegantie.

'Dans je ook?' vroeg ik beleefd.

'Zie je het voor je?' vroeg Meindert somber.

Leuke man. Alleen die naam is wat ongelukkig. Zoals iedereen van mijn generatie denk ik achter de naam Meindert onmiddellijk 'het paard'. Meindert het Paard was namelijk een figuur uit de *Fabeltjeskrant*. Als Geurt het heeft over 'leuke dingen doen met Meindert in de vakantie' denk ik dan ook altijd meteen aan paardrijden. Bijzonder hinderlijk.

Ik heb een uurtje zitten kijken naar Geurts danskunst. Hij danst nu met een zekere Wilco, een eindeloos lange jongen. Geurt volgt, en ik moet zeggen dat hij dat mooi doet. Elegant maar toch mannelijk. Ik vind het iets engs krijgen als die mannen die volgen zich helemaal in de vrouwenrol storten, en dwepend met hun bovenlijf achterover gaan hangen. Ik hou al niet bar veel van vrouwen, laat staan van mannen die zich als vrouwen gedragen. Geurt danst voorzichtig en accuraat, als een kat die over een schutting loopt.

Ik ben ook pas een beetje behoorlijk gaan dansen toen ik

bij hem op les zat. In het vrouwenhuis kregen we les van S. en J., die zelf geweldig expressief en sensueel deden, iets wat mij met grote moedeloosheid vervulde, temeer daar S. een muizig uiterlijk had. Ik ga me altijd plaatsvervangend generen als ik zie dat iemand diegene speelt die hij zou willen zijn, omdat je dan juist zo goed ziet dat-ie níet zo is.

Van de weeromstuit danste ik als een plank, en pas toen ik bij Geurt kwam, die steeds maar riep hoe keurig we dansten, begon ik een beetje te ontspannen. Er was nog een korte opleving van de oude angst toen we 'expressieve armbewegingen' moesten gaan maken, maar nadat ik had gezegd dat ik dat niet kon, en Geurt me verzekerd had dat hij het óók niet kon en ik het dan maar weg moest laten, besloot ik, gesterkt, om maar eens flink met mijn armen te zwaaien. Ik kan de dingen altijd pas als ze niet meer hoeven.

Een verrukkelijke ontdekking was ook toen ik merkte dat mijn heelturn steeds mislukte omdat Louise iets verkeerd deed. Ineens begreep ik dat er bij mij een heleboel mislukte omdat zij dingen fout deed. Heerlijk. Het was mijn schuld helemaal niet. Vanaf dat moment begon ik pas echt goed op te letten en mee te doen, in plaats van slachtofferachtig achter Louise voort te sjokken. Met resultaat, zoals je aan mijn prachtige eindlijst gezien hebt.

'Je danst mooi,' zei ik na afloop tegen Geurt, 'met distantie. Ik hou van distantie. Daarom hou ik van jouw lessen. Spijtig genoeg is dit verlangen naar distantie de ondergang van mijn relatie geworden.'

Geurt schiet dan in de lach, vindt dat eigenlijk heel leuk, maar kan er niet goed op reageren.

'Je krijgt ook nog dansschoenen van me,' zegt hij dan maar. 'Bellen we nog?'

Terug in de trein dacht ik hierover na. Hij was helemaal niet kwaad en diep teleurgesteld. Hij wilde me dansschoenen geven.

Geurt vond me gewoon nog steeds aardig. Zomaar.

En toen dacht ik, natuurlijk, aan jou. (En plotseling was de wereld vol hemelse klanken en blijde bloemen.)

Naarmate we meer contact kregen (dat wil zeggen: naarmate ik je meer faxen begon te sturen) ben jij steeds nalatiger jegens mij geworden. In die trein van Bussum naar huis begon ik ineens te grinniken toen ik dacht aan wat ik van je gekregen had: één vrijkaartje dat je niet goed geregeld had, één vrijkaartje waar ik nooit meer wat van gehoord had, een faxapparaat dat het niet deed en een cd waar je eerst het doosje van had gebroken. Verder had je vooral zenuwachtig en onmachtig terzijde gestaan als alle werk dat je voor me geregeld had door derden de grond in werd geboord. En die éne keer dat ik nou eens echt op iets aangedrongen had, had je glashard nee gezegd.

Tot gauw!

Haarlem, woensdag 2 juli 1997

Uit eten? Ja natuurlijk, heel graag.

Mag ik dan zeggen hoe ik het het liefste wil? (Daarna pas jij alles natuurlijk naar eigen wens aan.)

Denk je dat we dan ergens heen kunnen gaan waar het niet te donker en te lawaaierig is? En eerlijk gezegd hou ik geloof ik toch niet zo van erg uitheems eten. Liever het soort eten wat onze moeders maakten – een paar verschillende dingen op je bord.

En jij regelt alles. Jij bepaalt de datum, en dan lopen we doelbewust ergens naar toe, zonder dat ik ergens over na hoef te denken of een beslissing hoef te nemen.

Ik stel voor dat jij me dan eindelijk uitlegt waarom homoseksualiteit niet bestaat. En er zijn diverse andere punten die we nog door moeten nemen.

Vind je het leuker als ik m'n haar opsteek, of liever los?

De bedoeling is dat ik een verpletterende indruk op je ga maken, dus denk daar goed over na.

We horen weer van elkaar.

Haarlem, woensdag 2 juli 1997

Lieve Ger,

Toch blijft het moeilijk te geloven dat er geen systeem is. Dat er niets is dan je eigen systeem, en een tamelijk willekeurig maatschappelijk bestel.

Ik heb zó lang geprobeerd de systemen in kaart te brengen, dat ik nog altijd bezig ben de logica te zoeken in de dingen die ik tegenkom, al merk ik dat pas als ik de verbijstering op het gezicht tegenover me zie.

Enige jaren geleden zag ik dat de uitzendbureaus in de stad er allemaal toe overgegaan waren het Nederlandse volk aan te sporen zich te vervolmaken. In bijna elke etalage hingen briefjes waarop 'Word Perfect' stond geschreven. Ik vond het een nogal eigenaardige tekst, en vroeg me bovendien af of er geen t achter 'word' moest staan, het kwam me namelijk voor dat deze tekst aan iedereen gericht was. Maar toen ik hoorde dat de meervouds-t in de gebiedende wijs was afgeschaft, begreep ik het.

Toch bleef het me opvallen. Ik vroeg me af hoe al die uitzendbureaus er zo toe gekomen waren een dergelijke opvoedende, toch wat abstracte aansporing als slogan te kiezen.

Iets dergelijks had ik me weleens afgevraagd bij het bord 'Kijk eens wat vaker in de spiegel van de kapper', dat je plotseling in alle kappersetalages zag staan. Wie had dat nou bedacht? En hoe kon het dan ineens dat al die kappers zo'n bord hadden? Was er een soort kappersvakblad, met een strookje dat je uit kon knippen als je zo'n bord wilde, en dat je dan op moest sturen? En hoe werden die borden dan bezorgd? Ze waren te groot voor de brievenbus. Misschien fietste er iemand met een bakfiets langs alle kappers.

Nou, je ziet, ik had al heel wat denkwerk besteed aan deze kwestie, toen ik op een dag met Charlie door de stad liep. 'Kijk, daaraan kun je zien dat de meervouds-t in de gebiedende wijs is afgeschaft,' zei ik, wijzend.

Charlie keek verbaasd naar de etalage van het uitzendbureau.

'Hoe bedoel je?'

'Nou, je zou zeggen dat er *wordt perfect* moet staan, met d-t dus, omdat het hele Nederlandse volk wordt aangesproken, maar dat is dus niet meer zo.'

Charlie keek me zwijgend aan. Ik kreeg alweer dat zenuwachtige gevoel, of ik iets vreemds gezegd had.

'Wordt perfect,' herhaalde Charlie, tot wie het nu langzaam begon door te dringen, 'maar Clien, daar staat toch gewoon *word perfect*? Dat is een tekstverwerkingsprogramma.'

Zodra hij het woord uitsprak, begreep ik het al. Mijn eerste impuls was om hem bij de arm te nemen en hem gauw weg te sleuren, weg van het belachelijke. Maar Charlie, nog steeds geïntrigeerd, bleef naar het briefje staan kijken.

'En er staat toch "data-typiste gevraagd" bij?' vroeg hij.

'Ja, ik dacht al, dat secretaresse-werk wordt ook steeds stommer. Nu zijn er al typistes die alleen nog maar de datum hoeven in te typen,' zei ik.

Het afschuwelijke is, zodra ik hardop uitspreek wat ik heb lopen bedenken, hoor ik ook ineens hoe gek het klinkt. Maar zolang het in mijn hoofd zit, lijkt het allemaal vanzelfsprekend.

Een ander geval was dat met de kerstbomen. Afgelopen november hingen er in Haarlem plotseling allemaal grote borden bij de stoplichten met gestileerde kerstboompjes, helemaal van kleine, groene lichtjes gemaakt. De kerstboompjes wezen naar links of naar rechts, al naargelang, begreep ik, de plek waar een kerstboomverkoper stond opgesteld.

'Die kerstboomverkopers hebben zich toch beter georganiseerd dan je denkt,' peinsde ik, 'dat lijken wel zulke slonzige mannetjes die een beetje ongeorganiseerd op een straathoek staan, maar dit zijn toch mooie, dure borden. Blijkbaar zijn ze dan toch allemaal in een of ander zaaltje bijeengekomen om te bespreken hoe ze de aandacht op hun koopwaar konden richten, en zijn ze ertoe overgegaan om deze borden te laten maken.'

Enige maanden later zat ik met Sybren in de auto. Het was februari. We stonden voor een stoplicht.

'Kijk,' zei ik, wijzend, 'ze hebben die kerstboomborden laten hangen. Het zijn natuurlijk zulke dure borden geweest dat ze maar besloten hebben ze gewoon tot de volgende december te laten hangen.'

Sybren keek. 'Kerstboomborden?' vroeg hij, niet-begrijpend.

Op dat moment werd het gelukkig groen en moest hij doorrijden.

'Ja ja, zeg, hoe is het met Agnieska?' vroeg ik zenuwachtig, want ik voelde alweer iets afschuwelijks aankomen.

'Nee, wat bedoel je nou met kerstboomborden?' drong hij aan. Toevallig stonden we net wéér voor zo'n kerstboombord.

'Nou, dat,' zei ik.

Sybren zuchtte. 'Dit kun je niet menen,' zei hij. 'Clien, dat zijn toch geen kerstbomen? Dat zijn pijlen naar parkeerplaatsen. Zie je dan niet dat er een grote P boven hangt?'

Dat had ik wel gezien, maar ik had gedacht dat dat was om de kosten te drukken. Twee borden aan één paal. Ik vond het wel economisch.

Nu heb ik eens her en der geïnformeerd, maar ik heb nog niemand kunnen vinden die ook zo denkt. Vind je dat nou niet eigenaardig? Hoe zou dat nou komen?

Vroeger had je de serie *Ti-Ta-Tovenaar*, waarin Ti-Ta-Tovenaar en zijn dochter Tika in een luchtkasteel woonden dat in de wolken zweefde. Elke keer als er iets misging met de tovenarij en er wat naar beneden viel zoals bijvoorbeeld een aangeklede aap, viel dat precies op het erf van een boer die – zonder dat te weten – onder het kasteel woonde. Omdat hij dan elke keer stampij maakte, betoverde Tika hem door het 'gewoon-lied' voor hem te zingen. Daarna vond hij altijd alles gewoon.

''t Is wel gewoon, maar je staat er toch van te kijken,' was zijn standaardreactie als er weer iets krankzinnigs gebeurde. Zo voel ik me nou ook altijd.

Daar komt bij dat ik gewend ben om eigenlijk de hele dag door zo'n beetje verhalen te verzinnen. Dat merk ik zelf niet meer zo, maar een enkele keer, als het precies zo uitkomt als je al had bedacht, word je weer geconfronteerd met deze gewoonte.

Zo ging ik laatst bij An eten, en trof tot mijn plezier mijn goede vriendin Mik, een zusje van Sybren, in de keuken.

'Mik blijft ook eten,' zei An, en vervolgde in één adem: 'Zeg, jij hebt een verpletterende indruk gemaakt op uhhh, hoe heet-ie ook alweer, Mik?'

'Frits,' zei Mik, met enige tegenzin. Het kwam me voor dat het niet haar bedoeling was geweest dat deze informatie aan mij werd doorgespeeld.

'Ja,' vervolgde An opgewonden, 'en nou heeft-ie bedacht dat jij dan maar draagmoeder moet worden van hun kind!'

'O ja,' zei ik, en ging zitten.

An en Mik keken me verbaasd aan.

'Heeft Frits het dan al aan jou gevraagd?' vroeg An.

'Nou nee, maar op die gedachte was ik zelf ook al gekomen,' zei ik.

'Niek, je begint er niet aan!' riep An opgewonden. 'Ik verbied het!'

'Maar ik ben het ook helemaal niet van plan,' zei ik, verbouwereerd door alle opwinding.

'Maar waarom had je dat dan gedacht?' vroeg Mik nieuwsgierig.

Ik dacht na. 'Nou, ik ontmoette hem op een feestje, en ik weet natuurlijk van hun problemen met kinderen krijgen, en toen dacht ik dat hij wel zou denken dat ik een geschikte draagmoeder zou zijn,' zei ik.

Ineens viel het me weer op hoe ontzettend veel je toch bedenkt als je met iemand staat te praten. Daarom is scenarioschrijven natuurlijk ook zo makkelijk. Het leven is niets anders dan met moeite door die stroom verhalen te waden en te proberen enig overzicht te houden. Dat is voor jou ook zo. Maar andere mensen doen dat geloof ik helemaal niet. Je vraagt je af wat ze dan wél denken.

Ik weet nog dat ik lang, lang geleden, eens mijn huiswerk bij jou in de brievenbus gooide. Het was voor het eerst dat ik je huis zag, ik was nog nooit binnen geweest, en terwijl ik de envelop door de brievenbus duwde, bedacht ik het volgende: op de een of andere manier zou het mislopen met die envelop. Jij zou mijn werk niet ontvangen, en dan zou je me opbellen om te vragen waar het bleef.

'Maar ik heb het zelf bij je in de brievenbus gegooid!' zou ik dan zeggen.

'Weet je wel zeker dat het de goeie brievenbus was?' zou jij dan vragen.

'Jazeker, ik moest een klein grijs stenen trapje op, en dan was het een donkergroene deur met een brievenbus op kniehoogte...'

Dit bedacht ik terwijl de envelop naar binnen viel. Het was een rare fantasie, want ik zag jouw naambordje onder de bel hangen, dus terwijl ik wegliep deed ik hem nog een paar keer over waarbij ik enige verbeteringen aanbracht, om vervolgens tot een nieuw verhaal over te gaan. Dat ging als volgt: ik zou een bijzonder omvangrijke envelop naar binnen willen duwen. Die bleef echter klem zitten in de brievenbus. Ik moest op mijn knieën gaan liggen en met alle kracht die ik in me had, de envelop naar binnen persen.

Op dat moment wilde jij echter toevallig een bijzonder belangrijke figuur van de televisie uitlaten. Je trok dus, opgewekt causerend, nietsvermoedend de deur open, en ik donderde voorover naar binnen, over jullie schoenen heen. Niet in staat me te verroeren, zou ik hulpeloos opkijken, in jullie verbijsterde gezichten.

'Dit is Nicolien,' zou jij dan uiteindelijk beleefd zeggen, met die vreselijke blik van je op mij neerkijkend, 'die schrijft ook scenario.'

Daarna bedacht ik nog wat beters. Ik had een brief bij jou in de bus gegooid, waar ik me bij nader inzien eigenlijk enorm voor schaamde. Ik stak mijn hand door de brievenbus om te proberen of ik de brief nog te pakken kon krijgen. Dan hoorde ik het geluid van voetstappen. Snel trok ik mijn hand terug, waarbij mijn hand langs de rand van de brievenbus schraapte en mijn ring (die ik weliswaar zelden draag en die bovendien muurvast zit, maar vooruit) op jouw vloermat zou vallen.

Nu, zo ging ik nog geruime tijd door allerlei brievenbusperikelen te verzinnen, waarna ik de hoek om fietste, en ik me ergens anders aan wijdde.

Enige dagen later ging de telefoon.

'Uhhhhh jaaaa, met Beukennnnnkamp, we hadden een afspraak voor les op donderdag, maar dan ben ik er niet, dus ik stel voor dat op dinsdag te doen? Is dat goed?'

'Ja,' zei ik, geheel verpletterd door het feit dat de geweldige Beukenkamp door mijn telefoon sprak.

'Zo, en, lukt het een beetje met de opdracht?' vroeg je, in een desperate poging tot normaal menselijk verkeer.

'Ja, ik heb het door je brievenbus gegooid, hè,' zei ik.

'Door mijn brievenbus?' herhaalde je, 'ik heb niets ontvangen. Weet je wel zeker dat je het op het goede adres hebt gedaan?'

'Ja,' zei ik, 'een klein grijs trapje op en dan een donkergroene voordeur en een brievenbus op kniehoog... hee! dit heb ik al een keer zo bedacht!' riep ik plotseling. Het volgende moment kon ik mijn tong wel afbijten.

Dit sloeg natuurlijk nergens op. Hoe kon ik nou aan jou uitleggen hoe ik dacht? Je zou denken dat ik gek geworden was.

Even was het stil. Toen hoorde ik een zacht gegrinnik aan de andere kant.

'Hij doet het ook!' dacht ik opgewonden.

Even was het stil.

'Uhhhh, nou, ik ga even kijken,' zei je, en ik hoorde je de trap afrennen.

'Hij doet het ook,' dacht ik nog steeds, 'vandaar dat-ie altijd zo vreemd kijkt. Dan zit-ie natuurlijk stiekem van alles te verzinnen.'

Ik had altijd zo graag willen weten wat er nou eigenlijk met die envelop gebeurd was, die je een paar dagen later toch terugvond, maar ik durfde er niet naar te vragen en nu weet je het natuurlijk niet meer.

Tot zover, geheel de jouwe.

Haarlem, 2–7 juli 1997

Lieve Ger,

Gisteravond heb ik bij Charlie en Sophie gegeten, wier zolder ik, zoals je weet, geschilderd had. Ze waren een maand in Georgië geweest en hadden een hangertje voor me meegenomen, een gouden Nino-kruisje. Ik zag dat Sophie bijna niet kon wachten het aan me te geven, en dat deed me wel wat, want de verhouding tussen Sophie en mij is jarenlang bitter slecht geweest.

Charlie en ik leerden elkaar kennen in de eerste klas van het Stedelijk Gymnasium. Tot onze verrassing bleken we vijf huizen van elkaar af te wonen.

Charlie werd verliefd op me.

Ik was niet verliefd op hem, hij was te klein en te springerig voor iemand die alleen op leraren verliefd werd, maar ik vond hem meteen aardig en ik hield van de manier waarop hij van mij hield.

Charlie hield onvoorwaardelijk van mij. Hij was niet kritiekloos, maar hij vond nu eenmaal dat alles wat ik deed en zei bij mij hoorde en dat het dus, hoe raar ook, wel in orde was. Dat is Charlie ten voeten uit en de reden dat ik zoveel van hem hou.

Hij was binnen de kortste keren zo in mijn ban dat ik hem meesleurde in de vreemde wereld waar ik toen in leefde, hetgeen bijvoorbeeld impliceerde dat bepaalde woorden niet meer gebruikt konden worden (mijn taalkundig systeem uit die tijd zal ik je te zijner tijd nog eens proberen uit te leggen) en ik hem de omgang met anderen indirect verbood.

Charlie, die altijd een populaire jongen was geweest, begon zich zo vreemd en afzijdig te gedragen dat zijn ouders, in overleg met de schoolleiding, besloten hem van het gym af te halen. Dat was voor mij de genadestoot. Toen was ik helemaal alleen.

Charlie bleef me trouw opzoeken, maar ik kon me niet voorstellen dat hij mij niet op een dag in de steek zou laten om terug te gaan naar de gewone mensen in de gewone wereld, en door deze angst gedroeg ik me vaak onuitstaanbaar.

De buitenwereld, zo onverschillig en respectvol jegens de handel en wandel van volwassenen, spaarde ons niet in haar kritiek. Ze verklaarden Charlie voor gek omdat hij achter een meisje bleef aanlopen 'dat hij toch niet kreeg', en informeerden voortdurend 'of het nu al wat werd'. Ik kreeg het zenuwachtige gevoel dat er iets elementairs ontbrak aan de vriendschap die mij juist altijd zo vanzelfsprekend had geleken, en vroeg me af of het de bedoeling was dat ik met Charlie naar bed zou gaan. Maar ik kon me niet voorstellen dat een dergelijke puur fysieke handeling veel verschil uit zou maken en bovendien had ik er geen zin in.

Toen ik zestien was, heb ik het hem een keer aangeboden. Hij kwam naar mijn slaapkamer. Het was zomer. Ik had een grote kamer, hoog in het huis, met vier ramen op het zuiden. Onder het open raam lagen we urenlang roerloos naast elkaar in bed. Ik hoorde zijn ademhaling. Zwijgend pakte ik zijn hand en legde die tussen mijn borsten. Daar bleef hij een tijdje liggen. Toen stond Charlie zachtjes op en vertrok.

De dag daarna kreeg ik een gedicht. Pas vijftien jaar later hebben we erover gesproken, nog altijd met neergeslagen ogen.

Toen ik van school af was en wat gelukkiger werd, werd onze vriendschap wat ontspannener en zorgelozer. Ik was toegelaten tot het volwassenenonderwijs waar ik een heerlijke tijd had. De vrouwen van mijn klas waren allemaal even aardig voor me en ik raakte bevriend met het enige andere meisje van 16, Renate M., een Italiaans type dat altijd helemaal in het zwart gehuld ging en dat mij tot mijn verbazing behandelde als gelijke.

Ik haalde goede cijfers, wat gezien het feit dat ik inmiddels voor de derde keer de derde klas deed niet zo verwonderlijk was, maar daarom niet minder heerlijk na al die jaren van onvoldoendes. Ik had maar drie ochtenden per week school en werkte als schildersmodel en kinderoppas. En dat voor iemand die het jaar daarvoor niet eens naar de kruidenier op de hoek durfde.

Mij was, kortom, een geluk toegevallen dat ik niet voor mogelijk had gehouden, en aan de horizon schitterde nog eindeloos veel meer. Ik kon het dus wél, leven. Ergens binnenkomen en meedoen en meepraten alsof ik heel gewoon was. Nu voelde ik me vaak nog onzeker, maar dat zou ook nog wel bijdraaien.

Dat liep later allemaal een beetje anders, maar die zomer leek de toekomst grenzeloos en als ik 's avonds met Charlie eindeloze wandelingen door Haarlem en omgeving maakte, was het of mijn aderen gevuld waren met spuitwater. Net als Charlie ging ik gedichten schrijven, maar ze werden niet zoals ik wilde. Voor het eerst kreeg ik last van een probleem dat pas anderhalf decennium later door onder anderen jou zou worden opgelost: het onvermogen om het grootse dat in mij verborgen lag en wachtte om in taal naar buiten te komen, met onbevooroordeelde blik te bekijken en er de juiste vorm voor te vinden. Nu ik ontdekt had dat de dingen waren zoals je ze zag en er geen geheime structuren en krachten aan ten grondslag lagen, was er een diepe weerzin in mij ontstaan me nog aan welke abstractie dan ook over te geven. Ik had, besloot ik, de geheime werelden achter mij gelaten, en zou 'voortaan in een wereld van drie dimensies leven, met de hulp van mijn vijf zintuigen'.

Pas vele jaren later ben ik gaan inzien dat het medicijn bijna nog erger was dan de kwaal, want ik onderwierp me hierdoor aan een zelfcensuur die me niet alleen het schrijven onmogelijk maakte, maar zelfs het zien, voelen en denken.

Charlie had weleens vriendinnetjes, maar daar hadden we het zelden over. We hadden het over ons. We zouden beroemd worden.

'Kijk,' zei ik, wijzend op een boom aan de vijver van Bloemendaal, 'daar hangt later een gouden plaat met de tekst: "Hier liepen Nicolien Mizee en Charlie B. in de zomer van '81 schier dagelijks voorbij."'

En dan liepen we tevreden verder, hand in hand.

Later ging Charlie in Utrecht wonen en ik met Sybren in Amsterdam. Sybren en Charlie waren schoolvrienden geweest. Eigenaardig genoeg was Charlie namelijk in de vijfde klas, toen ik toch allang weg was, teruggegaan naar het Stedelijk Gym, waar hij in de klas kwam bij Sybren en Balthasar.

Balthasar was verliefd op Charlie, Charlie op mij, en ik op Sybren. Dat laatste schooljaar vrijde Balthasar met Charlie en Charlie met mij, en hoewel we geen van allen precies begrepen hoe het zat, schreven Charlie, Balthasar en ik er veel lange gedichten en brieven over aan elkaar, met het zorgeloze idee dat het te zijner tijd allemaal vanzelf in orde zou komen. Sybren was de enige die niet schreef. Daarentegen sliep hij met elk passerend meisje.

En toen deden we eindexamen en gingen uiteen. Nu ben ik, die er indertijd eigenlijk niet echt bij hoorde, de enige die nog met al die jongens omgaat, al zijn de banden tussen Charlie en Sybren weer wat aangehaald sinds Sybren en Agnieska kortgeleden om de hoek bij Charlie en Sophie zijn gaan wonen.

Ik was diepongelukkig in Amsterdam. Om het weekeind ging ik naar Utrecht om met Charlie door de stad te lopen, jenever te drinken en bij hem in bed te kruipen. Dan lag hij me zachtjes urenlang te aaien, wat ik veel fijner vond dat dan gedoe met Sybren. Opnieuw begon het idee bij mij te rijzen dat er iets niet in orde was met mij. Ik had gedacht dat ik uiteindelijk helemaal zoals de andere mensen zou worden, maar dat was nog steeds niet zo. In stilte ging ik er al vanaf mijn veertiende vanuit dat ik lesbisch was, maar ik hield niet van vrouwen en bovendien kon ik me niet voorstellen dat er ooit een meisje verliefd op me zou worden. En daarbij, ik hield ook van Sybren, Charlie en andere mannen, dus dat klopte niet. Voor ik hardop iets zou zeggen, kon ik beter zorgen dat ik zeker was van mijn zaak. Anders zou ik eerst helemaal zeggen dat ik lesbisch was, en dan was ik het misschien uiteindelijk niet! Stond ik mooi voor paal. Nee, afwachten maar, volhouden en hopen dat het allemaal beter zou worden.

En automatisch viel ik terug in mijn oude gewoonte van doorzetten en m'n mond houden, in de hoop dat de zaken zich ooit vanzelf zouden oplossen.

Toen kreeg Charlie Sophie. Eerst leek het het zoveelste tussendoor-vriendinnetje, maar Charlie begon er steeds gewichtiger over te doen en drong aan op een ontmoeting. We waren toen drieëntwintig jaar.

Ik ging naar Utrecht en maakte kennis met Sophie. Ze mocht me niet. Charlie zat er onhandig naast.

Langzaam maar zeker werd onze vriendschap aan banden gelegd. Ik mocht niet meer blijven slapen, moest plotseling 'mijn visie op onze relatie' geven, en het eindigde ermee dat Charlie en ik, voordat we samen de stad ingingen, éérst iets gezelligs met Sophie moesten doen.

Zo reisde ik op een zondag naar Utrecht, met een cadeautje, een koffiepot met een duw-filter. Er konden drie kopjes in. Ik belde aan, de zoemer ging en ik stapte naar binnen. Toen ik halverwege het trappenhuis was, werd ik bijna van de voeten geslagen door een snikkende furie die naar beneden rende en die Sophie bleek te zijn. Charlie stond lijkbleek in de deuropening.

'Grote problemen,' zei hij, als was hij een schipper op volle zee die de passagiers op kalme toon tracht te vertellen dat het schip zinkt, 'blijf hier, dan ga ik achter haar aan.' En hij verdween in het trapgat.

Ik liep de kamer in, zette het cadeau voorzichtig op tafel en bleef houdingloos staan, omdat het me ongepast leek om te gaan zitten. Bovendien was mijn jas nat, en ze hadden zulke mooie stoelen.

Charlie kwam boven, buiten adem. 'Ze staat in een portiek. Ik geloof dat het beter is dat je weer naar huis gaat.'

'Goed,' zei ik. 'Bel me straks even hoe het is afgelopen.'

En ik ging weer terug naar huis. Zenuwachtig zat ik naast de telefoon te wachten. Charlie belde niet; misschien was er iets verschrikkelijks gebeurd. Een keer begon ik hun nummer te draaien, maar hing halverwege weer op. Wie wist wat ik daar weer mee zou aanrichten.

De volgende dag belde ik Charlie op zijn werk.

'De zaken zijn weer onder controle,' zei hij.

'Maar waarom heb je niks van je laten horen?' vroeg ik.

'Omdat het zwaar was. Heel zwaar. We hebben tot diep in de nacht zitten praten. Maar nu is het weer goed hoor, maak je maar geen zorgen.'

'Ik heb de hele dag op je telefoontje zitten wachten,' riep ik woedend. 'Ik dacht minstens dat ze in de gracht lag! Begrijp je dat dan niet? En hoe gaat het nu verder met mij?'

'Daar zijn Sophie en ik nog niet uit,' zei Charlie. 'Dat leek me gisteravond geen geschikt onderwerp.'

En toen hebben we elkaar twee jaar niet gezien.

Hij had me in de steek gelaten. Nu had hij eindelijk een echte vrouw die hem gaf wat ik hem altijd onthouden had. Die anderen hadden toch gelijk gehad.

Ik stelde me voor hoe Charlie nog weleens met een vage glimlach zou terugdenken aan dat meisje uit zijn jongelingsjaren aan wie hij al die gedichten had opgedragen. Ik zag zijn naam in het *NRC Handelsblad* staan. Ja, hij maakte carrière, hij zou nu inmiddels wel getrouwd zijn met Sophie. En ik was geen spaan opgeschoten. Ik was dezelfde gebleven als vroeger en miste hem nog altijd.

Dat duurde twee lange jaren. Bij alles wat er gebeurde dacht ik: maar ik heb Charlie niet meer!

Wat had het voor zin om dingen mee te maken als die ene die het allemaal begreep er niet meer was om het aan te vertellen? Er was niemand die zijn plaats innam. Hij was de enige geweest die me trouw was gebleven in die verschrikkelijke jaren van strijd en waanzin en ik had hem nog altijd nodig.

Toen ik terugkwam van een vakantie in Frankrijk, stond er een vuilniszak voor mijn deur. Daarin een doos. En daarin mijn oude typemachine die ik Charlie ooit uitgeleend had.

Een duizeling overviel me. Charlie was langsgekomen. En ik was er niet geweest.

De brief kwam een paar dagen later. Hij was mijn naam tegengekomen in de krant, in een stuk over de Schrijversvakschool, waar ik toen het eerste jaar deed. Plotseling had hij het niet meer uitgehouden. Hij moest me zien.

En toen zaten we tegenover elkaar in een café.

'Wat had ik nou verkeerd gedaan?' vroeg ik.

'Jij hebt toch nooit wat verkeerd gedaan?' zei Charlie verwonderd, 'ik was gewoon gek.'

Een jaar geleden voelde ik me onrustig, ontevreden, vermoeid.

'Je doet het niet goed,' zei het Orakel tegen me, 'je investeert teveel in anderen in de hoop dat je op een dag wat terugkrijgt. Maar dat gebeurt niet, want dat doen mensen niet. Je moet duidelijk vragen wat je wilt. Ik geef je een opdracht: je vraagt aan drie mensen om een cadeau. Een cadeau dat echt helemaal voor jou bedoeld is. Denk er maar eens goed over na.'

'Daar hoef ik helemaal niet over na te denken,' zei ik grimmig, 'dat zijn oom F.W., Charlie en Evert. Sybren eigenlijk ook, maar die lacht me vierkant uit als ik dat vraag, dus daar begin ik niet aan.'

'Dan vraag je aan Sybren wat hij ervan vindt dat jij hem niet eens een cadeau durft te vragen,' zei het Orakel gedecideerd, 'en die drie anderen vraag je om een cadeau. Zullen we een nieuwe afspraak maken?'

'Hoe gaat het met de opdracht?' vroeg het Orakel een maand later.

'Wel gevraagd, niets ontvangen,' zei ik.

'Dan spreek je ze daar alle drie over aan.'

Ik begon bij oom F.W. Die slaakte een lange, jammerende zucht.

'Ik lig er wakker van. Ik heb je zuster gebeld. Die zei: een jas. Maar ik ga geen jas met je kopen. Dat doe ik voor mijn eigen vrouw al niet eens. Dus nu weet ik het niet meer. Kun je niet zelf een jas kopen? Dan geef ik je het geld.'

Ik liep de stad in, en keek naar jassen. Een uur later kwam ik terug.

'Oom, ik haat kleren kopen. En zeker jassen. Dat is dus geen goed cadeau. Weet je wat? Geef me een horloge. Dat je helemaal zelf voor me hebt uitgezocht.'

De weken verstreken.

'Ik kan het niet,' zei oom F.W. 'Ik durf geen horloge voor iemand anders uit te zoeken. Dan ben ik bang dat ik helemaal het verkeerde koop.'

'Ik ben toch niet "iemand anders",' zei ik, 'ik ben gewoon ik. Ik weet zeker dat ik een horloge van jou nooit lelijk zou vinden.'

'Maar ik doe het niet,' zei hij, plotseling gedecideerd.

'Dat staat je mooi,' zei ik.

Er viel een stilte.

'Ik weet het al,' zei ik, 'je moet wat voor me maken. Zoals je weet heeft Bastiaan (mijn broer) ooit een houten bakje voor me getimmerd voor mijn singletjes. Maar mijn verzameling heeft zich uitgebreid, en nu is het te klein geworden. Kun je niet een bak voor me maken?'

Toen sloeg F.W. aan het timmeren. Hij maakte een kubus die hij diagonaal doorzaagde, zodat er twee bakjes ontstonden, en liet die door een van zijn personeelsleden lakken. Het was alles bij elkaar nog een heel karwei, en terwijl hij ermee bezig was, kocht hij op een veiling een oud bureau waarin zich, tot zijn verrassing, bij aflevering een prachtige gemarmerde doos bleek te bevinden, speciaal voor singletjes.

Nu had hij dus drie bakken. Hij zette ze achter in de auto, met het plan ze bij me af te leveren. Dat vergat hij vervolgens.

'Hee,' zei zijn vrouw een paar dagen later, 'wat ligt er achter in de auto?'

Daar stond hij met zijn mond vol tanden. Want hij had de hele cadeaugeschiedenis verzwegen.

'Dus je begrijpt,' zei hij toen ik na een paar dagen in de winkel bij hem aanliep, 'dat werd weer praten tot diep in de nacht. En je bakken heb je nog steeds niet. En ik vind het eigenlijk ook te weinig, die stomme bakjes.'

'Ik heb een nieuw idee,' zei ik, 'ik heb van Ger diens oude fax gekregen. Die is kapot. Kun jij hem niet voor me laten repareren?'

F.W. liet ernaar kijken door een van zijn personeelsleden en toen het ding definitief kapot bleek, kocht hij me een gloednieuwe, prachtige fax. Dat wil zeggen: hij gaf me duizend gulden en liet mij de aanschaf regelen.

Dat was oom F.W. Maar hoe was het de andere prinsen inmiddels vergaan? (Ik begon me net Portia uit *De koopman van Venetië* te voelen, die al die arme mannen op de proef stelt door ze uit die drie kistjes te laten kiezen.)

Evert was het gewoon vergeten.

'O ja, dat is ook zo,' zei hij, 'ach nou ja, een cadeautje geven moet ook eigenlijk spontaan gebeuren, vind je ook niet?'

'Ja,' zei ik, overbluft.

'Nee,' viel ik hem tien minuten later, toen hij me net zat uit te leggen dat hij planten-aura's kon waarnemen, in de rede, 'nee. Evert, ik heb je iets gevraagd en jij hebt het niet gegeven. Goed, dan weiger je me iets te geven waarom ik gevraagd heb. Maar zeg dat dan.'

Evert keek een beetje benauwd. 'Misschien verzin ik nog wat,' zei hij. Waarna hij het opnieuw vergat, ditmaal definitief.

Dan hadden we Charlie nog. Hij zweeg toen ik vroeg waar mijn cadeau bleef. Twee dagen later kreeg ik een brief.

'Ik wilde zoiets bijzonders geven,' schreef hij, 'dat er niets van kwam, omdat zoiets moois niet bestaat. Toen bedacht ik iets anders. Maar datzelfde cadeau had ik ook al aan Sophie gegeven. Ik dacht eerst dat het niet passend was jou hetzelfde te geven, maar ik heb besloten dat toch te doen.'

De maanden waren verstreken en ik was inmiddels in de diepste duisternis van de depressie terechtgekomen.

Op een dag kwam Charlie me afhalen om een dagje weg te gaan met zijn auto. 'Hier,' zei hij, terwijl hij nog met zijn jas aan op de drempel stond, en reikte me een feestelijk pakket. 'Je cadeau.'

Ik keek ernaar. Wat stonden we daar raar in die gang.

'Vind je het goed als ik het uitpak als we in Enkhuizen zijn?' vroeg ik.

In een cafeetje in Enkhuizen kreeg ik dan eindelijk mijn cadeau.

Veel papier. Een sjiek papieren zakje. Nog meer papier. Linten. Een doosje. De touwtjes zaten er zo strak omheen dat ik ze niet loskreeg. Verwezen keek ik toe hoe Charlie ze doorsneed met zijn zakmes.

Het kleinste flesje parfum dat ik ooit had gezien.

'Chanel Allure,' zei Charlie eerbiedig. 'Duurder dan goud, als je kijkt naar het soortelijk gewicht. Het is een nieuwe geur.'

Ik keek naar het flesje. Parfum. Wat moest ik nou met parfum. Ik hield helemaal niet van parfum. Je gaf een vrouw als ik toch geen parfum? Dat deed je bij vrouwen als Sophie. Maar toch niet aan mij? Nou ja, vooruit, een flesje van een tientje uit de Body Shop misschien, om te laten merken dat je niet helemaal vergeten was dat ik een vrouw was. Maar dure parfum... had-ie me nou maar gewoon het geld gegeven. Kon ik eindelijk weer eens een nieuw printerlint kopen.

'Hoe vind je 't?'

Godjezus, al die moeite die die jongen gedaan had. Misschien had-ie nog wel gelijk ook. Moest ik ook gewoon wennen aan dat soort dingen. Was het maar zo'n idee dat ik een soort halve kerel was die niet hield van kleren en parfum. Waar hadden mijn ideeën over mezelf me gebracht? In de depressie. Misschien moest ik het allemaal helemaal anders aanpakken. Lippenstift en zo.

'Ja, dank je wel,' zei ik, met enige moeite, 'ik moet er even aan wennen.'

Charlie begon een enthousiast verhaal over de bereidingswijze van de parfum en op welke plekken je het moest aanbrengen. 'Hier, op je polsen, en daar, begrijp je, en je kan een beetje in je oksels doen... en het stopje moet je dan weer afvegen met een tissue, omdat er anders misschien toch huidschilfertjes opkomen...'

Huidschilfers. Zweet. Schijt en kots. Alles liever dan dat tuthola-parfum. Wat een rotcadeau. Die jongen had toch z'n best gedaan, waarom was ik nou niet blij en dankbaar?

Maar diep in mijn hart vond ik dat hij niet werkelijk zijn best gedaan had. Want het was geen goed cadeau voor mij, en dat had hij moeten weten.

Twee weken later ontmoetten we elkaar op een caféterras in Amsterdam. Het flesje parfum stond nog altijd ongebruikt op mijn archiefkast. Ik was in een winkel wezen informeren en had vernomen dat een dergelijk flesje honderdvijfendertig gulden kostte. Jammer dat Charlie het al opengemaakt had, anders had ik het misschien nog kunnen ruilen. Maar ja, waarvoor, in zo'n soort winkel? Om voor honderdvijfendertig gulden zeep en tandpasta te kopen?

Ik was in die tijd eigenlijk te ver heen om nog te kunnen praten. 's Ochtends kroop ik met de grootste moeite uit bed, dronk mijn morgenkoffie in de stad, sleepte mezelf naar huis en ging weer naar bed. 's Avonds trok het iets bij, maar een echt gesprek voeren ging niet en eten lukte ook nauwelijks.

Mijn uitgaansmogelijkheden waren dus beperkt, maar ik bleef toch afspraken maken, om niet helemaal weg te zakken.

Ik was al kapot toen ik in Amsterdam aankwam. Charlie zat er al. Ik zonk neer in de stoel die hij voor me had vrijgehouden.

'Clien, ik moet wat heel ergs tegen je zeggen,' zei hij plechtig. 'Sophie wil dat wij elkaar niet meer zien tot zij en ik de impasse in onze relatie te boven zijn. Je mag nog wel bij ons thuis komen, als zij er bij is, maar dit is voorlopig onze laatste afspraak met z'n tweeën. Want ik vind dat ik dit besluit van Sophie moet respecteren.'

Een moment duizelde het me. Toen stond ik op en liep weg.

'Clien, wat is er?' riep Charlie, die geschrokken achter me aankwam.

Ik morrelde met bevende vingers aan mijn fietsslot.

'Charlie, dat heb je nou één keer gedaan, dat moet je niet nog een keer proberen,' zei ik, en fietste weg.

's Avonds zag ik dat verdomde flesje weer op mijn archiefkast staan. Inderdaad. Eerst dure parfum geven en dan zeggen dat ze je niet meer hoeven te zien. Zou ik het door de plee spoelen? Nou, dat was dan toch wel weer zonde. Dan kon ik het beter aan een vriendin geven. Spaarde weer een verjaarscadeautje uit.

Het is uiteindelijk allemaal goed gekomen. Charlie en ik zien elkaar regelmatig, en eens in de zoveel tijd doen we gedrieënlijk iets. Zoals gisteravond.

'Je moet Nicolien eigenlijk eerst het verhaal van Nino vertellen,' zei Sophie tegen Charlie, en hield het cadeautje nog even verborgen in haar hand. Dat deed me nou wel wat.

Charlie vertelde het volgende:

Nino was een Armeense slavin, die in de vierde eeuw na Christus leefde. Ze werd vrijgekocht en ging naar Georgië.

Daar plantte ze een tak op een heuvel, bevestigde een kromme dwarstak met haar afgesneden haren en wijnranken en bracht het Christendom in Georgië.

En toen gaven ze me dat gouden hangertje. 'Echt goud,' zei Charlie, zoals hij eertijds had gezegd: 'Duurder dan goud.'

Nino beviel me, omdat ze echt wat dééd. Die slome Maria bijvoorbeeld, die overkomt het allemaal zo'n beetje, daar heb ik nooit wat aan gevonden.

Nee, dan Nino. Je wordt vrijgekocht, plant je eigen kruis op een heuvel, legt één keer goed uit hoe het zit, gaat lekker in het zonnetje zitten en zegt: 'Zo. Wie nu nog wat van me wil, die komt maar naar me toe.'

Ik heb altijd een heilige willen zijn. Maar ja, daar was óók al geen opleiding voor.

Niettemin, ik doe mijn best. Ooit heeft de gedachte dat ik de mensheid moest redden door haar Gods oorspronkelijke bedoeling uit te leggen me in leven gehouden en nu zal ik het doen ook, al was het alleen maar aan jou. Er bestaat namelijk wel degelijk een overkoepelend systeem dat de gang der treinen, mensen en sterren bestuurt – het punt is alleen dat dit systeem alleen voor mij geldt en niet in één moeite door voor de gehele mensheid. 't Was even een teleurstelling, maar vooruit, dan moet de mensheid het maar zonder mij uitzoeken. Mij geeft het de rust om achter mijn kop koffie na te denken over hoe het toch allemaal in elkaar steekt en hoe ik dat allemaal zo goed mogelijk aan jou kan uitleggen – wat het allerfijnste is dat er bestaat, en in al zijn eenvoud wel degelijk een vorm van verlossing.

(Wat de cadeau-kwestie betreft: ik heb ervan geleerd dat

die mannen er geen van drieën in slaagden boven zichzelf uit te stijgen ten faveure van mij. Dat gaf een zekere rust. Dan hoefde ik me voor hen voortaan ook niet meer zo uit te sloven. Eind goed al goed.)

Ik heb oneindig veel meer moeite gehad om mijn gevoelens ten aanzien van religie, dat wil zeggen, over mijn bestemming op aarde, te formuleren dan die over mijn seksuele geaardheid of arbeidsongeschiktheid. Die dingen waren nu eenmaal zo, dat had je gewoonweg te accepteren, maar ik gruwde van mijn verlangen naar een geborgenheid buiten de gebruikelijke plaatsen als een huis met cv of het lichaam van een ander; ik wilde dat de zaken voortaan duidelijk zouden zijn, en wenste me niet belachelijk te maken door weer in een of ander onduidelijk systeem verzeild te raken, waarvan de rampzalige effecten, zoals godsdienstoorlogen en overbevolkte gekkenhuizen, mij maar al te goed bekend waren. Zo sabelde ik elke voorzichtige gedachte neer met een grondigheid die geen censor me na zou doen, tot het leven zo vervelend werd dat ik weer een nieuwe stap nam en naar het Orakel ging.

'Denk je dat ik gek ben?' vroeg ik aan haar.

'Nicolien, jij bent een van de meest nuchtere vrouwen die ik ken.'

'Ja, maar ik dacht altijd dat ik me moest opofferen voor de mensheid. Vind je dat niet raar?'

'Nee hoor. Het lijkt me alleen nergens voor nodig.'

Hoewel ik er een beetje verlegen mee was, vroeg ik het toch maar: 'Maar Jezus heeft het toch ook gedaan?'

'Precies, Jezus heeft het al gedaan. Dus dan hoef jij het niet nog eens dunnetjes over te doen.'

Natuurlijk! Dat ik daar niet eerder aan had gedacht! Ik had het mezelf weer nodeloos ingewikkeld gemaakt met mijn angsten voor messias-complexen.

Ook bij jou lijkt een eigenaardige verwarring te ontstaan zodra je probeert na te denken over je fascinatie voor hogere instanties, een verwarring die je anders zo heldere denkwijze ernstig vertroebelt. Zoals je weet hebben je ambivalente gevoelens jegens het koningshuis me altijd geboeid, omdat ze naar mijn idee een – zij het schemerig – licht wierpen op de paradoxale mengeling van zelfhaat en zelfbewustheid, van hoogmoed en deemoed die jou kenmerkt.

Om God op deze maandagmorgen nog maar even buiten beschouwing te laten, zullen we ons beperken tot het koningshuis. Religie is volgens mij nog te moeilijk voor je, al is het duidelijk dat je religieuze besef slechts een doorgeefluik te zijn, een rare strijd in je hoofd levert met je overtuiging dat je een onreligieus man bent. Eigenaardige vooroordelen, ontstaan in moeilijker tijden, hinderen je hierbij in het denken. Daar zullen we het later over hebben. Het koningshuis dus. Misschien is mijn analyse volslagen nonsens, maar als model is het toch aardig.

Denk je ook niet dat je een zekere afgunst voelt voor mensen die, zonder meer reden dan zoiets redeloos als afkomst, hun leven lang verzekerd zijn van de aandacht van gans een volk? Die niets hoeven te presteren, alleen maar hoeven te zijn? Jijzelf hebt oneindig veel moeite moeten doen voor een beetje aandacht, en dan is het nóg niet wat je je ervan had voorgesteld.

Omdat je deze afgunst kinderachtig en belachelijk van jezelf vindt, draai je de zaken om: je zegt dat je het 'onmenselijk' vindt dat mensen op een dergelijk podium moeten leven. Maar ze kunnen er toch mee ophouden als ze willen? Volgens mij hebben ze er wel plezier in.

'Het is niet van deze tijd,' kom je dan ineens met een zogenaamd objectief argument. Wie bepaalt dat eigenlijk? Een steekproef van het NRC heeft uitgewezen dat de huidige generatie van spraakmakende dertigers tevreden, zo niet enthousiast is over het koningshuis. Die vijftigers, díe beweren dat het niet van deze tijd is. Maar het is hún opvatting die niet meer van deze tijd is.

Misschien dat een zekere redeloze jaloezie ten grondslag ligt aan je republikeinse ideeën.

Ik denk dat jij nooit genoeg aandacht zal kunnen krijgen. Al win je tien Oscars, al kijken miljoenen mensen naar je, dan is het nog niet genoeg. Dat waarnaar jij verlangt, kan je niet door andere mensen gegeven worden. En dat is ook heel goed, want dat doet je boven jezelf uitstijgen.

In je stuk over Beets zeg je dat Beets, na een veelbelovend begin, alleen nog maar over theemutsen kan schrijven omdat hij zijn ware seksuele aard verdringt.

Jij verlangt ernaar om je drijfveren en de angsten die daaraan ten grondslag liggen aan de hand van één oorzaak te verklaren. Maar zo werkt het niet. Je kunt alleen maar, zin voor zin, jezelf ontginnen. Dat is misschien wat minder romantisch dan de Verlossing die als bliksem uit de hemel neerdaalt, maar je zult merken dat tijdens het moeizaam inventariseren van al die banale zaken van vroeger en nu, van die kinderlijke angsten, beschamende verlangens, verstokte vooroordelen en halfvergeten gebeurtenissen, God zelf zo nu en dan de pen van je overneemt en je alleen maar hoeft toe te kijken naar wat er ontstaat – iets wat je trouwens heel goed kent.

Als altijd meer de jouwe dan de mijne, verblijf ik

je Nicolien

Colofon

De kennismaking. Faxen aan Ger van Nicolien Mizee werd in opdracht van Uitgeverij Van Oorschot te Amsterdam gezet uit de Haarlemmer door Perfect Service te Schoonhoven en gedrukt en garenloos gebrocheerd door Wilco te Meppel. Het omslagontwerp werd vervaardigd door Christoph Noordzij. De tekening op het omslag werd gemaakt door Paul Jorritsma.